HEYNE

ANNE FRASIER

ICH BIN DEIN ENDE

Thriller

Aus dem Amerikanischen von
Anu Katariina Lindemann

WILHELM HEYNE VERLAG
MÜNCHEN

Die Originalausgabe *The Body Keeper* erschien erstmals 2019
bei Thomas & Mercer, Seattle.

MIX
Papier aus verantwortungsvollen Quellen
FSC® C014496

Penguin Random House Verlagsgruppe FSC® N001967

2. Auflage
Deutsche Erstausgabe 07/2021

Redaktion: Catherine Beck
Printed in Germany
Umschlaggestaltung: ZERO Werbeagentur, München,
unter Verwendung von Vögel: © Getty Images / Marco Redaelli RF;
Risse: FinePic®, München
Satz: Vornehm Mediengestaltung GmbH, München
Druck und Bindung: GGP Media GmbH, Pößneck

ISBN 978-3-453-44104-0

www.heyne.de

KAPITEL 1

Minneapolis, Mitte November

Als die Leichen erst einmal verladen waren, rutschte sie auf den Fahrersitz, drehte den Zündschlüssel ... und hörte nichts als ein fürchterliches Klicken. Ihr Herz hämmerte wie verrückt, während sie panisch aufs Gaspedal trat und den Schlüssel noch einmal drehte. Der Van wackelte, der Motor stotterte, bevor er verstummte. Dann roch es besorgniserregend nach Benzin. All ihre Instinkte schrien, sie solle so schnell wie möglich loslaufen, einfach nur laufen. Sich vielleicht ein Taxi nehmen und dann den nächsten Flieger nach Mexiko oder anderswohin, egal.

Sie versuchte noch einmal, den Motor zu starten.

Das Fahrzeug ruckelte und spuckte schwarze Rauchschwaden aus, aber dieses Mal lief der Motor. Ohne den Wagen lange im Leerlauf zu lassen, legte sie den ersten Gang ein, und er schoss vorwärts.

Sie nahm eine Seitenstraße. Für sie gab es heute keine Autobahn. Das Letzte, was sie jetzt gebrauchen könnte, wäre eine Panne auf einem viel befahrenen Highway. Schließlich schlängelte sie sich durch das Stevens-Square-Viertel in Minneapolis, irgendwie landete sie in der Franklin Avenue. Eine Rechtskurve, eine Steigung, eine Brücke, die übers Wasser führte, und der Motor geriet erneut ins Stottern. Dann ging er komplett aus.

Sie nahm den Fuß vom Bremspedal und rollte hoch, murmelte: »Komm schon, komm schon, komm schon.« Aber das Fahrzeug schaffte den höchsten Punkt der Brücke nicht ganz und blieb dann allmählich stehen. Danach begann es rückwärts zu rollen. *Jetzt* machte sie eine Vollbremsung, blieb mit dem Van stehen und versuchte anschließend, erneut zu starten. Ein paar sinnlose Minuten später sah sie rotes Licht, das in ihrem Seitenspiegel reflektiert wurde.

Ein Polizist bremste hinter ihr.

Mit einer Taschenlampe in der Hand stieg der Officer aus seinem Streifenwagen und kam näher. Sie ließ das Wagenfenster runter. Nur Routine. Sie reichte ihm Führerschein und Fahrzeugpapiere, versuchte dabei, ihre Stimme und Hände ruhig zu halten. Aber die ganze Zeit über war sie sich der Leichen hinter ihrem Sitz bewusst, die sie mit einer Plane abgedeckt hatte.

»Kalte Nacht heute, um so spät noch unterwegs zu sein«, sagte der Cop.

»Ich hatte ein paar Besorgungen zu machen. Eine Freundin von mir liegt im Krankenhaus, und ich kümmere mich so lange um ihre Hunde.« Sie war schon immer eine gute Lügnerin gewesen, auch wenn es früher – als junge und attraktive Frau – einfacher gewesen war. Damals hatte sie es geschafft, aus jeder Zwangslage herauszukommen.

Er nahm ihren Führerschein und ging damit zu seinem Streifenwagen, kehrte wenige Minuten später wieder zurück, reichte ihr den Führerschein durchs heruntergelassene Wagenfenster. »Gibt es jemanden, der kommt, um Ihnen zu helfen?«

»Ich habe einen Abschleppwagen herbestellt.«

»Möchten Sie in meinem Auto warten, bis er kommt? Es sind minus achtzehn Grad. Ich will nicht, dass Sie auch noch krank werden und im Krankenhaus landen.«

»Nein, ist schon okay. Die haben gesagt, dass sie in spätestens zehn Minuten hier sind.«

»Ich komme in zehn oder fünfzehn Minuten noch mal vorbei, um nach Ihnen zu sehen. Gehen Sie so lange nirgends hin. Es ist immer das Beste, im Wagen zu bleiben.«

Als er weg war, sprang sie aus dem Van und ließ den Blick über die Umgebung schweifen. Sie befand sich in einem dieser Viertel, die es mitten in der Stadt gab – auf merkwürdige Weise war es hier einsam, außer dass sie die I-94 hören konnte. Die Häuser waren nah, aber nicht zu nah. Und es gab viele immergrüne Bäume. Es wäre schwierig, sie aus einem der Fenster zu sehen. Zusätzlich war es auch noch dunkel, die nächsten Lichter waren weit weg. Irgendwo hatte sie gelesen, dass Vandalen auf die Straßenlaternen geschossen und sie dadurch kaputt gemacht hatten, aber Minneapolis gehörte auch zu den Städten, in denen die Straßenbeleuchtung generell nicht allzu grell war.

Mit einer Scheißangst, weil der Polizist versprochen hatte, wieder zurückzukehren, eilte sie zur Hintertür des Vans und zog eine der Leichen heraus, schleifte sie über Eis und Schnee. Vor lauter Adrenalin klopfte ihr Herz schneller, sodass sie wahrscheinlich einen Truck über ihren Kopf hätte heben können. Nicht nötig. Der Rand der Brücke war ohnehin ziemlich niedrig.

Es fühlte sich leicht an und so, als ob sie übernatürliche Kräfte besäße, während sie die steif gewordene Leiche auf die Betonkante balancierte und deren Füße anhob – so als ob es sich um das Ende einer Wippe handeln würde. Der Rest erledigte sich dann praktisch wie von selbst, und die Leiche verschwand über den Brückenrand in der Dunkelheit. Aber anstelle des Platschens, mit dem sie gerechnet hätte, hörte sie nur einen dumpfen Aufprall. Sie schaute rüber, konnte aber kaum die dunkle Gestalt ausmachen, die nun auf dem Eis lag.

Die Tat war geschehen, und es gab jetzt nichts mehr, das sie daran hätte ändern können. Es war ausgeschlossen, die Leiche zurückzuholen. Also kehrte sie zum Van zurück und entsorgte die restlichen Leichen – eine nach der anderen. Aller guten Dinge sind drei, weil bei der dritten das Eis brach und die dunklen Gestalten allesamt im See verschwanden. Als sie die vierte Leiche über den Rand warf, hörte sie endlich das ersehnte Platschen, auf das sie gewartet hatte. Als sie fertig war, schloss sie die Türen des Vans, kletterte auf den Fahrersitz und rief beim Pannendienst an.

Wie versprochen kam der Cop noch einmal zurück, um nach ihr zu sehen. Er schien gerade aus seinem Fahrzeug steigen zu wollen, als auch schon die Notlichter des Abschleppwagens hinter einer Straßenkurve auftauchten. Der Polizist ließ sein Wagenfenster herunter, winkte und rief ihr zu, dass er ihr noch eine schöne Nacht wünsche. Dann fuhr er davon.

KAPITEL 2

Minneapolis, 31. Dezember

Er war immer vorsichtig, hatte nie versucht, sie zu küssen, hatte sie nie wirklich berührt, ihr nicht einmal zu lange in die Augen gesehen. Sie hatte viel durchgemacht, und er vermutete, dass sie einen platonischen Freund jetzt nötiger hatte als eine romantische Beziehung. Deshalb war er auch überrascht, als er ihre Hand fühlte, die über seine strich.

Zuerst dachte er, es sei ein Versehen gewesen. Vielleicht hatte sie ja auch nur ein bisschen zu wild mit den Armen herumgefuchtelt, während sie auf dem zugefrorenen Stadtsee Schlittschuh liefen, und war ihm dabei aus Versehen zu nah gekommen. Aber als es wieder passierte, wusste er, dass es Absicht gewesen war. Bevor er das richtig begriffen hatte, hielten sie auch schon Händchen. Hielten richtig Händchen, zumindest so richtig, wie es Leute tun konnten, die Fausthandschuhe trugen. Und selbst da sagte er sich noch, dass es wohl nur daran lag, dass sie bei ihm nach einem sicheren Halt suchte. Aber in Wirklichkeit war er der miese Schlittschuhläufer und nicht sie.

Der Loring Park, in dem es diesen wunderschönen See

gab, umgeben von rötlich braunen Sandsteinhäusern, war seine Idee für Silvester gewesen. Heute war die letzte Nacht einer Veranstaltung namens Holidazzle – Feierlichkeiten im Freien, die zwei Wochen andauerten und bei denen es jede Menge Essensverkäufer und ein beheiztes Bierzelt gab. Es wurde sogar *Die Eisprinzessin* auf einer Außenleinwand gezeigt, während dick angezogene Familien und Pärchen auf Heuballen hockten. Viel mehr Minnesota als das konnte man gar nicht bekommen. In der Ferne führte eine bogenförmige Fußgängerbrücke über die I-94 zum Walker Art Center und dem *Spoonbridge and Cherry* – diese riesige Skulptur, die einen mindestens genauso großen Symbolcharakter hatte wie die Mary-Tyler-Moore-Statue.

Elliot war gesagt worden, dass Loring Park einst eine der coolsten Gegenden der Stadt gewesen war. Aber die Stromausfälle und die darauf folgende Welle der Kriminalität des letzten Jahres sowie die Künstler, die weg- und in weniger teure Wohnungen zogen, hatten Loring Park zu einer Gegend gemacht, die krampfhaft versuchte, ihren kulturell bedeutenden Platz in der Stadt zu behalten.

Für Elliot spielte das keine Rolle. Er kam aus Texas, vom flachen, trockenen Land, und Loring Park war für ihn so fremd, als wäre es ein anderes Land. Er liebte es hier. Ihm schwoll jedes Mal förmlich das Herz, wenn er die engen Straßen mit den vielen Autos sah – diese Mischung aus schmalen, dreistöckigen viktorianischen Gebäuden und rötlich braunen Sandsteinhäusern mit bogenförmigen Durchgängen, die am Bürgersteig begannen und an den im frühen 20. Jahrhundert gebauten

Holztüren endeten. Er liebte sogar die Art, wie die ineinander verschlungenen Fahrspuren der Autobahn in die Stadt und dann in den Lowry Tunnel mit dessen ausgekleideten Wänden führten. Dann machten die Straßen eine scharfe Kurve, um in dem nicht mehr modernen Uptown zusammenzulaufen.

Dies war Elliots erste richtige Erfahrung mit dem Winter. Er war erst vor wenigen Monaten nach Minneapolis gezogen. Seiner Nachbarin über ihm hatte er zuerst erzählt, er sei Student, bevor er schließlich zugab, dass er ein Buch über sie schrieb. Der bekannte weibliche Detective Jude Fontaine. In Wirklichkeit war nichts davon der Hauptgrund gewesen, warum er in diese Stadt gezogen war. Aber während er wartete, dass die Dinge ihren Lauf nahmen, fasste er irgendwann den Entschluss, tatsächlich dieses Buch zu schreiben. Und nicht nur über Jude.

Neben ihm hielt Ava Germaine immer noch seine Hand. Schnell liefen sie nebeneinander Schlittschuh, immer auf dem Teil des Sees, der vom Schnee befreit worden war. Die glänzende Oberfläche wurde durch Fackeln beleuchtet, und die Fußwege waren von aufwendig verzierten Straßenlaternen umgeben. Altmodische Laternen, die in den bürgerlichen Gegenden aufgestellt worden waren, um ihnen wieder einen gewissen Ordnungssinn zu verleihen und den Makel zu bekämpfen, der durch das Problem mit dem Stromnetz zurückgeblieben war, das die Stadt vor fast zwei Jahren in Dunkelheit gestürzt hatte.

Avas blonde Haare wehten hinter ihr her, und sie lächelte ihn an. Die Basilika der Heiligen Maria war hinter ihr zu sehen, in den Ästen der kahlen Bäume hingen

Lichterketten, der Geruch von Holzrauch vom Grill eines Verkäufers hing in der Luft. Feuerwerke donnerten und explodierten im Himmel. Große. Violett und weiß. Ava sah glücklich aus. Wenn Fremde sie gesehen hätten, dann hätten sie ihr niemals ihre Geschichte geglaubt, und auch nicht die schrecklichen Dinge, die sie durchgemacht hatte.

Elliots und Avas erste Begegnung war alles andere als typisch gewesen. Er hatte wegen eines Interviews Kontakt aufgenommen. Zuerst hatte sie noch Nein gesagt, aber er konnte charmant und hartnäckig sein – das waren seine *Superkräfte* –, und schließlich hatte sie dann doch eingewilligt. Und jetzt, einen Monat später, waren sie hier. *Ein Interessenkonflikt,* mochten manche sagen. Er hatte sich sogar schon selbst gefragt, ob es ihm wirklich darum ging, sich einen Exklusivbericht über die Mutter-Tochter-Story zu schnappen. Eigentlich glaubte er das nicht, aber vielleicht machte er sich auch nur selbst etwas vor. Vielleicht war er ja wirklich das Arschloch, für das ihn manche hielten.

Während Ava ihn beobachtete, verschwand plötzlich das Lächeln aus ihrem Gesicht. Sie schrie seinen Namen, ihr Mund und die Augen waren weit aufgerissen.

Gerade noch rechtzeitig änderte er seine Richtung, um nicht mit einem anderen Pärchen zusammenzustoßen. Dabei ließ er Avas Hand los, die beiden wurden auseinandergerissen, der Abstand zwischen ihnen wurde immer größer, während ihre Arme auch weiterhin ausgestreckt blieben. Zuerst wirkte es noch geradezu poetisch – die Trennung ihrer Fausthandschuhe, besonders weil seine von Ava selbst gestrickt und ihm von ihr schüchtern zu

Weihnachten geschenkt worden waren. Er hatte ihr einen Gutschein für einen Café-Besuch geschenkt, weil er nicht zu aufdringlich sein wollte. Hinterher hatte er das bereut.

Und hier endete die Poesie.

Er schrie auf, als er abhob, stürzte und schließlich mit voller Wucht aufs Eis knallte. Aber das Spektakel war noch nicht zu Ende. Er schoss über das Eis wie eine sich drehende Bowlingkugel. Leute schrien und sprangen zur Seite. Es dauerte eine gefühlte Ewigkeit, aber wenn jemand die Zeit gestoppt hätte, wären es – so vermutete er zumindest – in Wirklichkeit wohl nur Sekunden gewesen. Er wurde langsamer, bis er zum völligen Stillstand kam.

Irgendwann während dieses Sturzes auf der Eisfläche hatte er sich auf den Bauch gedreht. Sein Wollmantel hatte sich um seinen Oberkörper gewickelt, und sein entblößter Bauch wurde gegen den zugefrorenen See gedrückt. Hinter ihm schrie Ava wieder seinen Namen. Er hörte, wie ihre Schlittschuhe das Eis aufschnitten und wie sie abrupt bremste, indem sie einen Hockeystopp hinlegte. So verdammt gut war sie.

»Ich bin keine gute Schlittschuhläuferin«, hatte sie ihm vorher erzählt.

Und jetzt wunderte er sich über das Händchenhalten. Und dass sie behauptet hatte, keine gute Schlittschuhläuferin zu sein. Ein Trick? Das hoffte er zumindest.

Ihre Tochter Octavia holte sie ein. Er konnte sehen, wie sie sich das Lachen verkniff, schließlich könnte er ja auch verletzt sein. Aber er konnte ihr Verlangen, lachen zu wollen, auch nachvollziehen, ihm ging es ja sogar selbst ein bisschen so.

Octavia war ein unglaubliches Kind. Na ja, nicht wirklich ein Kind, sie war jetzt fast schon zwanzig Jahre alt, wirkte aber jünger. Er vermutete, dass ihre Entwicklung irgendwie gehemmt war. Sie war drei Jahre lang verschwunden gewesen, war gegen ihren Willen festgehalten worden – eine Geschichte, die der von Jude nicht gerade unähnlich war, außer dass es in Octavias Fall Judes Vater gewesen war, der das Mädchen entführt hatte. Das Gleiche hatte er auch vielen anderen Mädchen angetan. Nach ihrer Befreiung war Octavia in ein ziemlich normales Leben zurückgekehrt, aber er wusste, dass sich Ava, die früher als Psychologin gearbeitet hatte, Sorgen machte, dass ihre Tochter die Augen vor der Wahrheit verschloss.

»Alles okay bei dir?« Ava beugte sich über ihn, ihre Stimme klang ernsthaft besorgt, was seiner Scham allerdings keinen Abbruch tat.

Er ließ die Stirn aufs Eis sinken. »Mir geht's gut.« Atemlos stützte er sich auf seinen Ellenbogen ab, hoffte, dass sich die sich ansammelnde Menschenmenge wieder auflösen würde, während er sich noch einen Moment lang ausruhte. Er blickte in die neugierigen Gesichter, dann wieder zurück auf das Eis unter seinem Kinn.

Und da sah er es: ein Gesicht, das zu ihm aufblickte.

Er blinzelte, rieb mit einer behandschuhten Faust über das Eis und fragte sich, ob er sich wohl während dieses Trauerspiels den Kopf gestoßen und ob sein Atem eine Zeichnung aufs Eis projiziert hätte, die wie ein Gesicht aussah.

Er fummelte in seiner Manteltasche herum, zog sein Telefon heraus, das seine Rutschpartie über den See glücklicherweise unbeschadet überstanden hatte, aktivierte die Taschenlampen-App und leuchtete damit in das zugefrorene Eis. Nein, er hatte es sich nicht eingebildet. Irgendjemand war tatsächlich im Eis eingeschlossen!

Zuerst verspürte Elliot den Drang wegzukrabbeln, aber stattdessen hielt er seine Arme über das Gesicht im Eis, weil er nicht wollte, dass Ava oder Octavia es sahen. Sie brauchten nicht auch noch so etwas wie *das* hier – was auch immer das letztendlich überhaupt sein mochte –, zusätzlich zu ihren mentalen Wunden, die immer noch nicht ganz verheilt waren.

Er reckte den Hals und sah Mutter und Tochter, die auf dem Eis standen. Ava hatte eine Hand ausgestreckt, um ihm aufzuhelfen. Hinter ihr standen immer noch ein paar besorgt aussehende Zuschauer herum, auch wenn die meisten glücklicherweise verschwunden waren, nachdem sie gemerkt hatten, dass er unverletzt war. Er drehte sich, um sich im Schneidersitz aufs Eis zu hocken, und verdeckte dabei das Gesicht im Eis mit seinem Hintern.

»Ich muss nur ein bisschen verschnaufen.« Er bemühte sich, seine Stimme überzeugend klingen zu lassen, und winkte den Leuten zu, die hinter Octavia herumstanden. *Hier gibt's nichts zu sehen.* Die Menschen, die zurückgeblieben waren, fuhren daraufhin weiter, aber er konnte noch hören, worüber sie sprachen.

»Er ist wirklich hart aufgeschlagen«, sagte jemand. Ein anderer lachte, aber es war ein Lachen des Mitgefühls, zumindest hoffte Elliot das.

Aber die Leiche …

Das Gesicht hatte ausgesehen, als ob es das eines Kindes wäre oder zumindest das eines jungen Teenagers. Und war es denn überhaupt wirklich eine Leiche gewesen? Vielleicht war es ja auch nur eine Maske. Ein Dummy. Irgendein kranker Scherz. Wenn auch zugegebenermaßen ein ziemlich überzeugender.

Octavia grinste ihn an und fuhr dann weiter.

Als ihm klar wurde, dass Ava nicht zu verschwinden beabsichtigte, versuchte Elliot, sie mit einer Handbewegung zum Weggehen zu bringen. »Ich brauche einen Moment für mich allein.« Hinter ihr schoss gerade ein besonders beeindruckendes Feuerwerk in den Nachthimmel. Es war weiß, mit Schweifen, die wie Sterne aussahen, wenn sie explodierten und dann zur Erde fielen. »Geh ruhig mit Octavia. Ich warte hier auf dich, solange du eine Runde drehst.«

Mit einem verwirrten Ausdruck nickte sie nur, drehte sich dann aber um und fuhr weg.

Sobald sie ein Stück entfernt war, rollte er sich wieder auf den Bauch, aktivierte seine Taschenlampen-App und richtete den Lichtstrahl erneut auf das Eis. Das Licht prallte zu ihm zurück. Er hielt das Telefon in einem bestimmten Winkel, und jetzt war das Gesicht, sofern es sich wirklich um ein Gesicht handeln sollte, deutlicher zu erkennen. Ja, es sah aus wie ein Kind.

Er musste Jude anrufen, aber sie wusste nicht, dass er Zeit mit den Germaines verbrachte. Gut möglich, dass sie davon nicht besonders begeistert wäre.

Er rief sie an. Als sie nicht sofort ans Telefon ging, schickte er ihr eine SMS.

> Ich glaube, ich habe eine Leiche gefunden. Loring Park, Eislaufbahn. Beeil dich.

KAPITEL 3

Unruhig rutschte die drei Jahre alte Alice auf Judes Schoß hin und her, nahm zum dritten Mal eine bequemere Position ein, während sie sich angestrengt bemühte, wach zu bleiben. Warum fühlten sich Kinder und Tiere eigentlich immer zu Leuten hingezogen, die einfach nur in Ruhe gelassen werden wollten?

»Sie mag Sie«, sagte Chief Ortega lächelnd.

Vivian hatte sich für den heutigen Abend schick gemacht – sie trug ein funkelndes rotes Kleid, das gut zu ihrer dunklen Haut und dem roten Lippenstift passte. Jude vermutete, dass ihre Chefin versuchte, etwas Normalität in Judes Leben zu bringen, indem sie sie zu solchen typischen Familienfeiern einlud. Sie wusste die Anteilnahme zwar durchaus zu schätzen, aber bei so einer traditionellen Feier mit dabei zu sein verstärkte Judes Gefühl, ausgeschlossen zu sein, sogar noch. Das hier war einfach nicht ihre Welt. Sie fühlte sich wohler, wenn sie entweder mit ihrer Katze in ihrer eigenen kleinen Wohnung war oder gerade an einem wichtigen Mordfall arbeitete. Entweder abgeschottet oder bis zum Hals in Arbeit steckend – für sie gab es nichts dazwischen.

Small Talk war ihr unerträglich, und Enthüllungen anderer Menschen, die entweder Lügen waren oder sie nicht interessierten, riefen einen dumpfen, hohlen Schmerz in ihrer Magengrube hervor. Es war besser, sich von Erinnerungen an die andere Richtung, die ihr Leben hätte einschlagen können, fernzuhalten. Aber noch schlimmer waren die Erinnerungen, von denen die anderen Leute wollten, dass sie mehr davon hätte. Und dass sie ihr dabei helfen wollten, gesund zu werden, um sie irgendwie wieder zur Alten zu machen. Aber dazu würde es nicht kommen. Jude hatte sich bereits mit dem, was passiert war, arrangiert und wünschte, dass die anderen das auch endlich tun würden.

Ihr Partner Detective Uriah Ashby war einer der wenigen Menschen, die nicht versuchten, sie aus ihrer Komfortzone hervorzulocken. Und trotzdem ... was war denn mit heute Abend? Und hatte sie überhaupt jemals ernsthaft vorgehabt hinzugehen?

An dem Abend bei den Ortegas hätte Uriah eigentlich auch dabei sein sollen, aber dann hatte er ohne Entschuldigung in letzter Minute abgesagt. Widerwillig hatte sie zuvor einem Abend mit Vivian, Vivians Ehemann, ihren zwei Kindern, die ganz in Ordnung waren, und zwei Hunden zugestimmt, weil Uriah auch dabei gewesen wäre, um den Großteil der sozialen Interaktion zu übernehmen. Jude hätte sich zurücklehnen können. Sie hatte ihn schon mit Kindern erlebt, er konnte wirklich toll mit ihnen umgehen. Stattdessen hatte sie dann dabei geholfen, Snacks vorzubereiten, und mit den anderen Pictionary gespielt. Judes schlechte Zeichnungen waren Anlass zur Heiterkeit gewesen. Kinder lachten gern. Was ihre eigene Kindheit anging, konnte sie sich allerdings nicht an solche Situationen erinnern.

Ein echter Weihnachtsbaum mit handgemachtem Schmuck stand vor dem Fenster, ein Gaskamin erzeugte in einem Bereich des Raums Wärme, und Glühwein und Popcorn standen auf dem Tisch neben Judes Stuhl. Der achtjährige Joseph lag auf einem Schlafsack mitten auf dem Fußboden und malte, während er sich bemühte, bis zum Ball Drop wach zu bleiben. Alice, die ihren kleinen Kopf in Judes Armbeuge gelegt hatte, roch nach Erdbeeren, wahrscheinlich wegen des Shampoos in der knallbunten Flasche, die Jude auf dem Badewannenrand gesehen hatte. Das Mädchen trug einen Flanellpyjama mit rosa Schneeflocken-Print und war barfuß, obwohl Vivian ihr gesagt hatte, sie solle sich wieder Hausschuhe anziehen.

Alice tätschelte Judes Wange. Ihre Hand war so klein und weich. »Ich mag dich.«

Jude stockte der Atem, ihre Muskeln spannten sich an. Wie reagierte man auf so eine direkte Bemerkung? Mit der harten Wahrheit? *Ich fühle mich zwar deinetwegen nicht wohl, aber ich mag den Geruch deiner Haare?* Das wäre wahrscheinlich das Beste.

Jude blickte auf und sah, dass Vivian gespannt auf ihre Reaktion wartete. Selbst ihr war klar, dass ihre Tochter Jude gerade gedrängt hatte – zu sehr und zu schnell. Das Vibrieren von Judes Telefon erlöste sie alle aus dieser unangenehmen Situation.

Gott sei Dank!

Jude warf einen Blick aufs Display.

Ich glaube, ich habe eine Leiche gefunden. Loring Park, Eislaufbahn. Beeil dich.

Für die meisten Menschen wäre wohl das Wort *Leiche* das Wichtigste des Textes gewesen. Aber für Jude war es das Wort *glauben* und die Unsicherheit ihres Nachbarn, der im selben Haus eine Etage unter ihr wohnte. Sie fragte ihn nach mehr Informationen. Nach ein paar Minuten, die verstrichen, ohne dass er geantwortet hätte, nahm sie Alice von ihrem Schoß und sagte: »Ich muss gehen.«

»Aber dann wirst du Mitternacht verpassen«, protestierte das kleine Mädchen.

»Das ist schon okay.« Jude hoffte, dass sie keinen allzu erleichterten Eindruck machte. »Ich habe Mitternacht schon mal gesehen.«

Alice stapfte weg, ließ sich mit ausgestreckten Armen dramatisch auf die Couch fallen.

Vivian rollte mit den Augen und begleitete Jude dann bis zur Haustür, holte ihren Mantel aus dem Wandschrank und reichte ihn ihr.

Jude schlüpfte hinein und holte ihre schwarze Mütze aus einer der Taschen.

»Mord?«, fragte Vivian.

»Bin nicht sicher.« Jude zog sich ein Paar schwarze Handschuhe an. »Die Nachricht stammte von meinem Nachbarn. Er glaubt, dass er eine Leiche im Loring Park gefunden haben könnte.«

»Könnte?«

»Das Gleiche hab ich auch gedacht. Ich sehe mir das mal an und gebe Ihnen Bescheid.«

»Tut mir übrigens leid wegen Alice«, entschuldigte sich Vivian. »Normalerweise ist sie schüchtern und hält sich eher von Leuten fern, die sie nicht kennt.«

»Vielleicht hat sie mich für harmlos gehalten.«

»Wohl eher für vertrauenswürdig.«

Es war noch nicht allzu lange her, dass Vivian sich bei ihr dafür entschuldigt hatte, dass sie damals bei Judes Entführung nicht intensiver nach ihr gesucht hatten. Drei Jahre lang hatten alle geglaubt, dass Jude tot sei. Aber um ehrlich zu sein, hätte sie das selbst wohl auch geglaubt, und sie machte niemandem deswegen Vorwürfe. Seit dieser Entschuldigung konnte Jude sehen, wie Vivian auf geschickte Art versuchte, alles wiedergutzumachen. Das war auch eine Erklärung dafür, warum sie Jude so schnell nach deren Flucht wieder zurück in den Dienst aufgenommen hatte. Sie hatte alles in Ordnung bringen wollen und wollte, dass Jude wieder eine gewisse Normalität in ihrem Leben hatte. Aber das Leben eines Detectives bei der Mordkommission würde niemals normal sein. Vivian bemühte sich und bekam ihr eigenes Leben gut in den Griff, aber sie arbeitete auch nicht am Tatort. Deshalb gingen ihr die Verbrechen nicht ganz so nahe, und das war auch gut so.

Als Jude draußen in ihrem Auto saß, rief sie Elliot an, statt sich die Mühe zu machen und ihm noch eine SMS zu schreiben. Er hob ab, klang erstaunt, sie zu hören.

War seine Nachricht etwa nur ein Witz gewesen? »Bist du betrunken?«, fragte sie. Falls das der Fall sein sollte, dann hatte er sie dadurch zumindest vor einem unangenehmen Abend bewahrt. Und dafür konnte sie ihm dankbar sein.

»Nee.«

Als er nicht näher darauf einging und keine weiteren Erklärungen machte, drängte sie ihn weiterzureden. »Ich habe deine SMS bekommen.«

»Ich glaube, ich habe eine Leiche gefunden.« Er sprach leise. Sie stellte sich vor, wie er gerade eine Hand über das Telefon hielt, um ungestörter reden zu können.

»Warum flüsterst du?«

»Ich will nicht, dass Octavia etwas mitbekommt.«

Octavia? Das war nicht gerade ein besonders häufiger Name. »Octavia Germaine?«

»Ava und ich treffen uns manchmal.« Er sprach schnell, stotterte dabei ein bisschen, klang, als sei er außer Atem. »Also mit beiden. Ich habe mich mit beiden getroffen.«

»Wegen deinem Buch?« Sie fuhr los und machte sich auf den Weg in Richtung Loring Park. Ihr Auto war schon zehn Jahre alt, aber für sie war es neu. Sie war auf der Seite einer Nachbarschafts-Facebook-Gruppe darauf gestoßen. Der ehemalige Besitzer war schon älter, und das Auto hatte jahrelang ungenutzt in einer Garage herumgestanden. Es hatte einen niedrigen Meilenstand, roch nach Mottenkugeln, und die Heizung war auch nicht mehr die beste, aber es war billig gewesen und brachte Jude von A nach B. Dennoch vermisste sie die Fahrten auf ihrem Motorrad und zählte bereits die Tage, bis es warm genug war, um es wieder zurück auf die Straße zu bringen. »Weil ich so etwas *wirklich* nicht leiden kann.«

Es folgte eine lange Pause. »Ich habe sie beide interviewt.«

Sie kannte Elliot nicht besonders gut, aber das, was sie bis jetzt über ihn wusste, war nicht gerade beruhigend. Er war ein Opportunist und würde lügen, wenn es zu seinem eigenen Vorteil wäre. Sie hielt ihn nicht für einen bösen Menschen oder für gefährlich, aber er schien immer alles so darzustellen, dass er den größten Nutzen davon hatte.

»Und es geht dich auch nichts an!«, sagte er. »Es hat überhaupt nichts mit dir zu tun.«

Streng genommen hatte er recht, aber Jude hatte Octavias Leben gerettet, und als sie sie fand, hatte sie dadurch den Fall gegen ihren eigenen Vater aufgedeckt. Die beiden Frauen verband etwas, und Jude wollte nicht mit ansehen müssen, dass irgendein Mann jemals wieder das Vertrauen dieses Mädchens ausnutzte. »Es *hat* etwas mit mir zu tun«, entgegnete sie. »Besonders weil ich davon ausgehe, dass du meinen Namen benutzt hast, um bei ihnen einen Fuß in die Tür zu bekommen. Ich weiß, dass sie keine Interviews geben wollten. Ich habe ihnen ja sogar selbst davon abgeraten.«

Sein Schweigen sagte mehr als tausend Worte.

Sie merkte, dass sie gleich schon die nächste Ausfahrt nehmen müsste; offenbar hatte sie das Gespräch abgelenkt. Sie bekam Elliots genauen Standort und sagte: »Ich bin in fünf Minuten da.«

Im Loring Park angekommen, fand sie einen Parkplatz und ging dann mit großen Schritten in die Richtung der Festlichkeiten. Dabei nahm sie die Gegend um sich herum genau unter die Lupe. Hunderte Leute drängten auf die Gehwege und die Eislaufbahn. Schließlich entdeckte sie Elliot, Octavia und Ava. Sie entschied sich für einen Weg über das Eis, auf dem sie die drei abfangen würde; ihr Schritt geriet dabei nie ins Wanken, auch wenn sie auf der rutschigen Oberfläche etwas unbeholfen war.

Ihr fiel auf, dass die drei wie eine Familie wirkten: Sie lächelten und unterhielten sich miteinander, während sie Schlittschuh liefen – die Frau anmutig, Elliot ein bisschen tollpatschiger. Er war in der Mitte, sein dunkles Haar und mittlerer Hautton stand im Kontrast zu den beiden Blondinen. Das Tempo, mit dem er in ihre Welt eingedrungen war, war besorgniserregend.

Jude drehte sich um und wartete mit angespannten Beinen und vor der Brust verschränkten Armen darauf, dass sie bei ihr ankämen. Elliot entdeckte sie als Erster und lächelte, zuckte dann aber zusammen. Ihr Gesicht musste jetzt wohl mehr widergespiegelt haben als die gewohnte Leere, die sie während der Jahre in Gefangenschaft perfektioniert hatte, denn Elliots Zusammenzucken ließ ihn stolpern und hinfallen. Aber nun, da er angestrengt versuchte, wieder auf die Beine zu kommen, fühlte sich Jude ziemlich gemein.

Neben ihm hielten Octavia und Ava. Beiden war der Schreck über Elliots Missgeschick anzuhören, aber gleichzeitig schienen sie sich auch über Judes unerwartetes Auftauchen zu freuen.

Judes Bedenken wegen Elliot waren berechtigt. Er hatte sie damals ausspioniert, sogar heimlich Fotos von ihr gemacht und diese dann an seine Schlafzimmerwände gehängt, während er die ganze Zeit über so getan hatte, als sei er Fotografie-Student an der University of Minnesota. In Wirklichkeit war er ein Journalist, der an einem Buch über Jude arbeitete. Er hatte vorgehabt, es *Der Detective in der Wohnung über mir* zu nennen oder so ähnlich. Jude interessierte sich nicht mehr für das, was er über sie behauptete. Ihretwegen könnte er seine Geschichte ruhig schreiben. Aber was er über unschuldige Opfer schrieb, interessierte sie durchaus.

»Lass Octavia aus dem Spiel, wenn du dein Buch schreibst.«

Verwirrt sah Ava sie an, danach blickte sie zu Elliot. »Ich dachte, ihr seid Freunde«, sagte sie zu ihm. Und dann zu Jude: »Er hat mir erzählt, dass ihr befreundet seid.«

Aha, eine unerwartete Wendung. Ava schien ihn mehr als nur zu mögen. Das warf gleich ein ganz neues Licht auf die Situation.

»Wir wohnen im selben Haus.« Jude würde Elliot ganz bestimmt nicht als ihren *Freund* bezeichnen. Andererseits wusste sie auch nicht, ob sie das überhaupt über irgendjemanden sagen würde. War Ava ihre Freundin? Octavia? Vivian? Uriah? Sie war nicht sicher, ob sie sich mit dieser Bezeichnung wohlfühlte.

»Alles okay bei Ihnen?«, fragte ein Mann, der hinter ihnen auftauchte. Er hatte das City-Logo – die Skyline von Minneapolis – auf seiner Jacke. Wahrscheinlich war er für die Veranstaltung eingestellt worden. »Soll ich die Cops rufen?«

Jude sah Elliot nicht an, als sie antwortete: »Ich *bin* die Cops.«

Dieser Bekanntgabe folgte überraschtes Gemurmel, der Mann flüsterte ihren Namen. Er hatte sie erkannt. Das passierte häufiger, als ihr lieb war. Sie war groß, deshalb fiel sie auf. Dann kam noch ihr kurzes, weißes Haar dazu, das im Moment teilweise von der Strickmütze bedeckt wurde, und ein Gesicht, das auf der ganzen Welt im Fernsehen gezeigt worden war. Unerkannt zu bleiben war unmöglich. Das bedeutete nicht, dass sie es okay fand – allerdings hatte sie gelernt, das Geflüster auszublenden und Augenkontakt zu meiden.

In der Zwischenzeit versuchte Elliot krampfhaft, nicht wieder hinzufallen. Jude schnappte sich seinen Arm und zog ihn von Ava und Octavia weg, bis die außer Hörweite waren. »Was hat es mit deiner Nachricht auf sich?«

Er erzählte ihr, was passiert war, dann fuhr er los und suchte nach der Stelle, wo er hingefallen war. Skeptisch folgte Jude ihm. Das Eis war dunkel, und die Fackeln um die Eislaufbahn erschufen ein tänzelndes Licht, das verwirrend war und die Augen zu täuschen vermochte.

Jude holte Elliot ein, als er in die Knie ging, sein Telefon herausholte und die Taschenlampen-App aktivierte. »Hier!« Er bedeutete Jude, näher zu kommen, sagte aber Ava und Octavia, die ihnen gefolgt waren, dass sie zurückbleiben sollten. Er versuchte die beiden Frauen davor zu bewahren, etwas zu sehen, das sie vielleicht verstören könnte. Jude würde ihm dafür Pluspunkte geben.

Ein Schwall Feuerwerke erhellte plötzlich den Himmel – Schlittschuhläufer und die Leute auf den Gehwegen jubelten. Mitternacht. Jude fragte sich, ob die kleine Alice wohl noch wach war.

Die Gegend wurde fast taghell, was ihnen klarere Sicht verschaffte. Jude hockte sich aufs Eis. Eine weitere gewaltige Explosion folgte, diesmal über dem See. Elliot bewegte den grellen Lichtstrahl seiner Taschenlampe.

Was nun zu Jude hinaufstarrte, war tatsächlich ein Gesicht.

Augen geöffnet, Mund weit aufgerissen. Es sah aus wie das Gesicht eines Kindes, aber es war schwierig genau zu erkennen. Der Körper lag vielleicht fünfzehn Zentimeter unter der Eisoberfläche. Das Eis selbst war trüb und verfärbt. Ein Ertrunkener? War jemand im Eis eingebrochen, als es noch nicht dick genug gewesen war, um darauf zu gehen oder Schlittschuh zu laufen? Im ganzen Bundesstaat gab es jedes Jahr Menschen, die in Seen zu Tode kamen. Ihr nächster Gedanke war, dass es doch auch sein könnte, dass dies überhaupt keine richtige Leiche war. In Anbetracht des Standorts – ein öffentlicher Platz – war es durchaus möglich, dass es sich in Wirklichkeit lediglich um den Scherz eines talentierten Studenten von einer der nahe gelegenen Kunstakademien handelte.

Jude holte ihr Telefon heraus. Auch wenn es keinerlei eindeutige Indizien dafür gab, dass sie es tatsächlich mit einem Mord oder überhaupt einem Menschen zu tun hatten, rief sie ihren Partner an. Uriah ging beim zweiten Klingeln ans Telefon.

Sie erzählte ihm von der Leiche. »Das Alter des möglichen Opfers scheint irgendwo zwischen zehn und vierzehn Jahren zu liegen. Aber es ist schwierig, das Gesicht in dem trüben Eis gut zu erkennen.«

»Könnte es nicht auch nur ein Streich gewesen sein?«

»Das habe ich mich auch schon gefragt. Aber falls das so ist, dann ist hier jemand wirklich sehr talentiert.«

»Bin gleich da.« Jude war bereits im Begriff aufzulegen, als Uriah sie noch fragte: »Wie war eigentlich der Abend bei den Ortegas?«

»Ich musste ein Gesellschaftsspiel namens Apples to Apples spielen und Pictionary.«

Er lachte. Das Kind, das auf ihren Schoß geklettert war, würde sie nicht erwähnen.

»Warte noch, bevor du jemand anderen anrufst. Ich bin auf dem Weg.«

Nachdem sie aufgelegt hatte, überbrachte sie Ava und Octavia die Nachricht. Die Frauen nahmen es gut auf. Jude fürchtete, dass die beiden nichts mehr richtig schocken könnte. Jude hatte diese wilde Theorie: Wenn einem Menschen einmal etwas dermaßen Ungewöhnliches widerfuhr, zog er solche Dinge fortan wie ein Magnet an. Es gab kein Entkommen. Das war etwas, das Elliot nicht verstand.

Solche Menschen konnten so etwas nicht mehr abwehren.

Fünfzehn Minuten später kam Uriah an. Dem kalten Wetter entsprechend trug er einen Wollmantel, der ihm bis zur Hüfte reichte, er hatte einen grauen Schal um den Hals geschlungen und eine graue Wollmütze über sein dunkles, lockiges Haar gezogen. Neue Accessoires – vermutlich Weihnachtsgeschenke, vermutete Jude.

Sie trafen auf dem Fußweg aufeinander. Jude reichte ihm den Kaffee, den sie zuvor bei einem Verkäufer in der Nähe für ihn gekauft hatte, während sie weiter in Richtung des möglichen Tatorts gingen. Feuerwerke wurden immer noch gezündet, gehörten aber nicht mehr zur städtischen Vorführung. Die jetzigen stammten von Privatpersonen, die Raketen aus Gärten und von Balkonen in die Luft schossen. Einige davon waren genauso beeindruckend wie diejenigen, die sie zuvor gesehen hatte. Jude hasste den Lärm von Feuerwerkskörpern, besonders das Explodieren. Immer hatte sie das Gefühl von tiefen, dumpfen Schlägen auf ihre Brust – Schläge, die fast schon Angst in ihr auslösten. Aber schön anzusehen war Feuerwerk natürlich.

»Wir hauen ab«, sagte Elliot. Seite an Seite fuhren Ava

und Octavia bereits los, Ava hatte einen Arm um ihre Tochter gelegt. »Die beiden sind verständlicherweise ein bisschen erschrocken.«

Vielleicht waren sie letztendlich ja doch nicht immun.

Aber je weniger Leute am Schauplatz waren, desto besser. Im Augenblick gab es zwar noch keine Zuschauer, aber das konnte sich ganz schnell ändern, wenn sie zu viel Neugier auf sich zogen. Jude nickte und dachte, dass sie Elliot morgen zu seinen Absichten bezüglich der beiden Frauen befragen würde. Wenn es sein müsste, würde sie ihm gehörig den Kopf waschen und die beiden Frauen warnen.

Uriah holte eine Maglite hervor und hockte sich aufs Eis – auf die Stelle über der Leiche. Er hatte dasselbe Problem mit dem Licht. Es war, als würde man ein Fenster anleuchten. Das Licht prallte ab und wurde zurückgeworfen. Und je heller es war, desto stärker wurde es zurückgeworfen. Indem er die Taschenlampe in einem bestimmten Winkel hielt, konnte er das weiße Gesicht anstrahlen, sodass es zwar immer noch nur undeutlich zu erkennen war, aber trotzdem reichte, um trübe Augen zu erkennen – ein Phänomen, das manchmal nach dem Tod eintrat. Schließlich schaltete er die Taschenlampe aus und erhob sich.

Langsam zogen sie die Aufmerksamkeit der anderen Leute auf sich. Uriah holte sein Telefon heraus und rief die Zentrale an. »Ich brauche ein paar Officer, um einen möglichen Tatort bis morgen früh zu überwachen«, sagte er. »Vergewissert euch, dass die Polizisten warm angezogen sind, sie werden nämlich draußen sein. Detective Fontaine und ich warten hier so lange, bis sie eintreffen.

Standort: mitten im Loring Park.« Zu Jude sagte er: »Wie heißt das hier? Loring Park Lake?«

»Loring Lake, aber manche Leute nennen ihn auch Loring Pond.« Der See war groß, aber kleiner als viele andere Seen in der Stadt. Oder vielleicht hatte ja auch jemand gedacht, dass *Pond,* also Weiher, malerischer klang als *Lake.*

Uriah gab die Information an die Zentrale weiter. »Das ist richtig. Sag ihnen, dass sie ihre Fahrzeuge auf die Gehwege und aufs Eis fahren sollen. Sie werden uns sehen.«

Er steckte sein Telefon wieder zurück und nahm einen Schluck Kaffee. »Was war dein Pictionary-Wort?«

»Pferd.«

»Das sollte einfach gewesen sein.«

»Das war's nicht. Die meisten haben auf *Affe* getippt.«

Er lachte leise, und sie wartete darauf, dass er ihr erzählen würde, warum er nicht zu der Feier gekommen war, aber das tat er nicht.

Es war gar nicht mal so lange her, dass er krank gewesen war, und das hatte ihr Angst gemacht. Sie hatte das Gefühl gehabt, man würde ihr mit einem Vorschlaghammer auf die Brust schlagen, und ihr war das Herz in die Hose gerutscht. Sie hoffte, dass sein Fernbleiben nichts mit seiner Gesundheit zu tun hatte, aber eigentlich ging sie das gar nichts an. Vielleicht hatte er ja auch ein Date gehabt. Dieser neue Schal …

Zwei Streifenwagen kamen über die zugefrorene Oberfläche des Sees angefahren.

Gelbes Absperrband markierte einen kleinen Bereich, während Uriah den Polizisten Anweisungen erteilte.

Danach sagte er zu Jude: »Lass uns für heute Schluss machen. Morgen werden wir einen Eisschneider anheuern. Wir werden die Leute von der Spurensicherung herbestellen, auch wenn es für sie wenig zu tun geben wird, mit Ausnahme davon, den Standort zu dokumentieren. Wenn die Leiche erst einmal in der Leichenhalle ist und wir herausbekommen haben, womit wir es hier zu tun haben, können wir mit der Spurensicherung weitermachen.«

Jude fasste den Plan, bei Tagesanbruch sofort wieder draußen zu sein. Vielleicht würde ihr ja dann etwas auffallen. Sie war gut darin, die Körpersprache anderer zu lesen. Und manchmal sogar die der Toten.

KAPITEL 4

Die Eisschneider trafen früh ein, in einer Kolonne von hochleistungsfähigen Trucks und einem Schwerlaster. Als es zu schneien begann, sahen die Straßenlaternen aus, als würden sie glühen. Vor einer Stunde, als Jude einen Blick auf die Wetter-App geworfen hatte, hatte sie mit Schrecken festgestellt, dass ein heftiger Schneesturm im Anmarsch war. Die Hauptlast wurde für den morgigen Tag erwartet und sollte ein paar Tage andauern. Es bestand eine kleine Chance, dass die Front südwärts ziehen und sie verschonen würde, aber da es bereits zu schneien begonnen hatte, war sie nicht besonders optimistisch.

Sie und Uriah waren ungefähr zur gleichen Zeit eingetroffen, waren aus ihren Autos gestiegen, mit hochgeschlagenen Kragen gegen die Windstöße gewappnet, die ihnen in den Nacken schlugen. Sie hockten sich unter eine Straßenlaterne, so als könnte die ihnen Wärme spenden, während sie jeglichen Augenkontakt mit der Presse vermieden, die mit ihren Kabeln und Kleintransportern voller Satellitenschüsseln bereits vor Ort waren. Für gewöhnlich konnte die Presse bei einer Ermittlung nützlich sein, aber Jude hatte ihnen im Moment nichts anderes mitzuteilen als das, was sie ohnehin schon wussten. Die sozialen Medien hatten den Alarm ausgelöst: eine Leiche im Eis, die ein Mensch sein könnte oder auch nicht, und es könnte ein Mord sein oder auch nicht. Zu diesem Zeitpunkt war alles noch reine Spekulation.

Ein Mann in einer braunen Latzhose und einem roten Flanellhemd kam auf sie zu. An seinen isolierten Stiefeln waren metallene Steigeisen angebracht, die auf dem Gehweg deutlich zu hören waren. Er war klein und energiegeladen und stellte sich ihnen als Jerry – »der Eismann« – vor. »Eisschneider in dritter Generation«, erzählte er. »Ich mach das schon mein ganzes Leben lang und hab dabei schon viele merkwürdige Sachen gefunden. Hunde, Hirsche, einmal ein Portemonnaie, aber eine Leiche ist für mich eine Premiere.« Er klang aufgeregt.

Bevor Jude ihre Wohnung verlassen hatte, hatte sie sich noch im Internet informiert. Seine Firma schnitt den ganzen Winter über Eis, ihr größter Kunde war der Saint Paul Winter Carnival, für den sie Eisblöcke von einem See hoch oben im Norden einsammelten und die dann in die Stadt transportierten – für Ingenieure, Bauarbeiter und Designer, um daraus Schlösser zu machen. Es war eine schöne Veranstaltung – eine magische Kombination aus Lichtern und klarem Eis, das jeder zumindest einmal im Leben erlebt haben sollte.

Hinter ihm wartete seine Crew in Diesel-Lkws, die im Leerlauf liefen. Der Schwerlaster war mit einer riesigen Maschine beladen, die einem Gabelstapler ähnelte, große Traktorreifen hatte und einen Teleskoparm. Dieser war auf der Ladefläche festgeschnallt, wurde mit Ketten festgehalten, so groß wie ein Arm. Die Feier der vergangenen Nacht war vorbei, und die Leute hatten überraschend wenig Müll hinterlassen. Er wurde von der Veranstaltungscrew eingesammelt, die wahrscheinlich schon früh eingecheckt hatte, um dem Sturm zuvorzukommen.

Die drei gingen über das Eis, Jerry war aufgrund des Halts, den er durch seine Steigeisen hatte, im Vorteil. Jude und Uriah mussten hingegen bei jedem Schritt gut aufpassen. Die Cops, die vor Ort waren, traten zurück, bereit, nach dieser langen Nacht nach Hause zu gehen, aber sie wollten auch nicht die Bergung der Leiche verpassen.

Ohne das blendende Licht der Taschenlampen war es heute einfacher, das Gesicht zu erkennen, aber die Oberfläche war immer noch trüb. Jerry pfiff leise und sagte: »Ich kann das mit einem Schneidbrenner abschleifen, wenn wir erst einmal den Block herausgeschnitten haben.« Als er ihre Skepsis sah, fügte er hinzu: »Dann können Sie besser sehen, was drin ist. So machen wir auch das Eis für die Schlösser gläsern. Es ist, als würde man eine trübe Windschutzscheibe säubern.«

Er gab einem Mann aus seiner Crew ein Zeichen, sich ihm mit einem Truck anzuschließen. Von der Ladefläche holte sich Jerry einen Bohrer, startete den Gasmotor und benutzte das Schneidegerät, um die Dicke des Eises zu testen. »56 Zentimeter«, verkündete er zufrieden. »Das sollte die Lull aushalten können.« Er zeigte auf die Maschine mit dem Teleskoparm auf der Rückseite des Schwerlasters, rief die Crew auf dem Festland an, und nur wenige Augenblicke später schepperten die Ketten.

»*Sollte*?«, fragte Uriah.

»Normalerweise bleibt die Maschine auf dem Festland, deshalb betreten wir gerade unbekanntes Terrain.«

Tatortermittler trafen ein. Es war ziemlich offensichtlich, dass sie ihre Anwesenheit für unnötig hielten, und wahrscheinlich hatten sie recht. Sie wären jetzt lieber zu Hause oder in einem Café, um sich auf ihren Tag vorzubereiten, aber das durften sie nicht, bis sie wussten, womit sie es hier zu tun hatten.

Orange Ohrstöpsel rein, Schutzbrillen auf. Jerry schaltete eine kleine Maschine an, die seine Jungs ebenfalls abgeladen hatten. Sie sah aus wie eine große Pinne mit einer runden Klinge. Er brauchte ein paar Versuche, um sie zum Laufen zu bringen. Die Maschine hustete und spuckte schwarze Rauchschwaden aus, bevor ein gleichmäßiges Rumpeln einsetzte. Jerry arbeitete allein. Sorgfältig und kontinuierlich schnitt er in weitem Abstand von der Leiche. Das Eis flog umher, vermischte sich mit dem Schnee, der mittlerweile stärker fiel. Während er arbeitete, wurden kleinere Stücke entfernt, um Platz für den größeren Block herum zu schaffen. Uriah sah zu wie eine nervöse Großmutter.

Sie mussten genug Eis entfernen, um die eigentliche Hebevorrichtung ins Wasser zu bekommen. Die ersten Blöcke waren für seine Crew klein genug, um sie mit riesigen Metallzangen zu entfernen, zwei Männer schnappten sie sich und hoben sie aus dem Wasser, schoben die Würfel über das Eis. Als sie eine Öffnung hatten, etwas größer als ein Auto, war es Zeit für den Star der Show – den Lull Gabelstapler, der bereits am Ufer auf seinen Einsatz wartete.

Die Maschine kroch über die Oberfläche und stoppte

gute drei Meter von der Stelle, wo das feste Eis aufgeschnitten worden war, um das Wasser freizulegen. Der hydraulische Arm jaulte und schob sich zusammen, der Fahrer im Führerhaus bediente die Steuerung, während Jerry am Boden Handzeichen gab. Die Männer hielten oft inne, um ihre Position abzuschätzen.

Das Telefon in Judes Tasche vibrierte. Es war Elliot. Sie war zwar beschäftigt, ging aber trotzdem ran.

»Ich bin hier drüben, und da gibt's so einen Cop, der mich nicht an den Tatort lassen will.«

Sie drehte sich um und warf einen Blick zum Ufer, sah Elliot, der Handschuhe trug und ihr zuwinkte. Neben ihm stand ein uniformierter Cop. Elliot war zwar Zivilist, aber schließlich hatte er die Leiche gefunden. »Gib ihm mal dein Telefon.«

Er tat es, und sie sagte dem Polizisten, dass er Elliot durchlassen solle. Einen Moment später duckte sich Elliot unter dem gelben Absperrband hindurch und ging unbeholfen über das Eis, die Kamera hing ihm um den Hals.

Der Schnee fiel wahrscheinlich um die zweieinhalb Zentimeter pro Stunde, was das Eis sogar noch glatter machte. Als Elliot sie erreichte, zog er seine Handschuhe mit den Zähnen aus, bevor er die Schutzkappe vor dem Objektiv abmachte. Sie runzelte die Stirn, fragte sich, wo dieses Foto wohl landen würde, und überlegte, ihm zu sagen, dass er keine Fotos machen dürfe. Andererseits war er ein wirklich guter Fotograf, und seine Bilder könnten noch nützlich sein.

Er sah, wie sie seine Kamera betrachtete. »Ich werde die Fotos nicht verkaufen.«

Die Maschine lief nun auf Hochtouren, der Arm bewegte sich schnell auf und ab. Als der Arm in das Quadrat mit dem offenen Wasser eintauchte, hielt Jude die Luft an. Jerry hatte gut kalkuliert, es war nah dran. Quälend langsam sank der riesige Metallarm in die Dunkelheit. Jerry schrie und hob eine Hand, dann bewegte sich die Gabel vorwärts, schob sich unter den Eisblock, der die Leiche einschloss, und holte ihn heraus. Der Fahrer legte den Rückwärtsgang ein, bis der Eisblock nicht mehr über dem offenen Wasser schwebte. Die Leute jubelten, auch diejenigen, die hinter dem Absperrtape warteten und zusahen.

Der Fahrer ließ die Gabel sinken, und Jerry holte den Schneidbrenner hervor. Mit einem kleinen Gasanzünder, den er aus einer Vordertasche seiner Latzhose zog, zündete er den Brenner an, stellte die Flamme ein und strahlte die Oberfläche des Eises leicht an. Sofort schmolz eine dünne Schicht Eis weg. Er schaltete den Brenner aus und wischte mit dem Ärmel seiner Jacke über die Oberfläche. Ihm entfuhr ein leises, überraschtes Geräusch, und er trat zurück, damit Jude und Uriah näher kommen konnten.

Weiße Augen wie bei einem Fisch mit Gefrierbrand blickten zu ihnen auf. Sie war sicher, dass die Leiche echt war. Ein Junge, wahrscheinlich ein paar Jahre älter als Joseph, Vivian Ortegas Sohn. Jude spürte das Entsetzen, das von Uriah Besitz ergriff und ihr eigenes widerspiegelte. Jeder Tod war schwer, aber der Tod eines Kindes ganz besonders. Sie mussten ihre Reaktionen und Gefühle vor der sie beobachtenden Öffentlichkeit verbergen.

Jerrys Trick, die Eisoberfläche zu polieren, hatte geholfen, das Gesicht des Jungen klarer erkennbar zu machen. Jude starrte es an, versuchte etwas, irgendetwas, darin zu lesen. Vielleicht, wie sehr der Junge gelitten hatte, oder wie bewusst ihm sein Tod gewesen war …

»Was erzählt es Ihnen?«, fragte jemand. Die Stimme triefte vor Sarkasmus.

Überrascht fuhr Jude zusammen und blickte auf. Sie sah einen Mann, an dessen Mantel ein Presseausweis hing. Sie hatte keine Ahnung, warum es die Presse ständig auf sie abgesehen hatte. Vielleicht, weil sie alle Interviews abgelehnt hatte, nachdem sie Octavia vor fünf Monaten das Leben gerettet hatte. Hinter ihm hängte sich ein Assistent gerade eine Handkamera über die Schulter. Das hier würde in den Abendnachrichten kommen. Irgendwie, vielleicht als alle Augen gerade auf den Eisblock gerichtet gewesen waren, waren die beiden über die Absperrung getreten.

In der Anfangszeit hatte Uriah noch versucht, Jude zu beschützen, hatte sie gewarnt, sie solle ihre Beobachtungen über die Toten lieber für sich behalten. Aber solche Dinge kamen meistens heraus. Vielleicht hatte irgendjemand an einem Tatort von ihrer ungewöhnlichen Fähigkeit Wind bekommen, oder ein oder mehrere Polizisten hatten es erfahren und weitererzählt. Möglicherweise hatten sie auch darüber gelacht. Manche Reporter waren sogar so weit gegangen, sie als die »Körperleserin« zu bezeichnen, was ebenfalls Quatsch war. Sie besaß keine magische Fähigkeit, sondern war einfach nur eine genaue Beobachterin, und selbst das konnte sie im Stich lassen. Das war schon passiert und würde wieder passieren, wenn es um Dinge wie Sozialisation und Beziehungen ging. Aber in letzter Zeit hatte sie festgestellt, dass es bei Vernehmungen durchaus nützlich sein konnte, wenn die Leute darüber Bescheid wussten. Es machte Verdächtige nervös, deshalb stritt sie es auch nicht ab.

Sie ignorierte den Schnee und blickte direkt in die Kamera. Ohne über ihre Miene zu verraten, was gerade in ihrem Kopf vor sich ging, sagte sie: »Wir werden eine Pressekonferenz einberufen, wenn wir Informationen für Sie haben. Bis dahin hoffe ich, dass Sie jegliche Sensationsgier und Mutmaßungen unterlassen. Und wir hätten es gern, wenn Sie wieder hinter die Absperrung treten würden.«

Der Typ trat in die Richtung des gelben Absperrbands, blieb dann aber noch mal stehen, um sich ein letztes Mal zu beschweren. »Der da gehört ja noch nicht mal zur Presse.« Er zeigte auf Elliot, der gerade Fotos schoss, dabei um den Eisblock herumging und sich hinhockte, um Bilder von der Seite und von oben zu machen. Sie fand das nicht schlimm. Und weil er eine Etage unter ihr wohnte, wäre es leichter, diese Fotos später als Beweismaterial zu konfiszieren, wenn sie müsste. Sie und Uriah würden zwar auch Fotos machen, aber Elliots wären besser.

Der Wind wurde stärker, der Schnee malträtierte ihr Gesicht, der plötzliche stürmische Wind brachte ein Gefühl der Dringlichkeit zum Zurückholen und Abtransport der Leiche. Jerry machte ein anderes Handzeichen, die für Jude alle gleich aussahen. Der Gabelstapler wurde auf Touren gebracht, die Rückfahrwarneinrichtung piepte, und die Maschine begann, langsam und vorsichtig über das Eis zu kriechen, kehrte zum Ufer zurück. Tief in ihrem Inneren hatte Jude mit einem Streich gerechnet. Aber jetzt wusste sie, dass der Gabelstapler etwas sehr Wertvolles transportierte, höchstwahrscheinlich war es ein Kind.

Der Rest des Arbeitsvorgangs verlief dann ziemlich zügig. Der Eisblock wurde vorsichtig auf den Anhänger gelegt und mit Nylonriemen befestigt.

»Ich werde ihnen bis zur Leichenhalle folgen«, sagte Uriah finster.

Jude sah sich um, entdeckte Elliot, winkte ihm zu und gab ihm zu verstehen, dass er auf sie warten solle. »Nur zu«, sagte sie zu Uriah. »Wir treffen uns im Büro.«

Dann trennten sich ihre Wege.

Nachrichtenkameras liefen, die meisten waren auf die wegfahrenden Trucks gerichtet, aber einige zoomten Jude näher heran. Sie zog ihren Kragen höher, schob ihre Hände in die Taschen und holte Elliot ein, der unter dem Überstand des kleinen Steinhauses stand, das heutzutage nicht mehr bewohnt und von den Schlittschuhläufern dafür benutzt wurde, sich aufzuwärmen. Arbeiter luden orangene Straßensperren und Pylone ab, stellten sie um das klaffende Loch auf, das von dem Lull zurückgelassen worden war. Die verbliebenen Eisblöcke standen im Halbkreis dort, erschufen eine merkwürdige Außerirdischenlandschaft. Wenn das kalte Wetter weiter andauern würde, dann könnte man dort, wo jetzt das Loch war, in einer Woche oder so schon wieder sicher Schlittschuh laufen.

»Ich würde gern die Fotos sehen, die du eben gemacht hast«, sagte sie.

Elliot beugte sich über seine Kamera, um sie vor dem fallenden Schnee zu schützen, und drehte ihr das Display zu.

»Das hier.« Sie zeigte auf das deutlichste Foto, das er von dem Gesicht geschossen hatte. »Schick es mir sofort, damit ich es durch unsere Gesichtserkennungsprogramme laufen lassen kann.« Sie hoffte bei Minnesota Missing und Unidentified Persons Clearinghouse oder NameUs, der landesweiten Datenbank, einen Treffer zu landen. »Und ich will auch noch mit dir über Ava reden.«

»Da gibt es nichts zu bereden. Ich mag sie. Und ich glaube, sie mag mich auch.« Er schaltete seine Kamera aus und steckte sie wieder zurück ins Etui. »Ich werde sie nicht ausnutzen, falls es das ist, was du glaubst.«

Das tat sie tatsächlich, oder zumindest war es das, was sie befürchtete. »Du wirst nichts über sie schreiben?«

»Das kann ich nicht versprechen. Wenn ich ihre Zustimmung habe, schon. Aber ich würde es nicht tun, ohne es sie vorher lesen zu lassen. Und dann muss sie mir ihr Okay geben.«

Das war immerhin etwas. Vielleicht hatte sie ja überreagiert. Vielleicht hatte es bei ihr den falschen Eindruck erweckt, als sie gesehen hatte, wie sie alle zusammen Schlittschuh gelaufen waren und dabei ausgesehen hatten wie eine Familie. »Vergiss nicht, mir das Foto zu schicken.«

Ihre Gedanken wanderten zurück zu dem Mann mit dem Presseausweis, und sie begriff, dass sie wirklich keine Idee hatte, wenn sie sich die Leiche aus dem Eis ansah. Überhaupt keine.

* * *

Im Präsidium überprüfte Jude ihre E-Mails. Das Foto, das Elliot ihr schicken sollte, war bereits da, zusammen mit anderen, die er geschossen hatte. Sie sah sich die Fotos an und ließ dann das deutlichste Bild von dem Gesicht durch die Minnesota-Missing-Persons-Datenbank laufen. In Kalifornien gab es die meisten ungelösten Fälle zu vermissten Kindern. Als sie zuletzt nachgesehen hatte, waren es über sechshundert gewesen. Minnesota befand sich irgendwo im Mittelfeld der landesweiten Statistiken. Nach zwei Minuten hatte sie bereits einen Treffer. Keinen ganz eindeutigen, aber zumindest eine Spur. Fünfundsechzig Prozent. Da keine hundertprozentige Übereinstimmung gefunden werden konnte, begann die Software, nach ähnlichen Merkmalen zu suchen. Wenn man ein weiteres unklares Foto beisteuerte, konnten die Ergebnisse auch noch unkalkulierbarer ausfallen.

Sie las die Biografie und Geschichte des vermissten Kindes – ein Junge namens Shaun Ford. Je mehr sie las, desto sicherer wurde sie, dass es sich um eine falsche Spur handelte und dies hier nicht der Junge aus dem See war. Aber trotzdem war es eine Spur, und der mussten sie nachgehen.

Uriah war noch nicht aus der Leichenhalle zurück, also rief sie ihn auf dem Handy an. »Ich habe einen Treffer«, erzählte sie, als er ans Telefon ging.

»Eine vermisste Person?«

»Ja, aber es sind nur fünfundsechzig Prozent. Und ich glaube, dass du das hier interessant finden wirst. Es handelt sich vermutlich um einen Jungen, der vor zwanzig Jahren in Minneapolis verschwunden ist.«

KAPITEL 5

Mit dreißig Jahren brachte Gail Ford einen Sohn zur Welt. Die Schwangerschaft war schwierig, und das letzte Vierteljahr konnte sie nicht mehr arbeiten, weil ihr das Baby das Leben geradezu aussaugte. Drei Monate verbrachte sie im Bett, las und sah fern, während sie sich einzureden versuchte, dass alles schon wieder in Ordnung käme.

Der Junge kam gesund zur Welt, aber letztendlich verlor Gail ihren Job. Sie versuchte es ihrem Kind nicht übel zu nehmen und sagte ihrem Mann, dass ihnen schon noch eine Lösung einfallen würde. Sie könnte mit ihrem Sohn zu Hause bleiben, während er arbeitete. So könnte sie ihr Baby besser im Auge behalten und es vor Gefahren schützen. Denn wenn es irgendjemanden gab, der etwas über Gefahren wusste, dann war es Gail. Die Welt war voller böser Menschen, die böse Dinge taten. Aber so bewusst sie sich auch war, ein Kind in einer solchen Welt großzuziehen, so hätte sie doch nie damit gerechnet, dass ausgerechnet *ihr* Kind eines Tages eine weitere Statistik sein würde – eines jener Kinder, die einfach von der Bildfläche verschwanden.

Gail und ihr Ehemann waren zunächst die Hauptverdächtigen gewesen, aber sie machte den Polizisten deswegen keine Vorwürfe. Es war üblich, zuerst die Eltern zu verdächtigen, besonders in ihrem Fall. Keine Zeugen. Niemand hatte etwas gesehen. Um ehrlich zu sein, hätte sie sich auch verdächtigt. Aber sie verlor nie das Gefühl, dass sie Shaun eines Tages wiedersehen würde, sogar noch lange nachdem ihr Ehemann bereits gegangen war und schließlich starb. Wenn das Telefon mitten in der Nacht klingelte, griff sie danach – gleichzeitig erwartungsvoll wie auch voller Angst. Sie verlor niemals die Ahnung, dass eines Tages eine Stimme am anderen Ende der Leitung *Mom* zu ihr sagen würde.

Tief in ihrem Inneren kannte sie seine Geschichte bereits. Er war nicht tot. Stattdessen war er von einem Fremden eingekleidet und gefüttert und umsorgt worden, der sogar so getan haben könnte, als sei er sein richtiger Vater. Jemand, der ihn womöglich gar nicht missbraucht hatte. In ihrer Vorstellung erschuf sie einen sicheren Hafen, in dem er geliebt und geschätzt wurde. An diesem idealisierten Ort hatte sich jemand liebevoll um ihren Sohn gekümmert. Vielleicht hatte er dort sogar eine bessere Betreuung, als er jemals bei ihr hätte bekommen können.

Als es inmitten eines schweren Schneegestöbers an der Haustür klingelte, beschlich sie das dumpfe Gefühl, dass der heutige Tag anders werden würde als die anderen. Das hier könnte der eine Tag sein. Der, an dem er nach Hause zurückkehrte. Gail war nicht mehr die Jüngste und fragte sich, was er wohl denken würde, wenn er sie wiedersah. Mittlerweile war sie einundsechzig, und der Stress hatte sie schneller altern lassen. Es war eitel von ihr, dass es sie überhaupt kümmerte, aber so war es nun mal.

Aber als sie durch den Spion blickte, sah sie nicht ihren Sohn, sondern einen Mann und eine Frau, die dunkle Kleidung trugen und aussahen wie ein Krähen-Pärchen, das in dem weißen Schnee besonders hervorstach. Sie öffnete die Tür. Der Mann zückte eine Dienstmarke.

»Mrs. Ford? Ich bin Uriah Ashby, Detective bei der Mordkommission.« Genau wie ein Schauspieler in einem alten Film klappte er das Lederetui zu und steckte seine Dienstmarke wieder ein. »Und das hier ist meine Partnerin, Detective Jude Fontaine.«

Mord. Das war nicht richtig. Das passte nicht.

»Wir hoffen, dass Sie uns vielleicht weiterhelfen können«, sagte Detective Fontaine. »Ich weiß nicht, ob Sie den Fall von der Leiche, die im See gefunden wurde, mitverfolgt haben, aber wir haben ein paar Fragen, die wir Ihnen gern stellen würden.«

Was hatte das mit ihr zu tun? »Ich hab heute Morgen etwas darüber gesehen.«

»Vergessen Sie nicht, dass das, was wir Ihnen jetzt erzählen werden, höchst unwahrscheinlich ist«, sagte Detective Ashby. »Wir folgen lediglich einer Spur, haken Dinge auf unserer Liste ab. Wir haben ein Foto der Person, die im Eis gefunden wurde, durch die Gesichtserkennungssoftware laufen lassen und haben eine fünfundsechzigprozentige Übereinstimmung bekommen. Fünfundsechzig Prozent ist noch lange kein Beweis. Es ist bloß eine Möglichkeit.«

»Reden Sie gerade über meinen Sohn?«

»Ja.«

Ihr Herz schlug unregelmäßig, während ihr Verstand mit der Logik der Situation zu kämpfen hatte. »Er ist seit zwanzig Jahren weg. Er wäre heute kein Kind mehr.

Er wäre einunddreißig. Ich weiß, dass in den Nachrichten von einem Kind die Rede war.«

Über die Jahre hinweg hatte die Polizei auch Phantombildzeichner engagiert, die ihren Sohn älter gemacht hatten. Sie hatten Bilder in den lokalen Nachrichten und den landesweiten Programmen gezeigt. Aber selbst da war es ihr immer schwergefallen, sich ihn als jungen Mann und nicht mehr als Kind vorzustellen.

»Ich weiß, dass das hier schwer für Sie ist«, sagte der weibliche Detective, während Gail ihnen per Handzeichen zu verstehen gab, sie sollten hereinkommen. Dann schloss sie die Tür hinter ihnen. »Aber wir hoffen, dass Sie uns weiterhelfen können. Vielleicht können wir ja durch Sie die Möglichkeit ausschließen, dass es sich bei der Leiche um Ihren Sohn handelt.« Von irgendwoher holte sie ein Bild hervor. Ein großes Farbfoto. »Es ist nicht besonders deutlich zu erkennen, das liegt am Eis.«

Jude Fontaine. Gail wusste, wer sie war. Fontaine hatte ihre eigene traurige Geschichte. Es gab so viele traurige Geschichten.

Mit klopfendem Herzen hielt Gail das Foto in Händen, dann sagte sie ruhig: »Ich glaube, dass er es ist.«

Die beiden Detectives schienen überrascht zu sein, und warum sollten sie es auch nicht sein?

»Aber ich muss ihn persönlich sehen, um ganz sicher sein zu können.« Sie gab das Foto zurück.

»Es gibt andere Möglichkeiten«, sagte Detective Fontaine. »Sie haben andere Möglichkeiten, um die Leiche zu identifizieren. Sie müssen nicht physisch anwesend sein.«

»Ich will es aber, und ich muss. Ich habe zwanzig Jahre lang gewartet.«

»Dann möchten wir Sie wenigstens dort hinfahren«, sagte Detective Ashby.

Gail war einverstanden und griff nach ihrem Mantel.

»Es schneit immer noch«, sagte Fontaine. »Sie werden Stiefel brauchen.«

Gail blickte an sich hinunter und merkte, dass sie immer noch Hausschuhe trug. Sie lachte nervös, zog sich andere Schuhe an, dann versuchte sie, die Tür zu öffnen, tat sich aber offensichtlich schwer damit. »Wenn es regnet oder schneit, klemmt sie immer.« Nachdem Uriah ein bisschen daran gezerrt hatte, schaffte er es schließlich, sie zu öffnen.

Im Wagen – Ashby saß hinter dem Steuer – erklärte Fontaine ein bisschen mehr über den zugefrorenen See und die Schlittschuhläufer. Sie saß seitlich, damit sie über den Sitz zu Gail schauen konnte. »Danke, dass Sie das hier tun«, fügte sie noch hinzu, nachdem sie Gail auf den neuesten Stand gebracht hatte. »Ich weiß, dass das alles andere als leicht ist.«

Detective Ashby bog von der Chicago Avenue ab und fuhr auf den Parkplatz hinter der Leichenhalle, die im Schatten des innerstädtischen Minnesota Vikings' Stadion lag. Es schneite immer noch, jemand in einem kleinen Gartentraktor mit einem Schneepflug versuchte, den Bürgersteig frei zu machen.

Außerhalb des Gebäudes sprach Detective Fontaine in eine Gegensprechanlage, woraufhin sich die Tür öffnete und sie eintreten konnten. Sie versuchten, den Schnee von ihren Füßen zu schütteln, und gingen dann einen hell erleuchteten Korridor entlang. Die ganze Zeit über fragte sich Gail, ob das hier wirklich wahr sein konnte.

War es tatsächlich Shaun? War er die ganze Zeit tot gewesen?

Ihr fielen seltsame Dinge auf, wie zum Beispiel dicke, weiße Farbe, die von Türriegeln abblätterte, und Käfiglampen an der Decke und dass Ashbys Haut eine ungesunde Blässe zeigte, dass er eine rote Narbe auf der Stirn hatte und Schweißperlen auf der Oberlippe. Plötzlich waren sie in einem mit Metall ausgekleideten Raum, in dem es so kalt war, dass ihr Atem einer melierten Wolke glich. Es gab dort einen großen Edelstahltisch mit Rollen, der in der Mitte des Raums über einem Bodenablauf stand. *Tropf, tropf, tropf.* Auf dem Tisch lag ein Eisblock, und in dem Eis befand sich eine dunkle Gestalt.

Gail keuchte leise. Ihre Füße fühlten sich an, als wären sie am Fußboden festgenagelt gewesen. Aber sie wollte, nein, sie *musste* es einfach sehen. Als ob sie sie verstehen würde, griff Fontaine nach Gails Ellenbogen und drängte sie sanft vorwärts, bis Gail auf das Eis blickte.

Und da war er.

Sie sah das Gesicht, *sein* Gesicht.

»Ich glaub's einfach nicht«, flüsterte sie, hielt sich eine zitternde Hand vor den Mund. Ein Schluchzer entwich ihr. Sie beugte sich vor, versuchte der Leiche so nah wie möglich zu sein, drückte ihr Gesicht ans Eis. »Es tut mir ja so leid«, sagte sie zu ihm. »So leid.«

»Mrs. Ford?«

Zeit war unwichtig geworden, und allmählich merkte sie, dass Fontaine gerade versuchte, ihre Aufmerksamkeit auf sich zu ziehen. Gail sah sie an.

»Glauben Sie, dass das hier Ihr Sohn sein könnte?«, fragte der weibliche Detective.

»Er ist es. Das ist mein kleiner Junge.«

Ashby entfuhr ein Laut der Überraschung und des Entsetzens, er drehte sich um und verließ den Raum. Gail dachte darüber nach, wie blass er vorher schon ausgesehen hatte, und wunderte sich über seinen sonderbaren Abgang, aber andererseits interessierte es sie auch nicht wirklich. Das hatte nichts mit ihr zu tun.

»Dies ist eine hochbrisante Situation«, sagte Fontaine. »Manchmal kann uns die Hoffnung Dinge glauben lassen, weil wir sie so sehr glauben wollen. Verstehen Sie, was ich meine?«

Gail nickte.

»Es tut mir leid, dass ich Ihnen sagen muss, dass Ihr Wort allein nicht ausreichen wird«, sagte Fontaine sanft und entschuldigend. »Eine visuelle Identifizierung ist nur ein Teil des Protokolls.«

Ihre Worte hätten vielleicht zu schonungslos klingen können, wäre da nicht diese Sanftheit in ihren Augen und das Mitgefühl in ihrem Gesicht gewesen. Leute wie sie waren mehr auf den Kummer der anderen Menschen eingestimmt. Sie konnte deren Schmerz und das Leid nachvollziehen.

»Das hier ist mein Kind.« Gail sah den Jungen wieder an, streckte eine Hand aus und fuhr über das Eis. »So sollte es nicht enden.«

KAPITEL 6

Jude beobachtete die Mutter dabei, wie sie das Eis streichelte, was gleichzeitig sehnsüchtig und bedauernd aussah. Jude war überzeugt, dass Gail Ford das Kind in ihre Arme genommen hätte, wenn sie gekonnt hätte. Sie gab der Frau ein paar Minuten Zeit, dann berührte sie ihre Schulter und zog sie zurück von ihrem Schmerz, damit Gail begriff, dass sie den kalten Raum bald verlassen mussten, auch wenn sie am liebsten bei der Leiche geblieben wäre und Nachtwache gehalten hätte. Aber das ging nicht, auch nicht unter normalen Bedingungen.

»Ich will ihn nicht verlassen«, sagte Gail. Sie stand jetzt aufrecht, blickte Jude an.

»Sie sollten nach Hause gehen, während wir daran arbeiten, die Identität des Kindes festzustellen.«

»Warum brauchen Sie denn noch weitere Beweise? Ich habe Ihnen doch gesagt, dass es mein Sohn ist.«

»Sie haben ihn seit zwanzig Jahren nicht mehr gesehen«, erinnerte Jude sie sanft.

»Seit zwanzig Jahren nicht mehr gesehen?« Gails Stimme wurde lauter. »Seit seinem Verschwinden ist nicht ein Tag oder eine Minute vergangen, in der ich ihn nicht gesehen hätte!«

Manchmal konnten die Toten oder Vermissten realer

sein als die Leute, die tatsächlich noch da waren. Jude wählte ihre nächsten Worte mit Bedacht; sie wollte auf keinen Fall gefühllos oder herablassend wirken. »Ohne einen Nachweis zahnärztlicher Unterlagen oder Fingerabdrücke oder DNA können wir die Leiche nicht eindeutig identifizieren. Vielleicht benötigen wir auch alle drei. Wie Sie vermutlich wissen, wird DNA selten bei vermissten Personen erfasst. Und es wird schwierig, vermutlich sogar unmöglich sein, diese von alten Habseligkeiten zu bekommen. Im Moment können wir nur das Protokoll befolgen. Bis dahin gilt die Leiche noch als ein Unbekannter. Aber ich verspreche Ihnen, Sie auf dem Laufenden zu halten, wenn es irgendwelche Fortschritte gibt. Und Sie können mich auch jederzeit anrufen, wenn Sie Fragen haben oder Ihnen noch etwas einfallen sollte, das sie uns gern mitteilen würden.« Jude war klar, dass so was keine Mutter hören wollte, und eine eindeutige Identifizierung würde ihre Wunden erneut aufreißen. »Für die Zukunft hoffe ich, dass Sie zumindest ein bisschen Frieden von der abschließenden Auflösung finden werden.«

Nachdem Gails DNA erfasst worden war, wurde sie im Taxi von der Leichenhalle nach Hause geschickt, versehen mit einer wichtigen Aufgabe. Sie sollte die Übergabe der zahnärztlichen Unterlagen ihres Sohns veranlassen, denn nach einem schnellen Telefonanruf konnte festgestellt werden, dass sie immer noch archiviert waren. Für ihre Freigabe müsste noch ihr Zahnarzt kontaktiert und eine Einverständniserklärung unterzeichnet werden, das ginge viel schneller als eine gerichtliche Anordnung. Wenn das erledigt war, könnten Shaun Fords Röntgenaufnahmen zum Büro der Gerichtsmedizinerin gemailt werden, wo Jude und Uriah die Unterstützung eines forensischen Zahnmediziners heranziehen würden.

Als Gail weg war, kehrten Jude und Uriah in den begehbaren Kühlraum zurück, dieses Mal zusammen mit der leitenden Gerichtsmedizinerin Ingrid Stevenson. Die Abteilung war ungewöhnlich groß, die Leichenhalle ein umfunktionierter Vorratsraum für Lebensmittel. Vor Jahren war das eine tolle Idee gewesen – ein einziger begehbarer Kühlraum, in dem man etliche Leichen auf einmal lagern konnte. Aber mittlerweile reichte der Platz nicht mehr aus. Inzwischen führten sie bis zu 1400 Autopsien pro Jahr durch. Fast alle – vom Bürgermeister bis hin zu den Praktikanten der Leichenhalle – waren sich einig, dass die Einrichtung mittlerweile zu klein war.

»Ich habe einen forensischen Paleoradiologen aus Duluth hinzugezogen, der herkommen wird, wenn es aufhört zu schneien«, sagte Ingrid. »Laut Wettervorhersage sieht's so aus, als gäbe es eine achtstündige Pause. Er ist bereit und wartet darauf, dass es losgehen kann.« Sie beugte sich vor, die Hände in den Taschen, während sie versuchte, durch das Eis zu sehen. Dann richtete sie sich mit einem Seufzer auf. »Eine gefrorene Leiche bietet eine Menge Herausforderungen. Keine davon hat mit Schnelligkeit zu tun. Die Leiche muss langsam aufgetaut werden, über Tage hinweg und schrittweise. Der Paleoradiologe wird dabei behilflich sein. Zu seinem Fachgebiet gehören eigentlich Mumien, aber seine Mithilfe war entscheidend dafür, ein Paar zu identifizieren, das vor ein paar Jahren in einem See im Norden gefunden wurde.« Dann erzählte sie noch von dem Vorfall mit einem Mann, der aus einem Boot ins Wasser nahe dem Gefrierpunkt gefallen war, nur um zwei Jahre später perfekt erhalten an die Wasseroberfläche zu treiben.

Sie konnten nichts anderes tun, als zu warten, deshalb machten sich Jude und Uriah auf den Weg in die Mordkommission, um Berichte hochzuladen. Draußen hielten Leute Nachtwache, obwohl es schneite. Batteriebetriebene Kerzen säumten eine niedrige Wand, zusammen mit Bouquets von gefrorenen Blumen. Reporter warteten in Vans auf die Bekanntgabe.

»Du könntest auch genauso gut nach Hause gehen«, sagte Uriah und wiederholte das, was Jude zuvor zu Gail gesagt hatte. »Wir rechnen nicht damit, dass wir in den nächsten Tagen schon eine eindeutige Identifizierung bekommen werden.«

Ein paar Leute stöhnten, aber die meisten schienen erleichtert zu sein, endlich aus der Kälte wegzukönnen.

Als sie zurück in der Mordkommission waren, sprachen ihre Kollegen über die Wucht des Wintersturms, der immer noch auf sie zusteuerte. »Habt ihr die Aufnahmen gesehen?«, fragte jemand. »Schnee, der bis zu den Dächern reicht. Leute in South Dakota stecken fest, ohne etwas zu essen oder trinken zu haben, es gibt keine Elektrizität. Die National Guard wurde bereits hinzugezogen.«

Vier Stunden später, lange nachdem die meisten, die die Tagesschicht absolviert hatten, nach Hause gegangen und die Lichter automatisch für den Abend gedimmt worden waren, verkündete ein Kollege, dass das Parkhaus aufgrund des Schnees geschlossen hatte. »Keine Fahrzeuge rein oder raus, und die Busse fahren bald auch nicht mehr.«

Jude schnappte sich ihren Mantel von der Rückenlehne ihres Stuhls. »Ich muss nach Hause und meine Katze füttern.« Merkwürdige Worte, wenn man bedachte, dass es erst wenige Monate her war, seit sie sich geweigert hatte, jegliche Form von Bindung einzugehen.

Da sie ihren Wagen nicht holen konnte, kauerte sie sich unter eine Straßenlaterne, während sie auf den Bus wartete. In dieser Situation wurde Jude an einen ähnlichen verschneiten Abend erinnert, als sie vor fast einem Jahr aus der Gefangenschaft geflohen war. In dieser unerträglichen Situation – eingeschlossen in einer winzigen Zelle in der Dunkelheit – hatte sie sich an die Hoffnung geklammert, dass auch noch bessere Tage vor ihr liegen würden. Vielleicht nicht morgen oder nächste Woche, aber irgendwann in der Zukunft. Sie fragte sich, ob dieser kleine Hoffnungsfunke wohl auch noch weiter gelodert hätte, wenn sie damals schon gewusst hätte, dass das hier die *besseren Tage* waren.

KAPITEL 7

Die Frau hinter dem Lenkrad hatte gehofft, dem Schlimmsten entgehen zu können, aber als sie den Jungen im Wagen hatte, schneite es bereits so stark, dass sie kaum noch durch die Windschutzscheibe schauen konnte. Sie verstellte die Lüftungsklappen und drehte die Heizung auf die höchste Stufe.

Während der Motor bereits lief, schlüpfte sie noch mal aus dem Wagen, um den Schnee wegzuwischen. Er war schwer und nass, die Temperatur betrug um die minus ein Grad. Sie säuberte das Scheibenwischerblatt, aber nur auf ihrer Seite. Als sie damit fertig war, waren ihre Handschuhe klatschnass. Sie zog sie aus und warf sie auf den Rücksitz, dann setzte sie sich hinters Lenkrad.

»Darf ich einen Schneemann bauen?«, fragte der Junge. Er hatte es geschafft, sich selbst anzuschnallen, während sie mit dem Scheibenwischer beschäftigt gewesen war.

»Nein.« Er fragte das immer, wenn er Schnee sah. Ein paar Mal hatte sie es ihn versuchen lassen, war aber solange im Haus geblieben und hatte geraucht. Er wusste nicht, dass er zuerst mit einer kleinen Kugel anfangen und diese dann so lange rollen musste, bis sie groß genug war. Aber sie machte sich auch nicht die Mühe, es ihm zu erklären. Seine Schneemänner waren immer winzig, eigentlich nur Haufen. Aber das war ihm egal. Er war eines der glücklichsten Kinder, die sie je gesehen hatte. Einmal hatte sie ihm sogar eine Karotte für eine Nase gegeben, die er in den Haufen steckte. Danach war er vor lauter Aufregung auf und ab gehüpft, so als wäre es der beste Tag in seinem armseligen kleinen Leben gewesen.

»Es ist dunkel. Ich kann einen Schneemann im Dunkeln bauen. Darf ich? Bitte?«

Die Dunkelheit war mittlerweile die einzige Zeit, zu der sie den Jungen rausließ. Was das anging, hatte sie ganz schnell ihre Lektion gelernt. Schon früh hatte sie ihn mit an öffentliche Orte genommen, auch bei Tageslicht, besonders, als er noch ein Säugling gewesen war. Damals dachte sie, dass sie niemandem auffallen würden. Falsch gedacht. Babys fielen immer auf.

Und dann stieß sie eines Tages in einem Kaufhaus fast mit einer Frau zusammen, die auf einem Bauernhof in der Nähe wohnte und die sie aus der Kirche kannte. Das war ganz schön knapp gewesen und hatte ihr gereicht. Sie entschied, dass es das Beste für das Kind wäre, es in der Obhut eines Freunds zu lassen, wenn sie das Haus verließ. Aber in Wirklichkeit wäre der Junge noch besser dran, wenn er allein wäre. Das hatte sie ziemlich schnell gelernt. Sie hatte nämlich nicht gerade den besten Männergeschmack. Deshalb verließ sie, nachdem es mit den Freunden nicht geklappt hatte, das Haus, sobald der Junge eingeschlafen war. Normalerweise war sie schon zurück, bevor er wieder aufwachte. Aber ein paar Mal war es passiert, dass sie das Haus betrat und ihn aus voller Lunge brüllen hörte, während er am Gitter seines

Käfigs rüttelte. Es war gut, dass sie keine Nachbarn hatten, die in der Nähe wohnten.

Nachdem sie das eine Mal fast entdeckt worden war, begann sie damit, immer weit weg zu fahren, wenn sie Einkäufe zu erledigen hatte, die irgendetwas mit Kindern zu tun hatten – beispielsweise Kleidung oder Essen, das Kinder mochten. Sie kaufte nie viel. Wenn irgendjemand fragen sollte, könnte sie immer erzählen, dass es für einen Verwandten wäre. Kein Spielzeug mehr. Keine Bücher. Er war noch nie beim Arzt gewesen, zumindest nicht, soweit sie es wusste. Nicht einmal bei der Geburt. Glücklicherweise war er ein ziemlich gesundes Kind. Vielleicht, weil er nicht vielen Bakterien ausgesetzt war. Aber manchmal tat er ihr leid, und ein paarmal hatte sie ihn sogar mitten in der Nacht in einen Park gebracht, um ihn schaukeln zu lassen.

»Sterne, Nana! Sterne!«, hatte er gerufen, so als ob er zum ersten Mal in seinem Leben etwas so Magisches gesehen hätte.

»Das ist richtig, Junge. Sterne.«

Er hatte keinen Namen, als er zu ihr kam, und ihr war gesagt worden, dass sie ihm einen geben könne, aber sie hatte ihn einfach immer nur *Junge* genannt. Ihm war das egal, und so war es ja auch besser. Dadurch fühlte sie sich ihm nicht so nah, für den Fall, dass jemals der Tag käme, an dem sie ihn weggeben müsste.

Wie jetzt.

Er war ein anständiges Kind, und wahrscheinlich würde sie ihn eine Zeit lang sogar vermissen. Aber ihr Ehemann und ihre Loser-Freunde waren schon lange weg, und der Typ, der sie dafür bezahlt hatte, dass sie sich um den Jungen kümmerte, war jetzt ebenfalls tot. Sie konnte es sich nicht leisten, ihn noch länger bei sich zu behalten. So war es nun mal. Sie hatte das hier schon eine Weile geplant. Es würde nicht so schwer sein, davon war sie überzeugt, und es würde schon klappen. Der Junge wäre nicht in der Lage, irgendjemandem irgendetwas weiterzuerzählen. Wo er gelebt hatte oder mit wem. Nana – das war alles. Mehr wusste er nicht.

Sie hatte darüber nachgedacht und sogar einen Versuch unternommen, ihn umzubringen. Hatte ihn in eine Badewanne gesteckt und runtergedrückt. Fast hätte sie es zu Ende gebracht, aber in letzter Minute war sie dann doch schwach geworden und nicht mehr fähig gewesen, ihn lange genug unter Wasser zu halten. Sie hatte angefangen zu zittern und beschämenderweise vielleicht sogar ein bisschen geweint.

»Ich will kein Bad«, begann er von da an immer zu sagen, wenn sie vorschlug, ihn zu baden. Er fing dann an zu weinen, und sie beließ es dabei. Sie konnte sich nicht mehr daran erinnern, wann er das letzte Mal gebadet hatte, das arme Kind. Und dann war ihr der Plan eingefallen. Niemand wäre in der Lage, ihn mit ihr in Verbindung zu bringen. Er war ein unbeschriebenes Blatt ohne Geburtsgeschichte oder Krankenakte. Rein gar nichts. Er hatte keine Vergangenheit. Was andere Leute anging, existierte er überhaupt nicht.

Ganz bewusst hatte sie die heutige Nacht gewählt. *Genie*, dachte sie. Der Schnee würde viele Sünden verbergen. Ihre Automarke und das Modell. Ihr Nummernschild. Wenige Leute auf den Straßen. Keiner draußen. Keiner da, um sie zu sehen. Die Idee war verdammt gut.

Als sie aus dem Süden nach Minneapolis reinfuhr, sah die Stadt magisch aus. Sie nahm die Interstate 35 zur Crosstown, dann die Cedar-Avenue-Ausfahrt in eine Gegend mit dem Namen Powderhorn. Glücklicherweise brachte sie das GPS ihres Telefons direkt zu dem Gebäude, nach dem sie suchte. Es war dunkel, die Straße leer, der Scheibenwischer prügelte die Windschutzscheibe zu Tode. Sie fuhr nicht an den Straßenrand, weil der Schnee dort tiefer war, und sie wollte kein Risiko eingehen, stecken zu bleiben. O Gott, das würde dann aber wirklich alles bis ans Ende ihres Lebens durcheinanderbringen. Deshalb blieb sie in der Spur, die ein anderer bereits gemacht hatte, und parkte.

»Siehst du die Tür da drüben?« Sie zeigte auf das Backsteinhaus mit dem einzelnen Licht über dem Eingang.

»Ja.« Er war so klein, dass seine Füße noch nicht mal bis zum Boden reichten.

»Ich will, dass du zu dieser Tür gehst und sie öffnest. Geh rein und warte dort, bis jemand kommt.«

»Nicht du?«

»Nicht ich.« Um ehrlich zu sein, fühlte sie sich sogar ein bisschen heilig und großzügig, dass sie ihn auf diese Weise laufen ließ. So hatte er zumindest eine Chance, jemand zu sein und ein Leben außerhalb der Mauern ihres Hauses zu haben.

»Wohin gehst du?«, fragte er. »Shoppen?«

»Ja, shoppen. Kannst du warten? So lange wie nötig?«

»Kann ich, Nana.«

Sie fragte ihn noch einmal. »Was habe ich gesagt?«

»Bei der Tür auf dich warten.«

Er sollte ruhig glauben, dass sie zurückkäme. »Das ist richtig.«

Sie öffnete seinen Sicherheitsgurt, dann streckte sie die Hand aus und öffnete die Beifahrertür. Schneeflocken wirbelten in den Wagen. Er kicherte entzückt. Der Schnee war auf gleicher Höhe mit dem Autoboden. Sie müsste jetzt so schnell wie möglich verschwinden. »Geh jetzt.« Kurz dachte sie darüber nach, ihn noch zu umarmen, aber das wäre eine dumme Idee. Wo war die überhaupt hergekommen? Sie hatte ihn noch nie umarmt, kein einziges Mal in den ganzen vier Jahren, in denen er bei ihr gewesen war.

Er schlüpfte aus dem Auto und wartete. Sie scheuchte ihn weg. »Geh schon. Beeil dich!«

Er drehte sich um, hielt inne, sein Rücken war ihr zugewandt. Dann stapfte er los. Sie schloss die Wagentür und kurbelte das Fenster auf der Beifahrerseite runter, wodurch das Glas vom Schnee befreit wurde, sodass sie ihn sehen konnte. Vor dem großen Gebäude sah er so klein aus. So klein, als er sich durch den Schnee schleppte, der ihm bis weit über die Knie reichte.

Sie hatte vorgehabt, so lange zu warten, bis er den Eingang erreicht hatte, aber dann sah sie Scheinwerfer, die in ihre Richtung kamen. Sie fuhr los.

Sich um das Kind zu kümmern war eine gute Sache gewesen, leicht verdientes Geld, solange es gut ging. Sicher, sie hatte lernen müssen, sparsam zu sein. Im Ramschladen und bei Goodwill einzukaufen. Coupons zu sammeln. Aber das war es wert gewesen, weil sie nicht mehr arbeiten musste.

Sie hatte überlegt, eine Runde um den Block zu drehen, um sicherzugehen, dass der Junge auch wirklich tat, was sie ihm aufgetragen hatte, aber das wäre zu softimäßig gewesen. Was kümmerte es sie, oder? Nicht ihr Junge, nicht mehr ihre Verantwortung. Und außerdem gehorchte er ihr immer. Er war ein gutes Kind.

Nach zehn Minuten begann sie sich euphorisch zu fühlen, weil sie ihn losgeworden war. Ihr fiel eine Riesenlast von den Schultern. Sie war jetzt endlich frei. Fünfzehn Minuten später hatte sie das Radio voll aufgedreht und sang zu einem Lied von Adele mit.

Ein Schwerlastwagen brauste auf der vierspurigen Straße an ihr vorbei, der Fahrer war für die Wetterbedingungen zu schnell. Sie wurde vom Fahrtwind mitgerissen und dann ganz schnell wieder losgelassen. Sie hörte auf, mit dem Radio zu jaulen, der Moment war ruiniert. Sie drückte auf die Hupe und zeigte dem Fahrer den Stinkefinger, auch wenn er sie gar nicht sehen konnte. Für eine halbe Sekunde war es ein gutes Gefühl. Sie überdrehte das Lenkrad, und das Fahrzeug geriet ins Schleudern.

Lenk gegen die Schleuderrichtung.

Sie wusste und versuchte es, aber es änderte nichts an der Ausrichtung des Fahrzeugs, als die beiden Lichtstrahle ihrer Scheinwerfer auch schon eine Leitplanke aus Metall vor ihr anstrahlten. Sie knallte dagegen, und der Zusammenprall erschütterte sie bis ins Mark, während Metall gegen Metall aufkreischte. Ihr Sicherheitsgurt zerrte an ihrer Brust, der Airbag ging auf, schlug ihr ins Gesicht.

Aber damit war es noch nicht vorbei. Das Auto schoss in die Luft.

In jenem Moment dachte sie, dass alles noch in Ordnung kommen könnte. Aber mit einem weiteren holprigen Rütteln krachte das Fahrzeug zu Boden, Reifen explodierten. Der Wagen rollte, bis er zu einem abrupten Halt kam, und der Sicherheitsgurt grub sich in ihre Taille, während sie kopfüber herunterhing.

KAPITEL 8

Judes Bus schaffte ein Drittel ihres Nachhausewegs, bevor er stecken blieb. Kein Hin- und Herschaukeln, Graben oder Anschieben der Passagiere, Jude mit eingeschlossen, konnte ihn befreien. Habseligkeiten wurden eingesammelt, und die Leute stiegen aus; die meisten wollten den Rest des Wegs laufen. Andere entdeckten ein Café, das noch geöffnet hatte, und liefen auf die Lichter zu.

Vor dem Bus gab es einen Verkehrskollaps der Fahrzeuge, die ebenfalls im Schnee stecken geblieben waren. Jude fragte sich, warum ein Mensch wie sie, der doch ein gewisses Maß an Intelligenz besaß, nicht einfach auf dem Polizeirevier geblieben war. Aber sie hatte letzte Nacht nur sehr wenig geschlafen, und außerdem musste auch ihre Katze gefüttert werden. Außerdem wollte sie wirklich allein sein, um die Ereignisse der letzten vierundzwanzig Stunden in Ruhe zu verarbeiten. Sie konnte besser nachdenken, wenn sie allein war – in der Einsamkeit ihrer Wohnung. Und da konnte sie auch ihre Batterien besser wieder aufladen. Vor einer Stunde war das irgendwie in Ordnung gewesen, solange die Busse noch fuhren und die Straßen befahrbar waren.

Aber dieser Schnee ... Es gab keinerlei Anzeichen

dafür, dass dieser gottverdammte Schnee weniger werden würde. Eigentlich wurde der Wind sogar nur noch stärker, brachte Schneegestöber mit. Und nun saßen sie hier – eine Handvoll Leute ohne Transportmöglichkeit. Jude war zwar nicht wohl dabei, fremden Menschen ihre Wohnung anzubieten, aber sie tat es trotzdem. »Meine Wohnung ist ungefähr eine Meile von hier entfernt«, verkündete sie, versuchte dabei ihren Widerwillen zu verbergen. »Falls hier jemand einen Platz braucht, wo er warten kann.«

Die Leute sahen auf den Boden, murmelten ein *Dankeschön* und machten sich dann aus dem Staub.

Hatten sie sie erkannt? Hatten sie sich daran erinnert, dass Jude ihren eigenen Vater getötet hatte? Wussten sie, dass ein junges Mädchen vor gar nicht mal allzu langer Zeit in ihrer Wohnung gestorben war? Es sagte eine Menge aus, dass sie sich lieber einem Schneesturm aussetzten, als Judes Wohnung zu betreten. Trotzdem war sie auch erleichtert, dass keiner ihr Angebot angenommen hatte.

»Ich hoffe, dass Sie alle einen Platz haben, wo Sie hingehen können!«, rief sie der kleiner werdenden Menschenmenge als letzten Versuch hinterher. Denn obwohl sie die Gesellschaft anderer Leute nicht schätzte, wollte sie dennoch nicht, dass irgendjemand heute Nacht sterben musste.

Ein Mann drehte sich um. Während er zu ihr zurückkam, sagte er: »Ich gehe in diese Bar da drüben.« Mit dem Finger zeigte er auf ein Leuchtschild die Straße runter. Seine Strickmütze war von einer dicken Schneeschicht bedeckt. Ein großer Kerl, er hatte mit den anderen den Bus angeschoben.

Jemand anders sagte: »Danke, aber ich bin schon fast zu Hause.«

Sie nickte und beobachtete die Leute, als sie auseinandergingen. Im Bus saß die Fahrerin hinter dem Lenkrad mit ihrem Handy am Ohr.

»Was ist mit Ihnen?«, fragte Jude durch die geöffnete Tür.

Die Frau winkte ihr zu. »Ich bleibe! Innerhalb der nächsten ein oder zwei Stunden soll ein Schneepflug kommen.«

Also machte sich Jude auf den Nachhauseweg.

Mit geneigtem Kopf stapfte sie weiter, der Wind war stärker geworden und blies ihr entgegen. Der Schnee reichte ihr stellenweise bis zu den Oberschenkeln, und das Gehen war verblüffend schwer, fast unmöglich. Anfang des 20. Jahrhunderts hatte der Anthropologe Franz Boas behauptet, dass Eskimos Dutzende Wörter für verschiedene Arten von Schnee hätten. Sie fragte sich, wie wohl diese Sorte heißen würde. Der Schnee war dick und schwer, es war fast, als würde man versuchen, durch nassen Zement zu gehen. Es gab Momente, in denen sie dachte, fast schon zu Hause zu sein. Sie blinzelte durch den dichten Schneesturm, suchte nach bekannten Orientierungspunkten, nur um zu merken, dass sie kaum eine Straße weiter gekommen war. In ihrer Tasche vibrierte ihr Telefon, aber sie ging nicht ran.

Zehn Minuten später war sie der einzige Mensch, der überhaupt noch auf der Straße war. Die Geschäfte waren geschlossen, Häuser und Wohnblöcke dunkel und geheimnisvoll. Die Laternen an den Straßenecken erhellten nichts mehr außer den Schneeflocken unter der Glühbirne.

Seltsamerweise merkte Jude, wie sich ihre Schultern entspannten, und sie spürte, wie die Anspannung von ihr abfiel. Der Schnee, so tödlich er auch sein konnte, erschuf eine Art Puffer zwischen ihr und den anderen Menschen. Und genau in diesem Moment war das ihre Welt. Diese wunderschöne Stille. Sie hielt alle anderen von ihr fern, und das war etwas Gutes.

In der Straßenmitte hielt sie einen Moment inne. Sie holte tief Luft, beobachtete den fallenden Schnee. Sie glaubte, ein flackerndes Licht gesehen zu haben – eine kurze Störung in ihrem Gefühl der Ruhe. Sie sollte keine Angst vor einem Stromausfall haben. Immerhin hatte ihr ein Stromausfall das Leben gerettet. Aber sie kannte sich auch gut genug, um zu wissen, dass ein Stromausfall ungewollte Erinnerungen auslösen könnte.

Mit geneigtem Kopf stapfte sie weiter, blieb aber weiterhin aufmerksam. Sie suchte sich Orientierungspunkte und wusste, dass sie nur noch ein paar Straßen zu laufen hatte, als die Stille plötzlich durch ein Brummen unterbrochen wurde. Es wurde immer lauter, bis es schließlich neben ihr stoppte.

»Brauchen Sie eine Mitfahrgelegenheit?« Die Frage kam von einem Mann in voller Ausrüstung auf einem Schneemobil, sein Gesicht war unter einem Helm verborgen.

Vermutlich ein guter Samariter, aber nein. Sie würde niemals bei einem Fremden einsteigen. Sie sagte, bei ihr sei alles okay, und er donnerte von dannen, suchte nach seinem nächsten Opfer oder jemand anderem, der Hilfe brauchte.

Als sie ihr Mietshaus erreichte, schmerzten ihre Beinmuskeln. Eine kleine und nicht besonders helle Glühbirne beleuchtete den Eingang. Genau unter der Lampe und in den Beton eingemeißelt stand das Jahr, in dem das Gebäude gebaut worden war – 1930. In der Nische war der Schnee vor den Doppelglastüren hochgetrieben worden.

Sie fand ihren Schlüssel und war dankbar, endlich zu Hause zu sein, freute sich darauf, ihre feuchten Klamotten auszuziehen, in eine Yoga-Hose und ein Sweatshirt zu schlüpfen, ein Fertiggericht in die Mikrowelle zu schieben und Dachkater zu füttern.

Aber ein plötzlicher Lärm, ganz in der Nähe, versetzte sie in Alarmbereitschaft.

Es klang nach einem Wimmern.

Sie fischte ihr Telefon aus der Tasche und sah, dass sie Nachrichten von Uriah bekommen hatte. Wahrscheinlich wollte er sich vergewissern, ob sie gut zu Hause angekommen war. Sie aktivierte die Taschenlampen-App und leuchtete in die Nische. Irgendetwas bewegte sich unter dem Schnee, sie hörte wieder das Geräusch.

Ein Tier?

Mit dem Fuß schob sie den Schnee beiseite, brachte ein Stück Stoff zum Vorschein.

Definitiv kein Tier. Vielleicht ein obdachloser Mensch. Was für eine furchtbare Nacht, wenn man keinen Platz zum Schlafen hatte. Schnell grub sie mit ihrer behandschuhten Hand, schob Schnee beiseite, richtete dann den Lichtstrahl auf die Gestalt in der Ecke, um sie vollständig sehen zu können.

Die Gestalt in der Ecke war ein Kind.

KAPITEL 9

Jude hockte sich neben das Kind. Er oder sie wimmerte erneut, reagierte aber ansonsten nicht. Jude sprach sanft, schüttelte eine kleine Schulter. Augen öffneten sich, starrten in ihre, eine Unterlippe zitterte.

Sie wusste nicht viel über Kinder. Ein Junge? Vielleicht. Wahrscheinlich. Der hier könnte fünf sein. Nein, sechs. Nein, vier. Sie hatte keine Ahnung. Jedenfalls zu jung, um allein zu sein. Das war alles, was sie wusste.

Sie schloss die Eingangstür auf, hielt sie mit dem Fuß offen, dann hob sie den kleinen Menschen hoch und trug ihn rein, wischte dabei Schnee von ihm ab. Auf dem Weg zu ihrer Wohnung blieb sie im zweiten Stock stehen, trat mit einem Stiefel gegen Elliots Tür, rief seinen Namen.

Als er öffnete, trug er Jeans, einen grauen Kapuzenpulli und Hausschuhe. Das dunkle Haar hatte er zum Pferdeschwanz zusammengebunden, seine Augen sahen noch ein bisschen verschlafen aus.

»Ich brauch deine Hilfe.« Sie war leicht außer Atem, verlagerte den Jungen in ihrem Arm und reichte Elliot ihre Schlüssel. »Ich hab ein Kind gefunden.«

»O mein Gott!«

Ihre Wohnung befand sich im obersten Stockwerk. Er folgte ihr die letzten Treppenstufen hinauf, schloss ihr die Tür auf. Drinnen angekommen, legte sie das mit Schnee bedeckte Bündel auf die Couch und zog die Kapuze zurück, dann zog sie ihre Handschuhe aus, um sein Gesicht zu befühlen. Kalt. Das war keine Überraschung. Seine Lippen waren blau angelaufen, aber die Augen, die sie beobachteten, waren aufmerksam.

Wie lange hatte er wohl schon dort gelegen? Hatte er sich verlaufen? Wohnte er auch in ihrem Gebäude oder irgendwo in der Nähe? War er draußen herumgelaufen, um im Schnee zu spielen? Oder vielleicht war er ja auch von der Schule nach Hause gelaufen und hatte dabei die Orientierung verloren?

Sie zog ihm die Handschuhe aus. »Seine Hände sehen okay aus, glaub ich.« Schmutzig. Diese Art von Dreck, die eine gewisse Zeit braucht, um sich anzusammeln. Obdachlos oder vernachlässigt. Oder beides. »Ich bin Jude, und das hier ist Elliot.« Sie band seine Schnürsenkel auf.

»Sollst du ihm die Schuhe ausziehen?«, fragte Elliot. »Ich habe mal diese Sendung gesehen, in der die Füße des Typen erfroren waren, und sie haben ihm die Stiefel abgenommen und …«

»Sei still«, unterbrach ihn Jude mit ruhiger Stimme, so als würde sie gerade mit jemandem ganz normal plaudern. Sie wollte ihren Gast nicht erschrecken.

Es schien einen Moment zu dauern, bis Elliot kapierte, dass er gerade drauf und dran gewesen war, vor einem jungen Kind allzu bildlich zu werden. »Oh, richtig.«

Langsam zog sie die Stiefel aus, ließ sie auf den Boden fallen. Keine Socken. Seine Füße waren sogar noch schmutziger als seine Hände. Sie sah sie sich genau an. »Eiskalt.«

Elliot gab einen Laut von sich, klang besorgt und sah ihr über die Schulter.

Ihre Wohnung war klein. Vor fast einem Jahr war sie eingezogen mit nichts weiter als ein paar Kleidungsstücken, die Uriah ihr nach ihrer Flucht aus der Gefangenschaft ins Krankenhaus gebracht hatte. Es war interessant, dass Gegenstände, die ihr einmal wichtig gewesen waren, mittlerweile jegliche Bedeutung verloren hatten. Alles, was zählte, war ein sicheres Zuhause, Privatsphäre und ein Bett. Nichts anderes spielte wirklich eine Rolle. Niemand über ihr, ein Schlafzimmer, eine Wohnküche, die durch eine Frühstückstheke abgetrennt wurde, und drei Stühle. Der frühere Mieter hatte die Zeche geprellt und ein nettes orangefarbenes Vintage-Sofa zurückgelassen, das jetzt leicht blutbefleckt war, wegen dem Mord, der sich vor Kurzem hier ereignet hatte. Dann gab es noch einen Wohnzimmertisch aus der Mitte des Jahrhunderts, einen geflochtenen Teppich, ein *Grain-Belt-Bier*-Poster, einen Flaschenöffner aus Metall, der wie Minnesota geformt war, sowie Geschirr, Kochtöpfe und Pfannen. Die Blutflecke, die sie nicht ganz wegbekommen hatte – ganz egal, wie oft sie auch versucht hatte, sie wegzuschrubben –. hatten sie vorher nicht sonderlich gestört. Aber jetzt das Kind zu sehen, das daneben hockte, ließ sie innerlich zusammenzucken.

Sie machte sich gerade, zog ihre Stiefel aus, die sie in der Nähe der Tür ließ, warf ihren Mantel auf einen Stuhl und eilte anschließend in die Küche, um etwas zu suchen, das groß genug war, damit die Füße des Jungen hineinpassten. Sie kochte selten, und das hier war ihre erste ernsthafte Inspektion der unteren Geschirrschränke.

Als sie einen tiefen Topf fand, der eventuell mal für Spaghetti benutzt worden war, war sie zufrieden. Es wurde zwar eng, aber sie schaffte es, den Topf irgendwie ins Spülbecken zu bekommen, um ihn mit lauwarmem Wasser zu füllen. »Der Trick ist, die Gliedmaße ganz langsam aufzuwärmen.« Sie trug den Topf ins Wohnzimmer und stellte ihn vor das Kind auf den Fußboden.

»Soll ich die 911 anrufen?«, fragte Elliot.

»Ich bin mir nicht sicher, ob sie jetzt überhaupt herkommen können, und ich glaube auch nicht, dass er ins Krankenhaus muss.« Dann fragte sie das Kind: »Honigmäulchen, wie heißt du denn?«

»Honig ist Bienen-Kaka.« Die Worte kamen eins nach dem anderen in einem seltsamen Singsang aus seinem Mund.

Elliot schnaubte, und der Junge sah neugierig zu ihm auf – ein gutes Zeichen.

»Wie heißt du?«, wiederholte Jude ihre Frage.

»Ich hab keinen Namen.«

»Jeder hat einen Namen.«

»Nana sagt, ich brauche keinen Namen. Sie nennt mich nur Junge, weil ich ein Junge bin.«

»Wer ist Nana?«

»Nana, Nana, Nan.«

War Nana eine Abkürzung für *Nanny*, also Kindermädchen? Aber was für ein Kindermädchen kümmerte sich denn nicht um seinen Schützling? »Lass deine Füße im Wasser«, forderte sie ihn auf, als er versuchte, sie herauszuziehen. Schnell steckte er sie wieder ins Wasser. »Wohnst du auch hier im Haus?«, fragte sie.

Er schüttelte den Kopf.

»Wohnst du hier irgendwo in der Nähe?«

Erneutes Kopfschütteln.

»Wo *wohnst* du denn?«

Er zeigte mit dem Finger in die Luft. »Da drüben.«

Jude schloss daraus, dass sein Zuhause praktisch überall sein konnte – entweder in der Nähe oder sehr weit weg. Er lebte einfach nur nicht *hier*.

»Bist du mit einem Auto hergekommen?«

Übertriebenes Nicken, das eher aussah wie eine ruckartige Kopfbewegung.

»Wo ist Nana jetzt?«

»Weg.«

»Ist sie weggegangen?« Wenn die Frau irgendwo draußen im Schneegestöber unterwegs war, bräuchte sie vielleicht Hilfe.

»Fahren.« Mit den Händen machte er Bewegungen, als würde er Auto fahren.

»Vielleicht hat sie irgendwo angehalten, und er hat die Tür geöffnet und ist rausgegangen, ohne dass sie es mitbekommen hat«, überlegte Elliot laut.

»Bei den meisten Autos gibt es Sicherheitsfunktionen, um so etwas zu verhindern.«

»In den neueren.«

Genau.

»Bist du aus dem Auto ausgestiegen, obwohl du es nicht solltest?«, fragte Jude.

»Nein.«

»Hat dir ein Erwachsener gesagt, dass du aus dem Auto steigen sollst?«

»Nana hat das gesagt.«

»Was genau hat sie zu dir gesagt?«

»Sie hat gesagt, *geh zur Tür und warte*. Also hab ich gewartet.«

Er könnte auch verwirrt sein. Kinder brachten Dinge oft durcheinander, aber wenn er das nicht …

»Wir müssen bei allen Mietern nachfragen, ob ihn jemand erwartet hat«, sagte sie zu Elliot. Vielleicht hätte ihn jemand hereinlassen sollen. Furchtbar gleichgültig, rücksichtslos. Es einem kleinen Kind zu überlassen, die Schwierigkeiten einer Gegensprechanlage zu meistern. Sie konzentrierte sich ebenfalls auf den Gedanken, dass ihn jemand vielleicht absichtlich zurückgelassen hatte. Wie einen Säugling, der auf den Kirchenstufen ausgesetzt wurde. Und den Kleinen nicht nur im Stich lassen, sondern auch noch während eines Schneesturms! Es gab Fälle von überforderten Müttern, die ihre eigenen Kinder umbrachten. So etwas passierte zu oft. Aber vielleicht fand es eine labile Person weniger schrecklich, ein Kind während eines Schneesturms auszusetzen, als die bevorzugten Methoden des Vergiftens oder Ertränkens durchzuziehen.

Elliot sah von seinem Telefon auf. »Ich habe gerade eine Gruppennachricht an alle Anwohner geschickt, um zu erfahren, ob ihn irgendjemand erwartet hat oder vermisst.«

»Du kennst alle in diesem Haus?« Wie war das möglich? Sie verbrachte mehr Zeit damit, um andere Menschen einen Bogen zu machen.

»Das ist nicht so schwer. Hier gibt's sechzehn Wohnungen, und nur sechs davon sind bewohnt. Das ist ja nicht gerade eine Toplage, weshalb du wahrscheinlich hergezogen bist.«

Jude richtete sich auf und ging noch mal in die Küche – dieses Mal, um eine Plastikkanne mit heißem Wasser zu füllen. Als sie zurückkam, sah sie, wie Elliot gerade einen Brief von ihrem Anwalt beäugte, der bereits seit geraumer Zeit auf ihrem Wohnzimmertisch lag.

Sie hielt ihm die Plastikkanne hin. Er zuckte leicht zusammen und nahm ihr dann die Kanne ab.

Sie hatte den Brief noch nicht geöffnet, weil er die Bestätigung einer DNA-Übereinstimmung enthalten könnte. Leute waren aus ihren Löchern gekrochen und hatten behauptet, Erben zu sein und ein Anrecht auf den Nachlass ihres verstorbenen Vaters zu haben. Sollten sie es doch bekommen. Sie wollte mit nichts davon etwas zu tun haben. Das hatte sie auch deutlich gesagt. Sie wünschte, dass die Anwälte sie in Ruhe ließen, aber ein kleiner Teil von ihr war auch neugierig, weil es bedeuten könnte, dass sie da draußen einen Bruder oder eine Schwester hatte. Allerdings ging die Neugier auch nicht so weit, als dass sie den Brief lesen müsste.

»Schütte langsam Wasser dazu, während ich versuche den CPS, also den Kinderschutzbund, zu erreichen«, sagte sie.

»Keiner wird ihn heute Nacht noch abholen können.«

Mit den Lippen formte sie die nächsten Worte. *Er kann nicht bei mir bleiben.*

»Ich glaube, er muss das aber vielleicht.«

Sie spürte Panik in sich aufsteigen, schlimmer als die, als sie den Leuten im Bus angeboten hatte, zu ihr nach Hause zu kommen. Sie konnte sich nicht um ein Kind kümmern.

Vielleicht könnte er ja bei Elliot bleiben?

In der Privatsphäre ihres Schlafzimmers – Tür geschlossen, ein schnurrender Dachkater unter dem Bett – nahm sie sich ein paar Minuten Zeit, um Uriahs Textnachricht noch mal zu lesen. Dann antwortete sie, um ihn wissen zu lassen, dass sie jetzt zu Hause war. Das mit dem Jungen würde sie ihm später erklären. Danach rief sie beim CPS an und bekam die Antwort, mit der sie bereits gerechnet hatte.

»Normalerweise würde jemand innerhalb der nächsten Stunde zu Ihnen kommen, aber wegen den gesperrten Straßen ist das heute Nacht nicht möglich«, erklärte ihr eine Frau, die sich als eine Mitarbeiterin vorstellte, die sich um Anrufe nach Feierabend und um Notrufe kümmerte.

Jude hatte Angst, dass die Straßen morgen früh noch schlimmer zugeschneit sein könnten. Bei dem Gedanken, dass der Junge die ganze Nacht bei ihr bleiben müsste, wurde sie dermaßen panisch, dass sie anfing, sich alberne Möglichkeiten auszudenken, wie sie ihn früher loswerden könnte. Jemand könnte zum Beispiel auf einem Schneemobil kommen. Oder auf einem Pferd.

»Wir können morgen früh eine Akte anlegen«, sagte die Frau, »aber die wird wohl sehr spärlich ausfallen, solange wir nicht mehr Informationen über ihn sammeln können. Wenn Sie ihn heute Nacht behalten könnten, dann kann hoffentlich morgen jemand bei Ihnen vorbeikommen, um ihn abzuholen. Aber ich muss auch sagen, dass unsere Pflegefamilien momentan ausgebucht sind.«

»Länger als heute Nacht kann ich ihn nicht bei mir behalten.«

»Wir werden uns etwas überlegen.«

»Danke. Wir bleiben in Kontakt.«

Als Nächstes rief Jude bei Missing Persons an – der örtlichen Abteilung für vermisste Personen. Sie brauchte den Jungen nicht vor sich zu haben, um genaue Angaben wie Haar- und Augenfarbe machen zu können, aber sie kehrte ins Wohnzimmer zurück, um ein Foto von ihm zu machen und ihn nach seinem Alter zu fragen.

»Wie alt bist du?«, fragte sie.

Der Junge zuckte mit den Schultern und lächelte.

»Magst du Geburtstage?«, fragte Elliot. »Ich könnte wetten, dass du die magst! Wenn's Kuchen gibt.«

»Ich mag Kuchen.«

Jude sagte dem Mann am anderen Ende der Leitung alles, was sie ihm sagen konnte, bekam seine gesicherte E-Mail-Adresse, damit sie ihm das Foto des Kindes schicken konnte, kündigte an, dass sie sich morgen wieder bei ihm melden würde, und legte dann auf. Zurück im Schlafzimmer, kramte sie Klamotten aus der Schublade, auch wenn sie zu groß für ihn sein würden, schnappte sich eine Decke vom Bett und Handtücher aus dem Bad.

»Keiner hat ihn erwartet.« Elliot hielt sein Telefon mit den Antworten auf seine Nachricht hoch, dann legte er das Gerät auf den Tisch und fragte den Jungen: »Hast du Hunger?«

Sie hatte noch nicht mal darüber nachgedacht, ihm etwas zu essen zu geben. So toll war sie, wenn es um Kinder ging.

»Ich mag Pfannkuchen.«

»Seine Füße sind warm und haben Farbe bekommen.« Elliot blickte zu Jude auf. »Seine Hände sind auch warm. Er ist wohl nicht allzu lange draußen gewesen.«

»Es wird schwierig, jemanden zu finden, der etwas gesehen hat.« Jude fragte sich, ob sie wohl Zutaten für Pfannkuchen da hätte. Unwahrscheinlich. Sie warf einen Blick in den Kühlschrank. »Grillkäse. Magst du ein Sandwich mit gegrilltem Käse essen?«

»Nana macht das manchmal für mich.« Das hieß dann wohl so viel wie, dass es okay wäre. »Alles klar, dann werden wir das heute essen.«

»Hast du mehr Neuigkeiten über die …« – Elliot formte mit den Lippen das Wort *Leiche* – »im See?«

»Könnte sein, dass wir eine Spur haben, aber ich darf nicht darüber reden. Tut mir leid.«

»Schon okay.« Aber er sah ein bisschen gekränkt aus. Bei einem früheren Fall hatte er ihnen geholfen, und jetzt hatte er deswegen diese grandiose Vorstellung, ein ehrenamtlicher Detective und Teil des Teams zu sein. Er hatte sogar überlegt, sein eigenes Detective-Büro zu gründen. Sie versuchte, ihm das auszureden – einfach, weil er von solchen Dingen überhaupt keine Ahnung hatte. Aber er schien zu denken, dass er aufgrund der Nähe zu ihr kein Neuling mehr sei und ihm das automatisch Glaubwürdigkeit verleihen würde.

Elliot machte drei Sandwiches, während Jude sich auf das Kind konzentrierte. Kein richtiger Name, kein Alter, kein Geburtstag, keine Mutter, nur jemand, den er *Nana* nannte. Und keine Socken. Sie wusste nicht, warum sie das so störte. Wahrscheinlich zeigte das für sie das Level der Vernachlässigung. Und nun, da ihm allmählich wärmer wurde, sonderte er auch noch den starken Geruch eines ungewaschenen Körpers ab.

»Irgendwie ganz nett«, sagte Elliot, als er drei Teller

mit Sandwiches auf den Wohnzimmertisch stellte. Der Topf mit dem Wasser wurde zur Seite geschoben, der Junge saß mit Socken an den Füßen und einer Decke um die Schultern auf der Couch, ließ die Beine baumeln, aß gegrillten Käse und trank Milch aus einem Glas, das zu groß war für seine kleinen Hände, während Elliot auf der anderen Seite der Couch hockte. Jude lehnte stehend an der Wand, ignorierte ihr Sandwich und versuchte immer noch, das Rätsel um dieses Kind zumindest halbwegs zu lösen.

»Gehst du zur Schule?«, fragte sie.

Er schüttelte den Kopf.

»Was für Fernsehsendungen siehst du gern?«

»*Thomas, die kleine Lokomotive.*«

»Welche Spiele spielst du gern?«

»Karten. Nana spielt mit mir Karten.«

Die Lichter flackerten, und der Junge ließ sein Sandwich auf den Teller fallen, aber er schien eher überrascht als verängstigt zu sein.

Elliot holte sein Telefon aus der Tasche und aktivierte die Taschenlampen-App. Während er zu Jude aufsah, fragte er: »Hast du irgendwas für Notfälle?«

Sie ging in die Küche und kehrte mit drei halb geschmolzenen Kerzen zurück, die bei ihrem Einzug bereits in der Wohnung gewesen waren. Aber das Licht war jetzt wieder an und flackerte nicht mehr. Nur für wie lange?

Die Aufmerksamkeit des Jungen verlagerte sich, als Dachkater an ihnen vorbeischlich und versuchte, durchs Wohnzimmer in die Küche zu laufen, wo Trockenfutter auf ihn wartete. Außerdem bekam er normalerweise jeden Abend Dosenfutter.

»Mieze!«, kreischte der Junge aufgeregt.

Dachkater zuckte zusammen und gab jeden Versuch auf, um die Ecke herumzuschleichen. Er fauchte und verschwand wieder im Schlafzimmer, vermutlich in der Federkernmatratze, die zu seinem Rückzugsort geworden war.

»Er braucht ein Bad«, sagte Jude.

»Seh ich genauso.« Elliot wedelte mit einer Hand vor seiner Nase herum, als er seinen Teller in die Küche brachte. »Ich werde mal bei der Familie im ersten Stock vorbeischauen. Die haben Kinder. Vielleicht haben die ein paar Klamotten, die sie uns für den Jungen ausleihen können. Dann muss ich noch einen Artikel zu Ende schreiben, bevor der Strom komplett den Geist aufgibt.«

»Vielleicht kannst du ja zurückkommen, wenn du fertig bist?« Normalerweise war sie gut darin, ihr Gesicht neutral aussehen zu lassen, aber ihr Unbehagen darüber, mit einem Kind allein zu sein, musste wohl ersichtlich sein.

Elliot lächelte und blickte zu dem Jungen, der schläfrig wirkte, dann sah er zurück zu Jude. »Und ich habe bislang geglaubt, dass du vor nichts Angst hast.«

KAPITEL 10

Uriah saß an seinem Schreibtisch in der Mordkommission. Für die Nachtschicht waren die Lichter automatisch gedimmt worden, eine Aufmerksamkeit ihres neuen Systems, das über einen Timer gesteuert wurde und das biorhythmusfreundlich sein sollte. Zusätzlich hatte Chief Ortega die Detectives dazu ermutigt, ihre Schreibtische so einzurichten, dass sie sich heimischer fühlten. Auf vielen Tischen standen nun Fotos und Pflanzen herum, einige waren ziemlich hoch. Auf Uriahs Schreibtisch gab es sogar eine Lampe mit einem bernsteinfarbenen Lampenschirm. Jetzt warf er einen Schimmer, der in den Fenstern gespiegelt wurde, die vom Boden bis zur Decke reichten und die Stadtstraße unterhalb überschauten. Er war ganz versunken in seine Arbeit, während er in der Datenbank über die vermissten Personen recherchiert hatte, und mittlerweile war es zu spät geworden, um es noch auf einfachem und sicherem Wege nach Hause zu schaffen. Die Straßenbedingungen waren inzwischen dermaßen schlecht, dass die Stadtbahn nicht mehr fuhr. Er konnte sich nicht daran erinnern, dass das jemals zuvor passiert war. Ein paar Officer der Nachtschicht saßen an ihren Schreibtischen oder gingen im Raum auf und ab, blätterten in Unterlagen oder tippten auf ihren Tastaturen. Er mochte es, nachts in der Mordkommission zu sein.

Jeder arbeitete unter der Annahme, dass das Kind in der Leichenhalle Shaun Ford war, aufgrund von Gail Fords visueller Identifizierung. Aber Uriah war vorsichtig, nahm es nicht sofort als gegeben hin, bevor sie nicht mehr Informationen hatten. Manchmal wollten die Leute etwas so sehr, dass sie sich selbst austricksten und etwas sahen, das sie sehen wollten. Nicht dass sich Ford den Tod ihres Sohns gewünscht hätte, aber sie wollte *irgendetwas* haben, irgendeine Verbindung zu ihm.

Uriah wollte warten, bis er eine zuverlässige Bestätigung bekommen würde, aber nichts an seinen Zweifeln hinderte ihn daran, sich über den Fall des Jungen schlauzumachen, der vor zwanzig Jahren verschwunden war. Und wie immer bei Ermittlungen führte auch dieser zu ähnlichen Fällen, und bevor er sich's versah, verstrichen die Stunden, während er virtuellen Spuren folgte, die weit von den Twin Citys wegführten.

Die Datenbanken hatten sich in den letzten zwanzig Jahren verbessert. Länder, die zuvor noch isoliert gewesen waren, waren nun mit einem größeren Netzwerk verbunden, statt unabhängig zu agieren. Informationen wurden nicht gehortet, sondern mit anderen geteilt. Und was er fand, war sowohl interessant als auch beunruhigend. Bei seiner Suche hatte er sich zunächst auf vermisste Kinder aus Minnesota konzentriert, dann hatte er die Suche auf die angrenzenden Staaten Wisconsin, Iowa und Süd-Dakota ausgeweitet. Besonders interessierte er sich dabei für weiße Jungs, ungefähr im gleichen Alter wie ihr Unbekannter.

Die Deckenlampen und die bernsteinfarbene Lampe auf seinem Schreibtisch flackerten. Plötzlich wurde sein Monitor schwarz, aber dann war er genauso schnell wieder online. Im Gebäude gab es Notfallgeneratoren, aber aufgrund der jüngsten Geschichte der Stadt lösten flackernde Lichter ein mulmiges Gefühl in ihm aus. Die Stromausfälle hatten die Leute aus Minneapolis verändert. Sie begriffen, was Detectives schon immer gewusst hatten: Dass die Welt, während sie einerseits schön war und es in ihr viel Gutes gab, gleichzeitig auch aus Opportunisten und Jägern bestand. So etwas war für niemanden einfach, nicht einmal für einen Detective der Mordkommission, der regelmäßig den Abschaum der Menschheit zu Gesicht bekam. Vor den Stromausfällen hatte sich Uriah gesagt, dass er in einer Blase des Bösen arbeitete und es sein Job war, diese Blase daran zu hindern, sich auszubreiten und unschuldige Menschen zu verletzen. Und jetzt war die Blase geplatzt.

Sein Handy klingelte. Er warf einen Blick aufs Display und stöhnte. Sein Arzt. Er stand hinter seinem Schreibtisch auf, suchte sich eine ruhige und private Ecke und ging dann ans Telefon.

»Ich rufe Sie nur an, um Sie an Ihren morgigen Termin zu erinnern.«

»Ich weiß, dass Sie ein beschäftigter Mann sind, aber haben Sie schon mal nach draußen gesehen?« Dabei blickte Uriah an seinem Spiegelbild vorbei durch die Fensterscheibe und auf die Straße zwei Stockwerke unter ihm. Kein einziges fahrendes Auto und kein einziger Mensch war auf der Straße unterwegs. Der Wind blies dermaßen stark, dass die Schilder wackelten. Von dort, wo er stand, konnte er Schneeverwehungen erkennen, die einen Meter in die Tiefe reichten. »Ich bin mir nicht sicher, ob ich es bei diesem Wetter schaffe zu kommen.«

»Sie müssen sich an das Protokoll halten. Jede der drei Behandlungen muss mit einem einwöchigen Abstand erfolgen. Haben Sie derzeit gesundheitliche Probleme?«

»Das Medikament gegen die Übelkeit scheint manchmal etwas zu bringen, aber die letzte Nacht war hart.« Und heute in der Leichenhalle auch. Die Lichter, die Leiche im Eis und Gail Fords emotionale Reaktion hatten eine Menge Fragen aufgeworfen.

»Sind Sie gerade etwa bei der Arbeit? Sie sollten doch nicht arbeiten. Wir haben bereits über Ihren extrem stressigen Job gesprochen und was womöglich passieren könnte.«

Ein Blutgefäß in seinem Gehirn könnte platzen, und er könnte verbluten – kurz zusammengefasst. Während der *Fibonacci-Morde* hatte seine Migräne angefangen, und seitdem war sie immer häufiger schlimmer geworden. Zuerst hatte er gedacht, dass seine Kinderleukämie zurückgekehrt wäre. War sie aber nicht. Das war die gute Nachricht. Ein MRT hatte dann einen gutartigen Gehirntumor ans Tageslicht gebracht, der langsam zu wachsen schien. Die größte Gefahr war eine Blutung. Deshalb sollte er zuerst verkleinert und dann entfernt werden, aber leider setzte das Verkleinern ein paar Runden Chemotherapie voraus. Uriah wünschte sich, niemals mit der Behandlung angefangen zu haben, und ganz besonders nicht jetzt. Es könnte sein, dass sich der Tumor für eine Operation vielleicht nicht genug verkleinern würde.

Und ohne Operation könnte er sterben. Oder vielleicht auch nicht. Er könnte auch wieder gesund werden.

»Haben Sie es schon irgendjemandem erzählt?«

»Nein.«

Er glaubte, dass Jude etwas ahnte und dass er sie mit seiner Behauptung, dass seine MRTs unbedenklich gewesen wären, nicht überzeugt hatte. Er hatte auch gesagt, seine Migräne habe sich aufgrund von Überarbeitung verschlimmert und weil er zu wenig trank. Aber sie hatte ihn bis jetzt noch nicht gedrängt, mit der Sprache rauszurücken. Dass er gesundheitliche Probleme hatte, war ihm nicht peinlich. Er wollte nur nicht bemitleidet werden. Das würden beispielsweise seine Eltern tun, deshalb hatte er ihnen auch nicht die Wahrheit gesagt. Zudem wollte er nicht, dass sein gesundheitlicher Zustand von Ermittlungen ablenkte, die gerade im Gange waren. Er hatte vorgehabt, es Jude zu erzählen, wenn's auf der Arbeit etwas ruhiger zuginge, aber derzeit sah es nicht danach aus, dass es in nächster Zukunft so weit sein würde.

»Es geht mich zwar nichts an, aber als Ihr Arzt denke ich, dass es viel problemloser verlaufen würde, wenn Sie eine Selbsthilfegruppe besuchen würden. Ich habe Ihre Eltern getroffen und glaube, dass sie gern helfen würden. Und letztendlich finden sie es doch sowieso irgendwann heraus.«

Nicht wenn er die Behandlung abbrach. Nicht wenn er morgen einfach nicht hinging.

»Hat es etwas mit den Haaren zu tun? Sie haben tolle Haare. Ich wünschte, ich hätte solche Haare. Ist es das? Sie werden wieder wachsen. Und bei der Chemo, die Sie bekommen, könnte es sein, dass Sie sie nicht mal verlieren.«

»Es hat nichts mit den Haaren zu tun. Mit Haarausfall käme ich schon klar.« In Wahrheit hatte es doch ein bisschen damit zu tun, zusammen mit allem anderen.

»Morgen. Allerspätestens übermorgen. Dann will ich, dass Sie nach Hause gehen und sich ausruhen.«

»Danke für die Erinnerung.«

Uriah beendete das Telefonat, steckte das Handy in die Tasche und blickte wieder nach draußen auf den Schnee. Die Schönheit raubte ihm fast den Atem. Aber der plötzliche heftige Wintereinbruch erinnerte ihn auch daran, wie schnell die Zeit verging und dass ein dunkles Datum kontinuierlich immer näher rückte – der zweite Todestag seiner Ehefrau. Der Tag, an dem sie sich dazu entschloss, ihrem Leben ein Ende zu setzen.

Eine Minute später war er auch schon wieder zurück an seinem Schreibtisch, ging die Datenbank durch, erstellte eine Tabellenkalkulation vom Entführungsort, Rasse, Alter sowie Augen- und Haarfarbe von männlichen vermissten Kindern – diese Tabelle reichte fünfundzwanzig Jahre zurück.

KAPITEL 11

Elliot hatte recht gehabt. Jude wollte nicht gern mit dem Jungen allein bleiben. Jetzt hatte er sich aufgewärmt und etwas zu essen bekommen und schien keine bleibenden Schäden seiner Finger oder Zehen davongetragen zu haben. Aber er stank immer noch.

»Lass uns dich jetzt mal in die Badewanne stecken«, sagte sie.

»Kein Bad.«

»Alles wird gut.« Sie streckte ihre Hand nach ihm aus. »Na komm.«

Er gab ihr die Hand und kam widerwillig mit, trödelte und schaute auf den Boden. Im Badezimmer war es angenehm warm, heißer Wasserdampf gluckerte durch die Rohre, der gerippte Heizkörper erzeugte mehr Wärme, als der kleine Raum benötigte. Als der Junge die Klauenfuß-Badewanne erblickte, änderte sich sein Verhalten schlagartig.

Er lachte und zeigte mit dem Finger darauf. »Füße!«

»Ja, die Wanne hat Füße.«

»Und angemalte Fußnägel. Das ist lustig.«

Sie waren rot. Vielleicht sogar mit Nagellack angemalt worden, wenn auch nicht besonders sorgfältig aufgetragen. Jude hatte sich immer vorgestellt, dass sich eine junge Frau die Nägel lackiert und dann dazu entschieden hatte, den Füßen der Badewanne ebenfalls eine Fußpflege zu verpassen.

Sie füllte die Wanne mit Wasser, sodass es circa fünfundzwanzig Zentimeter hoch war, vergewisserte sich, dass es nicht zu heiß war, und legte ein Handtuch auf den Fußboden mit Sechseckfliesen, damit der Junge keine kalten Füße bekäme. »Kannst du dich selbst ausziehen?«

»Kein Bad.«

Sie ging vor ihm in die Hocke und sagte: »Du brauchst aber wirklich eins.« Sie rümpfte die Nase. »Und die Wanne hat Füße. Sie wird dich beschützen.«

Er ließ den Kopf hängen. »Na gut …« Seine Unterlippe zitterte.

Sie fragte sich, ob er wohl eine schlechte Erfahrung in einer Badewanne gemacht hatte. Vielleicht war baden doch keine so gute Idee. »Weißt du was? Warum vergessen wir das Baden nicht einfach. Kein Problem. Wir werden dich stattdessen nur ein bisschen waschen, und du musst noch nicht mal reinsteigen.« Die Badewanne schien ihm wirklich Angst zu machen.

Aber er nahm sein Schicksal an. »Baden«, sagte er und begann sich aus seinem langärmeligen Shirt herauszuschälen. Dabei verhedderte er sich, und sie befreite ihn aus dem Stoff. In dem hellen Badezimmerlicht konnte sie sehen, dass seine Haut sehr blass war, es gab keinerlei Bräunungsstreifen.

Sie berührte einen erhöhten Bereich an seinem Schlüsselbein. Sie erkannte einen geheilten Knochenbruch sofort, fragte aber trotzdem. »Was ist das hier?«

»Nana nennt das meinen *Flügel.*«

»Hmm.« Er hatte noch mehr alte Verletzungen. Ein Unterarm, der gebrochen gewesen und vielleicht zu Hause ausgeheilt war. Narben, so schlimm wie diejenigen, die sie an ihrem eigenen Körper hatte. Sie verspürte eine Kombination aus Wut auf den oder die Täter und eine überwältigende Traurigkeit für den Jungen.

Sie befreite ihn noch von Hose, Unterhose und Socken. Die Wanne war zu groß für ihn, als dass er allein hätte hineinsteigen können, deshalb hob sie ihn über den Rand. Als seine Zehen das Wasser berührten, fragte sie: »Fühlt sich das okay an?«

Er nickte, woraufhin sie ihn ganz runter ließ.

»Hast du Spielsachen?«, fragte er.

Er versuchte immer noch, ganz mutig zu sein, während er mit glänzenden Augen zu ihr aufschaute. Mutig und erschrocken – gleichzeitig. Vielleicht war er geschlagen worden, weil er geweint hatte. Vielleicht war er geschlagen worden, weil er nicht gebadet hatte, oder *weil* er gebadet hatte, oder einfach nur, weil er am Leben war. Es tat ihr leid, dass sie die Badewanne überhaupt vorgeschlagen hatte, und hoffte, es irgendwie positiv für ihn umdrehen zu können.

»Lass mich mal nachsehen.« Sie öffnete einen Schrank, kramte darin herum und zog ein paar Spielsachen für Haustiere heraus, die Dachkater nicht interessiert hatten. Einen rosafarbenen Plastikwurm, der an einer Schnur hing, und einen Goldfisch, den sie quieken ließ. Sie warf ihn ins Wasser, reichte ihm den Stab mit dem Wurm dran und sagte: »Du kannst jetzt angeln gehen.«

Er lachte und tauchte den Wurm ins Wasser. »Hallo, Fisch.«

Sein Verhalten war grade so normal …

Jemand klopfte an die Badezimmertür. Sie öffnete sie einen Spalt, sodass die heiße Luft nicht entweichen konnte, und Elliot reichte ihr eine graue Jogginghose, Unterwäsche und ein gestreiftes T-Shirt.

»Danke.«

»Was ist los?«

Ihre Augen brannten, und sie hatte einen Kloß im Hals. Mit zusammengepressten Lippen schüttelte sie den Kopf, um ihm zu signalisieren, dass sie es ihm später erzählen würde. Von dem »Flügel« des Jungen, die anderen Anzeichen von unbehandelten Knochenbrüchen und die Narben, die eine schreckliche Geschichte erzählten. Vor einer Stunde hatte sie den Jungen noch so schnell wie möglich loswerden wollen, aber jetzt wollte sie ihn am liebsten bei sich behalten, bis sie wusste, dass er in Sicherheit war und ein unversehrtes Leben führen könnte. Es war schrecklich, sich etwas wünschen zu müssen, das für jedes Kind eine Selbstverständlichkeit sein sollte – ganz egal, wer es war, wo es herkam oder welche Hautfarbe es hatte.

Ein unversehrtes Leben.

»Uns geht es gut.«

Der Junge sprach mit dem Fisch, dachte sich eine Geschichte aus und beachtete die Erwachsenen gar nicht. Sie flüsterte Elliot zu: »Er ist so vertrauensselig. So als wäre er ein wildes Tier, das noch nie etwas mit Fremden zu tun hatte und nicht weiß, dass sie auch gefährlich sein können.«

»Armer Junge.« Elliot lächelte sie traurig an. »Ich bin unten. Ruf mich, wenn du etwas brauchst.«

»Vielleicht solltest du hier bleiben und ihm beim Baden helfen.«

»Du kriegst das schon ganz gut hin.« Er hielt inne, als würde er darüber nachdenken, ob er etwas mit ihr teilen wollte. »Du verstehst andere Menschen. Er ist ein Kind, aber er ist immer noch ein Mensch. Ich weiß, dass manche sagen, dass du Körper liest, aber ich glaub das nicht.« Er schien nach Worten zu suchen. »Wusstest du das: Wenn man niest, können auf der anderen Seite des Raums Gitarrensaiten vibrieren?«

Sie schüttelte den Kopf. Sie hatte noch nie eine Gitarre besessen.

»Es wird als *sympathetische Resonanz* bezeichnet. Das hast du in dir. Ich glaube, wegen dem, was du durchgemacht hast, kannst du dich so gut in bestimmte Menschen hineinversetzen. Du fühlst das, was andere fühlen, selbst wenn du dir dessen nicht bewusst bist.«

Sie war sich nicht sicher. Früher hatte sie die Signale falsch interpretiert. »Versuchst du etwa zu ...« Sie zeigte von ihm auf sich.

Er blickte zum Wohnzimmer rüber und wieder zurück. »Oh, zum Teufel, nein.«

Hinter ihr sagte der Junge zu dem Fisch: »Zum Teufel, nein!«

»Tut mir leid.« Elliot zog eine Grimasse, trat halb den Rückzug an, kam dann aber doch zurück und hielt sich am Türrahmen fest. »Was ich über Ava gesagt habe, habe ich ernst gemeint. Ich weiß nicht, ob das mit ihr irgendwo hinführen wird, aber ich mag sie. Es ist schön, dass du auf alle anderen aufpasst, aber du musst dir keine Sorgen um sie machen. Ich weiß, dass sie und Octavia viel durchgemacht haben, und ich weiß, dass dir die beiden wichtig sind.«

»Okay.« Sie glaubte ihm.

Manchmal war es, als würde sie alle anderen unterstützen, nur bei sich selbst bekam sie es kaum hin. Sie war nicht blind. Irgendetwas stimmte nicht mit Uriah. In letzter Zeit schien es ihm nicht gut zu gehen, er hatte die Silvesterfeier verpasst, und vorhin in der Leichenhalle hatte er ausgesehen, als würde er ohnmächtig werden.

»Ich muss arbeiten.« Elliot schlug leicht mit der Hand gegen den Türrahmen. »Du schaffst das schon. Das tust du immer.«

Er ging.

Hinter ihr war der Junge immer noch in seiner Spielewelt versunken, und der Fisch und der Wurm an dem Stöckchen erlebten gerade ein tolles Abenteuer. Jude rieb ein Stück Seife in einen Waschlappen, türmte einen Schaumberg auf und versuchte, ihm den Waschlappen zu geben.

Er war in sein Spiel vertieft. »Du schaffst das.«

Sie kniete sich neben die Wanne, wusch ihn, bewegte den Lappen sanft über seine vernarbte Haut. Manche der Narben waren durch Brandwunden von Zigaretten verursacht worden. Sie hielt inne, schloss kurz die Augen.

»Manchmal bin ich unartig«, sagte er mit einer fröhlichen Stimme und machte rauschende Geräusche, als der Fisch tief ins Wasser tauchte.

»Wer sagt, dass du unartig bist? Nana?«

»Nana macht, dass es mir wieder besser geht.«

»Lass uns jetzt mal deine Haare waschen.« Sie versuchte, ihn in der Wanne vorsichtig nach hinten zu manövrieren. »Leg dich hin.«

»Nein, nein, nein!«, schrie er plötzlich, seine dünnen Arme angespannt, als er sie ausstreckte, um nach etwas zu greifen, und sich an ihr festklammerte.

Schnell zog sie ihn hoch, ihr Herz klopfte schneller. »Alles okay, es ist alles okay«, sagte sie und versuchte, ihn zu beruhigen. »Wir lassen das.« Schließlich beruhigte er sich wieder. Er begann erneut zu spielen und war abgelenkt genug, sodass sie seine Haare und die Kopfhaut mit dem nassen Lappen einreiben konnte. Mehr wäre sowieso nicht möglich. Sie wollte nicht das Risiko eingehen, ihn noch einmal so zu erschrecken. Sie begann bei seinen Händen, schrubbte zwischen seinen Fingern, dann seine Füße und Zehen, bekam etwas, aber auch nicht allen Schmutz weg, der sich geradezu festgesetzt hatte. Das Wasser in der Badewanne verfärbte sich dunkelbraun.

Eigentlich war er gefügig gewesen und hatte brav gehorcht. Aber offensichtlich hatte er ein traumatisches Erlebnis in einer Badewanne gehabt. Vielleicht war er einmal fast ertrunken. Da wollte sie ganz sichergehen und den Auslöseimpuls neben allem anderen dem CPS mitteilen, wenn die ihn abholten.

»Die Seife riecht nach Blumen.«

Es war Lavendel. »Was weißt du über Blumen?«

»Sie sind hübsch. Sie riechen gut.«

»Und wo hast du welche gesehen?« Sie hoffte, kleine Details seines Lebens zu erfahren, die ein paar Lücken ausfüllen würden und ihr eventuell sogar einen Hinweis geben könnten, wo er gelebt hatte.

»Nana bringt sie mit nach Hause. Sie sagt, dass Blumen sie glücklich machen.«

Diese Nana tröstete ihn also, wenn er verletzt war, brachte Blumen nach Hause und hatte ihn an ihrer Tür abgesetzt. Sie wollte wirklich wissen, ob diese Nana auch diejenige gewesen war, die ihn verletzt hatte, wollte ihn aber nicht zu sehr drängen. Das war eine Frage für einen anderen Zeitpunkt.

Sie hob ihn aus der Badewanne – vermutlich wog er nicht mehr als sechzehn Kilo –, trocknete ihn ab, rubbelte seine Haare trocken, bis sie abstanden, und half ihm in die ausgeliehenen Klamotten, die auch als Pyjama dienen konnten.

Er hob das blau-grün gestreifte T-Shirt hoch. »Nicht meins.«

»Ich werde deins waschen. Diese gehören einem Jungen, der auch in diesem Haus wohnt. Er hat gesagt, dass du sie anziehen darfst.« Sie öffnete den Medizinschrank und holte eine unbenutzte, verpackte Zahnbürste heraus, die sie für das Mädchen gekauft hatte, das in ihrer Wohnung ermordet worden war. Sie öffnete die Verpackung, hielt die Bürste unter den Wasserhahn, machte Zahnpasta drauf und reichte sie dem Jungen.

Er schien zu wissen, was man damit machen musste. Es war keine Spur, aber ein weiteres Stück aus seinem Leben. Er badete nicht, wusste aber, wie man eine Zahnbürste benutzte. Eine Minute später hob sie ihn hoch, damit er ins Waschbecken spucken konnte.

»Du kannst heute Nacht in meinem Bett schlafen«,

bot sie ihm an. »Ich werde mich auf die Couch legen.« Sie würde ein Licht anlassen. Und vermutlich selbst die ganze Nacht kein Auge zutun.

Interessant, dass er vor ihr oder Elliot keine Angst zu haben schien. Und er hinterfragte auch nicht, warum er in ihrer Wohnung war, schien nicht nervös zu werden, weil er ohne seine Leute hier war, so schlimm diese Leute auch sein mochten. Vielleicht hatte er sich schon sehr früh immer wieder neuen Umständen anpassen müssen, hatte es akzeptiert und nicht hinterfragt, nicht gestritten und getan, was ihm gesagt wurde – außer wenn ihm etwas wirklich Angst machte. Sie kannte und verstand diese Art von Selbstschutz. Sie hatte das selbst so gemacht. Man schaltete ab, gehorchte, fand Trost in Dingen, in denen kein anderer Trost finden würde. Zum Beispiel in einem Katzenspielzeug.

Aber ein Kind …

Es brach ihr das Herz.

Ihr Schlafzimmer war klein und dunkel, mit einem schmalen Fenster, aus dem man die Straße überblicken konnte. Es gab lange, burgunderfarbene Vorhänge, die bis auf den Parkettboden herunterhingen, außerdem ein Bett und eine kleine, weiße Kommode. Diese Sachen waren bei ihrem Einzug bereits hier gewesen. Sie hatte sich noch nicht mal darum bemüht, neue Laken oder eine neue Decke zu kaufen. Diese genügten ihr. Die Lage des Hauses – weit entfernt von den beliebten Gegenden der Stadt –, das Flachdach, auf dem sie kurz nach ihrer Flucht aus der Gefangenschaft noch geschlafen hatte, und dass sie keinen einzigen Haushaltsartikel hatte kaufen müssen – all das waren Gründe gewesen, den Mietvertrag zu unterschreiben. Sie hatte nicht das Bedürfnis, irgendeinem Gegenstand ihren Stempel aufzudrücken, sich einzunisten oder mit hübschen Gegenständen zu umgeben, die keinen Zweck erfüllten. Vielleicht würde sich das irgendwann ändern und Häuslichkeit würde ihr wieder wichtig werden, so wie früher. Wenn nicht, wäre es auch egal.

Uriah hatte mal gesagt, dass sie wie jemand war, der vor der Erfindung des Fernsehers und des Autos gelebt hatte, und ganz bestimmt bevor es Handys gab, vor dem Frustshoppen und der Konsumkultur. Sie wollte überhaupt nichts. Ein Psychiater hätte das vermutlich als leichte Depression bezeichnet, und Jude hätte dagegengehalten. Sie konnte die Lage meistern, indem sie ihren Geist beruhigte und sich von allem trennte, was sie wollen könnte. Im Moment war es so. Vielleicht würde sie eines Tages die blutbefleckte Couch loswerden und ein paar hübsche Tassen und Teller kaufen wollen. Aber wenn nicht, dann wäre das auch völlig in Ordnung.

Sie brachte den Jungen ins Bett und deckte ihn zu.

»Wo ist die Miezekatze?«, fragte er.

»Dachkater ist auch ins Bett gegangen.« Die Wandschranktür stand offen, und Jude vermutete, dass sich der Kater versteckte und erst herausschleichen würde, sobald von dem Kind nichts mehr zu hören war. »Was machst du normalerweise, bevor du schlafen gehst?«, fragte sie.

»Meine Augen zumachen.«

Total süß. Sie hatte nicht gewusst, dass Kinder so süß sein konnten. Sie hatte das Bedürfnis, Uriah anzurufen und ihm zu erzählen, was der Junge gerade gesagt hatte, aber dann fiel ihr ein, dass Uriah ja noch gar nichts von dieser neuen Entwicklung wusste. »Und bevor du deine Augen zumachst, bekommst du da noch etwas zu trinken? Liest du ein Buch?«

»Ich guck mir Bücher an.«

»Liest dir irgendjemand etwas vor?«

»Manchmal.«

»Und wer?«

»Nana.«

Nana schien die Konstante in seinem Leben zu sein. »Was für Bücher magst du denn?«

»Sülobedi.«

»Enzyklopädien?« Keine Kinderbücher?

Er nickte, zog die Decke an seine Brust, schlang seine Arme darum. »*A*. Nur *A*.«

»Ich hab das Buch leider nicht«, entgegnete Jude. Und die Bücherkiste, die sie aus dem Haus ihres Ex-Freunds abgeholt hatte, hatte sie Uriah für seine Sammlung mitgegeben.

»A-na-ta-mi ist mein Lieblingsbild.«

Anatomie. Ja. Die alte Enzyklopädie hatte transparente Seiten.

»Was ist mit Dr. Seuss?«

Er schüttelte den Kopf. Da klingelte offenbar überhaupt nichts.

»*Ein Kater macht Theater*?«

»Miezekatze!« Er blickte sich im Raum um, suchte wieder nach Dachkater.

»Okay.« Sie gab auf. Offensichtlich kannte er gar keine Kinderbücher. Wie viele Leute hatten heutzutage eigentlich noch richtige Enzyklopädien in Buchform zu Hause?

Sie versuchte sich diese Nana vorzustellen, in ihrem Kopf war sie eine sehr alte Frau. Aber für einen Detective war es nicht gut, solche Vermutungen anzustellen. Nichts von dem, was der Junge gesagt hatte, hatte auf Nanas Alter hingewiesen, abgesehen von dem Buch, das er sich gern ansah.

Es dauerte nicht lange, und er war eingeschlafen.

Auf der Wohnzimmer-Couch setzte sie sich auf ihre Füße und wollte gerade Uriah anrufen. Aber er war schneller.

»Ich muss dir was erzählen«, sagte er.

»Könnte sein, dass ich eine noch größere Geschichte zu erzählen habe.«

»Dann mal raus damit.«

Bildete sie es sich nur ein, oder klang er erleichtert? »Ich hab ein Kind. Hier in meiner Wohnung.«

»Wow, mit so was hätte ich jetzt nicht gerechnet.«

Sie erzählte ihm, wie sie den Jungen draußen vor ihrem Hauseingang gefunden hatte.

»Schick mir mal ein Foto.«

Sie tat es. Dem folgte das Geräusch von Tasten. »Ich gebe das Bild in die NCMEC-Datenbank ein.« Er tippte noch ein bisschen herum. »Nichts.«

»Uriah?« Sie senkte die Stimme. »Soll ich dich in meinen Aluhut-Moment einweihen? Ich glaube, es könnte sein, dass jemand versucht hat, den Jungen passiv zu töten. Und abgesehen davon hat er irgendetwas Seltsames und Verstörendes an sich. Er scheint kaum Allgemeinbildung zu haben. Oh, und die große Sache? Er kann mir weder seinen Namen sagen, noch wie alt er ist.«

»Vielleicht fehlt ihm einfach die Fähigkeit, so was zu kommunizieren?«

»Ansonsten scheint er aber ziemlich clever zu sein. Andererseits weiß ich natürlich rein gar nichts über Kinder.« Sie lachte und erzählte dann, was er gesagt hatte, als er ins Bett gegangen war. Dann berichtete sie von der Misshandlung.

Uriah fluchte leise.

»Was wolltest *du* mir denn eigentlich erzählen?«, fragte Jude.

»Ich glaub nicht, dass ich mit deiner Geschichte mithalten kann.«

»Das ist doch kein Wettbewerb. Bist du eigentlich immer noch im Kommissariat? Ich könnte drauf wetten.«

»Und es sieht gerade auch ganz danach aus, als würde ich über Nacht hierbleiben.«

»Leg dich im Pausenraum hin.«

»Da war schon jemand schneller als ich.«

»Dann schlaf auf dem Boden.« Das war zwar nicht toll, aber er neigte dazu, an seinem Schreibtisch zu schlafen. Da war der Fußboden immer noch besser.

Erneutes Flackern, dann fiel der Strom komplett aus. »Oh, scheiße«, sagten beide gleichzeitig.

»Ich muss los.« Sie hängte auf.

Im Schlafzimmer und mit eingeschalteter Taschenlampen-App fand sie den Jungen, der sich auf dem Boden in der Ecke zusammengerollt hatte. Er benutzte seine Hände als Kopfkissen. Die Dunkelheit schien ihn nicht sonderlich zu stören. »Was machst du denn hier unten?«

»Ich will meinen Platz haben.«

Sie versuchte ihn zu überreden, wieder zurück ins

Bett zu gehen, aber er begann zu wimmern. Also gab sie es auf und holte ein Kissen vom Sofa. Die vom Schnee feuchte, blutbefleckte Seite drehte sie nach unten und legte es mit einem weiteren Kissen und einer Decke auf den Boden in die Ecke. Der Junge kauerte sich zusammen wie ein Welpe in einem Hundekorb. Innerhalb weniger Minuten war er eingeschlafen.

KAPITEL 12

»Wo ist Nana? Wann kommt Nana wieder zurück?«

Der Junge saß auf einem Stuhl an Judes Küchentheke, eine Schüssel mit kinderunfreundlichem Mikrowellenhaferbrei vor sich. Er schnappte sich einen Löffel, hatte sofort Milch am Kinn. Es war Morgen, aber der Sturm und das mangelnde Sonnenlicht führten dazu, dass es einem vorkam, als wäre schon Abend. Der Wind heulte und rüttelte an den Fensterscheiben, während die Außentemperaturen weiter fielen, es hörte nicht auf zu schneien, und die Menschen wurden dazu angehalten, in ihren Wohnungen zu bleiben. Seltsamerweise gab es keine Stromausfälle.

Als sie morgens die Lokalnachrichten geschaut hatte, war Jude nicht überrascht gewesen, zu hören, dass Schulen und sogar Einkaufszentren, die Mall of America inbegriffen, geschlossen waren. Viele Unfälle waren gemeldet worden. Bei den meisten handelte es sich um Leute, die sich im Schneesturm verirrt hatten, oder es ging um Autounfälle. Bei der größten Story des Morgens ging es um einen verhängnisvollen Unfall, der sich südlich von Minneapolis ereignet hatte. Eine Frau, die auf der I-35 unterwegs gewesen war, war von einem Schwerlaster von der Straße gedrängt worden. Sie hatte die Kontrolle über ihr Fahrzeug verloren, war über die Leitplanke gesegelt, mit dem Wagen umgekippt und hing anschließend kopfüber im Auto. Da sie sich in ihrem Sicherheitsgurt verfangen hatte, war sie nicht in der Lage gewesen, nach ihrem Telefon zu greifen, und für ein paar Stunden entdeckte keiner die brennenden Scheinwerfer. Glücklicherweise waren die Temperaturen letzte Nacht für Minnesota nicht allzu schlimm gewesen. Jude ging davon aus, noch weitere ähnliche Geschichten zu hören, bis der Sturm vorüber war und die Straßen wieder befahrbar waren. Die Frau hatte Glück im Unglück gehabt. Sie hatte zwar ein paar gebrochene Knochen, würde aber aller Voraussicht nach überleben.

Jude schenkte ein Glas Orangensaft ein und stellte es neben die Schüssel des Jungen mit dem Haferbrei. »Ich bin mir nicht sicher, wann du Nana wiedersehen wirst.« Und wenn das Wetter so blieb, würde sie wohl noch eine ganze Weile einen Gast haben. Sie konnte es kaum erwarten, ihre Wohnung wieder für sich allein zu haben. Jude verzog sich in ihr Schlafzimmer, holte ihr Handy heraus und rief wieder beim CPS, dem Kinderschutzbund, an.

»Normalerweise arbeiten wir so nicht«, sagte die Frau entschuldigend. »Unser Protokoll schreibt uns vor, das Kind abzuholen – unabhängig davon, wie spät oder ob es Tag oder Nacht ist. Also haben Sie bitte Verständnis, wenn ich Ihnen sage, dass wir aufgrund der schlechten Straßenbedingungen niemanden hier haben, der ihn abholen könnte. Vielleicht morgen. Ich sag Ihnen noch Bescheid. Bis dahin bin ich zuversichtlich, dass er bei Ihnen in sicheren Händen ist … oder zumindest sicherer, als er irgendwo anders sein würde.«

Dann rief Jude noch mal bei Missing Persons an, um nachzuhaken, ob es dort über Nacht irgendwelche Meldungen gegeben hatte, die noch nicht in der Datenbank standen. Schließlich rief sie beim NCMEC an, das Uriah in der Nacht zuvor online abgerufen hatte. Sie gab ihnen die Informationen, die sie hatte, und bekam eine E-Mail-Adresse. Jude versprach, ihnen gleich nach diesem Anruf ein Foto von dem Jungen zu schicken.

Zurück in der Küche schenkte sie sich eine weitere Tasse Kaffee ein und lehnte sich mit der Hüfte an die Theke, die Arme hatte sie vor der Brust verschränkt. »Wie sieht Nana eigentlich aus?«, fragte sie.

»Wie eine Lady«, antwortete er und kratzte die Reste aus der Schüssel. Der Orangensaft stand immer noch unberührt auf dem Tisch.

»Wie ich?«

Er lachte. »Nein.«

»Hat ihre Haut die gleiche Farbe wie meine?« Jude streckte einen Arm aus.

»Vielleicht.«

»Ist sie dünn?«

Er schüttelte den Kopf. »Sie fühlt sich an wie ein Kissen.«

»Arbeitet sie für deine Mom oder deinen Dad?«

»Nein.«

»Hast du eine Mom oder einen Dad?«

»Nana ist meine Mom und mein Dad.«

»Okay.« Jude entschied sich für eine andere Taktik. »Was machst du gern? Nach dem Frühstücken?«

»Manchmal male ich.«

»Gute Idee. Ich könnte wetten, dass du ein tolles Bild

von einem Haus malen kannst und vielleicht von den Leuten, die dort wohnen.«

»Ja.«

»Hat sie die Narben auf deinem Rücken gemacht?«

»*Er* hat das gemacht.«

»Nanas Ehemann?«

»Ein Mann.«

»Hat der Mann einen Namen?«

Er antwortete nicht, begann, das Interesse an der Unterhaltung zu verlieren.

»Lass uns mal deine Klamotten waschen.«

Jude dachte darüber nach, den Aufzug in den Keller zu nehmen und die Waschmaschine und den Trockner, die die Mieter benutzten, aber nach diesem traumatischen Erlebnis mit der Badewanne wusste sie nicht, wie er auf einen beengten und verwirrenden Raum reagieren würde, deshalb entschied sie sich, die Treppe zu nehmen. Es dauerte eine Ewigkeit. In einer Hand hielt sie den Wäschekorb, mit der anderen hielt sie seine, während sie die Treppe hinuntergingen, die ganz offensichtlich für Erwachsene gebaut war und nicht für Kinder. Die ganze Zeit über führte er einen Monolog über die Dinge, die er sah, zum Beispiel: »Lustige Wände.« Sie waren aus Ziegeln. »Hübsche Treppenstufen.« Sie waren aus Marmor. »Wohnt die Miezekatze auch hier?« Eine Mülltüte mit dem Bild einer Katze drauf, die Elliot liegen gelassen haben könnte.

Als die Waschmaschine erst mal lief, mit allem, was sie ihm ausgezogen hatten, Mantel und Handschuhe eingeschlossen, hob sie ihn hoch, um zu ihrer Wohnung im dritten Stock zurückzukehren. Auf halbem Wege klingelte ihr Telefon. Sie holte es aus ihrer Sweatshirt-Tasche.

»Hab grad einen Anruf von Detective Valentine bekommen«, berichtete Uriah, während sie wie ein Profi die Treppe weiter hochstieg. Den Jungen hatte sie sich auf die Hüfte gesetzt, in einer Hand hielt sie ihr Telefon. »Es gibt ein paar Neuigkeiten aus dem Loring Park.«

»Erzähl mir jetzt nicht, dass jemand in das Loch gefallen ist, das die Eisschneider zurückgelassen haben.« So etwas könnte ganz leicht bei dem Schneesturm passiert sein. Obwohl Absperrungen aufgebaut worden waren, könnten die zusammen mit den Warntafeln zugeschneit sein.

»Das war auch mein erster Gedanke, als ich den Anruf bekam, aber so ist es nicht. Man hat eine zweite Leiche gefunden.«

KAPITEL 13

In ihrer Wohnung angekommen, setzte Jude den Jungen auf dem Boden ab und ging zu einem Fenster, um nachzusehen, wie das Wetter war.

»Hast du gehört, was ich gesagt habe?«, hörte sie Uriah durchs Telefon fragen.

Draußen schneite es immer noch. Nicht mehr ganz so stark, aber es sah nicht danach aus, als ob überhaupt ein Schneepflug durch ihre Straße gefahren wäre. »Ich bin nicht sicher, ob ich hier wegkomme«, sagte Jude. »Vielleicht zu Fuß, aber letzte Nacht war's ganz schön schwierig, eine Meile zurückzulegen, und jetzt ist der Schnee sogar noch tiefer.« Sie stellte sich eine Karte vor und schätzte, dass der See ungefähr drei Meilen von ihrer Wohnung entfernt war. Sie senkte die Stimme: »Und er ist immer noch hier. Also der Junge.«

»Kann irgendjemand in deinem Haus auf ihn aufpassen? Vielleicht Elliot? Und mach dir keine Gedanken, wie du zum Tatort kommst. Ich komme und hol dich ab. Bin in dreißig Minuten da.« Eine Pause. »Oh, und zieh dich warm an.«

Sie rief Elliot an. »Kannst du mir einen Gefallen tun?« Sie mochte es nicht, andere Leute um irgendetwas zu bitten, aber das hier war etwas anderes, weil es für das

Kind war. »Kannst du den Jungen im Auge behalten? Ich muss zu einem möglichen Tatort.« Sie ging nicht weiter ins Detail.

»Na klar, ich kann auf das kleine Kerlchen aufpassen. Bring ihn runter.«

Sie klärte ihn darüber auf, dass sie noch Wäsche in der Maschine hatte und dass er Buntstifte bräuchte. Elliot versprach, etwas aufzutreiben.

»Willst du einen Schneemann bauen?«, fragte der Junge, als er sah, wie sie sich für draußen anzog. Dicke Wollsocken, zwei Kapuzenpullis und einen schwarzen Daunenmantel mit bauschiger Kapuze und isolierten Stiefeln, die selbst bei minus vierunddreißig Grad die Füße warm halten sollten.

»Nicht heute.«

»Darf ich einen Schneemann machen?«

»Draußen ist es zu kalt. Und der Schnee wird nicht zusammenkleben.« Sie zog den Reißverschluss ihres Mantels zu. »Jetzt bleibst du erst mal bei Elliot. Er wird Papier dahaben und irgendwas, mit dem du malen kannst.«

»Und wir warten auf Nana.«

O Mann. Er brach ihr das Herz. Sie gab ihm wieder die allmählich ausgelutschte Antwort. »Wir werden sehen.«

Sie brachte ihn runter in Elliots Wohnung, den sie noch mal an die Wäsche in der Waschmaschine erinnerte. »Und wenn irgendjemand wegen dem Jungen kommt, wirst du ihn nicht gehen lassen. Ganz egal, für wen sie sich ausgeben.« Sie wollte dabei sein, wenn der CPS kam.

»Wenn wir runtergehen, dann gehen wir als Team«,

sagte Elliot fröhlich – mehr zu dem Jungen als zu Jude. Er streckte eine Hand aus, seine Handfläche zeigte nach oben. »Gib mir einen Team-High-Five. Komm. Genau hier.« Er demonstrierte das alberne Spiel, klatschte seine eigene Hand ab.

Bei dem Jungen machte es klick, er verstand und klatschte mit seiner Handfläche auf die von Elliot. Elliot setzte einen dramatischen Gesichtsausdruck auf, und der Junge kicherte. »Ich hab gehört, dass du gern zeichnest und malst«, sagte Elliot. »Das tu ich auch. Und zufällig habe ich ein paar farbige Filzstifte da.«

»Ich mag Buntstifte.«

Das war eine der wenigen typischen Kindersachen, die er erwähnt hatte.

»Diese Filzstifte sind aber ziemlich cool. Ich glaube, sie riechen sogar nach irgendetwas. Was ist eigentlich deine Lieblingsfarbe?«

»Rot. Nee, Lila.«

»Ich mag auch beide.«

»Ich meine es ernst, Elliot«, sagte Jude.

Er schaute auf, dann wieder zurück zu dem Jungen. »Ich weiß. Keiner kommt in seine Nähe.«

»Okay.«

»Ich spiel auch gern Karten«, erzählte der Junge, lief in Elliots Wohnung herum und erblickte Blackie, Elliots Katze. Er lief geradewegs auf das Tier zu. Die Katze rannte nicht weg, und der Junge hockte sich vor sie. »Hallo.«

Die Katze starrte ihn an.

»Kannst du sprechen?«

Elliot hockte sich neben ihn. »Er mag es, wenn man

ihn so streichelt.« Er bewegte seine Hand über den Kopf der Katze, die sich streckte und anfing, laut zu schnurren.

Der Junge lachte und versuchte es dann selbst.

Jude verließ die Wohnung und zog die Tür hinter sich zu.

Ihr Telefon klingelte. Es war Uriah. »Ich bin hier.«

Sie fand ihn auf einem schwarz-weißen Schneemobil sitzend, das Logo des Dezernats und *Minneapolis Police Department* prangten auf der Vorderseite. Der Bürgersteig, auf dem er geparkt hatte, war immer noch von hohem Schnee bedeckt. Es gab ein paar Trampelpfade, wo die Leute zu Fuß unterwegs gewesen waren. Uriah trug einen bauschigen grauen Mantel, Jeans und schwere Stiefel, zusammen mit einem schwarzen Halbschalenhelm. Den Sichtschutz hatte er nach oben geschoben. Dass er sie mit einem Schneemobil abholte, hätte sie gar nicht überraschen sollen. Ein Bereich der Garage, in der auch die Streifenwagen und die Zivilfahrzeuge standen, war speziell für die Schneemobile der Polizei reserviert. In den meisten Jahren wurden sie kaum genutzt, aber zu anderen Zeiten, zum Beispiel jetzt, konnten sie die einzige Möglichkeit für die Officer sein, in der stillgelegten Stadt voranzukommen.

Er reichte ihr einen Helm. Sie setzte ihn auf und stellte den Riemen unter ihrem Kinn ein. »Warum kommt mir das hier eigentlich so seltsam vor?«

»Weil wir Detectives sind?«

»Nein.«

»Weil wir Bürgersteige runter und inmitten einer Stadtstraße fahren werden?«

»Nein.«

»Weil ich ein Schneemobil fahre?«

»Das ist es.« Sie schwang ihr Bein über die Maschine und setzte sich auf den Sitz hinter ihm.

»Ich bin schon mit acht Jahren Schneemobil gefahren.«

»Klingt nicht besonders sicher.«

»Ich lebe noch. Hatte nur einmal eine Schädel-Hirn-Verletzung.«

»Das erklärt einiges.«

»Warte nur.« Er ließ seinen Gesichtsschutz runter, und sie tat es ihm gleich. Dann ließ er den Motor aufheulen, und sie machten einen Satz nach vorn.

Das Schneemobil war laut, aber nicht so nervtötend, wie es gewesen wäre, wenn sie nicht selbst draufgesessen hätte. So wie bei jedem anderen störenden Geräusch auch – Staub saugen, Laubbläser – war das störender, wenn man das unschuldige Opfer des Lärms war. Gab es eigentlich ein Wort dafür?

Der Lärm machte jede Unterhaltung unmöglich. Wahrscheinlich war es ein Beweis dafür, dass sich ihre Beziehung weiterentwickelte, weil sie das Schweigen überhaupt nicht unangenehm fand und auch nicht, so nah bei ihm zu sitzen. Und es störte sie auch nicht, dass er derjenige war, der das Schneemobil fuhr und nicht sie. Das bedeutete aber nicht, dass sie sich an ihn klammerte. Ihre Hände in den schwarzen Handschuhen griffen nach dem ledernen Sitzgurt hinter ihr. Selbst als er eine scharfe Kurve fuhr, gab sie dem Reflex, nach seinen Schultern zu greifen, nicht nach.

Bei Straßenkreuzungen verlangsamte Uriah das Tempo, hielt aber nicht an roten Ampeln. Selbst ein

Schneemobil konnte in tiefem Schnee stecken bleiben, und es gab nur sehr wenige Fahrzeuge auf der Straße, bei denen man hätte vorsichtig sein müssen. Sie erblickte ein paar Leute, die versuchten, mit ihren Hunden Gassi zu gehen, die Wollpullis und Stiefel trugen, aber größtenteils waren die Straßen leer, und nur ein einziges Geschäft hatte ein *Geöffnet*-Schild im Schaufenster hängen. Die Fahrt hätte eigentlich sogar recht angenehm sein können, wenn man einmal von dem heulenden Wind und den beinahe schneesturmähnlichen Bedingungen absah. Es hätte sich fast schon wie ein freier Tag anfühlen können, ein verschneiter Tag, eine interessante Fahrt durch die verschlafene Stadt, bis sie bei einem Blick über Uriahs Schulter Loring Park erblickte.

Bis jetzt hatte es fast sechzig Zentimeter Schnee gegeben, aber seltsamerweise gab es Bereiche des zugefrorenen Sees, die von dem starken Wind wie klar poliert aussahen. Einige der Geräte, die mit den Lkws hergebracht worden waren – um das Eis aufzuschneiden und den Eisblock zu entfernen, in dem der Körper des Unbekannten eingeschlossen gewesen war –, waren immer noch hier. Wahrscheinlich kamen sie wegen des Wetters nicht weg. Streifenwagen und Zivilfahrzeuge aus ihrer Abteilung waren willkürlich auf dem Eis geparkt worden. Uriah fuhr mit dem Schneemobil über den See und hielt in der Nähe der Ansammlung von leeren Fahrzeugen und dem gelben Absperrband, das zwischen ins Eis gerammte Metallstangen gespannt worden war. Jude stieg von der Maschine und schob ihren Gesichtsschutz hoch. Uriah tat es ihr gleich.

Die aus dem See von den Maschinen entfernten Eisblöcke waren immer noch da, deren Schnittstellen fingen schwache Sonnenlichtstrahlen ein und warfen sie zurück, monumental und fremdartig in ihrer reinen Schönheit. Vor Ort gab es eine Crew, die versuchte, ein Zelt aufzustellen. Das machte man, um einen Tatort einzugrenzen, wenn raue Bedingungen herrschten. Ein Mann und eine Frau schlugen Metallpfähle ins Eis, während sich andere abrackerten, damit die Zeltplane nicht vom Wind losgerissen und wie ein Fallschirmsegel über den See gezogen wurde.

Detective Valentine kam näher. Er war ein kompetenter Detective und erst vor Kurzem aus Chicago zu ihnen gekommen. Sogar nach einem Schneesturm war er noch gut angezogen – er trug einen langen schwarzen Mantel, schwarze Schneestiefel und schwarze Lederhandschuhe. Sein einziges Zugeständnis an die Brutalität des Wetters war die mit Pelz gefütterte Mütze mit den Ohrenklappen. Dennoch schaffte er es irgendwie, das modisch aussehen zu lassen. Mit grimmiger Miene gab Valentine ihnen ein Zeichen, ihm zu folgen. Officers wichen zurück, damit die Detectives den Tatort beurteilen könnten.

Eine nebelverschleierte Sonne hing am Himmel über ihnen, schwarze Bäume standen am Ufer, und der Schnee, der nicht mehr herumwirbelte, fiel zwar immer noch, wurde aber von der Luft eingesogen und weggetragen, wo er eine Schneewehe fand, auf der er sich niederlassen konnte. Aus der Ferne ertönte das Geräusch von Schneepflügen: der dumpfe Aufschlag, als der Schneeschieber heruntergelassen wurde, gefolgt von dem sich drehenden Motor, dann das Piepen des Rückwärtsgangs. Dazu kam ein tiefes Surren, als sich die Bürger ihren

Weg aus den Garagen gruben und Schneefräsen gestartet wurden.

Während die Natur gleichzeitig überraschte und lähmte, lag direkt unter Judes Füßen eine weitere Leiche. Die Wiederholung dieser Szene war ihr nicht entgangen. Das trübe Eis, die Größe und Form der Leiche, nur wenige Zentimeter unter ihr. Dieses Mal war die Oberfläche klar, poliert von Schnee und Wind. Das Opfer sah aus wie ein Junge, der Jeans, ein blaues T-Shirt und Sneakers trug. Sein Gesicht war weiß, er hatte blaue Lippen und blondes Haar.

Sie blickte zu Uriah auf. »Was zur Hölle ist hier eigentlich los?«

»Wenn ich das nur wüsste ...«

Ihre Augen überflogen die Eisfläche. In der Ferne liefen Officers vor und zurück, was ein bisschen aussah wie eine Gitterformation. »Sie suchen nach weiteren Leichen.«

»Nur um auf Nummer sicher zu gehen«, sagte Valentine. »Jetzt wird eine gründliche Untersuchung durchgeführt, weil das Wetter gerade aufklart.«

»Wer hat ihn gefunden?«, fragte Jude.

»Die Eisschneider sind zurückgekommen, um ihre restlichen Maschinen abzuholen, und dabei haben sie ihn entdeckt. Vermutlich weil der Wind das Eis genug freigeweht und poliert hat, dadurch wurde die Leiche sichtbarer. Das ist jedenfalls die Theorie.« Er blickte auf und sah einen Officer, der mit Wegwerfbechern aus einem nahe gelegenen Café balancierte. »Entschuldigung.« Eilig brach er auf, um sich einen Kaffee zu holen.

Bevor Jude das emotional oder visuell verarbeiten konnte, erhielt sie auch schon eine SMS von Elliot.

In seinen Zeichnungen ist es immer Nacht.

Es dauerte einen Moment, bis sie kapierte, dass Elliot über den Jungen sprach. Er schickte ihr die Zeichnung eines Strichmännchens und von etwas, das möglicherweise ein Schneemann war. Er hatte recht. Der Hintergrund war pechschwarz.

Nach einem Moment ließ sie sich auf die Knie fallen, um sich die Leiche genauer ansehen zu können. Der See war nicht tief. Vermutlich drei oder viereinhalb Meter in der Mitte. An dieser Stelle waren es vielleicht zweieinhalb. Das Opfer befand sich ungefähr dreißig Zentimeter unter der Oberfläche. Neben ihm sah man gefrorene Pflanzen: Laichkraut, Moschusgras und Schafgarbe. Vor Jahren in der Familienhütte im Norden benutzten sie einen speziellen Radrechen, um das Pflanzenwachstum in Schach zu halten, wenn es so dicht wurde, dass man nicht mehr schwimmen konnte, ohne sich in den Pflanzen zu verheddern. Einmal hatte sie sich dermaßen in ihnen verfangen, dass sie dabei fast ertrunken wäre. Sie hatte geschrien, und ihre Mutter war angerannt gekommen.

Uriah hockte sich neben sie.

»Ich habe den Jungen letzte Nacht gebadet«, erzählte sie. »Er hatte Angst vor der Badewanne.«

»Diese Wanne ist ja auch ziemlich freakig.«

»Die Fußnägel hat er geliebt.«

»Vielleicht war er vorher noch nie in einer Badewanne.«

»Ich bin mir ziemlich sicher, dass er schon mal in einer war. Und genau das war das Problem. Alles war so lange in Ordnung, bis ich versucht habe, ihn dazu zu bringen, sich hinzulegen, um ihm die Haare zu waschen.«

»Ein weiteres Zeichen dafür, dass er misshandelt wurde?«

»Vielleicht. Ich hoffe, der CPS holt ihn schnell ab. Es gefällt mir nicht, mich für ihn verantwortlich zu fühlen, ohne zu wissen, warum überhaupt.« Und sich Gedanken über ihn zu machen, wenn er nicht da war. »Warum sollte man eigentlich Kinder haben wollen? Das muss doch immer wehtun. Damit meine ich nicht mal die Geburt, was ja ganz offensichtlich auch dazugehört, aber auch das hier ...« Sie meinte den Punkt, an dem sie gerade waren, und welchem Grauen sie sich gegenübersahen. Alles, was mit Elternschaft zu tun hatte, schien voller Schmerz zu sein, aber ein Kind auf diese Art zu lieben ... Die meisten Mütter würden für ihre Kinder sterben. Aber es gab auch noch andere ...

Statt der aufmunternden Worte, die sie erwartet hatte, war Uriah für einen Moment ganz still. Dann sagte er: »Ich glaube, das stimmt. Und vielleicht ist das auch der Grund, warum ich versuche, meine Mutter vor den schlechten Dingen in meinem Leben zu schützen.«

Sie dachte an seinen Klinikaufenthalt im letzten Herbst. Er behielt irgendwas für sich, und jetzt hatte er ihr auch einen möglichen Grund geliefert.

Sie schoss ein paar Fotos, ihr Finger schmerzte vor Kälte. Als sie fertig war, steckte sie ihr Telefon weg, zog sich ihre Handschuhe wieder an und stand auf. »Zwei Leichen, beide ungefähr im gleichen Alter. Es ist, als hätte jemand blonde Jungs bestellt, dann seine Meinung geändert und sie weggeworfen.«

KAPITEL 14

Im Präsidium angekommen, rief Jude bei Elliot an, um zu hören, ob bei ihm und dem Jungen alles in Ordnung war. Sie und Uriah hatten den zugefrorenen See vor zwei Stunden verlassen, Valentine war dort geblieben. Sie würden erneut das Eis schneiden, aber dieses Mal wollte die Firma alle Geräte vor Ort lassen, bis sicher war, dass man keine weiteren Leichen fand.

»Wir machen Schokoplätzchen«, erzählte Elliot.

Das Foto des Jungen war durch alle Datenbanken gelaufen, die Polly Klaas Foundation mit eingeschlossen. Keine Übereinstimmung. Ein paar Leute des Polizeikommissariats prüften sorgfältig NameUs, aber die Menge der Vermissten war beängstigend. Alle vierzig Sekunden verschwand in Amerika ein Kind. *Alle vierzig Sekunden!*

»Diesmal selbstgemachte?«, fragte sie und erinnerte sich an den Teller Oreos, den er ihr mal vor die Tür gestellt hatte.

»Uns fehlen ein paar Zutaten, also mal sehen.«

»Ich versuche, in ein paar Stunden wieder zurück zu sein.«

»Mach dir mal keine Gedanken. Uns geht's gut.«

Nachdem sie aufgelegt hatte, gab Uriah ihr ein Zeichen. »Ich will dir was zeigen. Ich wollte es dir schon letzte Nacht vor dem Stromausfall erzählen.« Er saß an seinem Schreibtisch, eine Hand lag auf der Maus, während er auf seinen Monitor starrte. Der Schein ließ sein Gesicht bläulich-bleich aussehen. Sie rollte ihren Stuhl näher heran und setzte sich, um einen Blick auf den Bildschirm zu werfen.

»Ich bin alle verfügbaren Datensätze durchgegangen«, erzählte er, »und es gibt einige Fälle von vermissten Jungs in Shaun Fords Alter, die schon verdammt lange zurückliegen.«

Leider nicht besonders merkwürdig, aber sie wartete, um zu sehen, was er so Interessantes gefunden hatte.

Er klickte. »Von einigen habe ich dann Bilder aufgerufen, und das Seltsame ist, dass sich viele sehr ähnlich sehen. Ich hab eine Tabellenkalkulation erstellt. Vermisste Personen, zwölfjährige blonde Jungs mit blauen Augen.« Er klickte weiter. »Hab's dir gerade geschickt, damit du eine Kopie davon hast.«

Sie betrachtete die Tabelle auf ihrem Bildschirm. »Du bist ja ganz schön fleißig gewesen.« Dort standen Hunderte Namen und Daten. »Wie weit reichen sie zurück?«

»Fünfundzwanzig Jahre, aber sie könnten sogar noch weiter zurückgehen, weil Informationen rückwirkend hinzugefügt werden mussten. Je weiter wir in der Zeit zurückgehen, desto wahrscheinlicher ist es, dass wir keine vollständigen oder gar keine Berichte vorfinden. Das ist alles ein seltsamer Zufall, oder? Wenn man weit genug zurückgeht, sollte man doch auf Ähnlichkeiten stoßen, oder?«

»Das ist unheimlich und verlangt definitiv eine tiefergehende Untersuchung.« Ihr Telefon klingelte. Der CPS. Sie hob ab.

Der Mitarbeiter sagte: »Manche Straßen wurden wieder freigegeben, wir sollten heute Abend um sieben in der Lage sein, das Kind abzuholen.«

Jude verspürte die Erleichterung, mit der sie gerechnet hatte, aber sie wurde begleitet von einem Aufblitzen von Angst.

Später ging sie, bevor sie ihren Wagen aus der Garage der Polizeibehörde holte, zwei Straßen weiter zu einem Kaufhaus, das nach dem Schneesturm wieder geöffnet hatte. Die Lebensmittelregale waren leer, aber sie wollte ohnehin Spielsachen und Kinderkleidung. Sie wollte, dass der Junge ein paar Sachen mitnehmen könnte, wenn er sie verließ.

KAPITEL 15

Jude machte den Leuten vom CPS auf. Nachdem sie drei Stockwerke hinaufgestiegen waren, stellten sie sich vor, während sie sich die langen Strickschals von den Hälsen wickelten. Jenny Hill, die noch ziemlich jung war, vielleicht in den Zwanzigern, und Kim Tharp, eine Frau um die fünfzig, mit langen Dreadlocks. Sie schien hier das Sagen zu haben. Die Frauen setzten sich auf die Couch, zogen Mäntel, Mützen und Handschuhe aus.

Das Kind saß auf dem Fußboden, spielte mit den Sachen, die Jude wenige Stunden zuvor gekauft hatte. Sie hatte auch zwei Kuscheltiere – einen Panda und eine orangene Katze –, ein paar Kleidungsstücke und einen Rucksack besorgt, auf dem Cartoon-Figuren abgebildet waren. Vielleicht hatte sie sich ein bisschen mitreißen lassen. Der Junge schien sich nicht für die Besucherinnen zu interessieren, hatte sie bis jetzt noch nicht angesehen. Stattdessen war seine volle Aufmerksamkeit auf einen Tyrannosaurus gerichtet, der in einem kleinen roten Koffer gewesen war, zusammen mit mehreren anderen Dinosauriern. Was hatte das eigentlich mit Jungs und Dinosauriern auf sich?

»Wir waren wie Sie in Kontakt mit Missing Persons«, erzählte Kim, während sich Jenny auf den Boden setzte – ein vergeblicher Versuch, die Aufmerksamkeit des Jungen auf sich zu ziehen. Er war viel zu abgelenkt von dem ganzen Spielzeug.

»Aufgrund unseres Gesprächs haben wir uns dazu entschlossen, das Foto des Jungen bei lokalen Fernsehsendern zu veröffentlichen und es auf unserer Facebook-Seite zu posten. Die Situation ist ein bisschen ungewöhnlich, da er eher ein *gefundenes* als ein *vermisstes* Kind ist. Aber irgendjemand vermisst ihn. An die Öffentlichkeit zu gehen bringt ihn in eine verletzlichere Situation, aber ich glaube, an diesem Punkt müssen wir den Schritt gehen.«

Jude sah das ganz genauso.

»Wir haben einen Arzt auf Abruf, der alles dokumentieren wird.«

Sie verstummten, als sie den Jungen ansahen.

Jude war nach ihrer Flucht selbst an diesem Punkt gewesen, sie wusste, was es mit sich bringen würde.

»Wir versuchen, es so einfach wie möglich zu machen. Bei uns arbeitet auch ein Kinderpsychologe, den er morgen treffen wird. Ich weiß noch, dass Sie Zeichnungen erwähnt haben, wir werden diese Technik und auch noch andere einsetzen. Die gute Nachricht ist, dass wir eine mögliche Pflegefamilie für ihn gefunden haben. Ich halte Sie auf dem Laufenden.«

Jenny ließ einen Stegosaurus über den Fußboden laufen. Selbst der Dinosaurier des Jungen ignorierte ihren. Jude gab Kim leise zu verstehen, sie solle ihr in die Küche folgen.

»Ich werde den Fall genau im Auge behalten«, flüsterte Jude, während sie weiterhin beobachtete, ob es im

Wohnzimmer irgendeine Interaktion gab. »Sorgen Sie bitte dafür, dass er nicht dorthin zurückkehrt, wo er vorher war. Ich will nicht, dass diese Geschichte tragisch endet.«

»Wir auch nicht. Aber das bedeutet nicht, dass wir nicht unser Bestes geben werden, um seine Mutter oder Betreuer ausfindig zu machen, damit wir die Situation besser beurteilen können. War diese Nana die Täterin? Vielleicht, aber vielleicht hat sie ihn ja auch beschützt. Und vielleicht hat das darin gegipfelt, dass sie ihn ausgerechnet an Ihrer Haustür abgesetzt hat. Wir werden auch die aktuelle Wohnsituation genauer unter die Lupe nehmen. Können wir irgendetwas tun, um zu helfen? Können wir es besser machen? Das sind nur ein paar der Fragen, die wir uns stellen, wenn wir uns um einen Fall kümmern.«

Fußschritte und ein Klopfen an der Tür. Elliot tauchte auf, um sich zu verabschieden. Er blickte auf die Leute im Raum und begrüßte sie, dann hockte er sich vor den Jungen, während Jenny es schließlich aufgab und sich zurückzog.

»Hey, Kumpel. Hab gehört, du machst eine Autofahrt.«

»Um Nana zu sehen?«

Interessant, dass er auf Elliot reagierte, nachdem er die Frauen ignoriert hatte.

»Diese Ladys hier werden versuchen, sie zu finden.« Er wollte den Dinosaurier in den kleinen Plastikkoffer packen, aber der Junge klammerte sich an den Tyrannosaurus.

Jude half ihm, seine Schneestiefel und den sauberen Mantel anzuziehen, schloss den Reißverschluss und zog ihm die Mütze über den Kopf. In einer Hand hielt der Junge den Dinosaurier, Jenny nahm die andere, und Kim trug den Rucksack mit seinen neuen Klamotten, dem Spielzeug und den Kuscheltieren. Dann gingen sie. Der Dinosaurier hüpfte auf dem Geländer entlang, während die drei die Treppe hinuntergingen. Der Junge blieb kurz stehen und sah zu Jude hinauf, dann ging er mit den zwei Frauen weiter. Als sie außer Sichtweite waren, ging Jude in ihre Wohnung zurück.

Elliot ließ sich aufs Sofa fallen. »Ich werde diesen kleinen seltsamen Kerl vermissen.«

Der Raum wirkte bereits leerer. »Ich werde ihn auch vermissen.« Seine seltsame Anwesenheit. Verletzt, ohne es überhaupt zu wissen. Er hatte etwas Fesselndes und Herzzerreißendes und unschuldig Mutiges. Sie hoffte, dass ihn seine Pflegefamilie gut behandeln würde.

Nun, da der Junge verschwunden war, tauchte Dachkater wieder auf. Jude öffnete eine Dose Katzenfutter, löffelte den Inhalt in eine Keramikschüssel, auf der die Zeichnung einer gelben Katze war, die ein Lätzchen trug, und stellte die Schüssel auf den Boden. »Früher hab ich gedacht, dass ich mal Kinder haben will, aber heute nicht mehr.« Sie kannte ihre Grenzen. Sie war zu distanziert und in sich gekehrt, um Mutter zu sein.

»Stell dein eigenes Licht doch nicht so unter den Scheffel. Du warst ganz toll mit ihm.«

»Du und deine Mutter steht einander nah, oder?« Jedes Mal, wenn sie seine Mutter erwähnte, verhielt er sich irgendwie merkwürdig und wand sich förmlich.

»Ja.«

»Du klingst deswegen ja nicht besonders fröhlich.«

»Sie kann ein bisschen … voreingenommen sein. Nennen wir es mal so.«

Elliot brach unvermittelt auf, um wieder in seine Wohnung zu gehen, als Jude eine Gruppennachricht von der Gerichtsmedizinerin erhielt.

Wir konnten heute Röntgenaufnahmen der Zähne des Unbekannten machen. Bitte seien Sie morgen früh zu einem Termin mit mir und der Forensischen Odontologin in der Leichenhalle.

KAPITEL 16

Am nächsten Morgen gruben die Bewohner immer noch ihre Autos aus den Straßen, die zwar eng waren, aber befahrbar. Jude brachte ihren Wagen zurück in die Innenstadt, schlingerte hin und her und schlug aufgrund der Unebenheiten in der Straße bei ein paar Kreuzungen auf, wo der Schnee immer noch tief war und die Oberflächen glatt vom Verkehr.

Bei der Leichenhalle war sie etwas überrascht, zwei Vans der Medienleute auf dem Parkplatz zu sehen. Aufgrund des Wetters und weil die Leute nicht in der Lage waren, nach Hause zu fahren, war die Nachricht über die zweite Leiche, die jetzt in dem Gebäude sicher versteckt war, fast unbemerkt geblieben. Aber es musste sich trotzdem irgendwie herumgesprochen haben. Detective Valentine beaufsichtigte auch weiterhin den Einsatz am See, aber zu diesem Zeitpunkt war noch keine weitere Leiche aufgetaucht.

Jude parkte in der Nähe von Uriahs Sedan und wurde durch die Hintertür der Leichenhalle hereingebeten, wo sie auf ihren Partner traf. Die Frau am Schreibtisch nickte ihnen lächelnd zu. »Dr. Stevenson erwartet Sie in ihrem Büro.«

Sie wussten, wo sie hinmussten. Während sie Seite an

Seite den weißen fluoreszierenden Gang entlanggingen, stopfte Jude die Handschuhe in ihre Tasche und nahm ihre Strickmütze ab. Ein Klopfen an Ingrids Tür, und sie wurden hereingerufen. Mäntel wurden über harte Plastikstühle geworfen, während die Gerichtsmedizinerin sie der Forensischen Odontologin vorstellte, die dabei war, ein Kabel an ein Display anzuschließen, wodurch der Bildschirm ihres Laptops an die Wand projiziert wurde.

Der Vergleich von unverwechselbaren dentalen Besonderheiten war eine anerkannte Methode, Opfer zu identifizieren, und wurde oft verwendet, um Mörder zu belangen. Die Methode war sehr verlässlich, wenn auch nicht ganz auf dem Level von DNA, weil es einen Fachmann verlangte, der speziell in forensischer Zahnheilkunde ausgebildet sein musste. Trotz der Fortschritte im DNA-Profiling, Fingerabdrücken und Gesichtsrekonstruktion spielte der Vergleich von dentalen Unterlagen immer noch eine bedeutende Rolle bei der Identifizierung von Leichen. Selbst wenn vor dem Tod keine zahnärztlichen Aufzeichnungen gemacht worden waren oder sie nicht für einen Vergleich verfügbar waren, so konnte ein Forensischer Odontologe dennoch in der Lage sein, Alter und Geschlecht allein aufgrund der Zähne zu bestimmen. In diesem Fall hatten sie zahnärztliche Aufzeichnungen und eine ziemlich gut erhaltene Leiche.

Ingrid lehnte mit vor der Brust verschränkten Armen an der Wand und ließ die Spezialistin den Laden schmeißen.

Noch ein paar weitere Klicks, und sie blickten auf zwei Röntgenaufnahmen von Zähnen. Eine war klar gekennzeichnet und zweiundzwanzig Jahre alt, auf der anderen stand das gestrige Datum sowie Zeit und Ort. Selbst Jude konnte mit ihren ungeschulten Augen sehen, dass es nicht gut aussah. Sie blickte zu Uriah rüber und sah, dass er das Gleiche dachte. Das Ergebnis war so eindeutig, dass sie wirklich keine Spezialistin brauchten, und dennoch war deren Rolle überaus wichtig, weil sie ihre Ergebnisse bestätigen würde.

Uriah kam direkt zur Sache. »Das sind nicht dieselben Personen.«

»Da stimme ich Ihnen zu«, sagte die Spezialistin. »Und ich weiß, dass Sie mit einer anderen Antwort gerechnet haben.«

Ingrid trat einen Schritt vor. »Da dies hier eine Überraschung ist im Hinblick auf das, was die Mutter zuvor ausgesagt hat, dachte ich, es wäre gut, die Details durchzugehen, bevor wir die Information an die Presse rausgeben.«

Die Spezialistin kreiste die Unstimmigkeiten zwischen den beiden Röntgenaufnahmen ein und fuhr mit ihren Erklärungen fort.

»Was ist mit dem Alter?«, fragte Jude.

»Die zweiten Backenzähne sind rausgekommen. Aufgrund dessen können wir bestimmen, dass das Opfer aus dem See zwischen elf und vierzehn Jahren alt war. Wahrscheinlich zwölf oder dreizehn.«

»Es könnte alles reibungsloser ablaufen, wenn du an der Pressekonferenz teilnehmen könntest«, sagte Uriah. »Die Reporter werden eine Menge Fragen haben.«

»Gern.«

Sie kam zurück auf die beiden unbekannten Toten, die immer noch in der Kühlvorrichtung lagen. »Also ist das erste Opfer nicht vor zwanzig Jahren gestorben.« Uriah klang verwirrt.

»Das ist fraglich«, erwiderte Ingrid. »Der Körper ist noch nicht komplett abgetaut, ich warte darauf, die Autopsie durchführen zu können. Ich sehe Anzeichen von Verwesung, die nicht zu einem Tod passen, der, sagen wir mal … vor einem Monat stattgefunden hat. Also bevor man sicher auf dem See laufen konnte. Während der Autopsie sollte ich erkennen können, ob die Leiche im Laufe der Zeit auch mal aufgetaut war. Ich werde besonders auf Zellbruch achten. Wenn eine Leiche eingefroren ist und dann wieder auftaut, platzen Blutzellen, und es entweicht intrazelluläre Flüssigkeit. Es ist ein ziemlich offensichtlicher Anhaltspunkt. Ich sehe auch Klamotten, die man heutzutage nicht mehr trägt.«

»Vintage-Kleidung ist beliebt«, ergänzte Jude.

»Ja, aber bei Kindern nicht typisch«, entgegnete Uriah.

Jude sah zu ihm auf, bemerkte die dunklen Ringe unter seinen Augen und machte sich wieder einmal Sorgen um ihn. »Könnte sein, dass die Kleidungswahl nichts mit Stil zu tun hatte, sondern wirtschaftliche Gründe.«

»Wie lange wird es noch dauern, bis die Autopsie durchgeführt werden kann?«, fragte Uriah.

»Ich hoffe, dass ich sie morgen machen kann.« Ingrid schien sich auch ihn genauer anzusehen. »Da die Medien ja ohnehin schon vor unserer Tür ihre Zelte aufgeschlagen haben, frage ich mich: Warum erzählen wir ihnen die Neuigkeiten nicht sofort?«

»Ich würde lieber eine offizielle Pressekonferenz einberufen«, sagte Uriah. »Ich sage den Reportern draußen Bescheid. Polizeikommissariat in dreißig Minuten?«

Jude gefiel die Idee nicht. »Ich muss zuerst mit Mrs. Ford sprechen, bevor das hier öffentlich gemacht wird.«

Uriah warf einen Blick auf die Uhr. »Okay, dann in einer Stunde.«

* * *

Eine Stunde würde sportlich werden. Jude brauchte allein dreißig Minuten, um zu Gail Fords Haus zu kommen. Es gefiel ihr nicht, dass sie völlig überstürzt eine Pressekonferenz einberiefen, und es überraschte sie, dass Uriah damit einverstanden gewesen war, ohne jede Vorbereitung. Aufgrund der momentanen Straßenbedingungen sah es nicht danach aus, dass sie es rechtzeitig zur Pressekonferenz schaffen würde. Sie versuchte ihn anzurufen. Er ging nicht ran, deshalb schickte sie ihm eine SMS.

In der Straße, in der Gail lebte, hatte es einen schnellen Durchlauf mit einem Schneepflug gegeben, gerade mal genug für einen Wagen, um durchfahren zu können. Jude wollte nicht stecken bleiben, deshalb parkte sie ein Stückchen vom Bordstein entfernt, ließ dabei allerdings kaum Platz für ein anderes Fahrzeug. Sie musste das hier schnell erledigen.

Der Bürgersteig bei Gail war mit einer Schneefräse gesäubert worden. Jude konnte das anhand des Musters in der flachen Schicht der Schneereste erkennen sowie an der Genauigkeit des Schnitts. Sie klopfte an der Tür, ein Vorhang bewegte sich in dem Panoramafenster. Kurz darauf hörte sie Schritte, und die Eingangstür wurde geöffnet.

Ohne sie zu begrüßen, sagte Gail: »Sie haben Neuigkeiten.«

»Ja.«

»Mein Nachbar hat meinen Weg freigeschaufelt.« Sie signalisierte Jude, dass sie eintreten solle. »Alle sind so nett zu mir seit dieser Sache. Haben mir Essen gebracht, mich gefragt, ob ich Hilfe brauche.«

Jude blieb beim Teppich am Eingang stehen. Sie wollte den Parkettboden nicht nass machen.

»Machen Sie sich mal keine Gedanken wegen dem Schnee.«

»Wir haben uns heute mit der Forensischen Odontologin getroffen.« Jude blieb, wo sie war. Das war die typische Minnesota-Höflichkeit. Keine Chance, das hier ruhig angehen zu lassen, und Gail wusste ohnehin schon, dass etwas im Gange war. »Es tut mir leid, aber die Unterlagen Ihres Zahnarztes stimmen nicht mit den Röntgenaufnahmen der Zähne von der Leiche überein, die vor drei Tagen im See gefunden wurde.« Sie machte eine Pause, dann fasste sie ausdrücklich zusammen: »Der Junge aus dem See ist nicht Ihr Sohn.«

Gail starrte sie an, hielt ihre Hände umklammert. Sie nickte, sah aus, als hätte sie verstanden, was Jude gesagt hatte. »Wann kann ich seine Leiche abholen lassen? Ich muss die Beerdigung organisieren.«

»Mrs. Ford. Hören Sie mir gut zu. Sind Sie gerade bei mir?«

»Ja.«

Jude blickte der Frau direkt in die Augen. »Sie meinen die Leiche, die im See gefunden wurde?«

»Ja.« Sie nickte.

»Ist nicht die Ihres Sohns.«

»Ist nicht die meines Sohns.« Bevor Gail den Satz beenden konnte, fing sie auch schon an zu zittern.

Jude zog ihre Stiefel aus und führte die trauernde Mutter zur Couch. Schwer ließ sich Gail darauf fallen. Ihr Mund war geöffnet, die Augen glänzten. »Ich hätte schwören können …«

»Es tut mir leid«, sagte Jude. »Es tut mir unendlich leid.«

»Können Sie mir das noch mal sagen.«

»Die Leiche im See ist nicht die Ihres Sohns.«

Benommen saß Gail da, während eine Uhr in einem entfernten Raum laut tickte. »Das ist unmöglich.« Sie fasste sich schnell wieder, wurde mutig, kniff die Augen halb zu und setzte sich aufrechter hin. »Sie haben einen Fehler gemacht! Lassen Sie den Test noch einmal machen. Holen Sie einen anderen Spezialisten. Tun Sie, was auch immer Sie tun müssen. Machen Sie Ihren Job richtig. Was auch immer Sie getan haben, was auch immer Sie verglichen haben – tun Sie es noch einmal! Weil es hier um *meinen* Sohn geht.«

»Wir können die Dateien natürlich einem anderen Spezialisten schicken«, sagte Jude. »Ich habe kein Problem damit, den Antrag zu stellen. Aber ich habe die Röntgenaufnahmen selbst gesehen, und ich kann Ihnen versichern, dass das Ergebnis das gleiche sein wird.«

»Ich habe eine Beerdigung geplant. Ich wollte mit der ganzen Sache abschließen. Ich wollte ihm sagen, dass es mir leidtut, dass ich so eine schlechte Mutter gewesen bin.«

»Jeder Mensch bedauert etwas, wenn man jemanden

verliert«, sagte Jude. »Aber Sie haben zu der damaligen Zeit Ihr Bestes gegeben. Vergessen Sie das nie.«

Gail begann leise zu weinen.

»Gibt es jemanden, den ich anrufen soll?«, fragte Jude. »Vielleicht einen Nachbarn? Einen Verwandten?«

»Ich will jetzt mit niemandem reden. Ich hab ihnen bereits erzählt, dass mein Sohn gefunden wurde. Sie haben sich für mich gefreut. Ich kann ihnen nicht gegenübertreten und jetzt das Gegenteil sagen.«

In ihren Wollsocken tappte Jude in die Küche, wo sie ein Glas mit Wasser aus dem Wasserhahn füllte. Im Wohnzimmer nahm ihr Gail das Glas mit zitternden Händen ab, trank ein bisschen und stellte es dann auf den Wohnzimmertisch. Jude setzte sich ans andere Ende der Couch.

Im Haus war es wie in einer Höhle. Sie wollte die Vorhänge beiseiteziehen, um Licht hereinzulassen. Von draußen wurde Gelächter über die Straßen getragen, als die Kinder den zweiten Schneetag hintereinander genossen. Vielleicht bauten sie gerade einen Schneemann. Sie hatte nicht die Möglichkeit gehabt, mit dem Jungen einen zu bauen, und fühlte sich schlecht deswegen.

»Das bedeutet, dass mein Sohn immer noch am Leben sein könnte«, verkündete Gail plötzlich.

»Das ist theoretisch möglich«, antwortete Jude vorsichtig.

»Also werde ich weiter warten.«

In Wirklichkeit war ihr Sohn vermutlich vor zwanzig Jahren ermordet worden, und die Leiche würde vielleicht nie gefunden werden. Vielleicht würde Gail niemals den Abschluss bekommen, den sie brauchte, um zumindest ein bisschen von ihrem Leben zurückzubekommen. »Ich muss Ihnen noch etwas anderes erzählen«, sagte Jude. »Etwas, das Sie bald ohnehin mitbekommen werden.«

»Ich hoffe, es sind keine schlechten Nachrichten. Ich weiß nicht, ob ich noch mehr ertragen kann.«

Das Leben war grausam. »Wir haben der Presse noch nichts mitgeteilt, aber wir haben noch eine weitere Leiche in dem See gefunden. Nicht weit von der Stelle entfernt, wo die vorherige entdeckt wurde. Und soweit wir das beurteilen können, handelt es sich um einen weiteren Jungen mit blonden Haaren.«

Gail schniefte und tupfte sich mit dem Ärmel über die Augen. »Haben Sie ein Foto?«

Jude holte ihr Telefon heraus und scrollte zu einem der Bilder, die sie am Tag zuvor am See gemacht hatte. Konzentriert sah Gail auf das Display, dann schüttelte sie den Kopf. Schluchzend sagte sie: »Das ist auch nicht mein Sohn.«

Auch nicht. Zumindest hatte sie *auch nicht* gesagt und fing an, die schmerzhafte Wahrheit zu akzeptieren.

* * *

Auf Judes Rückfahrt waren die Straßen nicht besser. Als sie parkte und in das Gebäude des Polizeikommissariats ging, war die Pressekonferenz, die in einem ihrer großen Meetingräume abgehalten wurde, bereits in vollem Gange. Tisch- und Stuhlreihen. Ein erhöhtes Podium unter blendendem Licht, das von der Amerika- und der Minnesota-Flagge flankiert wurde. Sie war überrascht, als sie sah, dass Ortega und Valentine die Konferenz leiteten, zusammen mit Ingrid und der Forensischen Odontologin. Von Uriah fehlte jede Spur.

Als sie die Neuigkeiten über den ursprünglichen toten Jungen verkündeten, schien der Lärm im Raum zu explodieren. Hände schossen in die Höhe, Fragen wurden geschrien. Die Reporter erfuhren von der zweiten Leiche, und die Hölle brach los.

Irgendjemand erblickte Jude und schob ihr ein Mikrofon ins Gesicht. Sie lehnte eine Stellungnahme ab und bahnte sich ihren Weg durch die Schar von Reportern. Als sie beim Podium ankam, nahm sie ihre Strickmütze ab und zog den Reißverschluss ihrer Jacke runter. Wo zum Teufel steckte Uriah? In solchen Zeiten wollte die Presse mit dem Chef der Mordkommission reden. Also füllte sie die Lücke und wechselte in den *Medien-Modus*, sprach über Themen, die höchstwahrscheinlich bereits behandelt worden waren. Aber ihre Anwesenheit und ihre Worte schienen die Menge zu beruhigen. Zum Schluss bat sie die Öffentlichkeit noch um ihre Mithilfe.

Die Konferenz war vorbei, sie schickte Uriah eine weitere Textnachricht, in der sie ihn fragte, wo zum Henker er stecke.

Seine Antwort warf mehr Fragen auf, als dass sie etwas beantwortet hätte.

Bin bald zurück. Gefolgt von einem Daumen-hoch-Zeichen.

KAPITEL 17

Erkenntnis brachte den Schmerz mit sich. So einfach war das. Nan hatte nie viel mit Drogen am Hut gehabt. Eigentlich seltsam, weil es ihr gefiel zu vergessen. Aber sie hatte immer harte Spirituosen vorgezogen. Zumindest bis zu jenem Zeitpunkt, als sie anfing, Blut zu husten und endgültig damit aufhören musste. Blutende Geschwüre waren nicht so witzig. Der Schmerz, das Blut, die Anämie waren dermaßen schlimm, dass sie für eine Weile praktisch in ihrem Bett gelebt und die meiste Zeit geschlafen hatte. Aber mit dem Trinken aufzuhören ... das war noch härter, als sie gedacht hatte. Ihr war noch nicht mal in den Sinn gekommen, dass sie ein Problem haben könnte, aber der Entzug war unheimlich schwer gewesen, und sobald sie ihn bezwungen hatte, vermisste sie den Nebel und den Puffer, die der Alkohol ihr schenkte. Die Benommenheit, die sie durch so viele Jahre gebracht hatte.

Aber dieses Zeug hier, das sie schweben ließ, war echt nicht schlecht. Und wenn sie jetzt darüber nachdachte, war es die erste wirkliche mentale Erleichterung, seit sie mit dem Trinken aufgehört hatte. Sie wollte sich bis an den Rest ihrer Tage treiben lassen, und es störte nur, als die Krankenschwester hereinkam, zu viel redete und versuchte, sie zu bewegen, um sie zu baden.

»Ms. Perkins?«

Träumte sie gerade? Oder war wirklich jemand im Raum?

»Ms. Perkins? Wir werden Ihre Infusionsnadel morgen entfernen, das bedeutet, dass sie die PCA-Pumpe noch einen weiteren Tag haben werden.«

PCA-Pumpe – also das Betäubungsmittel, das sie sich selbst verabreichen konnte, wenn sie diese magische Taste drückte. Um zu demonstrieren, dass sie für solch drastische Maßnahmen nicht bereit war, stöhnte Nan und drückte immer wieder auf die Taste, die sie in der Hand hielt.

»Das wird nichts nützen. Sie können eine Million Mal draufdrücken, aber es wird nicht häufiger Medikament verabreicht als einmal alle zwanzig Minuten.«

Nan öffnete die Augen einen Spalt. Es war helllichter Tag, die Fenster ließen die Sorte grell blendendes Licht herein, das von schneebedeckten Dächern und Böden kam – die brutal abprallende Helligkeit war fast noch schlimmer als die Leuchtstoffröhren über ihrem Kopf. Nicht nur der Raum war die reinste Tortur, das Gesicht der Krankenschwester war zu freundlich für Nans ernste Lage. Sie war wie ein Clown auf einer Beerdigung.

»Wie wär's, wenn Sie mal versuchen würden, etwas zu trinken? Ich habe etwas Eiswasser und Apfelsaft mitgebracht.« Die junge Frau stellte eine Plastikkanne und eine Flasche Apfelsaft auf den schmalen Tisch auf Rädern. »Und ich werde mal den Fernseher einschalten.« Der an der Wand angebrachte Flachbildfernseher reagierte sofort auf den *Klick* auf der Fernbedienung. »Manchmal hilft es, irgendwas zu haben, das einen von den Schmerzen ablenkt.« Die Krankenschwester zappte durch die Sender, stoppte bei einer Seifenoper. Sie zeigte, wie man die Bedienung für den Fernseher, die Lichter, das Bett und für den Notruf benutzte, bevor sie die Bedienung ans Bettgeländer klemmte, nur wenige Zentimeter von Nans Hand entfernt.

Seifenopern. Was zur Hölle sollte das denn? Sah sie etwa aus wie eine, die Seifenopern schaute? Na ja, vielleicht. Deprimierend.

»Gibt's noch irgendwas anderes, das ich Ihnen bringen kann?«

Die Krankenschwester war jung, vielleicht in den Zwanzigern, hatte glattes, dunkles Haar und war hübsch. Und total nervig. Jetzt lief sie im Zimmer herum, sammelte irgendwelche Sachen ein, glättete die dünne, weiße Decke über Nans unverletztem Bein, das andere hing in einer Fußschlinge in der Luft, und ihre Zehen schauten aus dem Gips heraus wie fette Würstchen. Der Unfall hatte ihr Schienbein zertrümmert, und die Operation hatte Metallstifte, Schrauben und Metallplatten zur Folge gehabt.

Als hätte die junge Frau ihre Gedanken gelesen, sagte sie: »Die Ärzte sagen, dass Sie Glück hatten, dass Sie noch am Leben sind.« Sie schüttelte den Kopf. »Dieser Unfall … ich habe Bilder davon gesehen. Und es ist unglaublich, dass Sie überhaupt gefunden wurden.«

»Wäre besser gewesen, wenn ich dabei draufgegangen wäre.« Wie sollte sie nur die Arztrechnungen bezahlen? Wie sollte sie ohne Auto überall hinkommen? Was für eine dämliche Idee war das eigentlich gewesen, während eines Schneesturms nach Minneapolis zu fahren? Und das alles für so ein verdammtes Kind, das genauso wie jedes andere verdammte Kind war. Es gab nichts Besonderes an ihm. Ihr erster Fehler war es gewesen, ihn zu ihrem Haustier zu machen.

»Sagen Sie das nicht«, sagte die Krankenschwester. »Das Leben ist wertvoll.«

Wertvoll.

Das hätte eigentlich ein lautes Schnauben verdient, aber Nan fehlte die Kraft dafür. Das hier war eine jener Situationen, die ihr Gefühl bestärkte, anders zu sein. *Das Leben ist wertvoll.* Absoluter Bullshit! Dieses *Sich-die-Dinge-Schönreden* hatte sie überhaupt erst in diese missliche Lage gebracht. Und zu denken, dass das Leben wertvoll war, war genau das gewesen, was ihr Leben in der Vergangenheit so versaut hatte. Warum hatte sie ihre Lektion nicht gelernt? Warum war sie in die Falle getappt zu denken, dass dieses Kind es verdient hatte zu leben? Dass sie gedacht hatte, er sei zumindest halbwegs wertvoll? Dieser Junge war nichts weiter als ein Körper, nur Blut und Knochen und Haut. Unbedeutend. Austauschbar.

Nan ächzte und schnappte sich die Fernbedienung des Fernsehers, zappte schnell durch die Sender. Sie wollte, dass diese Dumpfbacke sah, dass sie Besseres zu tun hatte, als ihre Zeit mit Seifenopern zu verplempern. Natur-Sender waren beruhigend und informativ dazu. Besonders mochte sie diejenigen über ferne Länder wie Afrika. Es gab nichts Unterhaltsameres, als eine große Katze dabei zu beobachten, wie sie eine Gazelle erlegte.

Auf der Suche nach einem erträglichen Sender stoppte sie kurz bei den lokalen Nachrichten. Die Morgen-Crew. Sie waren nicht so kompetent wie die Leute am Abend und sahen immer ein bisschen so aus, als wären sie nach einer langen Nacht in der Stadt geradewegs ins Studio gestolpert.

Im Augenblick redeten der Moderator und die Moderatorin über den vergangenen Schneesturm und den demnächst stattfindenden Winter-Karneval. Aber statt als Ablenkung wirkte der Klang ihrer blechernen Stimmen eher wie eine Art Auslöser für erneuten Schmerz. Und als dieser Schmerz erst mal festen Halt gefunden hatte … er begann tief, breitete sich aus und führte dazu, dass sie an Metallstifte denken musste, die sich in fleischige Knochen bohrten, sich in ihnen verankerten und gegen geschwollene Muskeln schabten. Sie biss die Zähne ganz fest zusammen, und der Schmerz wurde augenblicklich größer. Schon bald keuchte sie.

Die Fernbedienung fiel ihr aus der Hand, und ihre Finger suchten blind nach der magischen Taste. Sie fand sie und drückte sie mehrere Male, schnell und wie eine Irre, obwohl ein einziges Mal ihr die Dröhnung genauso liefern würde. Es piepte, und sie stieß einen Seufzer aus, da sie wusste, dass das Medikament nun freigesetzt wurde und die Erleichterung bald einsetzen würde.

Innerhalb weniger Minuten atmete sie wieder ausgeglichener, und ihr Kiefer begann sich zu entspannen. Dieser Vorfall war Beweis genug dafür, wie unmenschlich es war, sie von der Pumpe zu nehmen.

Beim monotonen Gerede der Nachrichtensprecher fielen ihr die Augen zu, und sie begann zu träumen. In diesem Schwebezustand schmerzmaskierter Benommenheit und halb schlafend blieb sie ein oder zwei Minuten. Vielleicht passierte es während einer Werbepause, aber dann liefen jedenfalls schon wieder die Nachrichten.

»Wir bitten die Öffentlichkeit um Mithilfe, um ein Rätsel zu lösen, das sich in der Nacht des kürzlich erfolgten Schneesturms ereignet hat«, sagte der Moderator.

Sie warfen sich die Story zu wie einen Ball, hin und her, dann war die Frau an der Reihe.

»Diese Geschichte wird mit Sicherheit das Herz der Nation erobern und auch Menschen darüber hinaus erreichen. Vor zwei Nächten wurde ein kleines, unschuldiges Kind einsam und verlassen in einer Schneewehe an einer Türschwelle in Minneapolis gefunden. Während eines der schlimmsten Schneestürme, die diese Stadt je erlebt hat. Und was sogar noch dramatischer ist: Der kleine Junge ist nicht dazu in der Lage, der Polizei oder dem CPS zu erzählen, wer er ist oder wie er an diese Türschwelle kam. Die finale Tragödie ist: Niemand hat ihn bislang als vermisst gemeldet. Niemand scheint nach diesem armen Kind zu suchen.«

Nein, das konnte nicht wahr sein. Oder vielleicht doch?

»Aufgrund der Schwere des Sturms«, fuhr der Typ fort, »hätte das auch böse enden können, aber glücklicherweise konnte das Kind gerettet werden. Und zwar von keiner Geringeren als Detective Jude Fontaine.«

Nan drückte ihre Ellenbogen in die Matratze und bemühte sich angestrengt, aufrechter zu sitzen, trotz ihres eingefangenen Beins. »Junge …«, flüsterte Nan ungläubig. Und dann lauter: »Junge.«

»Die Polizei und der CPS wenden sich nun an die Öffentlichkeit, in der Hoffnung, dass irgendjemand etwas wissen könnte«, verkündete die Frau mit heiterer Traurigkeit.

Das Foto eines bekannten Gesichts tauchte auf der linken Seite des Bildschirms auf, während die Frau weiterredete.

Sie hatte ihm doch gesagt, er solle ins Haus gehen! Warum war er nicht in das Haus gegangen? Sie hätte ihn niemals in einer Schneewehe sitzen lassen. Jetzt war daraus so ein albernes Drama gemacht worden, die Story des Tages, und sie wurde als schrecklicher Mensch dargestellt, während sie ihn in Wirklichkeit gerettet hatte. Sie hatte ihn gerettet!

Jetzt sprach wieder der Moderator. »Wenn Sie irgendwelche Informationen über ein vermisstes Kind haben oder wenn Sie es erkennen, rufen Sie bitte unter der Nummer an, die am unteren Bildschirmrand eingeblendet wird. Sie können für aktualisierte Informationen auch unsere Website besuchen. Sobald diese reinkommen, stellen wir sie selbstverständlich auf unsere Seite.«

»Bis zu diesem Zeitpunkt«, sagte nun die Frau, »ist der einzige Name, den er seinen Rettern genannt hat: *Junge.*«

Nan hörte, wie jemand hinter ihr nach Luft schnappte. Sie drehte den Kopf.

Die Krankenschwester war immer noch im Zimmer, sah mit ihr zusammen fern. Und jetzt starrte sie mit weit aufgerissenen Augen und offenem Mund Nan an.

Nan versuchte, ihr träges Hirn aufzuwecken. Normalerweise war sie gut darin, ihren Arsch zu retten, also sagte sie das Erste, was ihr durch den Kopf schoss. »Ich hab dieselben Nachrichten heute schon früher gesehen.«

»Ihr Fernseher ist gar nicht an gewesen«, entgegnete die Krankenschwester. »Ich musste Ihnen die Fernbedienung geben und zeigen, wie man die benutzt.«

»Die Medikamente machen mich ganz durcheinander. Ich habe gerade die Taste gedrückt. Beachten Sie mich einfach gar nicht.« Sie sah wieder zurück auf das Foto, das auf dem an der Wand angebrachten Fernseher gezeigt wurde. »Ich meine, er ist ein Junge. Das hab ich damit gemeint.« Sie fing sich etwas und zuckte mit den Achseln. »Was ist das Problem?«

Die Krankenschwester holte ihr Telefon aus der Tasche. Die Nummer wurde immer noch im Fernseher eingeblendet. Sie drückte auf dem Gerät herum. Nan hätte es ihr am liebsten aus der Hand geschlagen, wenn sie nur nicht so weit weg gewesen wäre. Sie schaute sich nach einer Waffe um, erblickte die Apfelsaftflasche aus Plastik, warf sie nach der Frau. Die Krankenschwester zog den Kopf ein. Die Flasche mit dem Apfelsaft explodierte, als sie gegen die Wand knallte. »Ich sehe doch nur fern«, sagte Nan. »Ich hab bloß eine harmlose Bemerkung gemacht.«

Die Krankenschwester hielt sich das Telefon ans Ohr. Einen Moment später – einen Arm hatte sie über ihren Bauch gelegt und stützte ihren Ellenbogen mit der anderen Hand, während sie Nan im Auge behielt – begann sie, mit jemandem am anderen Ende der Leitung zu reden. »Es könnte sein, dass ich Informationen über den Jungen habe, der im Schneesturm gefunden wurde.«

KAPITEL 18

An ihrem Schreibtisch führte Jude eine Recherche nach einer Frau namens Nanette Perkins durch. Nach ein paar Tastenklicks sprang sie auf und schnappte sich ihren Mantel, der über der Stuhllehne hing. »Ich werde einer Spur nachgehen«, sagte sie zu Uriah. Der Autounfall hatte sich südlich von Minneapolis ereignet. Das Opfer hatte Glück gehabt, dass es in einem guten Krankenhaus gelandet war.

Uriah sah von seinem Monitor auf, die Hände hatte er hinter dem Kopf verschränkt. Keine Furche zwischen den Augenbrauen, keine Blässe oder flache Atmung. Eine Welle der Erleichterung überkam Jude; sie sagte sich, dass sie sich generell immer zu viele Sorgen machte. Ihm ging's gut. Er hatte keine Geheimnisse.

»Soll ich mitkommen?«, fragte er.

»Hierbei geht's um das Kind, das bei mir aufgetaucht ist, nicht um die Leichen im Eis. Ich versuche, nicht zu lange wegzubleiben.« Dann erzählte sie ihm noch, dass bei der Hinweisnummer ein Anruf eingegangen war – von einer Krankenschwester aus dem Fairview Southdale Hospital, in dem man sich um das Unfallopfer kümmerte. »Es geht um die Frau, die südlich der Stadt mit ihrem Wagen von der Straße abgekommen ist. Die Krankenschwester hat erzählt, dass die Frau das Wort *Junge* gesagt hat, als sie das Kind in den Nachrichten sah. Und die Frau selbst heißt wie? *Nanette.*«

Er zog die Augenbrauen hoch.

Ja. Dank der Lokalpresse sah es ganz danach aus, als könnten sie die mysteriöse Nana gefunden haben. Erst vor wenigen Stunden hatte sie erfahren, dass es dem CPS gelungen war, den Jungen in einer Notfall-Pflegefamilie unterzubringen – eine Familie, die im benachbarten Richfield lebte. Jude hätte sich deshalb eigentlich gut fühlen sollen, aber stattdessen machte sie die Nachricht eher unruhig.

»Warum bekommst du denn Informationen über diesen Fall?«, fragte Uriah. »Missing Persons sollte sich darum kümmern.«

»Ich habe sie darum gebeten, mich auf dem Laufenden zu halten.«

Er drehte sich wieder zum Monitor. »Verständlich.« Seine Antwort überraschte sie in Anbetracht ihrer Fallbelastung und weil er zuletzt moniert hatte, dass sie sich bei ihren Fällen zu sehr von der Mordkommission entfernte.

»Bin so schnell zurück, wie es geht.«

Nachdem sie die Tiefgarage des Polizeikommissariats in ihrem eigenen Wagen verlassen hatte, fuhr sie die I-35 nach Süden. Es war ein sonniger Tag, das Sonnenlicht, das vom Schnee reflektiert wurde, machte einen fast blind. Die Autobahn war übersichtlich, aber selbst in der vornehmen Stadt Edina waren die Seitenstraßen immer noch das reinste Chaos. Die Kreuzungen waren glatt und matschig, und die Straßen waren eingeschlossen von Klaustrophobie erweckenden Schneewänden, weggeschabt von Schaufelladern und in Muldenkippern ausgeladen.

Sie parkte im Parkhaus des Krankenhauses und nahm den Fußweg über die France Avenue zum Hospital. Als sie ihre Dienstmarke vorzeigte und sich vorstellte, wurde ihr der Weg zu Nanette Perkins' Zimmer genannt. Sie mied den Fahrstuhl, eilte die Treppenstufen bis zur zweiten Etage hoch und klopfte an der offenen Tür. Sie wartete nicht, bis sie hereingerufen wurde. Die Patientin drehte sich vom Fernseher weg.

Selbst wenn das hier ihre mysteriöse Nana sein könnte, fiel es nicht schwer, für diese Frau im Krankenhausbett Sympathie und sogar Empathie zu empfinden, ihr Fuß hing in einer Schlinge, die nackten Zehen waren geschwollen. Es war noch nicht lange her, dass Jude selbst viele Tage im Krankenhaus verbracht hatte, bevor sie abhauen konnte und wie eine Kriminelle in die Straßen der Stadt flüchtete.

Aufgrund der Schwellung infolge der Verletzungen, die sie bei dem Unfall erlitten hatte, war es schwierig, diese Frau zu lesen. Der einzige echte Ausdruck kam von dem einen Auge, das nicht zugeschwollen war.

Jude stellte sich vor.

»Ich weiß, wer Sie sind.«

Keine Überraschung. Es war immer verwunderlicher, wenn die Leute sie nicht erkannten, so häufig war ihr Gesicht im Fernsehen zu sehen gewesen und auch in den Kassenbereichen der Supermärkte. »Es ist ein bisschen schwierig, nicht aufzufallen«, gab sie zu.

Manchmal konnte Jude aus der Körperpflege einer

Person Informationen herauslesen – daraus, wie die Haut aussah und ob die Nägel gepflegt waren. Beim Opfer eines Autounfalls klappte das nicht besonders gut, also musste sie sich auf den Rest verlassen. Die Frau war mittelgroß, ein bisschen fülliger, aber nicht sehr. Ihr dunkles Haar war schulterlang und verfilzt – vom Unfall, der Operation und dem Bett. Von ihren Recherchen wusste sie, dass Nanette Perkins dreiundvierzig Jahre alt war, eine junge Witwe, die auf einer Farm südlich der Stadt lebte. Ein schweres Leben. Aber das eine nicht zugeschwollene leuchtend grüne Auge beobachtete sie mit einer Schärfe, die sie überraschte. Besonders angesichts der Tatsache, dass sie so fest nach der Betäubungsmitteltaste griff.

Die Anruferin beim Hinweistelefon hatte berichtet, dass Ms. Perkins aggressiv eine Flasche Apfelsaft nach ihr geworfen habe. Die Flasche hatte sie verfehlt, war aber *explodiert*, als sie gegen die Wand knallte. Es sah ganz danach aus, als wäre die Sauerei beseitigt worden, aber Jude konnte unter dem Desinfektionsmittel und den Baumwolldecken, die bei hohen Temperaturen getrocknet worden waren, noch die fruchtigen Essigaromen wahrnehmen.

»Ich schätze, ich sollte mich geschmeichelt fühlen, dass sie Sie extra wegen meinem kleinen Wutanfall gerufen haben«, sagte die Frau. »Aber das scheint doch ein bisschen außerhalb Ihres Arbeitsgebiets zu liegen. Sind Sie nicht Detective bei der Mordkommission? Oder haben Sie noch eine Zweitbeschäftigung als Therapeutin?« Sie drückte ihre Fäuste gegen die Matratze, versuchte ein bisschen aufrechter zu sitzen, obwohl ihr Bein in einer Schlinge feststeckte.

»Soll ich das Bett für Sie verstellen?«, fragte Jude.

»Ich schaff das schon.« Perkins griff nach der Bedienung. Das Bett ächzte. »Ich hab natürlich nur einen Scherz gemacht über die Sache mit dem Therapeuten. Ich weiß, warum Sie wirklich hier sind. Ich hab ferngesehen, und die Krankenschwester dachte, dass ich etwas über das vermisste Kind gesagt habe.« Sie blinzelte und sah zum Fenster.

»Das wurde uns erzählt.« Jude durchquerte den Raum und zog die Vorhänge zu, was das Licht um die Hälfte minderte. Die Leuchtstoffröhren über ihren Köpfen waren immer noch unerträglich – nicht nur das Licht, sondern auch das Geräusch. Man merkte das vielleicht nicht sofort, aber wenn man sich darauf konzentrierte, konnte man das Summen hören. »Sie verstehen, dass wir alle möglichen Spuren weiterverfolgen müssen. Wir dürfen nichts übersehen. Aber seien Sie versichert, dass wir nur unsere Arbeit machen.« Sie tat so, als wäre das nur eine von vielen lästigen Aufgaben, die sie heute erledigen musste. »Bei der Hotline sind außerdem viele Anrufe eingegangen.«

»Trotzdem … Mordkommission?«

»Ich helfe nur aus. Wir tun das manchmal.« Eine halbe Wahrheit.

Die Frau entspannte sich.

Jude zog einen Spiralblock aus ihrer Kuriertasche. Häufig benutzte sie gern echtes Papier und einen Stift, obwohl das mehr Arbeit bedeutete, da man später noch alles in die Datenbank eingeben musste. Papier und Stift verliehen ihr einen Fokus, während sie sich im Kopf ihre Fragen zurechtlegte. Manchmal schrieb sie noch nicht mal was auf. Sie holte nicht nur einen Block, sondern auch ein Foto hervor, das sie auf den schmalen Krankenhaustisch legte, dann rollte sie den Schiebetisch über das Bett und vor die Frau, damit sie sich das Foto von dem Jungen bequem ansehen konnte. Es war nicht das Bild, das Jude in ihrer Wohnung gemacht hatte, sondern eine professionellere Aufnahme vom CPS. Es war das gleiche Foto, das auch für das Hinweistelefon benutzt wurde.

»Ich hab ihn in den Nachrichten gesehen«, erzählte Perkins. »Hier gibt's sonst ja sonst nicht so viel zu tun.«

»Kennen Sie seinen Namen?«

»Sie haben gesagt, dass sein Name *Junge* ist. Ich nehme mal an, dass das Kind es jemandem erzählt hat. Es hat gesagt, dass er *Junge* heißt.«

»Das ist ein seltsamer Name, finden Sie nicht?« Jude sah sie genau an.

»Er ist ein Kind. Kinder sind schnell verwirrt. Das wissen Sie bestimmt selbst.«

»Haben Sie diesen Jungen heute früh zum ersten Mal gesehen?«

»Ja.«

Perkins begann zu schwitzen. Nur ein leichter Schweißschimmer auf ihrer Oberlippe. Nicht unbedingt ein Hinweis. Schmerz könnte eine ähnliche Reaktion hervorrufen.

Jude legte den Block beiseite und schnappte sich ihr Telefon. »Würde es Ihnen etwas ausmachen, wenn ich ein Foto von Ihnen mache? Für unsere Unterlagen?«

»Zum Teufel, nein! Keine Bilder.«

Als wollte sie Paparazzi abwehren, hob die Frau eine ausgestreckte Hand und hielt sie sich vors Gesicht.

Jude legte das Telefon weg. »Warum keine Fotos? Das wirkt auf mich, als hätten Sie etwas zu verheimlichen.«

»Ich sehe furchtbar aus.« Perkins versuchte ihr wirres Haar zu glätten. Keine Chance. Als Jude aus dem Krankenhaus gekommen war, hatte sie massig solcher Knoten im Haar gehabt. Daraufhin hatte sie es einfach bis auf zwei oder drei Zentimeter abgeschnitten. Das war einfacher als die Alternative. »Keine Frau würde wollen, dass man von ihr ein Foto im Krankenhausbett macht, außer sie hält ein Baby im Arm oder so«, sagte Perkins.

»Kein Problem. Ich konnte ein paar Fotos von Ihnen online finden. Zwar keine aktuellen, aber aktuell genug. Diesbezüglich sind Sie ja wirklich nicht besonders aktiv – kein Facebook oder Twitter oder Instagram, wo ich Sie hätte finden können.«

»Ich steh nicht so auf soziale Medien.«

»Ich auch nicht.« Jude lenkte das Gespräch um. »Wussten Sie, dass das Kind an meinem Wohnhaus ausgesetzt wurde?«

Die Frau blinzelte. »Hab so was gehört.«

»Ich frage mich, ob das reiner Zufall war. Was denken Sie?«

Perkins zuckte mit den Achseln. »*Sie* sind hier der Cop.«

»Ich bin mir nicht sicher. Wenn es Absicht war, dann frage ich mich *warum*? Das ist meine nächste Frage. Vielleicht hat jemand versucht, ihn in Sicherheit zu bringen.«

»Vielleicht.«

»Und auch wenn der Schneesturm nicht gerade die idealste Situation war, um ein Kind auszusetzen – vielleicht war es ja eine Verzweiflungstat.«

»Könnte sein. Vielleicht sind Sie da auf etwas gestoßen.«

Jude kramte wieder in ihrer Kuriertasche herum und zog drei weitere Bilder heraus, die sie hatte vergrößern lassen. Sie legte sie auf den schmalen Tisch, zusammen mit der Porträtaufnahme des Jungen. »Das hier sind Nahaufnahmen der körperlichen Verletzungen des Kindes, die ihm über einen gewissen Zeitraum zugefügt wurden. Nun ja, er ist circa vier Jahre alt, aber Sie verstehen schon, was ich damit sagen will.«

Die Frau blickte auf die Bilder, dann weg, dann wieder zurück. Jude beobachtete sie genau dabei, sah, wie ihre Hände anfingen zu zittern, während sie über die Fotos schwebten, so wie bei jemandem, der gerade Tarot-Karten las und dem das Schicksal, das vor ihm lag, nicht gefiel.

»Gebrochene Knochen, die nie richtig behandelt wurden«, erklärte Jude beiläufig. »So sieht das jedenfalls für mich aus. Und für Sie?«

»Warum zeigen Sie mir diese furchtbaren Dinge von einem Jungen, den ich noch nicht mal kenne?« Sie sah mit dem einen Auge auf. »Sie müssen jetzt gehen.«

»Ich wundere mich nur über die Umstände, die zu so etwas geführt haben könnten.« Sie sammelte Block und Stift ein. »Es könnte doch sein, dass es gar keine Misshandlung war. Die Leute glauben das immer sofort, aber es gibt viele Gründe, warum ein Kind in solche schlimmen Umstände geraten könnte … am häufigsten passiert so etwas aus finanziellen Gründen.« Natürlich hatten die Verletzungen nichts mit einem Unfall zu tun, aber Jude versuchte, Ms. Perkins zu beruhigen und ein

Gespräch in Gang zu bringen. »Ein Kind fällt irgendwo runter, bricht sich einen Arm, bricht sich das Schlüsselbein. Solche Verletzungen zu behandeln kostet viel Geld, wenn man keine Krankenversicherung hat. Und auch, wenn man eine hat.«

Die Frau nickte. »Stimmt. Ich hab keine Ahnung, wie ich das hier jemals bezahlen soll.« Sie sah sich um.

»Aber diese …« Jude zog ein weiteres Farbfoto heraus. »Das hier wurde nicht durch eine finanzielle Krise oder Vernachlässigung verursacht, sondern eindeutig durch Misshandlung.« Sie legte das Foto auf ein anderes Bild, direkt vor Ms. Perkins. »Wonach sieht das hier für Sie aus?«

Keine Antwort.

»Ich würde sagen: Brandwunden durch Zigaretten. Denken Sie nicht auch?«

»Könnte alles Mögliche sein. Narben durch Insektenstiche, würde ich sagen. Haben Sie schon mal einen Spinnenbiss gesehen? Sie hinterlassen eine runde Wunde.«

»Das stimmt, aber Brandwunden durch Zigaretten sind sehr speziell und leicht zu erkennen. Ich habe eine Menge Datenmaterial über Verbrennungen durch Zigaretten.« Sie schob Block und Stift beiseite, zog rasch ihren Mantel aus und öffnete die oberen drei Knöpfe ihrer Bluse. Dann schob sie den Stoff weit genug zur Seite, um ihre Schulter freizulegen, und drehte sich. »Manche Peiniger mögen es, die Zigaretten am Rücken ihres Opfers auszudrücken«, erklärte Jude. »Meine Theorie ist, dass sie die Schreie hören wollen, dabei aber nicht das Gesicht ihres Opfers sehen wollen. Das ist ihnen dann doch ein bisschen zu viel des Guten. Anderen geht einer ab, wenn sie die Reaktion und den Schmerz sehen, den sie verursachen.« Sie drehte sich um und zog ihre Bluse hoch, um den mittleren Bereich ihres Bauchs freizulegen. »Wie Sie sehen können, sehen Verbrennungen durch Zigaretten alle gleich aus. Sie hinterlassen eine klar umrissene Wunde.« Eine Pause für die Wirkung. »Ich erkenne Verbrennungen durch Zigaretten einfach.«

Der Frau entfuhr ein wütendes Würgegeräusch, und sie fegte das Telefon vom Tisch, sodass es auf den Boden knallte. »Das hat nichts mit mir zu tun. Raus hier! Jetzt! Und kommen Sie nie wieder zurück.«

Jude hörte nicht auf, die Frau im Bett zu beobachten. Sie hatte Schmerzen – körperliche Schmerzen, keine emotionalen. Jude hatte deswegen ein schlechtes Gewissen, aber Perkins wusste irgendetwas über den Jungen. Daran bestand überhaupt kein Zweifel.

Sie knöpfte ihre Bluse wieder zu und zog sich den Mantel an. Sorgfältig sammelte sie die Fotos ein und steckte sie vorsichtig zurück in ihre Tasche. Perkins lehnte sich zurück, tastete mit geschlossenen Augen nach ihrer Schmerzpumpe. Jude trat einen Schritt vor und legte die Pumpe in Perkins' Hand. »Ich hoffe, dass Sie sich bald wieder besser fühlen. Oh, und Ms. Perkins? Ich komme wieder.« Nachdem sie den Jungen in seiner Pflegefamilie besucht hatte, um ihm ein Foto von Nanette Perkins zu zeigen.

KAPITEL 19

Zwanzig Jahre zuvor …

Der Wecker klingelte und weckte sie um drei Uhr morgens. Nan hatte ihn so eingestellt, dass er jede Stunde klingelte, damit sie die Außentemperaturen im Auge behalten konnte.

»Lyle.« Sie schüttelte ihren Ehemann an der Schulter. »Steh auf.«

Er stöhnte, und sie schüttelte ihn noch mal.

»Es sind fast minus dreißig Grad. Du musst draußen die Heizgeräte aufstellen.«

Wie ein Schlafwandler warf er die Decke zurück und schlurfte weg. Sie hörte das Klirren seines Gürtels, als er sich die Jeans anzog, dann hörte sie den Reißverschluss seines Mantels und das metallene Klicken des Feuerzeugs, gefolgt von einer Zigarettenrauchwolke. Dann knallte die Tür zu, und sie nickte wieder ein. Irgendwann kam er zitternd zurück ins Bett, sagte irgendwas darüber, wie verdammt kalt es draußen sei, und schlang seinen Arm um ihre Taille. Seine Beine fühlten sich an wie Eiszapfen.

Beide schliefen wieder ein.

Ein paar Stunden später wachte sie von dem heulenden Wind auf, der das Farmhaus erschütterte. Sie warf einen prüfenden Blick auf die RadioShac-Temperaturanzeige neben ihrem Bett. Daran war ein Kabel angeschlossen, das an der Fußbodenleiste verlief und aus dem Fenster führte. Immer noch minus neunundzwanzig Grad, aber zumindest war es nicht kälter geworden. Sie erinnerte sich an manche Nächte, die noch schlimmer gewesen waren.

Gestern Abend war eine Kaltfront eingezogen, und sie und der Rest des Teams hatten in letzter Minute entschieden, dass sie mit der nächsten Lieferung bis morgen warten würden, wegen der Glatteisgefahr auf den Straßen. Es hatte keinen Sinn, Leben in Gefahr zu bringen und dazu ihre wertvolle Ware. Nan schätzte es nicht, wenn die Dinge nicht reibungslos verliefen, und das Wetter im Mittleren Westen war eine besondere Herausforderung. Außerdem mussten sie ihren guten Ruf wahren. Ihr abgelegenes Farmhaus diente als nationaler Knotenpunkt, um Waren zu schmuggeln. Eine schnelle und mühelose Lieferung war von allergrößter Wichtigkeit.

Sie stand auf und zog sich mehrere Kleidungsschichten an und darüber Jeans, Sweatshirt, Wollsocken, schwere und isolierte Stiefel. Im Wohnzimmer drehte sie das Thermostat ein paar Grad höher, führte murmelnd ein Selbstgespräch über ihren Umzug nach Minnesota. Vor ein paar Jahren war einiges von ihrer Ware in der Oklahoma-Hitze unbrauchbar geworden, und sie hatten beschlossen, weiter in den Norden zu ziehen. »Niemand wird im ländlichen Minnesota nach uns suchen.« Das stimmte und war keine schlechte Idee gewesen, wenn man einmal von den Wintern absah. Keine Chance, auf so etwas vorbereitet zu sein. Sicher, sie sah Nachrichten und wusste, dass es dort kalt werden konnte, aber man musste schon dort gelebt haben, um zu verstehen, was für eine Hölle es in Wirklichkeit war.

In der Küche schaltete sie die Kaffeemaschine an. Während das Gerät Flüssigkeit in ein Glasgefäß spuckte, legte sie zwanzig Weißbrotstücke auf den Küchentisch und begann, Erdnussbutter aus einem großen Plastikbecher zu schöpfen. Die Badezimmertür knallte zu, und Lyle tauchte auf, steckte sein Flanellhemd in die Hose. Auf dem Kopf trug er eine rote Kappe, auf der für eine bekannte Traktor-Firma geworben wurde.

Der Plan war, sich anzupassen und nicht aufzufallen. Sie waren bloß ein Pärchen in den Zwanzigern, das ein paar Hundert Hektar Land bewirtschaften wollte. Glücklicherweise hatte Lyle schon mal auf einer Farm gearbeitet, bevor er sich entschied, in das Familienunternehmen einzusteigen. Er wusste, wie man es offiziell aussehen lassen musste. In den letzten zwei Jahren hatte er sogar die Maisernte verkauft, die sie angebaut hatten. Im Sommer hatte Nan einen Stand auf dem Markt in der Stadt, an dem sie Eier verkaufte, und sie hatte sogar angefangen, selbst Erdbeermarmelade zu kochen, die gar nicht mal so schlecht schmeckte. In dieses Leben eingesaugt zu werden, war so einfach. Sie hatten schon fast den Punkt erreicht, an dem sie ihre Geschichte selbst glaubten.

Lyle schlang einen Zeigefinger durch die Henkel zweier Becher und befüllte sie mit Kaffee, während Flüssigkeit aus der Maschine auf die Warmhalteplatte zischte. Klappernd tauschte er die Kanne aus, stellte eine Tasse Kaffee in ihre Nähe und ließ zwei Zigaretten aus der Packung auf den Tisch fallen. Dann zog er ein Feuerzeug aus der Tasche. Ohne ein Wort zu sagen, zündete er beide Zigaretten an und reichte ihr eine.

Ihre Routine, sein stilles Liebeslied für sie.

Das hier machten sie stets zusammen. Kaffee und Schnaps trinken und rauchen. Aber das Rauchen war das, was sie wirklich verband. Zumindest war das ihre Theorie. Denn wenn man sich eine Beziehung mal genauer ansah, war das oftmals alles, was manche Leute hatten. Die Liebe zum Rauchen in einer Welt, die zunehmend Raucher ausgrenzte. In den Restaurants gab es mittlerweile Raucherbereiche. Immer im schlimmsten Teil des Gebäudes, normalerweise neben den Klos. Es würde sie überhaupt nicht wundern, wenn sie das Rauchen in Bars auch noch verbieten würden. Lächerlich – Trinken und Rauchen gehörten schließlich zusammen.

Aber all die Hühnereier und Erdbeermarmelade konnten sie nicht dazu bringen, Minnesota zu mögen. Und schließlich gestand sie es sich ein: Sie hasste es hier! Sie hatte es Lyle nicht erzählt, aber sie hoffte, dass sie die Farm verkaufen und den Knotenpunkt wieder zurück nach Oklahoma verlegen könnten. Allerdings würde es nicht einfach werden. Lyle schien es hier nämlich wirklich zu gefallen, und es würde etwas Überzeugungsarbeit erfordern. Wegen der Ware, die sie aus dem ganzen Land schmuggelten, zerbrach sie sich nicht den Kopf, aber sie hatte diese Kälte nur noch satt. Trotzdem schien Lyle das Leben hier tatsächlich zu genießen – auf ihrer vorgetäuschten Farm, von der sie allerdings allmählich fürchtete, dass es mittlerweile gar nicht mehr so *vorgetäuscht* war.

Sie verstrich die Erdnussbutter, und er legte die Brotscheiben zusammen, steckte sie danach zurück in die Brottüte. »Wir brauchen auch Wasser«, sagte sie.

»Ich hab alles unter Kontrolle, Schatz. Hab den Wetterbericht gecheckt.«

Sie hatten darüber geredet, ein Kind zu bekommen, weil sie wirklich gern einen kleinen Jungen oder ein kleines Mädchen gehabt hätte. Aber zum Teufel, Lyle war manchmal selbst wie ein Kind. Sie musste auf alles, was er tat, ein Auge haben. Was für eine Partnerschaft war das denn?

»Ich werde mal den Truck anschmeißen.« Bei der Hintertür schlüpfte er in ein Paar Stiefel, die warm genug sein sollten, selbst wenn die Temperaturen minus vierzig Grad waren. Verdammte minus vierzig Grad!

»Lass uns uns mal bewegen, damit wir uns keine Gedanken mehr über diese verdammte Kälte machen müssen.« Sie wollte sehen, ob er ihr zustimmen würde. Er tat es nicht.

Er zog sich Handschuhe an und schnappte sich die Tüte mit den Sandwiches. »Ich bring die Sandwiches und das Wasser in den Truck, dann fangen wir mit dem Beladen an.« Eisige Luft blies ihr ins Gesicht, raubte ihr fast den Atem. Wenige Minuten später war er wieder zurück. Aber er stand einfach nur da, und der Wind wehte herein.

»Schließ die verdammte Tür!« Fahrig drückte sie ihre Zigarette aus und schob die Hände in die Taschen ihres Sweatshirts.

Er rührte sich nicht.

Sie fing an, ihn anzuschreien wegen der Kälte und der Tür, aber dann fiel ihr auf, wie weiß sein Gesicht war. Und zitterte er? Ja. »Was ist los?«

Sein Mund bewegte sich, aber es kam kein Laut heraus. Er zeigte hinter sich.

Irgendetwas sagte ihr, dass das hier ernst war. Es war schlimm.

Der Anbau des Farmhauses hatte zwei Eingänge. Einen fürs Beladen und Entladen und einen gleich neben der Küche. Sie machte sich auf den Weg zu dem neben der Küche.

»Öffne sie nicht! Geh außen rum, geh außen rum!«

Was zum Teufel?

Ohne sich vorher Mütze oder Mantel zu holen, drängte sie sich an ihm vorbei und stiefelte aus dem Haus. Der Wind blies immer noch, alles war schon wieder zugeschneit. Manche Schneewehen waren vielleicht knapp vierzig Zentimeter tief. Er folgte ihr dicht auf den Fersen, während sie durch den Schnee stapfte und um das Haus herum, um zum Anbau zu kommen. Betonsteinwände, die abgespritzt werden könnten, keine Fenster, ganz bewusst nicht eingebaut, um Lärm und Gestank einzudämmen. Aber die Tür, diese verdammte Metalltür, stand sperrangelweit offen!

Sie rannte zum Eingang, wurde behindert durch ihre Stiefel und die Schneeverwehungen. Sie fiel auf die Knie, rappelte sich wieder auf, lief weiter. Lyle eilte hinter ihr her, rief ihren Namen, so als wollte er sie daran hindern zu sehen, was sich im Inneren des Anbaus befand. Als sie das Gebäude erreichte, drückte sie den Schalter an der Wand. Die großen Glühbirnen an der Decke gingen an, beleuchteten eine Reihe Feldbetten. Und eine Reihe Schuhe und Beine, die sich nicht mehr rührten.

Jungen, Kinder, deren Münder mit Gewebeband zugeklebt waren.

Und jetzt verstand sie auch, warum die Tür offen gestanden hatte. Um den Raum durchzulüften. Auf dem Fußboden in der Nähe der Tür stand eine tragbare Propangasheizung. Jetzt war sie ausgeschaltet, aber was machte sie hier überhaupt? Ohne Lüftungsmöglichkeiten sollte die überhaupt nicht benutzt werden, sie war nur für die Verwendung in Offenställen oder Ähnlichem gedacht. Die nächsten Minuten verstrichen wie im Nebel, während sie das Zimmer nach irgendwelchen Lebenszeichen absuchte. Sie trat, zerrte und schluchzte. Tot, alle tot. Sie konnte es nicht länger aushalten, rannte raus, knallte die Tür hinter sich zu.

Lyle, dieser Schlappschwanz, stand mit den Händen an den Seiten einfach nur da und beobachtete sie.

»Was hast du nur getan?«, schrie sie.

»Du hast doch gesagt, ich soll Heizkörper reinstellen.«

In dem Gebäude gab es zwar eine Heizung, aber sie hatte sich trotzdem Sorgen wegen den Minustemperaturen gemacht. Deswegen hatte sie auch den Wecker gestellt. »Elektrische Heizkörper. Kein Propan! *Elektrische!*« Sie schlug ihm mit der Faust gegen die Brust. »Du Idiot!« Sie fing an zu weinen. Ja, sie waren im Kinderhandel tätig, aber sie war für diese Kinder verantwortlich, sie waren ihre Babys. Und jetzt hatte sie sie im Stich gelassen.

Sie schlug Lyle ins Gesicht, vielleicht auch mehrere

Male. Er hielt sich eine Hand vor seine blutende Nase und weinte jetzt auch. Sie jammerte, dachte an die Kinder, dachte an die Lieferanten und die Käufer und in was für große Schwierigkeiten sie und Lyle jetzt geraten würden.

Er griff nach ihren Armen und schüttelte sie. »Pscht. Sei ruhig.«

Er hatte recht. Sie lebten zwar in einer abgeschiedenen Gegend, aber es könnte trotzdem jemand in der Nähe sein. Man konnte nie wissen.

»Lass uns nachdenken«, sagte er.

»Was sollen wir jetzt tun? Wir können sie nicht begraben. Der Boden ist noch gefroren.«

»Ich könnte sie woanders hinfahren. Könnte sie irgendwo lassen, weit weg von hier. Geringere Wahrscheinlichkeit, dass es jemand schafft, die Spur bis zu uns zurückzuverfolgen.«

»Und was ist, wenn du von der Polizei angehalten wirst? Was ist, wenn du eine Panne hast? Was ist, wenn der Lieferwagen bei einer Raststation kontrolliert wird? Und was ist mit dem Gestank?«

»Wir sollten sie verbrennen.«

Sie lief zurück ins Haus. Holte eine Flasche Wodka und begann, direkt aus der Flasche zu trinken. Vielleicht sollten sie einfach ihre Sachen zusammenpacken und sich aus dem Staub machen. Das war's. Im Schlafzimmer wühlte sie im Wandschrank, holte einen Koffer heraus. »Wir müssen uns beeilen. Wir müssen zum Flughafen und das Land verlassen. In irgendein anderes Land fliegen. Einfach nur weg von hier.«

Lyle stand im Eingang, hielt das Telefon in der Hand. »Ich hab meinen Bruder angerufen.«

Oh, scheiße. »Du hättest es niemandem erzählen sollen!«

»Er hat eine Idee. Er besitzt ein altes Lagerhaus für Lebensmittel in der Innenstadt. Hat mir erzählt, dass es dort einen begehbaren Gefrierschrank gibt. Wir lagern sie zuerst dort und begraben sie später. Aber John macht sich Gedanken wegen einem der Käufer, der nicht gerade glücklich darüber sein wird. Der könnte uns noch ernsthafte Probleme bereiten.«

»Was für Probleme?«

»Zum Beispiel auf uns losgehen oder noch etwas Schlimmeres.«

Sie wollte nicht fragen, was das *Schlimmere* sein könnte.

»Wir müssen uns schleunigst etwas anderes überlegen. Vielleicht können wir seinen Jungen durch einen anderen ersetzen.«

»Aber wir haben keinen anderen.«

»Vielleicht können wir irgendwie einen auftreiben.«

So einfach war das aber nicht. Sie machten schließlich keine Entführungen. Sie waren nicht ohne Grund die Zwischenhändler.

Nan fuhr mit Lyle zu dem Fleischkühlraum. Die Fahrt verlief still. Dreißig Meilen in einem Truck, in dem zehn Leichen lagen. Das Fahrzeug war laut und die Fahrt holprig, und sie fragte sich mehrmals, ob sie Auspuffgase riechen würde. Sie öffnete sogar ein paar Mal das Fenster, um frische Luft hereinzulassen. Jetzt war sie paranoid wegen einer Kohlenmonoxidvergiftung.

Sie wünschte sich, sie hätte zu Hause bleiben und sich weiter betrinken können, aber sie traute Lyle nicht.

Sie konnte nicht riskieren, dass er das hier noch mehr versauen würde, als er es ohnehin schon getan hatte. Während der Fahrt sprachen sie kein Wort miteinander, hin und wieder drangen seltsame Geräusche aus Lyles Kehle, so als hätte er Probleme beim Schlucken. Sie hatte die Brottüte auf den Vordersitz geworfen, und jetzt holte sie zwei Sandwiches heraus, bot ihm eins davon an. Er schüttelte den Kopf, hielt sich eine Faust an den Mund, so als würde ihm der bloße Gedanke, ein Sandwich zu essen, das eigentlich für ein totes Kind bestimmt gewesen war, Übelkeit bereiten. Sie tat sein Sandwich wieder zurück in die Tüte und aß ihres. Es schmeckte gar nicht mal so schlecht. Am liebsten hätte sie Lyle noch weiter angeschrien, aber was hätte das gebracht?

»Ich bin fertig mit dem Schwarzhandel.« Er schlug mit den Handflächen gegen das Lenkrad. »Fertig!«

Sie wusste nicht, ob sie auch damit fertig wäre, aber sie würde zumindest mal darüber nachdenken. Sie wunderte sich nicht über Lyle. Auch wenn es sich um sein Familienunternehmen handelte, das von seinem Vater und Großvater ins Leben gerufen worden war, war er doch nie mit vollem Herzen dabei gewesen. Aber es war ein gutes Geschäft, leicht verdientes Geld, wenn alles nach Plan verlief. Und sie genoss ihre kurze Zeit mit den Kindern und hatte das Gefühl, als hätte sie ihnen beim Übergang, bei der Veränderung ihrer Lebensverhältnisse, geholfen. Sie fühlte sich wie eine Mutterfigur, auch wenn sie die Kinder anwies, sie Nan zu nennen. Die wirkliche Frage war jetzt, ob sie überhaupt noch mit Lyle zusammenbleiben wollte. Mit einem Kerl, der immer alles versaute, ganz gleich, worum es ging. Aber er hatte sie nie geschlagen, und er zündete ihre Zigaretten für sie an und schenkte ihr Kaffee ein. Manchmal machte er sogar Frühstück für sie.

Sie trafen Lyles älteren Bruder John bei der Lagerhalle. John öffnete die große Schiebetür, und sie fuhren mit ihrem Truck hinein. Hinter ihnen schloss John wieder die Tür.

Der Kühlraum befand sich am anderen Ende.

Den Truck zu entladen war anstrengend, es war eine grauenhafte Arbeit. Die Leichen waren schlaff wie Stoffpuppen und schwer. Als sie endlich fertig waren, lagen die Leichen wie Feuerholz aufgestapelt übereinander. Lyles Bruder holte eine lange, schwere Kette hervor und führte sie durch die Türklinken des Fleischkühlraums, das Geräusch von Metall gegen Metall hallte durch die leere Lagerhalle. Fest verschloss John die Kette mit einem Industrieschloss. Danach reichte er Lyle den Schlüsselbund an einem Lederanhänger, daran hingen die Schlüssel für die Außentür und das Industrieschloss.

»Danke«, sagte Lyle und steckte die Schlüssel ein. »Vielen, vielen Dank!«

Sein Bruder packte ihn an der Kehle und drückte ihn gegen die Wand, hielt ihn fest, sprach durch zusammengebissene Zähne.

Als sie aufwuchs, fragte sich Nan oft, was nicht mit ihr stimmte, warum sie nicht so wie die anderen Kinder in ihrem Alter war und warum sie nicht dasselbe fühlte wie die anderen. Aber dann traf sie Lyles Bruder. Verglichen mit ihm war sie Mutter Teresa.

»Ihr beide habt's total verschissen!«, sagte John. »Unser Unternehmen war dabei zu wachsen, aber es könnte sein, dass wir jetzt – dank euch – den Laden dichtmachen müssen!«

Das mit dem Wachsen stimmte. Es war kein reiner Familienbetrieb mehr, aber das könnte auch der Punkt gewesen sein, an dem es gekippt war. Zu viele Leute waren in das Ganze involviert.

John ließ Lyle los, der auf die Knie sank und sich an die Kehle griff. John schien zu einer plötzlichen Entscheidung zu kommen und sagte: »Ich will euch aus dem Geschäft haben!«

»Was sollen wir denn machen, um Geld zu verdienen?«, krächzte Lyle.

»Ist mir scheißegal! Darüber hättest du nachdenken sollen, bevor du unsere Ware zerstört hast. Bring das wieder in Ordnung, und dann geh wieder zurück nach Oklahoma oder bau irgendwas an oder was auch immer. Und rede nie wieder mit mir.«

Als sie wieder im Truck saßen, schnappte sich Lyle die Sandwich-Tüte und übergab sich. Und dann fing er an zu weinen.

»Rutsch rüber.« Nan signalisierte ihm, er solle mit ihr die Plätze tauschen. Sie erhob sich genug, damit er hinter ihr durchrutschen und sie sich hinters Steuer setzen konnte. Zuerst fand sie ihn nicht, schaffte es dann aber doch, den Rückwärtsgang einzulegen.

Lyle sprang noch mal aus dem Wagen, um die Lagerhallentür zu schließen, und dann waren sie auch schon auf dem Rückweg.

»Du hättest mir ruhig helfen können«, beschwerte er sich.

»Um ehrlich zu sein, kann ich deinen Bruder sogar

verstehen. Du hast Mist gebaut und dadurch nicht nur dir, sondern auch vielen anderen Leuten geschadet. Du kannst froh sein, dass du überhaupt noch am Leben bist. Weil ich weiß, was für ein Temperament John hat, bin ich sogar überrascht, dass er uns nicht beide erschossen und ebenfalls in den Fleischkühlraum gesperrt hat.«

Lyle wischte sich mit dem Handrücken über die Nase. »Hättest du es zugelassen, dass er mich erwürgt?« Er kurbelte das Fenster runter und schmiss die Sandwich-Tüte raus.

Vielleicht. Sie streckte eine Hand aus und tätschelte sein Knie, wie man es bei einem kleinen Kind tun würde. »Natürlich nicht.«

Als sie wieder auf der Farm waren, hängte sie die Schlüssel der Lagerhalle an einen Haken neben der Küchentür. »Wenn der Frühling kommt, kannst du die Leichen abholen und sie auf der Farm in einem tiefen Loch vergraben. Kinderleicht.« Und dann könnten sie wieder zurück nach Oklahoma ziehen.

KAPITEL 20

Zurück in der Mordkommission rief Jude beim CPS an und bot ihnen an auszuprobieren, wie der Junge wohl auf das Foto von Nanette Perkins reagieren würde, das sie online gefunden hatte. Überarbeitet, wie sie waren, waren sie froh über Judes Angebot. Später traf sie Uriah im Pausenraum und erzählte ihm von ihrem Krankenhausbesuch. Diesmal reagierte er so, wie sie es von ihm schon früher erwartet hätte.

»Vielleicht solltest du sie das übernehmen lassen.«

Sie wusste es zu schätzen, dass er ihr nicht sofort die Anweisung gab, sich zurückzuziehen, da ihre volle Aufmerksamkeit den Leichen aus dem See hätte gelten müssen.

»Ich bin gut im Zeitmanagement«, betonte sie.

»Darum geht's gerade gar nicht.« Er goss sich einen Kaffee ein, fragte sie wortlos, ob sie auch einen wollte.

Sie schüttelte den Kopf und füllte stattdessen ihre Wasserflasche.

»Denkst du nicht, dass dir das Ganze langsam zu nahe geht?«, fragte er. Sie waren allein, und vielleicht hatte er ja das Gefühl, hier jetzt offener reden zu können als an ihren Schreibtischen, wo andere mithören konnten. »Willst du das machen, damit du den Jungen wiedersehen kannst?«

»Ich mach mir nur Sorgen um ihn.«

»Deine Loyalität anderen Menschen gegenüber ist wirklich sehr lobenswert. Ein guter Charakterzug, aber nach allem, was du durchgemacht hast …« Er hielt inne, so als ob er darüber nachdenken würde, ob er weiterreden sollte. Sie hatte den Eindruck, dass er nach den richtigen Worten suchte, dass er ihr etwas sagen wollte, das ihm schon seit geraumer Zeit auf dem Herzen lag. »Du wirst von Leuten angezogen, die deine Hilfe brauchen«, sagte er.

Dem konnte sie nicht widersprechen. »Ist das etwas Schlechtes?«

»Manchmal. Ich glaube mich an eine Leiche in deiner Wohnung erinnern zu können, und das ist noch gar nicht mal so lange her.«

»Ich denke nicht, dass meine Aufmerksamkeit und Sorge unangebracht waren. Sie brauchte Hilfe. Und sie war jemand, durch die wir den Fall hätten lösen können. So oder so war es eine logische Herangehensweise. Du sprichst über Gefühle.« Sie hatte keine Gefühle mehr.

Er stellte seinen Becher beiseite. »Vergiss nur nicht, etwas mehr Abstand zu halten. Mehr sage ich gar nicht. Ich habe dich gesehen. Du hast Mitgefühl für diese Menschen. Nicht nur für die Opfer und die Toten, sondern auch für die Täter.«

Seine Worte erinnerten sie an das, was Elliot über sympathetische Resonanz gesagt hatte. Sie sah das nur einfach nicht so. »Das Kind ist kein Krimineller.«

»Das hab ich auch nie behauptet. Ich versuche nur zu erklären, warum ich mir Sorgen mache. Deine Erfahrung hat dich verändert, auf Arten, die ich mir nicht einmal ausmalen oder wirklich verstehen kann. Du bist eine Empathin. Du saugst die Leute in deiner Umgebung förmlich auf. Du kannst ihre Emotionen fühlen.«

»Ich wusste gar nicht, dass du auf Science-Fiction stehst.«

»Ich hab's doch gesehen, Jude. Ich bezweifle, dass du das überhaupt merkst, was auch der Grund dafür ist, warum ich es anspreche. Ich denke, du solltest dir dessen bewusst sein und versuchen, dich zu schützen.«

»Dieses Gespräch ist lächerlich.« Sie war nicht wirklich sauer, nur verwirrt und genervt. »Ich werde mich mit dem Jungen treffen und herausfinden, ob er die Frau, die ich im Krankenhaus getroffen habe, wiedererkennt. Wie viel einfacher kann es denn noch sein?«

Zurück an ihrem Schreibtisch hob sie einen Papierstapel auf, der noch ganz warm war vom Kopierer, und steckte ihn in die Seitentasche ihrer Kuriertasche, zu den Fotos des Jungen.

Die Entfernung vom Polizeipräsidium zu der Pflegefamilie betrug unter zehn Meilen. Aufgrund der Seitenstraßen, die immer noch nicht komplett geräumt waren, brauchte Jude dreißig Minuten, um die Adresse in Richfield zu erreichen, die sie vom CPS bekommen hatte.

Die südliche Nachbarschaft von Minneapolis bestand aus rasterförmig angelegten Straßen, was ein logischer Aufbau war, mit einander ähnelnden kleinen Häusern, dazwischen standen größere Wohnhäuser. Stuck war schon immer ein beliebter Baustoff in den Twin Citys gewesen, und diese Gegend der Stadt spiegelte diese Ästhetik wider.

Die Heizung in ihrem Auto spuckte lauwarme Luft

aus, während ihr das GPS ihres Telefons mitteilte, sie solle bei einem zweistöckigen, quadratischen Haus mit Maschendrahtzaun halten, vor dem es einen schmalen Bürgersteig gab. Drei Schneemänner im Garten. Durch den engen Raum zwischen den Häusern konnte sie einen flüchtigen Blick auf eine Schaukel und eine schneebedeckte Garage im Hinterhof werfen.

Die Pflegemutter, eine Frau namens Lori, erwartete sie bereits. Sie öffnete die Tür und bat Jude hereinzukommen. Wie es für viele Häuser in den Twin Citys typisch war, war auch dieses Haus irgendwann umgestaltet worden – die Wände trafen nicht hundertprozentig aufeinander, und es gab Hinweise auf ausgebesserte Böden, wo einmal Einbaumöbel gestanden hatten. Direkt am Eingang gab es eine Küche, zur Rechten war ein Wohnzimmer. Böden aus Holz und Fliesen, in beruhigenden Farbtönen. Ein wandmontiertes Holzregal, vollgestopft mit Kindermänteln, auch der des Jungen. Darunter gab es eine Reihe von Stiefeln. Hinter den offenen Schiebetüren ertönte das Geräusch eines Fernsehers, in dem gerade ein Cartoon lief.

»Wir nennen ihn Michael«, erzählte Lori. Sie hielt Jude ihre Hand hin, um ihr den Mantel abzunehmen.

Jude schüttelte den Kopf, öffnete aber den Reißverschluss. »Ich weiß, dass das nicht sein Name ist, aber wir mussten ihn ja irgendwie nennen. Es hätte sich sonst einfach nicht richtig angefühlt.«

Jude merkte, wie nervös die Frau war, und dachte daran, dass Uriah sie eine Empathin genannt hatte. »Michael ist ein schöner Name.« Er sah nicht aus wie ein Michael.

Lori war eine dieser typischen Mütter. Vermutlich konnte sie gut Umarmungen verteilen und trösten. Sie trug einen schweren Rock mit Blumenmuster, Pantoffeln und Wollsocken an den Füßen, hatte mittelbraunes Haar, das sie auf dem Kopf mit zwei dekorativen Stäben zusammengesteckt hatte. Sie hatte ein frisches Gesicht, kein Make-up. Sie roch nach Spülmittel und Kaffee und vielleicht auch ein bisschen nach dem Goodwill-Laden. Vielleicht war sie ja auch aufgeregt, weil plötzlich ein Cop vorbeigekommen war – ohne richtige Vorwarnung. Oder es hatte etwas mit dem Jungen zu tun.

»Er ist süß«, sagte die Pflegemutter, so als ob sie sich selbst davon überzeugen wollte, während sie einen Blick über die Schulter ins Wohnzimmer warf. Dort lagen zwei Kinder auf dem Boden und schauten Cartoons. Das dritte Kind, dasjenige, das den vorläufigen Namen *Michael* trug, saß im Schneidersitz auf einer gemütlich aussehenden braunen Couch. Aber der kleine Junge sah nicht fern. Stattdessen beobachtete er die beiden anderen Kinder dabei.

»Ich glaube nicht, dass er jemals etwas mit anderen Kindern zu tun hatte«, vermutete Lori. »Er spielt nicht und interagiert auch nicht. Er … beobachtet nur.« Sie beugte sich näher, senkte die Stimme. Um ihre Augen waren Sorgenfältchen zu sehen. »Denken Sie, dass es für mein Mädchen und meinen Jungen sicher ist? Also dass er hier ist?«

Gute Frage. Jude war überrascht gewesen, als sie gehört hatte, dass man ihn in ein Haus mit anderen Kindern gesteckt hatte. Sie hätte das nicht getan, solange sie nicht wussten, ob er für andere gefährlich war.

Gewalt rief Gewalt hervor. Das war eine Tatsache. Es bedeutete nicht, dass jedes Kind, das in einem von Gewalt geprägten Umfeld aufwuchs, auch selbst gewalttätig wurde. Aber Kinder lernten von Erwachsenen. Selbst ein Kind, das von Natur aus keinerlei gewalttätigen Tendenzen hatte, würde diese annehmen, wenn das alles war, was es jemals kennenlernte. Kinder ahmten Erwachsene nach. Aber die gute Nachricht war, dass solche Kinder dieses Verhalten auch wieder ablegen konnten – mit der richtigen Erziehung und den richtigen Vorbildern.

»Um ehrlich zu sein, kann ich diese Frage nicht beantworten«, erwiderte Jude. »Es ist offensichtlich, dass er in seinem kurzen Leben ein paar schlimme Dinge erlebt hat. Dazu kommt dann auch noch seine fehlende Sozialisierung. Ich mache Ihnen keinen Vorwurf, dass Sie sich Sorgen machen. Ich würde Ihnen empfehlen, die Kinder nicht unbeaufsichtigt zu lassen, und wenn Sie Haustiere haben, treffen Sie lieber die gleichen Vorsichtsmaßnahmen.«

Die Frau legte eine zitternde Hand an ihre gerötete Wange. »Das gefällt mir nicht. Das gefällt mir überhaupt nicht. Sie haben angerufen, suchten verzweifelt nach einer Familie, und ich bin jemand, der nicht Nein sagen kann. Das war ein anstrengender Monat für die Leute beim CPS. Ich weiß nicht genau, warum. Vielleicht hat es etwas mit der Kälte zu tun. Allen fällt die Decke auf den Kopf, und das lassen sie dann an den Kindern aus.«

»Ich kann Ihnen keinen anderen Rat geben, als Vorsichtsmaßnahmen zu treffen. Rufen Sie Ihre Kontaktperson an, wenn Sie Bedenken haben. Oder mich.« Sie zückte eine Visitenkarte und reichte sie der Frau. »Egal, um welche Uhrzeit.«

Lori blickte ins Wohnzimmer. »Er hat so viel durchgemacht.« Ihr traten Tränen in die Augen. »Armes kleines Seelchen.«

»Ich weiß. Aber setzen Sie Ihre eigene Familie keinem Risiko aus. Tun Sie das nie. Vertrauen Sie Ihrem Gespür.« Das sagte sie jedem. Und wahrscheinlich war es eine viel realistischere Warnung als diejenige, die die Frau vom CPS bekommen hatte, falls sie überhaupt eine bekommen hatte. »Hören Sie auf Ihre innere Stimme.«

»Um ehrlich zu sein, spricht sie gerade mit mir, aber ich glaube nicht, dass es direkt etwas damit zu tun hat, was er gemacht hat. Ich glaube, es liegt nur an seinem seltsamen Verhalten.« Sie senkte erneut die Stimme. »Irgendwie ist er unheimlich.«

Jude dachte an Gespräche, die sie zufällig mitbekommen hatte. Gespräche, in denen es um sie nach ihrer Flucht aus der Gefangenschaft ging. Fast alle ihre Kollegen fühlten sich in ihrer Nähe unwohl – alle, außer Uriah. »Ich würde gern persönlich mit ihm reden«, sagte sie. »Wenn das okay ist.«

Die Mutter schien erleichtert zu sein, die Verantwortung an jemand anderen abgeben zu können, selbst wenn es nur um wenige Minuten ging. Sie rief ins Wohnzimmer: »Kinder! Kommt her und helft mir, einen Snack vorzubereiten.«

»Michael« reagierte nicht. Die beiden anderen Kinder sprangen vom Fußboden auf und huschten in die Küche. Eins öffnete die Kühlschranktür, das andere schnappte sich eine Tüte, in der in Scheiben geschnittene Karotten waren. Eins von ihnen sagte etwas über Kekse.

Jude nickte der Mutter zu und schlüpfte ins Wohnzimmer. Als »Michael« sie sah, schnappte er nach Luft und sprang von der Couch. »Hallo!«

»Hallo.«

»Gehen wir zurück zu dir? Damit mich meine Nana abholen kann?«

»Heute nicht.« Jude setzte sich aufs Sofa und ergriff seine Hände, hielt sie sanft fest, gab ihm die Möglichkeit, sie wegzuziehen, falls er das wollte, während sie ihm in sein ernstes Gesicht blickte. Es machte ihr nicht mal etwas aus, dass seine Hände ein bisschen klebrig waren. »Ich bin nur gekommen, um dich zu sehen. Und um mit dir zu reden.« Sie lächelte, musste sich nicht mal dazu zwingen. Sie war froh, ihn noch mal zu sehen. Als sie darüber nachdachte, was Uriah gesagt hatte, wurde ihr ganz flau im Magen. Vielleicht hatte er recht. Vielleicht ging ihr das ja wirklich alles zu nah. »Gefällt's dir hier?«

Er nickte.

»Was ist mit den anderen Kindern? Das muss schön sein. Mit anderen Kindern zusammen zu sein, die ungefähr in deinem Alter sind.«

Er zuckte mit den Achseln. »Kann sein.«

Sie befragte ihn zu den Schneemännern draußen im Garten. Nein, er hatte nicht dabei geholfen, sie zu bauen. Sie waren bei seiner Ankunft bereits da gewesen. Aber er mochte sie.

Von den klebrigen Fingern einmal abgesehen, fiel ihr auf, dass sein Gesicht sauber war und die Haare gekämmt. Seine Pflegemutter schien ein guter Mensch zu sein. Alles, was Jude sah, bestätigte diesen Eindruck. Ihre Bedenken hatten sich in den letzten zehn Minuten in Luft aufgelöst, sie machte sich keine Sorgen mehr um den Jungen, sondern eher um die Pflegefamilie. Sie wussten überhaupt nichts über ihn. Keiner tat das.

»Ich möchte dir etwas zeigen.« Jude ließ seine Hände los, um in ihre Kuriertasche zu greifen. Sie holte den Papierstapel heraus. Das meiste davon waren Fotos, die sie aus dem Internet ausgedruckt hatte. »Ich hab ein paar Bilder für dich, die du dir mal anschauen sollst.«

Er rutschte von der Couch, um sich neben sie zu stellen, drückte seine Handflächen zusammen, was aussah, als ob er innehalten und auf etwas warten würde. Er zitterte ein bisschen vor Aufregung und Erwartung.

Wie bei einer polizeilichen Gegenüberstellung, fügte Jude absichtlich noch ein paar Bilder und Aufnahmen von anderen Gesichtern hinzu, in der Hoffnung, dann eine genauere Antwort zu bekommen. »Was sieht man auf diesem Bild?« Sie zeigte ihm das erste und wartete.

»Frau«, antwortete er und zeigte mit dem Finger auf das Bild.

»Das ist richtig.«

Sie zog ein anderes aus dem Stapel.

»Hund!«

Ein weiteres Bild von einer anderen Frau.

»Frau.«

Aus der Küche ertönten Geräusche von zuschlagenden Schranktüren. Der Junge sah weg, war abgelenkt.

»Und noch eins«, sagte sie und zog ein viertes Foto heraus. Er blickte zur Küche, dachte wahrscheinlich gerade an Essen, vielleicht an Kekse. »Junge?« Noch nie zuvor hatte sie ihn so genannt.

Widerwillig sah er zurück auf das Papier in Judes Hand, und sein Gesichtsausdruck veränderte sich schlagartig. »Nana! Nana!«, rief er. Mit gebeugten Knien und Ellenbogen hüpfte er auf und ab. »Nana!«

Seine Reaktion ließ keinen Zweifel daran, dass Nanette Perkins seine »Nana« war. Es war herzzerreißend, dass er regelrecht zum Leben erwacht war, weil er das Gesicht der Frau sah, die ihn zum Sterben im Schneegestöber zurückgelassen hatte. Die Frau, die indirekt oder vielleicht ja sogar auch direkt für seine Misshandlung verantwortlich war. Er war ein Kind, und Jude war eine Erwachsene, aber sie erkannte die Bindung wieder, die sich manchmal zwischen Opfer und Täter entwickelte. Oberflächlich betrachtet war es selbst für sie unmöglich, diese Anziehungskraft nachzuvollziehen. Sie wusste nur, dass es echt war.

Sie begann die Fotos wegzuräumen, dann hielt sie inne. »Würdest du das hier gern behalten?«, fragte sie und zeigte auf das Bild von Nanette Perkins.

Er nickte und hüpfte wieder von einem Fuß auf den anderen.

Sie reichte ihm das Bild, und er drückte das Gesicht daran, gab ihm einen Kuss.

»Lass uns jetzt einen Keks holen.«

In der Küche wedelte der Junge mit dem Foto in der Luft herum. »Nana! Meine Nana!«, sagte er aufgeregt. Vielleicht war das seine erste richtige Interaktion mit den anderen Kindern.

Judes Handy vibrierte. Sie warf einen Blick auf das

Display. Uriah schrieb ihr, sie solle auf ihr Telefon achten. Er folge einer Spur, und es könne sein, dass er sie bald anrufen würde. »Ich muss los«, sagte sie zu der Pflegemutter. Dann nahm sie sich einen selbst gebackenen Haferflockenkeks vom Teller, ging vor dem Jungen in die Hocke und gab ihm den Keks. »Wir sehen uns später«, sagte sie. Auch wenn es sein konnte, dass sie ihn nie wiedersehen würde, und auch wenn es sein konnte, dass sie gerade genau das Gleiche zu ihm sagte, was auch Nanette Perkins ein paar Tage zuvor zu ihm gesagt haben könnte. Jude richtete sich wieder auf, spürte ein Engegefühl im Hals, wollte schnell von dem Kind wegkommen, das schmatzend seinen Keks aß und sie dabei beobachtete.

»Nehmen Sie sich auch einen.« Lori hielt ihr den Teller hin.

Jude nahm einen, murmelte schnell ein Dankeschön und ging. Draußen im Wagen – Keks im Mund – startete sie den Motor, schaltete die Heizung ein, fühlte dieselbe kühle Luft wie zuvor und fuhr zum Krankenhaus, um Nanette Perkins erneut einen Besuch abzustatten.

KAPITEL 21

Fünf Jahre zuvor ...

Die Ärzte sagten, es läge an den Zigaretten und dem vielen Alkohol. Beides habe Lyles Krebs hervorgerufen. Witzig – die Dinge, die sie verbunden hatten, waren letztendlich auch die, die sie nun für immer voneinander trennen würden. Die Ärzte gaben Lyle nur noch eine Woche, und Nan war noch nicht bereit, um sich jetzt schon für immer von ihm zu verabschieden. In ihrem gemeinsamen Leben war nicht immer alles eitel Sonnenschein gewesen, aber nach dem Fiasko in der Nacht vor fünfzehn Jahren hatten sie mit dem Kinderhandel aufgehört. Er hatte sie dazu überredet, in Minnesota zu bleiben, und sie hatte sich ja auch fast schon an die Winter gewöhnt. Sonntags gingen sie zusammen in die Kirche und hatten hier auch ein paar Freunde gefunden. Keine engen Freunde, weil sie so etwas nie haben könnten. Ihre Freunde betrieben ebenfalls Landwirtschaft, sie waren anständige und zuverlässige Leute, die ihnen sogar bei der Ernte geholfen hatten, als Lyle wegen der Operation und Strahlentherapie in Rochester im Krankenhaus lag. Aber der Krebs war wieder zurückgekehrt, Lyle konnte nicht mehr sprechen und war bereit, für immer zu gehen.

Ihr gemeinsames Geheimnis war zu einer anderen Art Bindung geworden.

In diesem Augenblick lagen sie zusammen im Bett und sahen auf den kleinen Fernseher, der auf der Kommode stand. Nan trank ein Bier und aß Chips; Lyle zappte durch die Kanäle, stoppte bei allem, was ein bisschen religiös aussah.

Auch das war seltsam. Früher hatte er ständig geflucht und war nie in die Kirche gegangen, aber als der Krebs zuschlug, gab es plötzlich nur noch *Gott hier und Gott da*. Also sahen sie jetzt einer Frau mit langem blonden Haar dabei zu, wie diese ihnen sagte, dass sie Buße tun und um Vergebung bitten mussten.

Lyle tippte mit einem Stift auf den Block in seiner Hand, und Nan las, was er geschrieben hatte.

Vielleicht sollte ich zur Beichte gehen.

»Aber du bist doch nicht mal katholisch!«

Ich will meine Sünden beichten.

Sie hatten nie über die Nacht gesprochen, in der sie die Kinder verloren hatten, und waren seitdem gute Menschen gewesen. War das denn nicht genug?

Ich will zur Beichte gehen. Ich will es irgendjemandem erzählen.

»Du meinst der Polizei?«

Vielleicht.

Sie schüttelte den Kopf. »Wage es ja nicht, so etwas zu tun! Für dich ist dann vielleicht alles in Ordnung, weil du sowieso bald tot bist, aber ich muss weiterleben und werde für den Rest meines Lebens im Gefängnis sitzen!«

Ich kann nicht sterben, ohne es vorher jemandem erzählt zu haben.

»Was hältst du davon? Du schreibst alles auf, und ich lass es irgendwie der Polizei zukommen, sodass sie nicht wissen, woher und von wem es stammt.«

Das schien ihn ein bisschen zufriedenzustellen, aber noch nicht ganz. Hoffentlich würde er es wieder vergessen, weil er auf Morphium war und das nicht zu knapp. Es war auch schon vorher passiert, dass er Dinge wieder vergessen hatte. Aber am nächsten Tag fing er wieder damit an, zur Beichte gehen zu wollen, deshalb blätterte sie eine Seite um und reichte ihm den Block, damit er alles aufschreiben konnte. Als sie es später las, musste sie sich setzen.

Sie hatten schlimme Dinge getan. Wirklich schlimme Dinge.

Später faltete sie das Papier zusammen und steckte es in einen Briefumschlag, den sie an das *Hennepin County Sheriff's Office* adressierte. Sie war nicht ganz sicher, warum sie sich lieber für sie entschied als für das FBI oder etwas Ähnliches. Es schien irgendwie ortsnäher und wichtiger zu sein. Und sie hoffte, Lyle dadurch dazu zu bringen, dass er aufhörte, über die Beichte nachzudenken. Es machte sie wütend, dass er dachte, er könne beichten und sie dann mit dem angerichteten Schaden zurücklassen.

Sie zeigte ihm den mit einer Briefmarke frankierten, adressierten Briefumschlag. »Ich fahr in die Stadt, um ihn zu verschicken«, sagte sie. »Er wird also nicht hier abgestempelt. Ich bin in anderthalb Stunden wieder zurück.«

Lyle, der im Bett lag, nickte und griff nach der Fernbedienung.

Es war schön, mal rauszukommen und für eine Weile nicht die Betreuerin zu sein. Unterwegs hielt sie bei einem Antiquitätenladen und stöberte dort ein bisschen, danach ging sie noch in ein Café am Fluss. Sie bestellte einen Tee, ein Sandwich und einen Scone. Aus irgendeinem Grund war es perfekt. Als hätte ihre Seele das im Moment bitter nötig. Zu Hause parkte sie den Wagen, und während sie den Fußweg hinaufging, wappnete sie sich für alles.

Der Krebs hatte einen bestimmten Geruch. Das hatte sie überrascht, aber jetzt konnte sie nachvollziehen, dass diese Krebshunde den Geruch erschnüffeln konnten. Zum Teufel, nach dem hier könnte sie das auch!

Sie betrat das Haus, hörte den Fernseher aus dem Schlafzimmer. Die Jalousien waren heruntergezogen, hier war es dunkel und traurig. Lyle lag im Bett. Er schien zu schlafen, aber irgendetwas war anders. Sie ließ die Tasche fallen, in der noch das Geständnis steckte, das sie nicht abgeschickt hatte, und lief zum Bett. Sie schüttelte seinen Kopf und wartete darauf, dass sich seine Augen öffneten, wartete darauf, dass er aufsah und sie anlächeln würde. Aber seine Haut war bereits kalt, und seine Augen würden sich nie wieder öffnen. Er schien bis zur Beichte durchgehalten zu haben.

Sie hatten gesagt eine Woche.

Ihre Beine sackten weg. Sie fiel zu Boden und weinte, bis sie keine Tränen mehr hatte. Als sie leer war, hievte sie sich wieder hoch und krabbelte ins Bett neben ihn. Da bemerkte sie, dass er auf den Block, der auf seinem Bauch lag, etwas niedergekritzelt hatte. Eine weitere Beichte. Diese war nur für sie.

Ich habe dich angelogen. Ich habe die Leichen nie vergraben. Sie sind immer noch im Kühlraum.

KAPITEL 22

Als Jude zum Krankenhaus zurückkehrte, waren Ms. Perkins' Fußschlinge und die Infusionspumpe verschwunden, was wohl hieß, dass man sie bald entlassen würde. Oft hinterließen sie zumindest einen intravenösen Zugang bis zur Entlassung, aber auch der war verschwunden. Vor ihr stand ein leerer Medikamentenbecher und ein Glas Wasser mit einem geknickten Strohhalm drin auf dem Rolltisch. Die Vorhänge waren wieder zur Seite gezogen worden. War das eine Regel, die Krankenschwestern befolgen mussten? Licht an, Vorhang auf? Jude durchquerte den Raum und zog sie wieder zu, schloss dadurch jegliches Sonnenlicht aus, abgesehen von einem kleinen Lichtstrahl, der über den Boden und das Fußende des Betts fiel.

»Das Kind hat Sie als die Person identifiziert, mit der es zusammengelebt hat«, sagte sie zu Ms. Perkins. *Ms. Perkins.* Der Name kam ihr jetzt merkwürdig vor. Jude war daran gewöhnt, an sie als *Nana* zu denken. »Was bedeutet, dass Sie diejenige sind, die den Jungen an meiner Tür abgesetzt hat.«

Ohne Ankündigung stieß die Frau plötzlich einen Klagelaut aus, wie eine schlechte Schauspielerin, die zu früh einsetzte.

Oder hatte sie dort wirklich mit schwelenden Emotionen gelegen?

Jude schloss die Tür, schnappte sich eine Taschentuchbox und stellte sie auf den Rolltisch. »Ich werde Ihnen jetzt ein paar Fragen stellen müssen. Die erste lautet: Sind Sie die Mutter des Kindes?«

»Ja. O Gott, ja.« Perkins zog ein Taschentuch aus der kleinen Box und tupfte sich damit über die Augen, so als hätte sie Angst, ihr Make-up zu verschmieren, das sie nicht trug. »Mein Ehemann ist gestorben, und ich konnte mich nicht mehr um ihn kümmern. Deshalb ließ ich den Jungen vor Ihrem Haus zurück, weil ich wusste, dass Sie schon junge Menschen beschützt haben, und weil ich wusste, dass er bei Ihnen in Sicherheit wäre. Weil Sie alles tun würden, was getan werden müsste.« Sie sah Jude mit geröteten Augen an, in denen Tränen funkelten, die echt aussahen. »Er sollte reingehen. Ich weiß nicht, warum er es nicht getan hat. Er sollte das tun.«

»Es gibt eine Gegensprechanlage. Über die muss man reingelassen werden.«

»Über so etwas habe ich gar nicht nachgedacht. Ein Auto kam. Ich bekam Panik und fuhr weg. Ich wusste nicht, dass er es nicht schaffen würde, in das Gebäude zu kommen. Ich hätte ihn doch niemals zurückgelassen, wenn ich gewusst hätte, dass er erfrieren könnte. Ich habe ihn hingebracht, um ihm ein besseres Leben zu ermöglichen. Wenn ich jetzt darüber nachdenke, was ihm alles hätte passieren können …«

»Sie hätten ihn auch zur Adoption freigeben können.«

»Kinder in seinem Alter werden nicht mehr genommen. Und ich wusste doch nicht, was ich tat. Ich habe nicht richtig nachgedacht. Ich war völlig überfordert und hab mir gedacht, dass er vielleicht mehr Aufmerksamkeit bekommen würde, wenn Sie ihn finden. So wie diese Hunde mit den tragischen Geschichten, die jeder aufnehmen möchte.«

»Wo wurde er geboren? Der CPS wird dem Ganzen nachgehen, sie werden sich auch die Geburtsurkunde ansehen.«

»Es gibt keine.«

Das kam nicht gänzlich unerwartet.

»Er war ein Überraschungskind. Ich hab nicht damit gerechnet, mit neununddreißig noch schwanger zu werden. Es war eine Hausgeburt. Ich habe es nie irgendwo gemeldet.«

Hmm. Könnte stimmen.

»Und ich glaube nicht, dass es irgendjemanden etwas angeht, wann oder wo oder wie mein Kind geboren wurde«, sagte Perkins. »Das geht niemanden außer mir etwas an.«

»Es wurde also nie eine Geburtsurkunde ausgestellt?«

»Nein.«

Jude beobachtete, wie sie das Taschentuch auf den Fußboden warf, sie zog ein frisches aus der Box. In Amerika gab es Tausende Bürger ohne Papiere. »Wenn Sie seine Mutter sind, nehme ich an, dass Sie nichts dagegen haben, wenn wir einen DNA-Test machen.«

Perkins zuckte mit den Achseln. »Meinetwegen.«

»Darum wird sich auch der CPS kümmern, wenn ich ihnen das erst mal gemeldet habe. Wir müssen sichergehen, dass er auch derjenige ist, für den Sie ihn ausgeben.

Und wenn wir das Ergebnis bekommen, gibt es ein weiteres Problem. Was machen wir mit ihm?«

»Ich will ihn wieder zurück.«

Jude blinzelte überrascht. »Es liegt nicht an mir, das zu entscheiden, aber wenn es nach mir ginge, würde er nie wieder bei Ihnen leben. Es könnte auch sein, dass der CPS noch jemanden herschicken wird wegen des Verdachts auf Kindeswohlgefährdung. Sie werden dann vor einem Richter erscheinen müssen.«

»Ich hab's verdient. Es war dumm, so etwas zu tun.«

»Wie heißt er?«

»Ich habe ihm nie einen Namen gegeben.«

Das überraschte Jude wieder nicht, und dass er keinen Namen hatte, unterstrich nur das beunruhigende Ausmaß der Vernachlässigung.

»Es ist nicht so, wie Sie vielleicht denken. Ich habe über einige Kulturen gelesen, die es ihren Kindern überlassen, sich selbst einen Namen zu geben, wenn sie alt genug sind. Damals fand ich die Idee ganz cool, aber dann habe ich's ehrlich gesagt einfach schleifen lassen. Und er wurde *Junge*. Wir haben ein paar verschiedene Namen ausprobiert, aber keiner hat funktioniert.«

Judes Telefon vibrierte. Der Anruf, den Uriah angekündigt hatte. Sie musste drangehen. Ohne Perkins etwas zu sagen oder zu erklären, ging sie ans Telefon, während sie das Zimmer verließ.

»Es könnte sein, dass wir eine Identität haben. Für die erste Leiche aus dem See«, erzählte Uriah. »Jemand, der vor Jahren an dem Fall gearbeitet hat, hat eine Unterhaltung darüber auf Reddit verfolgt – diese Plattform, auf der die ganzen pensionierten Detectives abhängen.

Er heißt Paul Savoy. Das Kind heißt Billy Nelson. Savoy hat ein paar der Details wiedererkannt. Er hat das Phantombild gesehen, das wir der Presse gegeben haben, und dachte, dass es sein alter Fall sein könnte.«

Sie versuchte, mental den Gang zu wechseln – von dem Kind, das keinen richtigen Namen hatte, zu einem anderen Kind, das tot war.

»Diese pensionierten Detectives können einfach nicht aufhören, Geschichten mitzuverfolgen und zu versuchen, sie zu lösen, selbst wenn das aus ihrem gemütlichen Zuhause heraus passiert«, fuhr Uriah fort.

»Bin gleich da. Wir sollten mit ihm reden.«

»Das könnte ein bisschen schwierig werden. Er lebt nämlich in Kalifornien.«

»Oh, okay. Ich schätze, man kann ihm nicht verdenken, dass er hier weg wollte, wenn er mal so einen Winter wie in diesem Jahr erlebt hat.«

»Dort hat sich das Verbrechen ereignet. In Kalifornien. Da, wo er lebt. Orange County. Und halt dich fest. Der Fall ist zwanzig Jahre alt.«

Das musste sie erst mal sacken lassen.

Eine Leiche aus Orange County, Kalifornien, die zwanzig Jahre später in Minneapolis auftaucht. »Wie glaubwürdig ist unsere Quelle?«

»Er ist glaubwürdig. Er rief an und hat mich mit jemandem verbunden, der daran arbeitet, einige von Los Angeles County's veralteten Datenbanken auf den neuesten Stand zu bringen und zu optimieren.«

Der Zugriff auf Daten über Straftaten war immer noch ein Problem, weil die Datenbanken innerhalb des Landes nicht miteinander verbunden waren und ein Großteil der

Informationen manuell in die neuen Systeme eingegeben werden musste. Kreisebene, Landesebene, bundesstaatliche Ebene – alle hatten Probleme. Sie waren auf dem richtigen Weg, steckten mitten in der Umstellung, aber bislang gab es immer noch keine Datenbank, in die man sich einklinken und dann alles finden konnte, wonach man suchte, besonders wenn es um ungeklärte Kriminalfälle ging. Deshalb wurde der Rückstand von alten, ungeklärten Kriminalfällen als weniger wichtig betrachtet und zunächst beiseitegeschoben.

»Es gab keine aktenkundige DNA«, fuhr Uriah fort, »aber sie hatten Fingerabdrücke von dem vermissten Kind, als es noch zur Schule ging. Eine Fünfzehn-Punkte-Übereinstimmung.«

Manche Dezernate in Amerika verlangten eine Zwölf-Punkte-Übereinstimmung, aber Jude tendierte dazu, mit Großbritannien einer Meinung zu sein. Sie bevorzugte etwas, das näher an sechzehn oder siebzehn war. »Das ist ziemlich eindeutig.« Die Neuigkeiten gaben ihr einen Adrenalinschub, schnell lief sie den Gang runter, wich Pflegern aus, die Krankenbetten auf Rollen oder Patienten in Rollstühlen vor sich herschoben. Dabei brachte sie Uriah auf den neuesten Stand bezüglich des Kindes in ihrer Wohnung.

»Glaubst du ihr, dass sie seine Mutter ist?«

»Keine Ahnung.« Sie drückte auf die Taste für den Fahrstuhl. »Sie hat immerhin nichts gegen einen DNA-Test.« Sie kam zu dem ungeklärten Kriminalfall zurück. »Ich denke, wir sollten mit dem Detective skypen.«

»Nicht nötig. Er sitzt gerade im Flieger und sollte bald hier sein. Es tut mir leid, das auf dich abzuwälzen, aber

Valentine arbeitet gerade an einem Fall, und wir haben eine Meldung über eine Schießerei in Nord-Minneapolis reinbekommen. Ein Toter. McIntosh ist am Tatort, aber ich muss auch hin. Ich will, dass du zum Flughafen fährst und den Detective abholst. Ich schick dir gleich noch eine Nachricht mit den genauen Daten, Flug- und Handynummer. Ich weiß, dass du wahrscheinlich nicht besonders scharf drauf bist, einen Fremden einzusammeln ...«

»Ich komm schon damit klar.« Aber natürlich würde es nicht besonders angenehm werden.

KAPITEL 23

Beim Minneapolis-Saint Paul International-Flughafen parkte Jude in der Kurzparkzone und ging in den Terminal. Paul Savoy persönlich abzuholen schien höflicher zu sein, als ihn zu ihrem Wagen kommen zu lassen. Seltsam, aber nicht so seltsam, wie einen Fremden einfach in ihren Wagen einsteigen zu lassen, ohne vorher überhaupt mit ihm geredet zu haben. Und er flog durchs halbe Land, um ihnen zu helfen.

Bevor sie zum Flughafen losgefahren war, hatte sie Kim Tharp beim CPS angerufen, um ihr die Infos über Perkins zu geben.

»Gut. Wir haben einen Elternteil«, war Kim Tharps Reaktion gewesen. Und nicht *Lasst uns auf Nummer sicher gehen und das Monster von ihm fernhalten.* Jude hatte das überhaupt nicht gefallen. Sie hatte nachdrücklich empfohlen, einen DNA-Test durchführen zu lassen, und Kim hatte zugestimmt.

Als sie einen Blick auf die Ankunftstafel warf, stellte sie fest, dass Savoys Flug gerade gelandet war. Sie hätte auch ihre Dienstmarke einsetzen können, um durch die Sicherheitsschleuse gelassen zu werden, aber stattdessen schickte sie ihm eine Nachricht, um ihn wissen zu lassen, dass sie ihn unten an der Rolltreppe treffen würde, in der Nähe der Gepäckbänder und Starbucks.

Während sie wartete, googelte sie ihn und betrachtete Fotos, die eine lange Zeitspanne abdeckten: Paul Savoy mit braunem Haar, Paul Savoy mit Vollbart, Paul Savoy mit Schnurrbart, Paul Savoy mit grau meliertem Haar, obwohl sie herausgefunden hatte, dass er erst siebenundfünfzig war.

Nebst Profilbildern gab es auch Interviews mit Savoy über ungeklärte Kriminalfälle, geführt nach seiner Pensionierung. Es war merkwürdig, sich vorzustellen, dass er so alt gewesen sein musste wie Jude jetzt, als das Kind verschwand, und dass Jude zur Zeit der Entführung sechzehn gewesen war. Das war alles vor dem Internet und den sozialen Medien und der Menge an jeglicher Art von Nachrichtendiensten, die heutzutage verfügbar waren.

Sie erkannte ihn sofort durch die Glastüren, die die Reisenden von den anderen trennten, während er auf der steilen Rolltreppe zur Straßenebene stand. Groß, sportlich. Beiges Jackett, das er sich über den Arm geworfen hatte, kastanienbraune Krawatte, Aktentasche, kleines Handgepäck. Ihn umgab diese Old-School-Atmosphäre eines kalifornischen Detective. Selbstbewusst. Gebräunt. Sehr gebräunt. Vielleicht ging er golfen.

Er erblickte sie und hob seine Hand zum Zeichen, dass er sie erkannt hatte, aber es war kein richtiges Winken. Die automatischen Türen öffneten sich, und ein Windstoß von Diesel-verpesteter Luft begleitete ihn, während er näher kam.

»Danke fürs Kommen«, sagte Jude. Sie gaben sich die Hand.

»Das wollte ich mir nicht entgehen lassen.«

»Haben Sie eine Mütze und Handschuhe dabei?«

»Ich habe keine Winterklamotten mitgenommen. Ich besitze keine und werde sowieso nur bis morgen hierbleiben. Ich muss zu einer Veranstaltung nach Kalifornien zurück.«

»Das ist aber ein kurzer Besuch.«

»Eine Hochzeit. Meine Tochter.« Er fuhr fort, erzählte Einzelheiten, die er nicht mit ihr hätten teilen müssen und die sie auch nichts angingen. »Zweite Ehe.«

»Sie sollten das vielleicht anziehen.« Sie zeigte auf das Jackett über seinem Arm, das ihn allerdings nicht wirklich wärmen würde. Trotzdem war es besser als nichts.

Sie gingen los, und Jude zeigte wortlos die Richtung an. Sie fuhren mit einer anderen Rolltreppe nach unten, an dem Boardingbereich für die Straßenbahn vorbei und dann noch eine andere Rolltreppe hoch zum Parkplatz.

Als sie bei ihrem Wagen ankamen, warf er sein Handgepäck und die Aktentasche auf den Rücksitz. »Wie halten Sie diese Kälte bloß aus? Das ist doch total verrückt. Wie kann man hier nur leben? Und *warum*?«

»Normalerweise stört's mich nicht, aber dieser Winter war eine echte Herausforderung. Sind Sie zum ersten Mal in Minneapolis?«

»Nein, aber zum ersten Mal bei solchen Temperaturen.«

Im Wagen drehte Jude den Zündschlüssel, während sich beide anschnallten.

»Ist das richtig?« Er zeigte auf die Dashboard-Digitalanzeige.

Minus zwölf Grad. Mild. »Ja.« Sie lenkte den Wagen

die schmale Auffahrt hinunter zu den Kassenhäuschen. »Es wird gesagt, dass die Twin Citys genauso bedeutend wären wie New York City oder L.A., wenn's nur nicht diese Winter gäbe. Weil die Sommer wirklich schön sind. Fast perfekt. Aber sie dauern nicht lange.«

»Also packen Sie so viel Leben wie möglich in ein paar Monate?«

Sie dachte über das Wort *Leben* nach. Er war nicht gerade der cleverste Detective, wenn er dachte, dass jemand, der das durchgemacht hatte, was ihr passiert war, das Leben tatsächlich genießen konnte. Aber vielleicht war er ja auch so ein Typ, für den das Glas immer halb voll war. Oder noch besser – vielleicht hatte er vor dem heutigen Tag noch nie etwas von ihr gehört. Das war allerdings unwahrscheinlich.

»Die meisten Leute hier versuchen, den Winter zu akzeptieren«, sagte sie. »Das ist das Einzige, was einem übrig bleibt. Und diejenigen, die das nicht können, hauen letztendlich ab. Viele Auswanderer landen in Kalifornien.« Sie hielt bei dem Kassenhäuschen, zog ihre Kreditkarte durch, dann verließen sie den Flughafen. »Manchmal ist es hier kälter als in der Antarktis.«

»Bin nicht sicher, ob ich damit angeben würde.« Er schnupperte. »Riecht es hier nach Mottenkugeln?«

»Wahrscheinlich.«

Er ließ sein Fenster runter. Eisige Luft füllte das Fahrzeug, und schnell schloss er das Fenster wieder.

»Nach einer Weile gewöhnt man sich dran.« Mittlerweile fiel es ihr gar nicht mehr auf. »Das Fahrzeug war nicht meine erste Wahl. Für den Winter musste ich mein Motorrad in der Garage abstellen. Dieses Auto stand viele Jahre in einer Garage herum, und der Besitzer hat Mottenkugeln benutzt, um die Mäuse fernzuhalten, damit sie nicht die Sitze anknabberten«, fügte sie hinzu.

Sie nahm den Highway 62 zur I-35 nach Norden.

Es war Nachmittag, und Uriah hatte einen Raum in einem Restaurant gemietet, in der Nähe der Zentrale. Eine nette Geste. Savoy könnte eine Mahlzeit mit Sicherheit gut gebrauchen, und Jude hatte nichts mehr gegessen, seit sie morgens ein Schälchen mit Instant-Haferflocken heruntergeschlungen hatte. Außerdem war alles besser als die grellen Lichter in einem ihrer Konferenzräume.

Wie viele andere Läden in den Twin Citys auch war das Restaurant ein Rückblick auf alte Zeiten, ahmte die Vergangenheit nach oder bewahrte sie. Die Lounge war dunkel, es war nicht besonders viel los. Es gab ein Hinterzimmer mit Bücherregalen und echten Büchern und einem Gaskamin, den sie für sich allein hatten. Zinnpaneele an der Decke und Parkettböden. So wie der private Raucherraum eines Gentlemans. Kein Wunder, dass es Uriah hier gefiel. Es erinnerte Jude irgendwie an seine Wohnung, besonders die alten Bücher.

Sie studierten die roten Speisekarten mit den goldenen Troddeln. Sie fühlte sich nicht wohl, versuchte es aber nicht zu zeigen. Sie entschied, dass sie die grellen Lichter im Konferenzraum doch bevorzugt hätte, weil das hier dem Treffen mit einem Freund oder sogar mit einem Date ähnelte.

Savoy bestellte einen Gin Tonic, kein männliches oder Trendgetränk, aber eins, das seinen Zweck erfüllte. Jude begnügte sich mit heißem Tee. Sie bestellten Sandwiches.

Nachdem sie das Essen bekommen hatten, besprachen sie den Fall.

»Als ich das Phantombild bei Reddit sah, wusste ich, dass das Billy Nelson ist«, sagte Savoy. »Deshalb hab ich dann die Fotoabzüge zu Ihrem Büro gefaxt. Uns liegt auch mitochondriale DNA vor. Wenn man so lange nach etwas gesucht hat, dann weiß man einfach, wenn man es endlich gefunden hat. Ich war mir sicher, dass es eine Übereinstimmung ist.«

»Die Frage ist: Wie kommt's, dass Nelson in Minneapolis aufgetaucht ist?« Jude goss Ketchup auf eine Ecke ihres Tellers und schnappte sich eine dicke Pommes. »Dass wir zwei Jungs haben, die ungefähr im gleichen Alter sind und sich auch ziemlich ähnlich sehen … eine meiner Theorien ist Sexhandel.«

Aber ihn schien diese Theorie nicht sonderlich zu interessieren. »Die Ähnlichkeit könnte auch reiner Zufall sein.«

»Stimmt. Und es erklärt auch nicht, wie er zwanzig Jahre nach seinem Verschwinden in dem See landete. Und wir haben auch immer noch nicht die Identität des anderen Jungen feststellen können. Ist er ungefähr in der gleichen Zeit gestorben? Vor zwanzig Jahren?«

»Billy Nelson hätte ein wichtiger FBI-Fall sein müssen«, sagte Savoy. »Aber damals wurden solche Informationen nicht geteilt, nicht mal mit der Öffentlichkeit, so wie es heute der Fall ist. Jeder hatte Angst, zu viel preiszugeben. Aber heutzutage, in Zeiten der sozialen Medien, sickert schon vor der ersten Pressekonferenz etwas durch.«

Ohne einen Bissen von seinem Sandwich zu nehmen, bestellte Savoy einen weiteren Drink. Als das Getränk kam und der Kellner wieder verschwand, sagte er: »Ich werde nicht lügen und den Macho raushängen lassen. Die Wahrheit ist, dass mich der Fall verfolgt hat. Ich habe als Streifenpolizist angefangen, bin zum Detective aufgestiegen, und das hier war einer meiner ersten verstörenden Verbrechen. Ich hab mir am Anfang immer darüber den Kopf zerbrochen, dass ich nicht genug mache. Und selbst heute versuche ich noch, die Verabschiedung von Gesetzen zu erreichen, die eine DNA-Entnahme in den ersten vierundzwanzig Stunden vorschreiben, in denen ein Kind oder ein Erwachsener verschwindet. Es müsste gar nicht untersucht werden – das ist teuer –, aber zumindest gesammelt und gelagert. Nirgendwo im Land gibt es ein Protokoll, das DNA-Proben vermisster Personen vorschreibt.«

»Meistens gibt es nur mitochondriale DNA«, sagte Jude. »Was nicht ideal ist.«

»Ja.« Er schluckte die Hälfte des Drinks runter und schüttelte das Glas, bis die Eiswürfel darin klirrten.

Als sie aufgegessen hatten und ihre Teller abgeräumt worden waren, öffnete er seinen Koffer und holte einen Stapel Akten heraus. »Bevor ich in Rente ging, habe ich alles kopiert. Ich gehe die Dinge oft durch, suche nach irgendeinem Hinweis, den ich übersehen haben könnte. Ich führe erneut Interviews, bohre noch ein bisschen tiefer, aber viele der Leute sind bereits tot, und die, die noch am Leben sind … na ja, Sie wissen ja, dass sich die Erinnerung im Laufe der Zeit verändert. Sie ist schon nach Tagen unzuverlässig, und jetzt reden wir immerhin über zwanzig Jahre. Nelsons Mutter und sein Vater sind beide tot. Ich glaube, Stress hat da eine Rolle gespielt, weil beide bei ihrem Tod noch relativ jung waren. Es gibt eine Schwester, die noch am Leben ist. Wir sind in Kontakt geblieben, ich werde sie heute Abend noch anrufen. Ich bin froh, dass sie endlich eine Art Abschluss haben wird. Es könnte sein, dass sie herkommen möchte, und vielleicht will sie auch die Leiche zurück nach Kalifornien bringen lassen.«

Er bestellte noch einen Drink, und Jude fragte sich, ob es klug gewesen war, dass sie in ein Restaurant gegangen waren, in dem alkoholische Getränke serviert wurden. Sie redeten noch ein bisschen. Jude bezahlte die Rechnung und gab ein großzügiges Trinkgeld. »Wann geht Ihr Flug morgen?« Sie fragte sich, wie es dem Jungen wohl gerade ging. War jemand vom CPS zum Krankenhaus gefahren, um von Nanette Perkins DNA-Proben zu entnehmen? Hoffentlich hatte das noch jemand erledigen können, bevor sie entlassen wurde.

»Früh.« Er trank sein Glas leer, knallte es auf den Tisch und sagte: »Ich würde Billy gern sehen.« Er nickte sich selbst zu, vielleicht wurde ihm gerade der wahre Grund seines Besuchs bewusst. Ansonsten hätten sie schließlich ja auch genauso gut einfach skypen können. »Ich muss ihn sehen.«

»Damit Sie selbst damit abschließen können.«

Ihre Worte schienen ihn nicht zu überraschen. Er schien eher beeindruckt zu sein. »Ich habe gehört, dass Sie gut darin sind, aus anderen Leuten schlau zu werden. Um ehrlich zu sein, hab ich mir deshalb schon ein bisschen Sorgen gemacht, Sie zu treffen. Und ja, Sie haben recht«, sagte er. »Es hat mich kaputt gemacht, zumindest für eine gewisse Zeit. Es hat meine Ehe zerstört und fast auch meine Beziehung zu meinen Töchtern. Ich konnte das wieder in Ordnung bringen, und ich habe mittlerweile zwei Enkelkinder. Und ich denke darüber nach, mir einen Hund anzuschaffen.«

»Ich habe eine Katze.«

»Haustiere sind gut.«

»Detective Ashby sagt mir das immer wieder.« Sie zog ihr Telefon aus der Tasche und rief das Gerichtsmedizinische Institut an, um sie wissen zu lassen, dass sie gleich vorbeikommen würden.

KAPITEL 24

Jude fuhr auf den hinteren Parkplatz des Büros der Gerichtsmedizinerin von Hennepin County. Die Sonne war genau richtig, das Gebäude wurde durch den Schatten des US Bank Stadium verdunkelt. Die Leute sagten, es sei unheimlich; Jude fand es cool. Egal. Bald schon würde für eine neue Einrichtung im Vorort Minnetonka der erste Spatenstich erfolgen, fünfzehn Meilen von hier entfernt. Jude hatte gehört, dass es dort Wälder und Wanderwege gäbe, was eine nette Atempause bieten würde von der ehrwürdigen und ernsten Arbeit, die dort stattfand. Die Angestellten in der Einrichtung mochten ihre Arbeit, und die meisten Leute, die Autopsien durchführten, hatten in diesem Bereich angefangen, weil sie gern Rätsel lösten. Aber manche Fälle waren sehr schwierig, und nur wenige blieben von den unschuldigen Opfern unberührt. Nach draußen in die Natur gehen zu können konnte sich positiv auf die Psyche auswirken. Aber auch wenn es höchste Zeit für einen Umzug war, mochte Jude das alte Gebäude. Es war Teil der Geschichte der Stadt, und dazu war es auch nicht weit von der Polizeibehörde entfernt.

Sie gingen zu dem Betongebäude. Savoy ging schnell, vielleicht wegen der Kälte, vielleicht weil er ungeduldig war, endlich das Kind zu sehen, nach dem er so viele Jahre gesucht hatte. Jude musste größere Schritte machen. Normalerweise war sie diejenige, bei der die anderen mitzuhalten versuchten. Drinnen angekommen, erklärte sie der Frau am Empfang den Grund ihres Kommens.

»Wir haben Sie bereits erwartet.« Die Rezeptionistin tippte auf ein paar Tasten, warf einen prüfenden Blick auf ihren Monitor, dann auf Savoys Ausweis und sagte: »Ich lasse Sie rein.«

Sicherheit war wichtig. Es hatte ein paar Fälle gegeben, in denen Gangmitglieder aufgetaucht waren, um tote Feinde oder Freunde herauszuholen.

»Die Leiche ist in Raum Nummer drei, Schublade vier.«

Jude blinzelte, sah sie dann mit großen Augen an. »Er ist nicht mehr in der großen Kühlvorrichtung?«

»Nein. Er wurde vor ein paar Stunden umverlegt.«

Was bedeutete, dass die Autopsie durchgeführt werden konnte. Sie würde Uriah Bescheid geben, und er könnte sich dann mit Ingrid in Verbindung setzen.

»Brauchen Sie Begleitung?«, fragte die Rezeptionistin.

»Ich kenne den Weg.«

Einen Flur hinunter mit blendendem Licht und weißen, glänzenden Böden und Wänden, an denen Fotos von Zeitschriftenartikeln hingen und von Mitarbeitern, die bereits im Ruhestand waren, dann an dem großen Raum vorbei, in den die Jungs zunächst zum Auftauen gebracht worden waren. Das gleichmäßige Tropfen von schmelzendem Eis würde sie vermutlich nie wieder aus dem Kopf bekommen.

In der Leichenhalle, in dem die Lichter automatisch angingen, wenn sie reinkam, erwachte der Raum Nummer drei allmählich zum Leben. Eine Wand mit zwölf Edelstahlschubladen, immer drei übereinander. Das Kühlgebläse war ein Dröhnen des weißen Rauschens – laut, aber nicht laut genug. Jude öffnete die Verriegelung, Edelstahl begegnete Edelstahl, das Geräusch wanderte in die Schublade und dann durch den gesamten höhlenartigen Raum, erschuf zwei Echos – eins scharf und eins tief. Zusammen mit dem Aufschieben der Schublade erfüllte der starke Geruch von verwesendem Fleisch die Luft. Sie und Savoy schreckten zurück, dann warteten sie einen Moment, damit sich der Geruch verflüchtigte.

Jude warf einen prüfenden Blick auf den Zettel, der am Zeh des Toten hing, um sicherzugehen, dass es auch die richtige Leiche war. Kein Unbekannter mehr, sondern Billy Stewart Nelson. Savoy rührte sich nicht, um ihr behilflich zu sein; er wirkte vielmehr geschockt, als Jude die Schale vorsichtig zur Hälfte herauszog. Obwohl die Leiche nicht schwer war, kostete es dennoch einiges an Kraft. Neue Kühlvorrichtungen waren ebenfalls bestellt worden.

Savoy atmete schwer. Trotz des strengen Geruchs schnappte Jude auch einen schwachen Hauch von dem verräterischen Duft des Gins auf, den er zuvor getrunken hatte. Sie wartete darauf, dass er bereit war – nur er konnte wissen, wann es so weit war. Schließlich zog Savoy das Leichentuch herunter – ganz langsam, so als ob das Kind es fühlen könnte. Er zog das Tuch über die Schultern, bis das ganze Gesicht enthüllt war, sowie die Hälfte des Bauchs.

In manchen Fällen sahen Körper, wenn sie tot waren, nicht sehr anders aus als bei lebenden Menschen. Dieses Kind hier sah jedoch sehr tot aus. Nun, da es aufgetaut und nicht mehr unter Eis war, konnte man problemlos erkennen, dass seine Ohrenspitzen schwarz verfärbt waren. Die Finger waren ebenfalls schwarz, die Augen eingefallen, seine Lippen waren blau – es erinnerte sie ein bisschen an Fotos von Leuten, die beispielsweise auf dem Mount Everest erfroren waren.

Manchmal sprachen die Leichen mit ihr, übermittelten ihr, was sie in den letzten Momenten vor ihrem Tod durchgemacht hatten. Das konnte alles sein – von Angst bis hin zu Überraschung. Es war immer ganz schwach; steckte in den Muskeln, dem Hauch eines Ausdrucks, den sie aufgegriffen hatte. Aber dieses arme Kind war schon zu weit weg, als dass es noch irgendetwas hätte ausdrücken können.

»O mein Gott.« Savoy hielt sich eine Hand vor den Mund. »Ich wusste nicht, dass er so schlimm aussehen würde. Aber er ist seit zwanzig Jahren tot. Ich glaube, vielleicht habe ich wegen dem Eis mit etwas anderem gerechnet.« Er zeigte auf eine Stelle. »Ist das Frostbrand?«

»Ich glaub schon.«

»Ich hatte gehofft, dass das hier ein paar ungelöste Probleme klären könnte, also *mental ungelöste Probleme*, aber ich weiß nicht. Ich glaub, es könnte sein, dass ich stattdessen noch mehr Albträume habe.«

»Tut mir leid. Wollen Sie gehen?« Sie bewegte sich, um die die Leiche abzudecken, aber Savoy streckte eine Hand aus, um sie aufzuhalten.

»Warten Sie.« Eine ganze Minute verstrich, bevor er schließlich lange und zittrig nach Luft schnappte.

»Ich denke, wir sollten jetzt gehen.« Sie streckte erneut ihre Hand nach dem Leichentuch aus.

»Nicht.«

Statt das Kind abzudecken, zog sie sich in eine Ecke des Raums zurück, um dem Detective zumindest den Anschein von Privatsphäre zu gewähren. Vielleicht wollte er ein Gebet aufsagen.

Er beugte sich näher zu der Leiche, dann hielt er seine Hand nah an das Gesicht des Kindes, seine Finger schwebten ganz nah über dem Gesicht in der Luft, berührten es aber nicht. Der Detective in ihm wusste es einfach besser. »Tut mir leid«, flüsterte er.

Oh, er war wirklich ein gebrochener Mann.

»Tut mir leid, dass ich dich nicht gefunden habe. Es tut mir leid, dass deine Eltern jetzt tot sind. Und es tut mir leid, dass dir so etwas passiert ist.«

Das Brummen der Geräte schien den Raum zu überwältigen, wie ein seltsamer Soundtrack, der nicht wirklich zu der Situation passte. Nur dieses gefühllose und unsensible Dröhnen. Die Leute dachten oft nicht darüber nach, welche Auswirkungen Verbrechen auf Detectives haben konnten. Und das war ja auch richtig und verständlich. Das Rampenlicht sollte gar nicht auf sie gerichtet sein, aber hier waren zwanzig Jahre vergangen. Savoys erschütternde Reaktion ähnelte der eines Vaters. Und als sie dachte, dass es gar nicht mehr schlimmer werden könnte und sie jetzt vortreten und das Kind wieder zurückschieben konnte, begann Savoy zu jammern. Er taumelte zurück, lehnte sich an die Wand und schluchzte, eine Hand vor dem Gesicht.

Schließlich verstummte er, seine Schultern bebten. Als er sich schließlich zusammenriss, schien er wegen seines Gefühlsausbruchs gar nicht verlegen zu sein. Keine Rechtfertigung. Keine Unannehmlichkeit.

Schließlich zog Jude das Tuch über die Leiche und schloss die Schublade. Ohne sich anzusehen, verließen sie die Leichenhalle. Draußen holten beide tief Luft, versuchten ihre Lungen frei zu machen von dem Geruch nach verwesendem Fleisch. Einen Moment bemerkte Jude, dass die Sonne schnell unterging, so wie immer im tiefen Winter. Zu der Tageszeit, in der die Welt verstummte und mit ihrer Umgebung zu verschmelzen schien. Zusammen mit dem gedimmten Licht sank auch die Temperatur.

»Der Sonnenuntergang lässt mich immer melancholisch werden, aber irgendwie trotzdem auf eine positive Art.« Sie hatte keine Ahnung, warum sie das sagte. Vielleicht hoffte sie, dass es ihn ein bisschen trösten würde, ohne dass sie ihr Mitgefühl direkt aussprach. Sie mochten beide Detectives sein, aber sie kannte ihn schließlich überhaupt nicht und wusste nicht, welche Reaktion er von einem anderen Menschen erwartete.

»Sie haben nicht zufälligerweise eine Zigarette, oder? Ich hab zwar vor sechs Monaten aufgehört, aber in solchen Zeiten …«

»Nein, tut mir leid.«

Zurück im Wagen nannte ihr Savoy den Namen seines Hotels, während er konzentriert den Blick auf die digitale Anzeige an dem Armaturenbrett richtete. Es waren jetzt minus achtzehn Grad. Wortlos zeigte er darauf.

»Da Sie über Nacht hier sind, können Sie vielleicht erfahren, wie sich minus dreiundzwanzig Grad anfühlen«, sagte Jude. »Etwas, das Sie Ihren Enkeln erzählen können.«

»Ich denke, dass ich darauf verzichten kann.«

Sie fuhr bis zum Eingang des innerstädtischen Hotels. Portiers, Drehtüren, goldene Gepäckwagen. Ziemlich schick für einen Detective im Ruhestand.

»Ich habe mich immer gefragt, warum sie die Leichen mit Tüchern abdecken«, überlegte er laut. »Nicht alle tun das. Ich sehe lieber ein Tuch als einen nackten Körper, der auf kaltem Metall liegt.«

Sie machte nur ein zustimmendes Geräusch, weil sie keine Antwort für ihn parat hatte.

»Sie können mich jederzeit anrufen.« Er öffnete seinen Sicherheitsgurt. »Wenn Sie irgendwelche Fragen haben, wenn es irgendetwas gibt, das Sie mir erzählen wollen – dann bin ich da.« Er öffnete seinen Koffer, holte die Akten heraus, die er ihr im Restaurant gezeigt hatte, und reichte sie ihr. »Ich bin mit dem Fall durch. Ich hab so gut damit abgeschlossen, wie es ging. Die könnten nützlich für Sie sein, oder vielleicht auch nicht. Dieses Kapitel meines Lebens ist endlich vorbei. Es wird mich verfolgen, bis ich sterbe oder bis ich vergesse, warum ich lebe, aber zumindest bin ich damit fertig, nach einem Kind mit blonden Haaren und blauen Augen zu suchen.«

Sie nahm die Akten. »Ich glaube, die Tücher sind dafür da, dass wir uns besser fühlen.«

Er zog den Kopf ein und stieg aus dem Wagen, beugte sich vor und legte seine Hände aufs Autodach. »Ein Zeichen des Respekts.« Fest verschloss er die Tür und ging. Bald schon würde er im Flieger sitzen und nach Kalifornien und in den Sonnenschein zurückkehren.

KAPITEL 25

Jemand klopfte an Nans Krankenzimmertür, und ein Mann in einem schweren Mantel, isolierter Mütze mit heruntergezogenen Ohrenklappen sowie einer dunklen Brille betrat den Raum. Es dauerte einen Moment, bis Nan ihn erkannte. Und als es geschah, schnappte sie nach Luft, ihr Herz schlug ihr bis zum Hals.

Ihr Besucher nahm die Brille ab, die Teil seiner Verkleidung gewesen war, und musterte ihr gebrochenes Bein, das nun auf einem Kissen ruhte. Er schüttelte den Kopf, so als ob er es nicht fassen konnte, in was für eine Situation sie sich gebracht hatte.

Was machte er hier?

Sie hatte immer Angst vor ihm gehabt. Lyle ebenfalls, auch wenn er das nie zugegeben hätte. Aber Nana hatte es gewusst. Nach Lyles Tod hatte er angefangen, regelmäßig vorbeizukommen, und sie hatte es zu lange zugelassen. Vielleicht hatte er sie an Lyle erinnert und an die guten Zeiten. Er konnte charmant sein, aber es war ein psychopathischer Charme. Schon vor Lyles Tod hatte sie damit angefangen, eine geladene Handfeuerwaffe und ein Messer neben ihrem Bett aufzubewahren.

Er schloss die Tür hinter sich.

»Du kannst sie ruhig offen lassen.«

Lächelnd schüttelte er den Kopf.

Ihr Plan, ihm die Gesprächsführung zu überlassen, war vergessen. »Ich habe deinen Namen nie erwähnt«, sagte sie. »Und das werde ich auch niemals tun. Das weißt du.«

Er kam näher, schnappte sich die Fernbedienung und schaltete den Fernseher etwas lauter, wahrscheinlich, um ihre Unterhaltung zu übertönen.

»Warum existierst du eigentlich?«, fragte er. »Warum bist du überhaupt noch am Leben? Kannst du mir das mal verraten?«

Das machte sie wütend, und gleichzeitig war sie halb verrückt vor Angst. »Ich bin bei dem Autounfall fast gestorben. Du könntest mich ruhig mal fragen, wie es mir geht.«

»Du hast es schon wieder versaut.«

Sie würde niemals der Vergangenheit entkommen. »Diese Kinder. Das war *Lyles* Fehler.« Sie sagte das nicht gern, aber so war es nun einmal. Auch wenn sie diejenige gewesen war, die ihm gesagt hatte, dass er die Heizgeräte holen sollte. Und sie war nicht näher darauf eingegangen, welche. Deshalb …

»Schieb die Schuld keinem Toten in die Schuhe, der sich nicht mehr wehren kann. Und wessen Schuld sind die Leichen im See? Meine jedenfalls nicht. Und wer hat den Jungen auf der Türschwelle des Detectives abgesetzt? Lyle jedenfalls nicht. Und ich auch nicht. Ich hätte jemanden finden können, der ihn problemlos aus dem Weg räumt«, sagte er. »Keiner hätte etwas mitbekommen, und keiner hätte ihn vermisst.«

Er roch immer noch genauso wie früher. Nach teurem Cologne und Alkohol. Er liebte seinen Alkohol. Sie konnte sich an keine Zeit erinnern, in der er keinen schicken Flachmann dabeigehabt hatte. Er kam nicht einmal morgens aus dem Bett, ohne vorher etwas zu trinken. »Nur um in die Gänge zu kommen.«

Hart stieß er mit einem Finger gegen Nans Gesicht. Es schien, als wollte er es ihr einbläuen. »Was hast du dir nur dabei gedacht?«

Trotz der Trinkerei sah er irgendwie immer noch gut aus.

Nan hatte eine Grenze, die sie nicht übertreten würde, und war immer noch in der Lage, sich um ein paar Menschen zu kümmern. Sie hatte zwar kein Problem damit, entführte Jungs zu verkaufen, aber damit, sie zu töten, hatte sie durchaus ein Problem. Was ihn anging, war sie sich da nicht so sicher.

»Ich muss einen Schluck Wasser trinken.« Nan streckte ihre Hand nach der Notruftaste aus, um die Krankenschwester zu alarmieren. Die Hand ihres Besuchers schloss sich um ihre.

»Lass mich los.« Er drückte fest zu.

Nan ließ los.

Er zog die Fernbedienung vom Bett und aus ihrer Reichweite, legte sie wortlos auf den Fußboden. »Schön, dass sie dir ein Einzelzimmer gegeben haben. Ich habe mir deswegen schon ein bisschen Sorgen gemacht.«

Ihr Mund wurde ganz trocken, und sie begann schnell zu reden. »Du hast ja recht. Es war dumm. Ich weiß nicht, was ich mir dabei gedacht habe. Ich habe das Kind gemocht. Ich nehme an, dass das der Grund war. Aber ich weiß nicht, worüber du dir Gedanken machst. Mit dem

Geschäft hatte er rein gar nichts zu tun.« Ein Geschäft, mit dem sie nach dem Tod der Kinder aufgehört hatte.

»Er zieht Aufmerksamkeit auf dich. Und du wirst Aufmerksamkeit auf mich lenken. Er kann andere Leute direkt zu dir nach Hause locken.«

»Nein, kann er nicht. Er hat nie das Haus verlassen. Er wäre nicht in der Lage, das Haus zu beschreiben, in dem er gelebt hat.« Das stimmte nicht ganz. Nan erwähnte nicht die paar Male, wenn sie den Jungen nachts nach draußen gebracht hatte. »Er hat nie einen anderen Menschen gesehen. Es besteht keine Möglichkeit, dass er ihnen etwas Wichtiges erzählen könnte.«

»Er kann mich aber wiedererkennen.«

Das stimmte. Das Kind würde den Mann, der seinen kleinen Körper verbrannt und gequält hatte, nicht vergessen.

»Tut mir leid«, flüsterte sie. Alles wäre in Ordnung gewesen, wenn sie es nur nicht vermasselt hätte, indem sie den Namen des Jungen ausgesprochen hatte, während sie im Morphiumnebel war. »Ich hatte kein Geld mehr. Ich musste hier raus, weg aus Minnesota, und ich konnte das Kind nicht mitnehmen.« Alles wäre gut gelaufen, wenn Lyle damals wie vereinbart die Leichen entsorgt hätte. Selbst nachdem er tot war, versaute er es immer noch. Die sechs Leichen, die noch in der Lagerhalle waren, wollte sie lieber nicht erwähnen. Wegen den restlichen Leichen war sie nie wieder zurückgekehrt. Nachdem sie den Van zu einer Werkstatt hatte bringen lassen, in der festgestellt worden war, dass der Motor völlig hinüber war, verkaufte sie ihn einem Schrotthändler. Aber sie war sich sowieso nicht sicher, ob sie sich dazu hätte durchringen können, noch mal zur Lagerhalle zu fahren … nach dieser knappen Sache mit dem Cop.

»Wo ist der Junge jetzt?«, fragte er.

»Keine Ahnung. Bei jemandem vom CPS.« Nan fing an zu weinen. »Tu ihm nicht weh. Bitte.«

»Und genau da hast du angefangen, es zu versauen. Du hast angefangen, die Kinder gernzuhaben. Selbst damals schon, als du sie bemuttert, ihnen Kekse gebacken und mit ihnen geredet hast, wenn sie Angst hatten und weinten. Du hättest nie in das Geschäft einsteigen sollen.«

»Ich habe ihnen geholfen. Ich habe ihnen bei der Umstellung geholfen. Aber ich habe es nicht nur für sie getan, sondern für uns alle. Damit sie kooperieren. Dadurch habe ich es auch einfacher für dich gemacht. Du bist nur ein zu großes Arschloch, um das zu kapieren.«

Ihn als Arschloch zu bezeichnen war ein Fehler.

Sie wusste es, noch bevor seine Faust ihr Gesicht traf. Sie war blind vor Schmerz, ihre Nase blutete, sie streckte ihre Hand nach der Notruftaste aus, aber dann fiel ihr ein, dass er sie weggenommen hatte. Und jetzt mal ganz im Ernst – wie viele Male hatte sie eigentlich schon diese Taste gedrückt, nur um vergeblich auf jemanden zu warten? Sein Knie stieß hart gegen ihr Handgelenk. Nan öffnete den Mund, um zu schreien. Nicht schnell genug. Blitzschnell zog er das Kissen hinter ihrem Kopf hervor und drückte es auf ihr Gesicht. Sie fuchtelte wild mit ihrer freien Hand herum, versuchte ein Augenpaar zu finden, in das sie reinstechen könnte, oder Haare, an denen sie ziehen könnte.

Es stimmte, was sie sagten: In den letzten Momenten vor dem Tod zog das Leben tatsächlich an einem vorüber. Sie wünschte sich, dass sie das jemandem hätte erzählen können. Lyle vielleicht. Sie sah sie beide auf der Farm, an dem Morgen, an dem sich ihrer beider Leben für immer verändern sollte. Jung, gesund, Sandwiches machend, und dann Lyles Rückkehr zum Haus mit einem Gesicht, das kreidebleich war. Sie hatte die Tür des Anbaus geöffnet und die Leichen gesehen: zehn wunderschöne Jungs.

Plötzlich war der Druck weg, und sie schnappte nach Luft. Sie schlug das Kissen weg, und die Dunkelheit klärte sich. Kein Mensch im Raum. War er vielleicht nur gekommen, um ihr Angst zu machen, aber nicht, um sie zu töten? Hatte ihn irgendjemand verscheucht? Zum Beispiel Jenny Hill vom CPS, die vorhin schon mal hier gewesen war? Sie war überraschend verständnisvoll gewesen, hatte ihr eine Speichelprobe für einen DNA-Test entnommen und ihr erzählt, dass es Tage, wenn nicht sogar Wochen dauern könnte, bis die Ergebnisse vorlagen.

Nan wusste, was sie zu tun hatte. Den Jungen wieder zurückbekommen. Ihn verstecken. Mit ihm weglaufen. Oder wenn es darauf ankäme – ihn töten.

KAPITEL 26

Es war vier Uhr dreißig und bereits dunkel, als Jude von Uriah eine SMS erhielt, in der er sie fragte, wie das Treffen gelaufen sei. Außerdem ließ er sie wissen, dass er in der Mordkommission war. Sie war hundemüde, wollte ihn aber unbedingt noch erwischen, bevor sie nach Hause ging. Und ganz besonders wollte sie ihn wissen lassen, dass Billy Nelsons Leichnam nun bereit für die Autopsie sei.

Die Rushhour war schlimm. Eine Fahrt, die normalerweise zwanzig Minuten dauerte, zog sich in die Länge und dauerte vierzig. Der Verkehr auf der I-35 stand still, die roten Rückscheinwerfer schlängelten sich und wurden zu einem Fluchtpunkt in der Ferne. In ihrem Auto war es so kalt, dass sich Frost an der Innenseite ihrer Fensterscheiben angesammelt hatte. Sie fummelte an der Wärmeeinstellung herum, lenkte die ganze Luft zu den oberen Lüftungsklappen, auch wenn ihre Zehen bereits vor Kälte schmerzten. Der Verkehr bewegte sich nur im Schneckentempo vorwärts. Sie zog ihre Handschuhe aus und kratzte mit ihren Fingernägeln an der Frostschicht.

Schließlich kam sie bei der Tiefgarage an, schaltete die Zündung aus, konnte es kaum erwarten, endlich ins Gebäude zu kommen, um sich aufzuwärmen. In der

Ferne ertönte eine Autohupe, und jemand drückte den Verriegelungsknopf eines Fahrzeugs, sie vernahm verzerrte Geräusche in der Tiefgarage. Sie steckte die Akte, die sie von Savoy bekommen hatte, in ihre Kuriertasche, und ging zum Treppenhaus.

Normalerweise war sie wachsam in Garagen, in allen Garagen, selbst in einer wie dieser, die für Unbefugte nicht zugänglich war. Aber sie dachte gerade über den Fall und über Savoys Verhalten nach. Außerdem konnte sie nicht aufhören, immer wieder an ihren Besuch bei dem Jungen zu denken. Wie sie vor ihm in die Hocke gegangen war und ihm einen Keks gegeben hatte. Und wie sehr er sich gefreut hatte, sie wiederzusehen. Trotz der Warnungen, die sie seiner Pflegemutter gegeben hatte, spürte Jude, dass er ein gutes Herz hatte. Hoffentlich war es noch nicht zu spät für ihn.

Sie war schon fast beim Aufzug angekommen, als ihr Hirn plötzlich ins Stolpern geriet, und sie blieb abrupt stehen. Sie war an einem Zivilfahrzeug vorbeigegangen, das einzige im ausgewiesenen Bereich. Jemand hatte drin gesessen. *Nicht normal.*

Sie ging wieder zurück. Das Auto lief nicht. Kein Geräusch, kein Radio, keine Unterhaltung aus dem Innenraum. Als sie sich dem Wagen von hinten näherte, an der Fahrerseite entlangging, bemerkte sie, dass der Rücksitz leer war. Dann erblickte sie Uriah, der hinter dem Lenkrad saß, Augen geschlossen, Kopf zurückgelehnt. Polizisten waren dafür bekannt, bis zur Erschöpfung zu arbeiten und deshalb oft an seltsamen Plätzen einzuschlafen. An Schreibtischen, auf Toiletten, im Stehen an eine Wand gelehnt. Aber das hier war anders.

Auf dem Parkplatz war es dunkel, und die schwache Beleuchtung verlieh seiner Haut einen grünen Schimmer, aber die Blässe auf seinem Gesicht schien echt zu sein. Er sah so verbraucht aus, sein Gesicht glühte förmlich. Normalerweise war er glatt rasiert, aber es sah aus, als hätte er es heute Morgen vergessen. Sein gelocktes Haar an der Stirn war feucht, und seine Krawatte hatte er auf den Beifahrersitz geworfen. Am Halsbereich seines weißen Anzughemds waren ein paar Knöpfe geöffnet, so als hätte er daran gezerrt, weil er das Bedürfnis gehabt hatte, sich schnell abzukühlen.

Sie klopfte leicht ans Fenster. Keine Reaktion, deshalb versuchte sie es noch einmal, dieses Mal ein bisschen fester. Er schreckte aus dem Schlaf auf, setzte sich gerade hin, versuchte wach zu wirken, während er das Fenster runterließ. Er *war* blass. Und er hatte geschwitzt.

»Nur ein kleines Mittagsschläfchen.« Er rieb sich das Gesicht. »Danke fürs Wecken.«

Er kramte herum, fand schließlich seine Krawatte, legte sie sich um den Hals und stieg aus dem Wagen. Dann betätigte er die elektronische Türverriegelung, steckte den Schlüssel ein, knöpfte sich das Hemd zu und fing an, sich die Krawatte zu binden. »Auch wenn wir eine gute Übereinstimmung hatten, wollte ich das DNA-Profil unserer ersten Leiche durch die Datenbank laufen lassen«, sagte er. »Du weißt ja, wie das mit Kopien ist. Zwölf ist für mich okay, besonders bei einem solchen Fall, bei dem wir noch andere Hinweise haben. Aber andere Leute könnten damit ein Problem haben.«

»Und?«

»Es passte zu der mitochondrialen DNA der Mutter und Schwester.«

Sie erzählte ihm, dass die Nelson-Leiche nun bereit zur Autopsie sei, dann fragte sie: »Was ist los?«

Er ging mit großen Schritten los, während er den Knoten an seinem Hals fester zog. »Du meinst, was vorhin los war? Bin eingeschlafen.« Beim Fahrstuhl angekommen, drückte er die Taste für ihr Stockwerk und rollte die Schultern nach hinten. Offensichtlich versuchte er immer noch, wach zu werden. Die Tür öffnete sich mit einem Klingeln.

»Verheimliche mir nichts«, sagte sie, während sie in den Fahrstuhl traten.

»Bin mir nicht sicher, worüber du gerade redest.«

Sie bemerkte eine Kraftlosigkeit in seiner Stimme.

»Ich brauch nur Kaffee.«

Der Fahrstuhl hielt, die Türen öffneten sich. Er trat raus und ging direkt zum Pausenraum. Jude folgte ihm, froh, dass der Raum leer war. Sie schloss die Tür hinter ihnen. Wenn sie sie hätte abschließen können, hätte sie das auch gemacht.

Sie nahm sich einen Becher, füllte ihn mit Kaffee, stellte die klappernde Kanne wieder zurück und reichte ihm die Tasse. »Trinkst du?« Fast hoffte sie, dass das der Grund war. »Ich mach dir gar keine Vorwürfe. Ich will nur wissen, was hier los ist.«

Er hob den Becher, bereit, einen Schluck zu nehmen. Sein Gesicht wurde wieder ganz bleich, er stellte das Getränk beiseite und ging in die Ecke, wo er sich auf die Couch fallen ließ. »Ich war in letzter Zeit nur etwas fertig.«

»Für mich ist das in Ordnung, bei den Kollegen und bei allen anderen auch auf Abstand zu gehen«, sagte Jude. »Das ist mir sogar ganz lieb, weil – sind wir doch mal ganz ehrlich – die Leute meistens nicht so sind, wie ich sie gern hätte. Aber wir sind Partner. Alles, was bei dir los ist, betrifft auch mich, weil es nämlich eine Gefahr für mein Leben sein könnte.«

Beide wussten, dass sie nicht besonders an ihrer eigenen Sicherheit interessiert war, aber die Bemerkung machte ihren Standpunkt deutlich. Irgendetwas war los, von dem er nicht wollte, dass sie oder irgendwer sonst etwas wusste.

Er stand auf, schüttete den Kaffee weg, spülte den Becher aus und füllte ihn danach mit Wasser. Vorsichtig nahm er einen Schluck und dann noch einen. Sie dachte darüber nach, sich einen Stuhl zu holen, überlegte es sich dann aber doch noch mal anders.

Er lehnte sich gegen den Tresen und fragte: »Erinnerst du dich noch an den Zwischenfall von vor ein paar Monaten, als ich am Tatort umgekippt bin?«

»Das ist nicht so leicht zu vergessen.« Sie hatte die 911 angerufen und war mit ihm im Rettungswagen ins Krankenhaus gerast.

»Und dass bei mir ein paar Untersuchungen durchgeführt wurden?«

Auch daran erinnerte sie sich noch.

»Und dass ich dir erzählt habe, dass alles in Ordnung sei?«

Jetzt begann ihr Herz schneller zu klopfen. »Ja …«

»Ich hab gelogen.«

Sie wünschte sich, dass sie sich vorhin doch hingesetzt

hätte. Aber es jetzt zu tun würde nur ihren Schock über seine Offenbarung unterstreichen, und sie wollte auch nicht, dass er so etwas von ihr zu sehen bekam.

Er nahm einen weiteren kleinen Schluck Wasser. »Beim MRT hat sich herausgestellt, dass ich einen Tumor habe.«

Für jemanden, der seit dem Tag ihrer Flucht aus der Gefangenschaft sämtliche Gefühle geleugnet hatte, war der heutige Tag eine richtige Herausforderung gewesen. Zuerst der Junge und jetzt Uriah. Sie gab auf und holte sich den nächstbesten Stuhl, ließ sich schwer darauf fallen. »Ich habe schon an dem Tag etwas geahnt, als du erzählt hast, dass die Untersuchungsergebnisse in Ordnung wären.« Aber sie hatte den Verdacht wieder verworfen. Sie hatte *gewollt,* dass es ihm gut ging. Es musste ihm einfach gut gehen. Und deshalb hatte sie sich gezwungen, ihm zu glauben, obwohl sie tief in ihrem Inneren gewusst hatte, dass etwas nicht stimmte.

Sein Krebs musste wieder zurückgekehrt sein. Sein Vater hatte ihr über Uriahs Kinderleukämie erzählt. »Du solltest nicht mal hier sein«, sagte sie. »Du solltest dich ausruhen. Du solltest zu Hause im Bett liegen. Du solltest Urlaub in Florida machen. Du solltest ... was unternehmen sie dagegen? OP? Chemo? Bestrahlung?«

»Vielleicht alles. Die gute Nachricht ist, dass es ein gutartiger Tumor ist. Aber er wächst und befindet sich nicht gerade an einer optimalen Stelle für eine Operation.«

»Du solltest noch zu einem anderen Arzt gehen. Hol dir eine zweite Meinung. Das ist immer gut. Geh zur Mayo Clinic, das ist eine Forschungsklinik.« Jude redete schnell, konnte sich nicht bremsen. »Ich kann anfangen, daran zu arbeiten. Und du suchst dir solange den besten Platz.«

»Langsam! Hör auf. Genau das ist der Grund, warum ich es niemandem erzähle.«

»Wissen deine Eltern Bescheid?« Natürlich nicht. Als sie sie zuletzt gesehen hatte, waren sie viel zu fröhlich gewesen.

»Ich will nicht, dass die Leute so einen Wirbel um mich machen. Du tust das. Und sie würden das auch tun. Ich mache schon alles, was ich machen soll.«

Sie stand auf. »Und was soll das bitte sein? Lange arbeiten? Nicht genug schlafen? Wahrscheinlich zu wenig essen.«

»Ich bekomme gerade eine Chemotherapie. Sie hoffen, den Tumor dadurch so weit zu verkleinern, dass sie operieren können.« Er atmete aus und schien erleichtert zu sein, sein Geheimnis jemandem erzählt zu haben. »Mir wurde gesagt, es könnte sein, dass die Chemo keinerlei Nebenwirkungen hat. Es ist eine niedrige Dosis, die nur circa zwanzig Prozent aller Patienten nicht gut vertragen. Ich hatte gehofft, zu den achtzig Prozent zu gehören. Na ja, hat nicht funktioniert, aber ich nehme etwas gegen die Übelkeit und die Müdigkeit. Heute Morgen hatte ich die dritte und letzte Behandlung, deshalb bin ich nicht zur Pressekonferenz gekommen und stand etwas neben mir.«

Oh, verdammt. »Müde?«

»Ja. Und manchmal kann ich nicht gut Essen um mich haben, besonders warmes Essen mit einem starken Geruch.«

Ein weiterer Grund, um Savoy nicht zu treffen. Das Reden über Essen allein genügte, und er sah bereits aus, als ob ihm schlecht wäre.

»Du solltest zu Hause sein.«

»Ich will aber nicht zu Hause sein.«

»Du könntest von dort arbeiten.«

»Ich will nicht, dass irgendjemand etwas davon erfährt.«

»Warum?«

»Du musst mein Geheimnis für dich behalten. Du musst mir, was das angeht, helfen und mich decken, wenn es sein muss.«

»Hast du mich eben gehört? Warum? Denkst du, du bist zu tough?« Tough. Das war so weit von dem entfernt, was Uriah gerade war. Nein, das war es nicht.

Er lachte. »Wenn du das glaubst, dann kennst du mich aber nicht besonders gut.«

»Entschuldige. Okay, ich versuch's mal. Du hast so was schon mal durchgemacht, und du willst, dass alles beim Alten bleibt. Du magst keine Aufmerksamkeit, und du willst nicht, dass dich die Leute anders behandeln. Und das Wichtigste: Du willst nicht, dass es deinen Job beeinträchtigt.«

»Du hast es verstanden. Besonders das Letzte. Wenn es die Leute erst einmal wissen, dann werden sie mich schonen, vielleicht werden sie mir wichtige Sachen gar nicht erzählen, mich nicht anrufen, wenn es einen wichtigen Tatort gibt. Es könnte sein, dass es irgendwann sein muss, aber bis dahin will ich, dass alles so bleibt, wie es ist. Und ich will, dass du mir dabei hilfst.«

Sie nahm sich eine Orange aus der Schüssel, dachte

darüber nach, sie zu schälen, nicht weil sie sie wirklich essen wollte, sondern um etwas zu tun zu haben. Aber vielleicht würde ihn der Geruch stören. Sie legte die Orange zurück. »Bist du in Gefahr? Jetzt gerade?«

»Könnte sein. Ein Blutgefäß in meinem Gehirn könnte ohne Vorwarnung platzen, und ich könnte verbluten.«

»Und das könnte durch Stress passieren.«

»Vielleicht. Vielleicht auch nicht. Es gibt keine Möglichkeit, das je zu erfahren. Wahrscheinlich sollte ich das jetzt lieber mal jemandem erzählen: Also – letzte Woche habe ich ein Testament aufgesetzt. Es ist in meiner Wohnung. Nur für den Notfall.«

Sie drehte ihm den Rücken zu, drückte ihre zitternden Finger an ihre Lippen, versuchte sich zu beruhigen. Sie kniff die Augen zusammen, öffnete sie wieder, blinzelte schnell.

»Denk das mal so«, sagte er und klang viel zu ruhig für dieses ernste Thema. »Wir haben den Tod die ganze Zeit vor Augen. Du und ich. Und unsere Leben sind in Gefahr, mehr als bei einem Durchschnittsbürger. Das hier ist nur eine etwas andere Sache.« *Er* war derjenige mit diesem verdammten Tumor, und trotzdem tröstete er sie.

Sie hörte Schritte hinter sich, und dann spürte sie seine Hände auf ihren Armen, als er sie zu sich umdrehte. Sie waren fast gleich groß, und sie konnte nicht verhindern, ihm in die Augen zu sehen. »Ich will nicht, dass du stirbst.« Ihr Mund zitterte.

Er zog sie zu sich heran und hielt sie fest.

Sie kannte seinen Geruch – das Shampoo, das er benutzte, sein Deodorant. Sie kannte seine Gesten, die großen und kleinen. Sie wusste, wie sich seine Augenbraue hob, wie er den Mund verzog, was viele verschiedene Dinge bedeuten konnte und immer von der Situation abhängig war. Aber das Gefühl, ihm körperlich so nah zu sein, war neu für sie, ihr Oberkörper an seinem, seine Arme um sie geschlungen. Sie hätte gedacht, dass es unangenehm sein würde. Vielleicht hatte sie sogar damit gerechnet auszuflippen. Aber obwohl es sich fremd anfühlte, war es okay. Erträglich.

»Ich werde versuchen, nicht zu sterben«, sagte er. Er sagte nicht, dass alles wieder okay werden würde. Er machte keine Versprechungen, die er nicht halten konnte.

»Gut.«

Er machte einen Schritt zurück. »Erzähl mir, wie dein Treffen mit Savoy war. Und dann lass uns mal die Presseerklärung für morgen früh vorbereiten. Das hier wird um die Welt gehen, also bereite dich schon mal darauf vor, dass dir wieder Kameras ins Gesicht gehalten werden.«

»Wir brauchen die Mithilfe der Presse«, sagte sie. »Wir haben uns auf vermisste Kinder aus Minnesota und den benachbarten Staaten konzentriert, während wir uns auf die gesamte Nation hätten konzentrieren müssen.« Das brachte sie zurück zu dem, was sie Savoy gesagt hatte, dass sie nämlich vermutete, dass dies hier eine größere Sache war, als sie zunächst gedacht hatten. Er hatte das verworfen, aber sie war nicht davon überzeugt, dass sie es hier nicht vielleicht doch mit dem organisierten Verbrechen zu tun hatten.

KAPITEL 27

Alan Reed sah mit allen anderen Gästen der dunklen Oklahoma-Bar auf den Flachbildfernseher, der hoch oben an der Wand hing. Es liefen landesweite Nachrichten, und eine Frau mit einem Logo des Senders auf dem Mikro stand auf einem zugefrorenen See. Der Wind heulte. Sie trug eine große Mütze, wahrscheinlich Kunstpelz, und sprach über zwei Leichen, die man im Eis gefunden hatte. Es war schwierig, sich einen Ort vorzustellen, an dem es dermaßen kalt war, dass jemand auf diese Weise sterben konnte.

»Eine der Leichen konnte mittels Fingerabdrücke und einer DNA-Probe identifiziert werden. Das Opfer ist ein Junge namens Billy Nelson, der *vor zwanzig Jahren* verschwand.«

Überraschtes Gemurmel ging durch die Reihen der Bar – alles Stammgäste –, als ein altes Foto in der unteren Ecke des Bildschirms eingeblendet wurde. Ein blondes Kind in einem roten T-Shirt blickte direkt in die Kamera. Es war eins dieser typischen Schulfotos, die man von sich machen lassen musste. Wurde das heutzutage eigentlich immer noch gemacht? Im Zeitalter der digitalen Telefone und dem ganzen Kram wirkte es altmodisch.

Die Reporterin sprach immer noch. »Die andere Leiche bleibt ein Unbekannter.«

Die Nachrichtensprecherin wurde dazugeschaltet. »Glaubt die Polizei, dass es irgendeine Verbindung zwischen beiden Leichen gibt?«, fragte sie.

»Es ist noch zu früh, um irgendwelche Spekulationen anzustellen«, sagte die Reporterin vor Ort, »aber die noch nicht identifizierte Kleidung des Kindes scheint aus derselben Zeit zu stammen. Leider wird es wahrscheinlich nicht möglich sein, bei der Autopsie das genaue Jahr festzustellen, einfach aufgrund der Einzelheiten, die allerdings zu verstörend sind, als dass wir jetzt näher darauf eingehen möchten. Wir können Ihnen kein Bild des Gesichts des unbekannten Toten zeigen; das würde für einige Zuschauer zu verstörend sein, aber das Polizeipräsidium von Minneapolis hat uns ein Phantombild zur Verfügung gestellt.«

Das Phantombild wurde an der Seite eingeblendet. »Wenn Sie Informationen bezüglich dieses Falls haben oder Ihnen die Person bekannt vorkommt, melden Sie sich bitte unter der auf dem Bildschirm angegebenen Telefonnummer.«

Sie wechselten von der Liveaufnahme zu aufgezeichnetem Filmmaterial. Plötzlich sah Alan auf eine Aufnahme, die aus einem Helikopter oder einer Drohne gemacht worden war. Die Kamera sauste über die Landschaft der Twin Citys, flog tief über Seen, wo vereinzelt Menschen zu sehen waren. Die Stimme der Frau war weiterhin zu hören. »Indessen befindet sich die ganze Stadt von Minneapolis in höchster Alarmbereitschaft. Normalerweise sind zu dieser Jahreszeit die Seen voller bunter Eisangelhütten. Aber jetzt wimmelt es dort von Leuten, die hoffen, weitere Leichen zu finden. Wie bei einem kranken Sport kommen manche jeden Tag hierher, um weiterzusuchen.«

Als Nächstes wurde wieder die Reporterin mit der Pelzmütze eingeblendet. »Wir sind jetzt mit jemandem hier, der täglich am See gewesen ist, seit die erste Leiche gefunden wurde. Das ist eine ziemliche Leistung, weil die Temperaturen mittlerweile fast minus achtzehn Grad beträgt. Was treibt Sie an?« Ihr Mikrofon und die Kamera schwenkten zu einem Typen zu ihrer Linken, ein bärtiger Mann in einem braunen Canvas Overall. »Suchen Sie etwa nach jemandem, den Sie verloren haben?«

»Ich versuche nur zu helfen.«

»Was sagen Sie zu den Leuten, die Sie als *krank* bezeichnen?«

Er zuckte mit den Achseln. »Ist mir egal. Ich bin in Rente und hab dadurch etwas zu tun. Und irgendwie macht's ja auch Spaß.«

Die Leute in der Bar lachten. Alan lachte mit, aber er war nicht wirklich bei der Sache.

Die Kamera schwenkte zu der Frau mit dem Mikrofon und ihrem verunsicherten Gesichtsausdruck zurück. Das war nicht das Interview, auf das sie gehofft hatte.

Alan brauchte frische Luft.

Er drückte sich von seinem Stuhl hoch, schnappte sich seine Zigaretten. Draußen zündete er sich mit zitternden Händen eine an, atmete auf und schaute in den Himmel von Oklahoma. Seine Kindheit war zum größten Teil eine Leerstelle. Aber gelegentlich blitzte etwas auf – ein Bild, ein Geruch –, das an ihm nagte und ihn dazu zu bringen versuchte, sich an Dinge zu erinnern, die zu schmerzhaft waren, um sie wieder auszugraben. Dennoch blieb die meiste Zeit über Vergangenes vergangen. Es gab nichts, was er ändern konnte, außer zu vergessen und weiterzumachen, nicht zurückblicken, nicht zurückgehen. Und er *konnte* es auch wirklich nicht, nicht nach all dem, das er getan hatte und das ihm angetan worden war. Von so etwas erholte man sich nie wieder.

Er merkte, dass seine Zigarette nur noch aus Asche bestand, sie war so heiß, dass er sich die Finger verbrannte. Fanatisch hatte er daran gezogen, ohne es zu merken. Er warf sie auf den Boden und ging wieder rein.

Diese verdammten Nachrichten. Sie liefen immer noch. Warum wechselte denn keiner endlich mal den Sender? Gerade wollte er das vorschlagen oder die Fernbedienung finden und es selbst erledigen, als ein neues Interview startete.

Eine Frau mit braunem Haar und ein paar grauen Strähnen darin. Sie war vermutlich um die sechzig, vielleicht ein bisschen älter. Ihr Name lautete Gail Ford.

»Willst du noch ein Bier?«, rief ihm jemand zu.

Wie versteinert winkte er ab, während er weiterhin auf den Bildschirm starrte. Die Frau sprach darüber, wie ihr Sohn eines Tages verschwunden war.

»Er kam nie wieder von der Schule zurück.«

Sein Kopf dröhnte, und er hatte das Gefühl, als ob er sich übergeben müsste. Es verlangte ihm eine Menge ab, sich auf den Rest des Interviews zu konzentrieren. Er verstand nicht alles, aber sie sprach über ihre Suche. Sie hatte erst Stunden später angefangen, sich Sorgen zu machen, dass ihrem Jungen wirklich etwas passiert sein könnte. Erst dann hatte sie die Polizei eingeschaltet.

»Wenn ich die Polizei früher verständigt hätte, hätten wir ihn vielleicht noch finden können.«

»Hey, Kumpel!« Jemand legte einen Arm um Alans Schulter. Verwirrt sah er auf, so als ob er soeben aus einem Albtraum erwacht wäre. »Bist du bereit zu gehen?«

An der Tür warteten bereits zwei andere Männer auf ihn.

Dies hier war seine Sippe. Das waren jetzt seine Leute. Eine Meute Krimineller, die miteinander verbunden waren durch die Dinge, die sie gemeinsam getan hatten. Aber ganz gleich, wie schlimm diese Dinge auch sein mochten, so konnte man sie doch niemals mit dem vergleichen, was er vorher durchlebt hatte.

»Ich hab einen Job gefunden«, erzählte sein Freund. »Ein Haus mit einer Alarmanlage, aber es gibt keine Kameras. Wir steigen ein und verschwinden, bevor die Bullen überhaupt etwas mitbekommen haben.«

Soweit er wusste, war er der Einzige in der Gruppe, der noch nie jemanden umgebracht hatte. Aber das wäre auch nur eine Frage der Zeit. Wenn's drauf ankäme, und wenn entweder er oder ein anderer daran glauben müsste, dann würde er es tun.

Er blickte wieder auf den Bildschirm. Die Frau redete immer noch, weinte jetzt, dachte an ein elfjähriges, unschuldiges Kind und nicht an den Mann, der dieser Junge heute sein würde.

»Und da wir gerade hier in Minneapolis sind, möchten wir Ihnen noch einen weiteren merkwürdigen Fall vorstellen«, sagte die Reporterin. »Wir haben die Story über einen kleinen Jungen, der an einer Türschwelle gefunden wurde, mitverfolgt. Nun ja, also heute, erst vor wenigen Stunden, haben wir die Nachricht erhalten, dass seine Mutter gefunden wurde. Ihr Name lautet *Nanette Perkins.*«

Ein anderes Gesicht erschien auf dem Bildschirm. Er musste den Verstand verloren haben, weil verdammt … diese Frau kam ihm auch bekannt vor.

Nennt mich Nan.

»Ist ein bisschen alt für dich, oder?«, fragte einer seiner Freunde lachend.

Ein Ruck an seinem Arm, und Alan begann, rückwärts in Richtung Tür zu gehen, unfähig, den Blick von dem Foto auf dem Fernseher loszureißen.

KAPITEL 28

Vier Jahre zuvor …

Nach Lyles Tod und seiner schockierenden Enthüllung am Totenbett verfiel Nan in eine tiefe Depression. Sie konnte nichts anderes tun, als zu schlafen, auch wenn der Schlaf Träume von Leichen mit sich brachte. Leichen, die in Fleischkühlräumen wie Brennholz übereinandergestapelt waren. Sie begann mehr zu trinken, verbrachte Zeit mit den falschen Leuten, vor allem mit Lyles Bruder, und die Monate wurden zu einem Nebel aus Schlaf und Drogen und Alkohol, bis zu jenem Tag, an dem sie einen Anruf von einer alten Kontaktperson aus ihren Handelszeiten erhielt. Sie fragte, ob sie Interesse hätte, einen Säugling – den Sohn eines ehemaligen Kunden – bei sich aufzunehmen.

»Wir bezahlen dich«, sagte die Kontaktperson. »Ein Clearinghaus-Job, wie das Zeug, das du früher gemacht hast, aber das hier ist ein Baby, zwei Wochen alt. Du kannst dich doch um ein Baby kümmern, oder?«

Nan wusste rein gar nichts über Babys. »Natürlich kann ich das.«

Sie sollte keine Fragen stellen und ihn verstecken, bis jemand käme, um ihn abzuholen.

»Weitere Infos kriegst du noch.«

So einfach. Sie lieferten ihn zu ihr nach Hause. Irgendwann würden sie ihn wieder abholen. Und sie brauchte das Geld.

Die Ankunft war romantisch, wirklich. Wie im Märchen. Ein Baby, abgeliefert gegen zwei Uhr in einer Sommernacht. Sie kamen in einem schwarzen SUV, ihre Kontaktperson hastete zur Tür mit einem Kind auf dem Arm. Hinterließ Windeln und Milchnahrung auf der Küchentheke. Im Haus, unter der hängenden Tischlampe, unterschrieb Nan eine Vertraulichkeitserklärung, war nur ein bisschen alarmiert wegen einigen Formulierungen, wie zum Beispiel *unter Lebensgefahr*. Solche Formulierungen hatte sie schon früher gesehen.

Sie hatten sie ausgewählt wegen ihrer früheren Kinderhandelerfahrung. Sie wussten, dass sie keine moralische Empörung verspüren würde wegen der Vorstellung, ein geheimnisvolles Baby für ein paar Tage bei sich zu behalten. Und sie wussten, dass sie ihren Mund halten konnte. Vermutlich handelte es sich um ein entführtes Kind, wahrscheinlich würde es auf dem Schwarzmarkt verkauft werden, an ein Paar, das sich verzweifelt ein Kind wünschte. Der Kleine würde jemanden noch sehr glücklich machen.

Obwohl sie keinerlei Fragen stellen und nicht wissen sollte, woher das Baby gekommen war, konnte sie es sich dann doch nicht verkneifen und spähte durch einen Spalt im Vorhang, als die Küchentür ins Schloss fiel und ihre Kontaktperson hinausgegangen war. Nan blinzelte und beobachtete, wie die Frau die Wagentür öffnete, die Außenleuchte erhellte einen Passagier auf dem Rücksitz.

Nan konnte nur einen flüchtigen Blick auf einen gepflegten Mann werfen, der ihr irgendwie bekannt vorkam. Aber es ging alles viel zu schnell. Bevor ihr Hirn noch die Merkmale einordnen und es ihr bestätigen konnte, was sie soeben gesehen hatte, schlossen sich auch schon die Wagentüren, und das Licht wurde schwächer.

* * *

Nan wartete darauf, dass sie kommen und das Kind abholen würden. Zuerst wartete sie Monate, dann Jahre. Bis dahin hatte sie ihn *Junge* genannt, so lange, bis es irgendwann zu spät war, etwas daran zu ändern und ihm einen richtigen Namen zu geben. Aber das Geld kam auch weiterhin und immer pünktlich. Immer zum Ersten jeden Monats wurde es auf ihr Bankkonto eingezahlt.

Genug, um davon zu leben.

Aber dann hörten die Zahlungen eines Tages auf. Ihre Kontaktperson rief sie nicht mehr zurück. Und sie begann, sich wegen allem Sorgen zu machen. Wegen den Leichen, die immer noch im Fleischkühlraum lagen. Wegen dem Jungen, der nicht ihr Kind war.

Schließlich meldete sich die Kontaktperson von einer Nummer, die Nan nicht kannte; vermutlich kam der Anruf von einem Wegwerfhandy. »Das hier ist lediglich ein Höflichkeitsanruf, um dich wissen zu lassen, dass dir mein Auftraggeber kein Geld mehr für das Kind überweisen wird.« In dem Gespräch steckte noch mehr. Schnelle, alarmierende Worte, die geflüstert wurden und sie über Dinge informierten, die sie bereits geahnt hatte, wie zum Beispiel die Identität des Mannes aus dem Wagen.

»Was soll ich denn mit ihm machen?«

»Töte ihn.« Eine Pause. »Du bist doch ziemlich gut darin, Kinder zu töten. Oder nicht?«

Nan legte auf, warf das Telefon hin.

Töte ihn. Du bist doch ziemlich gut darin, Kinder zu töten. Oder nicht?

Schlampe!

Sie brauchte eine Weile, aber das Geld wurde immer knapper, also traf sie schließlich die Entscheidung, sich aus dem Staub zu machen. Aber zuerst musste sie ein paar Dinge erledigen. Zuerst musste sie die Leichen entsorgen und danach das Kind. Obwohl die Temperaturen bereits fielen, war es immer noch früh genug, der Boden war nicht völlig gefroren. Sie könnte einen Traktor mit einem Schaufellader fahren. Es gab keinen Grund, warum sie ihren ursprünglichen Plan nicht durchführen könnte.

Sie begraben.

Wenn du willst, dass etwas richtig erledigt wird, dann erledige es selbst.

Sie ließ den Jungen allein zu Hause, schloss ihn im Hundekäfig ein, gab ihm Snacks und sagte, er solle das *stille Spiel* spielen. »Bin bald wieder da.«

Er war ein guter Junge und nickte, ohne dabei aufzuschauen. Im Schneidersitz hockte er im Käfig und betrachtete seinen Lieblingsband der Enzyklopädie. Besonders liebte er die Seiten mit den Teilen des menschlichen Körpers. In einem anderen Leben hätte er vielleicht Arzt werden können. Aber mit dem Wissen, wer sein Erzeuger war, wäre er wohl eher Mörder geworden. Irgendwie wünschte sie sich, dass sie mit ihm weglaufen könnte, aber Leute könnten Fragen stellen, die sie zurück zur Farm locken würden. Und es war an der Zeit für sie beide, getrennte Wege zu gehen. Es war Zeit für sie, frei von ihm zu sein und irgendwo anders von vorn zu beginnen. Ohne Kind.

In der Küche hingen neben der Tür die Schlüssel, die sie fast zwanzig Jahre zuvor dort aufgehängt hatte. Es gab zwei; einer davon war kleiner als der andere, für ein Vorhängeschloss, beide hingen an einer Kette, die an einem verschlissenen Lederanhänger befestigt war.

»Für den Sommer«, hatte Lyle damals gesagt.

Hatte er wirklich jemals vorgehabt zurückzukehren? Oder war es von Anfang an seine Absicht gewesen, die Leichen einfach dort zurückzulassen? Da sie ihn kannte, vermutete sie, dass er sie aus reiner Faulheit dort gelassen hatte. *Aus den Augen, aus dem Sinn.*

Den Lieferwagen, den sie an jenem Tag benutzt hatten, gab es schon lange nicht mehr. Vermutlich war er im Laufe der Jahre durch zahlreiche Hände gegangen, wahrscheinlich war er inzwischen auf irgendeinem Schrottplatz zerquetscht worden. Lustiger Gedanke, dass irgendjemand mit ihm herumgefahren war, ohne zu wissen, dass das Fahrzeug einst die Leichen von zehn kleinen Jungs transportiert hatte. Sie und Lyle hatten sich bei dieser Vorstellung jedenfalls totgelacht.

Sie hatten den Van gegen etwas Passenderes für die Landwirtschaft eingetauscht, gegen einen Lieferwagen ohne Innenverkleidung, eine klappernde Blechbüchse mit 150.000 Meilen auf dem Tacho. Innen gab es zwei zerschlissene Sitze, der hintere Teil war nicht fertig, es gab nur einen Metallboden und Metallwände. Im Inneren roch es nach Düngemittel, der Geruch zwang sie dazu, das Fenster runterzukurbeln, obwohl es draußen fast minus achtzehn Grad waren.

Viele Male im Jahr war sie an der Minneapolis-Lagerhalle vorbeigefahren, in der die Leichen lagen. Dort war nie viel los, auch wenn sich die Gebäude um die Halle herum veränderten: Manche wurden niedergerissen, während neuere, höhere in die Lüfte stiegen. Vielleicht wäre die Lagerhalle als Nächstes an der Reihe. Neben den neuen Gebäuden sah sie jedenfalls alt aus.

Der Schlüssel funktionierte.

Das überraschte sie.

Sie schob eine riesige Metalltür auf, bis sie weit genug geöffnet war, um hindurchzufahren. Dann schloss sie sie hinter sich. In dem höhlenartigen Raum ging sie zu dem Fleischkühlraum, der sich in der hinteren Ecke befand, und öffnete das Vorhängeschloss mit dem anderen Schlüssel.

Sie waren immer noch da. Das überraschte sie ebenfalls.

Sie hatte wirklich damit gerechnet, dass sie verschwunden wären. Wohin, wusste sie auch nicht, aber zwanzig Jahre waren immerhin eine verdammt lange Zeit. Und sie waren auch immer noch eingefroren. Der Motor für den Kühlraum war außen angebracht. Irgendjemand, der für die Instandhaltung zuständig war, musste ihn am Laufen gehalten haben. Vermutlich hatte Lyles Bruder selbst dafür gesorgt.

Erst einmal nur vier Leichen. Das war ihr Plan. Vier Leichen könnte sie problemlos zurück zur Farm fahren und dort begraben. Seit dem Zeitpunkt, als der Junge in ihr Leben gekommen war, hatte sie niemandem mehr erlaubt, ihr auf dem Hof zu helfen. Die Wenigen, mit denen sie in der Kirche Freundschaft geschlossen hatte, lud sie nicht mehr zu sich nach Hause ein, und alles im Alleingang zu erledigen hatte sie körperlich stärker gemacht und unabhängiger.

Sie würde es schaffen!

Glücklicherweise konnten gefrorene Leichen leichter bewegt werden als frische, weil es einfacher war, sie anzuheben und zu transportieren. Eine Leiche auf eine Plastikplane legen und sie über den Betonboden zur Rückseite des Lieferwagens ziehen. Sie dann gegen die Stoßstange stützen, die besonders fürs Aufladen und Entladen entworfen worden war. Schwer atmend kletterte sie in den Frachtraum und zog die gefrorene Leiche das letzte Stück hinein, rollte sie von der Plane und kehrte zum Fleischkühlraum zurück, um die nächste zu holen. Es war schwer, aber nicht ganz so schwer, wie sie es sich vorgestellt hatte.

Als die Leichen aufgeladen waren, rutschte sie auf den Fahrersitz, drehte den Zündschlüssel herum – und hörte nichts als ein furchterregendes Klicken.

KAPITEL 29

Irgendetwas weckte sie. Aus Gewohnheit warf Lori einen Blick auf die Digitaluhr neben dem Bett. Die beleuchteten Ziffern verrieten ihr, dass es vier Uhr morgens war. Manche sagten, dass vier Uhr die Zeit war, in der die Seele am aktivsten war. Lächerlich, aber nun, da sie vollkommen wach war, hörte sie jemanden mit einer seltsamen und kehligen Stimme reden. Es war nicht ihr Ehemann. Der lag neben ihr und schlief. Das hier kam vom Ende des Flurs.

In ihrem Haus gab es insgesamt drei Schlafzimmer, alle im Obergeschoss. Der Grundriss der Wohnung funktionierte gut für das Aufziehen von Pflegekindern. Momentan teilten sich ihre beiden Kinder ein Zimmer, und Michael hatte das andere für sich allein. Mit der Entscheidung hatte sie sich schwergetan. Manchmal steckte sie Jungs zu ihrem Sohn und Mädchen zu ihrer Tochter, aber da sie so wenig über dieses Kind wussten und nicht abschätzen konnten, ob er vielleicht gewalttätig war, hatte sie es für das Klügste gehalten, ihn allein in ein Zimmer zu stecken. Und nachdem sie mit Detective Fontaine geredet hatte, hatte sie sich diesbezüglich bestätigt gefühlt.

Zuerst sah sie nach den Kindern. Alles war ruhig, sie

schliefen. Die Geräusche kamen aus Michaels Zimmer. Tief, knurrend, redselig. Ohne einzutreten, spähte sie um die Ecke. Im Schein des Nachtlichts im Flur konnte sie die Silhouette des Jungen ausmachen. Er hockte auf dem Boden, in den Händen hielt er die beiden Kuscheltiere, mit denen er hergekommen war: ein Panda und eine getigerte Katze. Er spielte mit ihnen, ließ sie miteinander reden.

Sie entspannte sich wieder. Normales Kinderspiel, wenn auch mitten in der Nacht, aber bis jetzt hatte er ja auch mit einer Menge Veränderungen zu tun gehabt. Es könnte sein, dass er noch nie einen Zeitplan gehabt hatte und er und seine Mutter nachtaktiv gewesen waren. Vielleicht war ihm die Dunkelheit vertrauter. Zumindest wiesen seine Zeichnungen darauf hin. Gerade wollte sie das Zimmer betreten und vorschlagen, dass er zurück ins Bett ginge, als er ihr das Blut in den Adern gefrieren ließ.

KAPITEL 30

Judes Telefon klingelte.

Meistens verabscheute sie es zu schlafen, weil es Albträume mit sich brachte, an die sie sich nach dem Aufwachen nicht mehr erinnern konnte. Aber nun hatte sie seit einer Weile keine mehr gehabt, vielleicht schon seit Monaten, und Elliot hatte nicht mehr mit dem Besenstiel gegen seine Zimmerdecke schlagen müssen, damit sie aufhörte zu schreien. Beides Pluspunkte. Keiner von ihnen hatte die Schreie jemals angesprochen, und Jude hatte das Gefühl, dass es besser so war. Aber sie fragte sich, warum die Albträume aufgehört hatten. Es schien etwas mit dem Abriss des Hauses zu tun zu haben, in dem sie gequält worden war. Es kam ihr vor wie eine Dämonenaustreibung.

In der Dunkelheit musste sie wegen der Helligkeit ihres Handys blinzeln. Eine unbekannte Nummer. Sie gab ihre Visitenkarte vielen Menschen, denen sie sagte, sie könnten immer anrufen – egal, ob bei Tag oder Nacht. Das war ihre Sache, aber Uriah meckerte deshalb und sagte, es sei eine schlechte Idee. Der Anruf könnte von jedem kommen. Von jemandem, der in Not war, oder von jemandem, der Informationen hatte.

Sie ging ran.

Es war Lori, die Pflegemutter. Sie sollte die Sache mit Ms. Perkins eigentlich mitbekommen haben, hoffentlich bevor die Meldung die Nachrichtenredaktionen erreicht hatte.

»Sie haben mir gesagt, ich könnte Sie jederzeit anrufen«, sagte die Frau, wie um sich zu entschuldigen. »Ich hab's bei meiner Kontaktperson vom CPS versucht, aber sie meinte, dass bis morgen früh keiner kommen kann, weil es kein wirklicher Notfall ist.«

Jude setzte sich aufrecht im Bett hin. »Was ist los?«

»Ich bin gerade in der Küche«, flüsterte die Frau, »weil ich niemanden aufwecken will und auch nicht will, dass mich der Junge hört. Entschuldigung, dass ich so leise rede.«

Jetzt war er also »der Junge«. Nicht mehr »Michael«.

»Ich hab jemanden reden gehört. Es war nur eine ganz leise, aber unheimliche Stimme. Deshalb bin ich in den Flur gegangen und hab in das Schlafzimmer des Jungen geschaut. Ich sah ihn auf dem Boden sitzen, in der Zimmerecke. Er hielt zwei Kuscheltiere in den Händen. Die beiden anderen Kinder schliefen in einem anderen Zimmer.« Unausgesprochen blieb, dass sie dem Jungen nicht genug traute, um ihn mit den anderen Kindern allein zu lassen, während sie schliefen.

»Verständlich.«

»Er hockte einfach nur so da, in der Dunkelheit. Wenn Sie sich mit Kindern auskennen, dann wissen Sie, dass sie eigentlich nicht gern im Dunkeln sind. Es hat zum Beispiel ziemlich lange gedauert, bis es für meine Kinder in Ordnung war, dass in ihren Zimmern nachts kein Licht mehr brannte. Aber wie auch immer, der Junge ließ jedenfalls die Kuscheltiere miteinander reden, so wie Kinder das nun mal machen, er spielte beide Rollen.« Zitternd holte sie Luft. »Die Tiere kämpften miteinander. Eins schimpfte das andere aus, nannte es *unartig*. Und Detective, der Panda drückte die Katze runter und drohte damit, sie mit einem Kissen zu ersticken.«

Jude entfuhr ein Laut des Entsetzens, sie dachte daran, wie der Junge in der Badewanne reagiert hatte. Es mochte sein, dass er mörderische Neigungen zeigte, aber vielleicht hatte er auch nur eine traumatische Erfahrung aus seiner Vergangenheit nachgespielt. »So etwas zu sehen muss beunruhigend sein.«

»Ich kann ihn nicht länger hier behalten. Was ist, wenn er das einem meiner Kinder antut? Während sie schlafen? Er muss gehen. Jetzt! Heute Nacht. Und Sie haben mir gesagt, dass ich Sie anrufen soll, wenn ich Sie brauche. Na ja, das tu ich jetzt.«

Jude warf einen Blick auf die Uhr. Vier Uhr fünfzehn. »Bin in dreißig Minuten da.«

Sie zog sich warm an: dicke Wollsocken und einen Kapuzenpullover unter der Daunenjacke. Als sie zur Tiefgarage lief, fragte sie sich, um wie viel Grad die Temperaturen gesunken waren und ob ihre Heizung heute wohl mitmachen würde. Aber zumindest stand ihr Wagen bei der Kälte nicht draußen. Als sie sich reinsetzte, war die Windschutzscheibe noch klar. Aber nur wenige Minuten nachdem sie die Tiefgarage verlassen hatte, begann das Glas im Inneren bereits wieder zu vereisen. Während sie fuhr, wischte sie mit ihren Handschuhen darüber und versuchte, in eine andere Richtung zu atmen. Gar nicht mal so einfach.

Beim Haus wartete Lori bereits auf sie.

Das Verandalicht war an, und die Tür öffnete sich, bevor Jude überhaupt klopfen konnte. Die Pflegemutter stand in der Tür, hatte ihre Hände auf die Schultern des Jungen gelegt. Er war bereit zu gehen, der Reißverschluss des Mantels war zugezogen, Handschuhe und Strickmütze hatte er an. Die ganze Familie war auf den Beinen, hatte sich hinter Lori versammelt, so als hätten sie sich für ein Gruppenfoto aufgestellt. Die Kinder waren müde und verwirrt, der Vater sah in seinem Schlafanzug verlegen und unbeholfen aus.

Jude ging in die Hocke und hob den Jungen auf die Arme. Er war müde, sein Körper war eher schwer als drahtig. Witzig, dass schlaffe Körper immer mehr zu wiegen schienen. Aber er war wach genug, um ihre Wange mit einer behandschuhten Hand zu tätscheln. Lori weinte fast.

Entschuldigung, formte sie mit den Lippen, reichte Jude den Rucksack des Jungen mit seinen Habseligkeiten. Die beiden Kuscheltiere – der Täter und das Opfer – schauten oben heraus.

»Kein Problem«, erwiderte Jude. »Es ist besser, dass Sie auf Ihr Bauchgefühl gehört und mich angerufen haben.«

»Ich weiß nicht.« Offenbar änderte Lori gerade ihre Meinung. Jude konnte das sehen. Aber bevor Lori noch einen Sinneswandel äußern konnte, drehte sich Jude um und trug den Jungen die Eingangstreppe hinunter und blieb kurz stehen, um sich zu verabschieden. Dann waren sie auch schon in ihrem Auto. Sie hatte keinen Kindersitz. Ab welchem Alter brauchten Kinder eigentlich diese Sitze nicht mehr? Sie hatte keine Ahnung.

Sie setzte ihn auf den Beifahrersitz und legte ihm den Sicherheitsgurt an. »Ich weiß, dass es hier drin kalt ist.«

Ihn schien das nicht zu stören, und er war bereits eingeschlafen, bevor sie losfuhr. Zwanzig Minuten später waren sie in der Garage ihres Mietshauses, in dem die stehende Luft wärmer war als die Luft in ihrem Wagen.

Sie hob ihn aus dem Wagen.

Mit dem Jungen, sein Kopf lehnte an ihrer Schulter, stieg sie die Metalltreppe ins Erdgeschoss hoch. Als die schwere Metalltür zum Notausgang hinter ihnen zuknallte, zuckte Jude zusammen. Elliot musste den Lärm gehört haben, denn als sie an seiner Wohnung vorbeikamen, spähte er hinter der Tür hervor.

»Entschuldige wegen der Tür«, flüsterte sie.

»Oh, wow.« Als er das Bündel in ihren Armen sah, wurden seine Augen größer. »Was ist hier los?«

»Für den Rest der Nacht bleibt er bei mir. Vielleicht auch länger.«

Der Junge versuchte, wach zu werden und hob den Kopf von Judes Schulter. Er schaffte es nicht lange.

»Armes Kerlchen.« Elliot schob ihm die Strickmütze von den Augen zurück. »Kann ich irgendwie helfen?«

»In ein paar Stunden muss ich bei der Arbeit sein. Könntest du dann auf ihn aufpassen?«

»Kein Problem.«

Im Wohnzimmer zog sie dem Jungen Handschuhe, Mütze, Stiefel und Mantel aus. Er schnappte sich die Kuscheltiere, drückte sie sich gegen Hals und Gesicht, atmete ihren Geruch ein und ging dann direkt ins Schlafzimmer und dort zu der Decke und dem Kopfkissen, die immer noch auf dem Boden in der Zimmerecke lagen. Jude versuchte sich zu merken, Elliot noch Bescheid zu sagen, dass er den Jungen nicht in die Nähe der Katzen lassen sollte.

Als sich der Junge hingelegt hatte, holte Jude die Akten heraus, die Savoy ihr gegeben hatte. Sie würde ohnehin keinen Schlaf mehr finden. Neben ihnen lag auf dem Wohnzimmertisch noch der Brief des Anwalts, der bereits vor einer Woche angekommen war. Sie gehörte nicht zu den Menschen, die bei ihrer Arbeit Papierkram ignorierten, aber im Privatleben? Sie wollte sich nicht jetzt damit beschäftigen. Stattdessen öffnete sie die erste Akte von Savoy. Mit Dachkater neben sich ging Jude die Fallakten von Billy Nelson durch. Sie waren dick und umfassten einen langen Zeitraum sowie verschiedene Theorien und Verdächtige. Sie folgten Spuren, die abrupt in Sackgassen endeten.

Eine ganze Karriere konnte verstreichen, ohne dass ein Fall gelöst wurde. Detectives gingen in Rente, neue übernahmen. Manchmal war ein neues Augenpaar hilfreich, aber nach zwei Stunden hatte sie nicht das Gefühl, irgendetwas Neues entdeckt zu haben. Savoys Besuch hatte vermutlich mehr damit zu tun gehabt, mit diesem Kapitel seines Lebens abzuschließen. Vermutlich hatte er eher etwas mit einer ungesunden Besessenheit bezüglich eines ungelösten Falls zu tun gehabt als damit, Informationen teilen zu wollen.

Aber der Brief des Anwalts verhöhnte sie immer noch stumm. Sie nahm ihn in die Hand, dachte darüber nach, ihn zu öffnen, ging dann aber in die Küche und legte ihn in den Schrank, womit er außer Sichtweite war.

KAPITEL 31

»Beide Leichen scheinen aufgetaut und dann wieder eingefroren worden zu sein«, sagte Ingrid Stevenson.

Es war früher Nachmittag, und Judes unterbrochener Schlaf machte sich bemerkbar. Die Gerichtsmedizinerin hatte die beiden Detectives aus der Mordkommission ins Leichenschauhaus bestellt, wo sie sie im Autopsieraum mit der Präsentation von zwei Leichen überraschte: Billy Nelson, bei dem ein Y-Einschnitt und eine vollständige Autopsie durchgeführt worden war, und der Unbekannte, der noch nicht vollständig aufgetaut war. Aber aus irgendeinem Grund, den Jude und Uriah noch erfahren würden, war er ebenfalls hier.

»Sehen Sie sich mal die Finger, die Nase und die Ohren an«, sagte Ingrid. »Sie zeigen Anzeichen von Verwesung. Aber der Rest des Körpers weist Anzeichen von Kälteverbrennungen auf. Wenn Sie jemals etwas zu lange im Tiefkühlschrank gelassen haben, wissen Sie, wovon ich rede.«

»Wäre es möglich, dass sie von einem Platz zu einem anderen transportiert wurden?«, überlegte Jude laut. »Und können Sie feststellen, ob es ein einmaliges Auftauen war oder etwas, das häufiger passiert ist, über einen Zeitraum von mehreren Jahren?«

»Ich schätze, es passierte über einen Zeitraum von mehreren Jahren.«

Uriah richtete sich auf und trat von Billy Nelsons Leichnam zurück. Judes Partner sah heute ein bisschen besser aus. Nicht ganz so blass, aber Jude machte sich trotzdem Sorgen, dass die Gerüche in dem Autopsieraum seine gestrige Übelkeit wieder wecken könnten.

»Wo auch immer diese Leichen gelagert wurden«, sagte Jude, »handelte es sich höchstwahrscheinlich um ein industrielles Gefriergerät. Und sie wurden beide eingefroren, ohne gebeugte Gliedmaße.« Sie hatte Leichen gesehen, die in Gefriertruhen gesteckt worden waren, und normalerweise hatte man sie zusammengeklappt. Aber wenn ein Gefriergerät groß genug war …

»Die erforderliche niedrige Temperatur zusammen mit der Zeitspanne ist verblüffend«, sagte Uriah. »Über welche Minusgrade reden wir?«

»Minus achtzehn Grad«, sagte Ingrid. »Ich habe Leichen gesehen, die gefunden wurden, nachdem sie zehn Jahre lang eingefroren waren, und die Menschen sahen aus, als wären sie erst vor Kurzem gestorben. Es ist also alles möglich. Und wenn Sie versuchen wollen, das Jahr genau zu bestimmen, wird das schwierig werden, weil wir nicht die notwendigen Daten haben.«

»Was ist mit sexuellem Missbrauch?«, fragte Jude.

»Ich wollte das schon ansprechen. Es gibt keine offensichtlichen Anzeichen eines sexuellen Traumas, aber ich kann es nicht mit hundertprozentiger Sicherheit bestätigen, aufgrund des körperlichen Zustands. Wie Sie wissen, spare ich mir gern das Beste für den Schluss auf.« Sie schaltete eine Schwenkarmleuchte aus. »Jetzt habe ich eine Todesursache, und es war überraschend einfach, sie zu ermitteln. Ich muss zugeben, dass ich fast schon ein bisschen enttäuscht bin. Ich habe ja noch nicht mal den Unbekannten aufgeschnitten.«

»Und?«, fragte Uriah.

»Kohlenmonoxidvergiftung. Beide. In dieser Situation war das Einfrieren sogar hilfreich. Ich habe ein paar unterschiedliche Untersuchungen durchgeführt, nur um auf Nummer sicher zu gehen. Die rosa Wangen waren ein Hinweis. Deshalb habe ich eine Arterie seziert und eine Blutprobe durch unser Analysegerät laufen lassen, um auf Carboxyhämoglobin zu testen. Kohlenmonoxid bindet an Hämoglobin. Und es bleibt in einem gefrorenen Körper, selbst in einem, der jahrelang eingefroren war. Der normale Wert für einen Erwachsenen liegt bei weniger als 2,3 Prozent. Außer wenn man raucht, dann kann er bis auf acht oder neun Prozent ansteigen, abhängig davon, wie viele Zigaretten pro Tag geraucht werden. Beide Leichen hatten extrem hohe Werte. Zehn bis dreißig Prozent, und wir sehen die Symptome, die wir alle kennen. Dreißig bis fünfzig Prozent enden mit dem Tod. Nelson hatte einen Wert von sechzig. Und weil er jung war und eine kleinere Lunge hatte, starb er vermutlich ziemlich schnell, auch wenn es mit Sicherheit kein angenehmer Tod war.« Sie verschränkte die Arme vor der Brust. »Als ich erst mal die Todesursache von Billy Nelson hatte, entschied ich mich nachzusehen, ob unser unbekannter Toter ausreichend aufgetaut war, um ihm eine Arterienprobe entnehmen zu können. Gleiches Ergebnis. Sechzig Prozent. Wenn er vollständig aufgetaut ist, werde ich natürlich eine gründliche Autopsie durchführen.«

»Ausgezeichnete Arbeit!«, lobte Uriah die Gerichtsmedizinerin.

Jude fügte hinzu: »Und das führt zu der Annahme, dass beide Jungs gemeinsam starben.«

Ingrid nickte. »Das ist sehr wahrscheinlich, aber natürlich noch nicht bewiesen.«

»Hast du jemals geraucht?«, fragte Uriah, als die beiden Detectives zurück im Präparationsraum waren und ihre Kittel auszogen.

»Als Teenager hin und wieder. Aber ich habe nie richtig damit angefangen. Und du?«

»Nein. Aber eins kann ich dir sagen: Wenn ich heute rauchen würde, dann würde ich genau jetzt damit aufhören.«

Draußen erblickten sie Ingrid Stevenson, die an die Gebäudewand lehnte und eine Zigarette rauchte.

KAPITEL 32

Am nächsten Tag, nach einem weiteren Abend mit heftigem Schneefall, erregte ein Mann Judes Aufmerksamkeit. Er stand reglos inmitten vieler Menschen, die vor der Polizeibehörde auf dem freigeschaufelten Bürgersteig herumliefen. Sie blieb neben einem Laternenpfahl stehen und tat so, als ob sie sich auf etwas in ihrer Hand konzentrieren würde, während sie verstohlen beobachtete, wie er in der Nähe der Gebäudeecke stand und in ihre Richtung schaute.

Stadtstraße. Klappernde Stadtbahn, die ihre Ankunft an einer nahe gelegenen Haltestelle ankündigte. Die Mittagssonne schien hell, während die Abgase von Fahrzeugen im Leerlauf auf die kalte Straße trafen und sofort gefroren, was die Anzahl von Auffahrunfällen, die im Zeitlupentempo passierten, und Unfälle mit Bagatellschäden erhöhte. Bei ihrem Täuschungsmanöver konnte sie nicht lange genug aufschauen, um einen richtigen Eindruck von ihm zu bekommen, aber sie schätzte, dass er um die dreißig war. Er war weiß, trug einen hellbraunen Vollbart und war nicht für den Schnee oder die Kälte angezogen. Keine Mütze, keine Handschuhe, stattdessen eine hellgrüne Jacke mit einem schmalen weißen Streifen am Ärmel. Als er sich nicht rührte und nicht verschwand, drehte sie schließlich den Kopf und sah ihn direkt an. Wie eine Schwarze Witwe, die vom Sonnenlicht getroffen wurde, huschte er daraufhin weg, Hände in den Jackentaschen, Schultern hochgezogen, so als würde er sein Gesicht verstecken. Seine Schuhsohlen waren weiß. Sneakers.

Alles an ihm war verdächtig. Er tat nichts Illegales, und andere Leute wie Paparazzi oder auch Elliot – verdammt sollte er sein! – versuchten oft, heimlich Fotos von ihr zu schießen. Aber das hier schien etwas anderes zu sein. Sie ging schnell, schlängelte sich durch den Bürgersteigverkehr, wurde schneller, bis sie schließlich rannte, was unbeholfen aussah und behindert wurde durch ihren schweren Mantel und die isolierten Stiefel.

Er verschwand in einer Gasse. Sie folgte ihm. Ein halber Block lag zwischen ihnen, sie öffnete den Reißverschluss ihres Mantels, verschaffte sich Zugriff auf die Waffe an ihrer Taille. Nur eine Vorsichtsmaßnahme.

Sie blieb stehen und rief: »Hallo!«

Er zögerte. Sie konnte sehen, dass er über zwei Möglichkeiten nachdachte: mit ihr reden oder weiterlaufen.

»Ich habe gesehen, dass du mich beobachtet hast!«, rief sie. O Gott, das klang wie ein gruseliger Anmachspruch oder ein Taylor-Swift-Song.

Seine Schultern entspannten sich, aber er blieb trotzdem, wo er war, immer noch nervös. Sie war jetzt nah genug, um seine Gesichtszüge zu erkennen. Schmales Gesicht, leichte Hakennase, struppiges Haar, das ihm bis zum Kragen reichte, schwarzes Tattoo auf einer Halsseite, Tattoos auf den Fingern, die er immer wieder krümmte, in die Taschen schob und dann wieder herauszog. Seine Hände behielt sie genau im Auge, während sie gleichzeitig sein Gesicht beobachtete, besonders seine Augen, die ihn verraten könnten, falls er irgendetwas vorhatte. Zum Beispiel eine Waffe zu zücken.

»Ich wollte mit dir reden«, sagte er schließlich.

Wenn irgendwelche Leute ihrer Unterhaltung zugehört hätten, hätten sie vermutlich gedacht, dass sie gerade Zeuge eines Tinder-Dates wurden.

»Okay.« Ihr Atem bildete eine Wolke vor ihrem Gesicht. »Lass uns erst mal aus der Kälte wegkommen. Wir können in mein Büro gehen. Es ist gleich um die Ecke.«

»Nein.«

Es war nicht unüblich für Leute, die Zeuge eines Verbrechens geworden waren, dass sie zögerten, sich zu melden. Manchmal unternahmen sie erst ein paar Fehlstarts, bevor es zum Kontakt kam. Irgendetwas sagte ihr, dass dieser Typ in die *zögernder-Zeuge*-Kategorie fallen könnte. Es könnte sein, dass er etwas über einen Fall wusste – über einen alten oder neuen … oder über etwas, von dem sie noch gar nichts wusste. Sie wollte ihn jedenfalls nicht verscheuchen.

Seiner Kleidung nach zu urteilen, gehörte er zur unteren Mittelschicht, und er war gebräunt. Zu gebräunt für Minnesota mitten im Winter. Dazu hatte er einen Südstaatenakzent. Texas oder Georgia. Sie wollte, dass er noch einmal etwas sagte, damit sie sich auf den Staat konzentrieren konnte. Was hier auch vor sich gehen mochte, er stammte jedenfalls nicht aus dieser Gegend und hatte keine Erfahrung mit kaltem Wetter. So wie Paul Savoy kamen fast alle unvorbereitet nach Minnesota, besonders die Leute aus dem Süden. Sie konnten sich einfach nicht vorstellen, dass es dermaßen kalt sein konnte, dass die Haut in Sekundenschnelle einfrieren konnte.

Sie hatte den Eindruck, dass er hier war, weil er eine Mission hatte. »Vielleicht könnten wir woanders hingehen«, schlug sie vor. »Nicht in mein Büro. In ein Café oder so.« So kalt war es heute nicht mal. Ungefähr minus zwölf Grad, aber die Temperatur sank. Er zitterte, und seine Nase war rot angelaufen, die Lippen waren blass. Wenn man nervös war, konnte das ebenfalls die Blutgefäße verengen und die Körpertemperatur senken. »Um die Ecke gibt's ein Café«, sagte sie. »Die haben tolle Scones und sogar noch besseren Kaffee. Ich lad dich ein. Ich wollte sowieso hin.«

Aber er war so verdammt nervös. Sie bemühte sich, es nicht auf sich abfärben zu lassen. Es war die Art Nervosität, die Gesetzesbrecher in der Gegenwart von Polizisten verspürten. Und es traf sogar Leute, die gar nichts gemacht hatten. Sie fürchtete, dass er gerade kurz davor stand, sich aus dem Staub zu machen.

»Ich würde ja einen Imbisswagen und den Park die Straße runter vorschlagen, aber dafür ist es dann doch ein bisschen zu kühl.« Sie lächelte über diese absurde Idee, schniefte und widerstand dem Bedürfnis, den Reißverschluss ihres Mantels zuzuziehen. Sie hielt ihre Hand zwar in der Nähe, aber auch nicht direkt an der Waffe.

Er war einen halben Block von ihr entfernt. Allmählich wirkte es wie ein Duell um zwölf Uhr mittags aus irgendeinem Western. Irgendjemand musste jetzt etwas tun oder das Ganze abbrechen.

»Ich könnte das Kind sein.«

Texas. Oder vielleicht Oklahoma. Das Wort *Kind* war

lang gezogen worden. Die Worte selbst hatte er hart ausgesprochen, so als hätte er sie vielleicht noch nie zuvor zu jemandem gesagt. Sie klangen schmerzhaft, wie aus ihm herausgerissen, seine Stimme deutete Scham an und Gefühle, die ihm unangenehm waren. Sie brauchte einen Moment, um zu begreifen, über wen er gerade redete.

»Shaun Ford?«

»Ja.«

Ihr Herz begann wild zu klopfen. Sie zwang sich, nicht allzu interessiert zu wirken. Schließlich stand er immer noch kurz davor abzuhauen.

Er könnte sich auch irren. Es könnte alles ein Fehler sein. Die Wahrscheinlichkeit dafür war hoch. Er könnte jemand sein, der nach einem Sinn für sein Leben und seine Vergangenheit suchte. Aber er war im richtigen Alter. Sein Haar ähnelte dem von Gail Ford. Glatte, hellbraune Strähnen, die im Laufe der Jahre dunkler geworden sein könnten. Aber von Haaren wusste man auch, dass sich im Laufe der Zeit die Farbe und selbst die Textur veränderten, besonders wenn Männer die Pubertät erreichten. Deshalb waren Haare nicht gerade der beste Identitätsnachweis.

»Hab's in den Nachrichten gesehen.« Er verlagerte sein Gewicht, hatte feuchte Augen. »Das über die Leichen und dass sie zuerst geglaubt haben, es sei Shaun Ford. Aber der war's nicht.«

Sie ließ ihren Mantel zufallen. »Komm schon.« Genug davon. »Lass uns irgendwohin gehen und da weiterreden.«

»Ich habe die Mutter im Fernsehen gesehen.«

»Das muss schlimm gewesen sein.«

»Wahrscheinlich irre ich mich. Das hier ist vermutlich total dumm.«

Vielleicht. »So etwas ist niemals dumm«, sagte sie. »Und es gibt eine ganz einfache Möglichkeit, um das herauszubekommen. Wir haben Gail Fords DNA. Wenn wir deine auch hätten, könnten wir herausfinden, ob sie übereinstimmen.«

Sie begann, langsam auf ihn zuzugehen. Als sie näher kam, machte er misstrauisch ein paar Schritte zurück. Sie würde ihn verlieren und kannte noch nicht mal seinen jetzigen Namen. »Es kann auch anonym gemacht werden«, versicherte sie ihm. »Komm mit mir in einen Privatraum auf dem Polizeirevier. Ich werde einen Mundschleimhautabstrich entnehmen, werde ihn mit dem Namen *Joe Smith* kennzeichnen, gefolgt von einer Nummer. Ich versiegele das Ganze und werde es einschicken. Niemand wird etwas erfahren.«

»Mir gefällt der Gedanke nicht, dass meine DNA-Daten aufgenommen werden.«

Ah. Er hatte tatsächlich die typische Überspanntheit eines Kriminellen. Vielleicht hatte er irgendwelchen Kleinkram gemacht, vielleicht auch mehr. »Falls wirklich eine Möglichkeit besteht, dass du Shaun Ford bist, würdest du es dann nicht wissen wollen?«

»Weiß nicht, ob das irgendwas ändern würde. Ich hab ja schon ein Leben. Ich hab auch eine Freundin.«

Was den letzten Satz anging, schien er sich allerdings nicht so sicher zu sein. Sie vermutete, dass sie Probleme hatten. »Deine Mutter hat zwanzig Jahre lang auf dich gewartet.«

»Sie würde denjenigen, der ich geworden bin, nicht mögen.«

»Gib ihr die Chance, das selbst zu entscheiden.«

»Du redest, als wäre ich wirklich dieses Kind. Ich bin mir aber nicht sicher.« Er runzelte die Stirn, sah verwirrt aus. »Ich habe diese Erinnerungen … aber ich trau dir nicht, was die DNA angeht. Ich will nicht, dass sie in eurem Datensystem ist.«

»Wir können das auch umgehen. Einen Vertrag unterschreiben. Es nennt sich *Bereitstellung von entlastender DNA*. Wir versprechen, diese Probe für nichts anderes zu verwenden, als um deine Verwandtschaft zu Gail Ford zu ermitteln. Die physikalische Probe wird zerstört, und alle Daten in dem generischen Profil, die aus der Probe entnommen wurden, werden gelöscht und auf keinen Fall länger als dreißig Tage aufbewahrt.«

Wenn er jetzt nicht auf ihren Deal eingehen würde, könnte es zwar sein, dass er es sich irgendwann doch noch mal anders überlegte, aber wahrscheinlicher war, dass sie ihn nie wiedersehen würde. Er würde verschwinden, zurück nach Texas gehen oder nach Oklahoma oder woher er auch immer gekommen sein mochte. Natürlich konnte sie ihn nicht dazu zwingen, etwas gegen seinen Willen zu tun.

»Ich weiß nicht …«

So oder so brauchte er einen Schubs, um sich zu entscheiden. »Dann kann ich dir nicht weiterhelfen.« Sie drehte sich um und ging los.

»Warte!«

Sie drehte sich um.

Er kam auf sie zu, rutschte aus, konnte sich aber noch rechtzeitig fangen. Er zögerte kaum, als er sagte: »Ich mach's!«

KAPITEL 33

Jude bekam den Mann ins Polizeirevier, dort gingen sie durch den Metalldetektor und in einen Privatraum. Dabei erweckten sie keine oder nur wenig Aufmerksamkeit. Sie ließ ihn lange genug allein, um den Vertrag auszudrucken, den sie ihm versprochen hatte, und um ein DNA-Kit zu holen. Minuten später war sie wieder zurück, froh, dass er immer noch da war. Sie stellte eine Flasche Wasser vor ihn und wies ihn an, nichts zu trinken, bis sie die Probe entnommen hatte. Im Raum war es hell und heiß, die stickige Hitze war ein typisches Problem bei kaltem Klima. Draußen fror man, und drinnen schwitzte man. Beide zogen ihre Jacken aus.

Er trug ein blaues Karohemd, darunter ein weißes T-Shirt. Sein kurzer Bart war sauber und gepflegt. Er roch nach Zigaretten und vielleicht nach dem Alkohol, den er letzte Nacht getrunken hatte. Interessant, aber hier drin, aus der Nähe betrachtet, in einem Privatraum, kam er ihr weniger bedrohlich vor als draußen.

Sie unterzeichneten beide den Vertrag. Sie hatte gehofft, dass er es mit seinem richtigen Namen tun würde, aber er unterschrieb lediglich mit *der Mann, der Shaun Ford sein könnte.* Eigentlich eine gute Idee und genauso verbindlich wie sein Name.

Ihm die DNA-Probe zu entnehmen brachte Jude ihm körperlich näher, als sie gewollt hätte, aber es gab ihr auch die Chance, mehr wahrzunehmen. Zum Beispiel die Narbe an seinem Handgelenk, möglicherweise ein Selbstmordversuch, aber sie könnte auch von einem Kampf stammen. Ähnliche Narben hatte sie auch bei jemandem gesehen, der gefesselt worden war. Diese sah nicht frisch aus, sie könnte möglicherweise schon viele Jahre alt sein.

Beide saßen an einem Ende des Konferenztischs, sie zog Handschuhe an, öffnete das DNA-Proberöhrchen und fuhr mit dem Tupfer über die Innenseite seiner Wange.

Er würgte, Tränen schossen ihm in die Augen.

»Entschuldigung.« Sie steckte den Tupfer zurück in die Ampulle und drehte die Kappe zu. Dann kennzeichnete sie den Behälter mit den Kontaktdaten, also *Joe Smith* mitsamt einer Nummer, und steckte ihn in eine Ziplock-Tüte. Sie würde es persönlich beim Kriminallabor vorbeibringen.

Er schwitzte. Es war diese Art von Schweißabsonderung aus Nervosität, die intensiv roch. Seine Augen schossen immer wieder von der geschlossenen Tür zum Tisch und der Tasche mit der Probe. Am liebsten hätte er sie sich geschnappt, um damit abzuhauen. Er öffnete die Wasserflasche und trank sie zur Hälfte leer.

Sie zog ihre Handschuhe aus und lehnte sich in ihrem Stuhl zurück. »Woran erinnerst du dich noch? Und warum glaubst du, dass du Shaun Ford sein könntest?«

»Ich würde jetzt lieber nicht darüber reden.« Er sah wieder auf die Probe. »Bis das Ergebnis kommt. Ich werde sagen, dass ich mich nicht an viel aus meiner Kindheit erinnern kann. Und ich erinnere mich auch nicht an eine Entführung. Ich glaube nur, dass ich die Frau aus dem Fernsehen wiedererkannt habe. Gail Ford.«

Er hielt definitiv irgendwas zurück. »Falls du Shaun Ford *bist*, dann könnte es oder könnte auch nicht seltsam sein, dass du dich nicht daran erinnern kannst, entführt worden zu sein. Ein Trauma lässt uns Dinge verdrängen, um uns zu schützen. Deshalb ist es gut möglich, dass du dich nicht mehr erinnern kannst.«

»So ein Kram kam mir immer weit hergeholt vor. Wie eine Ausrede, um aus etwas herauszukommen.«

»So was passiert. Ziemlich häufig sogar. Sehen wir einfach mal, was dabei herauskommt. Ich werde versuchen, es zu beschleunigen, aber das bedeutet nicht, dass wir sofort ein Ergebnis bekommen. DNA-Labore sind eigenartig. Es könnte Tage dauern oder auch Wochen. Hinterlass deinen aktuellen Namen, deine Adresse und Telefonnummer, und ich werde mich bei dir melden – ganz gleich, wie das Ergebnis ausfällt.«

»Ist schon okay.« Er trank das Wasser aus und erhob sich, schob den Stuhl mit seinen Beinen zurück, schnappte sich seine dünne Jacke und zog sie an. »Das musst du nicht. Gib mir einfach deine Nummer, und ich melde mich.«

Er traute ihr nicht über den Weg, dass sie seine DNA nicht doch in der Datenbank aufnahm, und er wollte ganz bestimmt nicht, dass sie seinen Namen kannte. Was hatte er getan? Raubüberfall? Körperverletzung? Mord?

»DNA wird nicht an jedem Tatort aufgenommen, weißt du.« Das war ein Irrglaube, verbreitet vom Fernsehen.

»Danke für die Info, aber ich bin lieber vorsichtig.«

»Bist du nur nach Minnesota gekommen, um mich zu treffen?«

»Woher weißt du, dass ich nicht von hier bin?«

»Deine Bräune. Deine unpassenden Klamotten.« Sie lächelte. »Dein Akzent.«

»Ich habe keinen Akzent.«

»Natürlich nicht.« Jetzt stand sie auch auf. »Gehst du dorthin zurück, wo du hergekommen bist?«

»Vielleicht bleib ich eine Weile hier. Oder vielleicht geh ich auch zurück.«

Er wollte wirklich nichts preisgeben. »Okay.« Sie gab ihm ihre Karte und schnappte sich die DNA-Probe. »Du weißt, wie du mich erreichen kannst. Ich begleite dich noch nach draußen.«

Als er weg war, fragte sich Jude, ob sie wohl jemals wieder etwas von ihm sehen oder hören würde.

KAPITEL 34

Sobald Jude den Abstrich aus Alan Reeds Mund entnommen hatte, bereute er auch schon, ihr eine DNA-Probe gegeben zu haben. Fast hätte er sich die Probe geschnappt und wäre damit abgehauen. Seine Freundin meinte, er sei verrückt und dass er nur nach einer Erklärung für seine beschissene Kindheit und seine schrecklichen Eltern suchte.

»Jeder, der so eine Vergangenheit hat wie du, würde sich wünschen, irgendwo anders herzukommen«, hatte sie gesagt. »Aber du kannst nichts daran ändern, wer du bist. Du hast irgendeine Lady im Fernsehen gesehen, und jetzt willst du nach Minnesota. Das ist doch verrückt.« Vielleicht hatte sie ja recht.

Sie hatten deswegen gestritten, weil auch das Geld für so einen Trip fehlte – schließlich war ihr gemeinsames Kind unterwegs. Und als er weggefahren war, hatte sie noch irgendwas geschrien, dass sie Schluss machen würde. Irgendwie verstand er das ja auch. Wahrscheinlich hätte er an ihrer Stelle auch so gehandelt.

Er hielt an einer Tankstelle, tankte und ging rein, um die Toilette zu benutzen und sich etwas zu essen zu kaufen. Als er wieder im Wagen war, zitterte er wegen dieser unglaublichen Kälte und versuchte, seine Freundin zu erreichen. Der Anruf wurde an die Mailbox weitergeleitet. Würde er überhaupt noch ein Zuhause haben, wenn er zurückkehrte? Würde sie beschließen, dass sie die Nase von ihm und seiner schlechten Laune voll hatte? Es war nicht einfach, es mit ihm auszuhalten. Und dass nun ein Kind unterwegs war, ließ ihn sich noch mehr wie ein Verlierer fühlen. Was für ein Vater würde er wohl sein; jemand, der als Sexsklave aufgewachsen war? War sein Werdegang zum Einbrecher tatsächlich so ein großer Fortschritt?

Bevor er Oklahoma verlassen hatte, hatte er sich die Adressen rausgesucht, die er in Minnesota brauchen würde. Er wusste, dass er einfach aus der Stadt und nach Süden, auf der I-35, fahren müsste. Wenn er Kansas City erreichte, wäre der Schnee schon weg, und es wäre wärmer. Er könnte in weniger als in vierundzwanzig Stunden zu Hause sein. Aber jetzt war er hier, und er musste wissen …

Was Detective Fontaine gesagt hatte, ergab schon Sinn. Irgendein traumatisches Ereignis in seiner Kindheit hatte seine Erinnerungen geblockt. Aber was könnte denn passiert sein, das noch traumatischer gewesen war als die *Scheiße, an die er sich erinnern konnte?* Sex mit erwachsenen Männern zu haben, als er noch ein Kind gewesen war. Und später, als er abgehauen war, Stricher zu sein. Er wusste nicht, warum er Fontaine nicht erzählt hatte, dass er glaubte, die andere Frau auch zu kennen – Nanette irgendwas. Das ergab ja noch nicht mal irgendeinen Sinn, weil diese beiden Geschichten doch überhaupt nichts miteinander zu tun hatten. Vielleicht dachte sich sein Hirn ja wirklich nur irgendeinen Scheiß aus?

Er versuchte es noch mal bei seiner Freundin, und diesmal ging sie ran. Erleichtert atmete er aus. »In ein paar Tagen bin ich wieder zu Hause«, sagte er.

»Tut mir leid, dass ich sauer geworden bin.«

»Nee, du hattest ja recht. Ich war dumm. Das war rausgeschmissenes Geld, und besonders, da wir doch gerade Nachwuchs erwarten.«

Sie unterhielten sich noch ein bisschen, und er fühlte sich besser. Sie war diejenige, die ihn aus der Dunkelheit herausgeholt hatte. Schon zu oft, und er fühlte sich schlecht deswegen. Eines Tages würde sie gehen, und er könnte ihr noch nicht mal Vorwürfe machen. Aber im Moment …

Hinter ihm hupte ein Auto.

Während er telefoniert hatte, war es an der Tankstelle voll geworden, und jemand wollte seinen Platz, um zu tanken. Er verabschiedete sich von seiner Freundin und gab eine Adresse in die Karten-App ein, dann begannen auch schon die Fahranweisungen.

Letztendlich stellte sich heraus, dass das Haus durchschnittlich und langweilig war, und es kam ihm auch nicht bekannt vor. Anderthalb Stockwerke, mit einem Dachfenster und hellgrüner Außenverkleidung. Da er regelmäßig bei anderen Leuten einbrach, war das Erste, was ihm auffiel, ein Sicherheitsalarmschild einer Firma, die es nicht mehr gab. Seiner professionellen Einschätzung nach gab es hier gar keine Alarmanlage.

Mit dem Wagen fuhr er ums Haus, fuhr den Weg hinauf. Und – o Gott. Der Weg, mit tiefem Schnee zu beiden Seiten, war fast wie eine olympische Rodelbahn, mit sehr wenig Anzeichen von heraus- oder hineinfahrenden

Autos. Die Leute hatten offensichtlich angefangen, auf der Straße zu parken. Da er überall ins Rutschen geriet, blieb ihm nichts anderes übrig, als weiterzufahren. Schließlich erblickte er die Garage mit der Hausnummer. Während er vorbeifuhr, wurde er langsamer. Eine Garage für zwei Autos mit einem Griff auf der Außenseite, also keine Automatiktür. Alles hier verriet ihm, dass es einfach werden würde, und er war hin- und hergerissen: Sollte er einbrechen oder sie warnen?

Er erreichte das Ende der Gasse, fuhr wieder zurück und bis an den Straßenrand, ein paar Häuser von dem Haus entfernt, das ihn interessierte.

Wenn es auf solche Dinge ankam, hatte er Geduld. Musste er ja auch. Ungeduldige Leute wurden erwischt. Während er darauf wartete, dass irgendetwas passierte, aß er sein Pizzastück und trank die Cola light, die er an der Tankstelle gekauft hatte. Als er mit der Pizza fertig war, warf er die dreieckige Pappschachtel auf den Fußboden und zündete sich eine Zigarette an. Er ließ das Fenster ein bisschen herunter, schaltete die Heizung ein, damit es etwas wärmer wurde, und sah, dass die Temperatur auf etwa minus zwanzig Grad gesunken war. Verrückt.

Wenig später hielt jemand vor dem Haus. Älteres Modell Chevy, beige – auch langweilig. Eine Frau stieg aus. Dick angezogen, sodass er sie sich nicht so gut ansehen konnte. Sie trug Einkaufstüten, mit denen sie herumhantierte, um die Haustür aufzuschließen. Als sie drin war, wurden im Inneren des Hauses die Lichter angeschaltet. Ihm war noch nicht mal aufgefallen, dass es inzwischen dunkel geworden war. Fünf Minuten später stieg er aus dem Wagen und sagte beiläufig »Hallo« zu jemandem, der gerade seinen Hund ausführte. Er steckte die Hände in die Jackentaschen, sein Haar wehte, sein Gesicht fror, er ging zum Haus und klopfte.

Die Frau öffnete.

Sie war nicht so, wie er sie sich vorgestellt hatte, obwohl er ihr Gesicht schon im Fernsehen gesehen hatte. Die Frau vor ihm war ganz durchschnittlich. Während seiner Hinfahrt aus Oklahoma hatte er viel Zeit gehabt, von einem Haus in einer vornehmen Nachbarschaft und einer trauernden Mutter zu fantasieren, die aussah wie eine Lehrerin oder Politikerin. Aber diese Frau hier sah … leer aus. Hellbraunes Haar, das grau wurde. Das restliche Haar war heller als seins. Das überraschte ihn, und er spürte erneute Zweifel, dass er ihr Sohn war.

Er blieb bei seinem Plan, etwas durchzuführen, das er früher schon gemacht hatte – nicht in Minnesota, aber in Oklahoma. Heute hatte er keine Hilfsmittel, deshalb entschied er sich, sein normales Drehbuch den Umständen entsprechend anzupassen und zu improvisieren.

»Ich bin auf der Suche nach jemandem, der hier mal gewohnt hat. Ein Typ, mit dem ich zur Highschool gegangen bin.« Er wartete darauf, dass sie ihn wiedererkannte. Würde eine Mutter denn nicht ihr eigenes Kind wiedererkennen, selbst wenn es jetzt erwachsen war? Würde sie denn nicht irgendeine Reaktion zeigen? Es kam keine. Und während er das feststellte, warf er einen Blick über ihre Schulter ins Haus und in die Küche, wo sie ihre Tüten abgelegt hatte. Auf dem Fußboden in der Nähe der Tür lag eine Matte mit einem Paar Stiefel, immer noch nass vom Schnee. An einem Kleiderständer hingen nur ein einziger Mantel, ein Sweatshirt und irgend so ein Schaldingsbums. Im Wohnzimmer war nichts zu sehen, das auf eine weitere Person hingedeutet hätte. Das beantwortete seine größte Frage: Wohnte sie hier allein?

Ein billiger Fernseher, eine Decke auf der Couch. Er warf einen prüfenden Blick auf die Oberseiten der Fenster und Türen und sah dort keine Sensoren oder Kameras.

»Sie müssen am falschen Haus sein.«

Sie war bereits im Begriff, die Tür zu schließen, als er sagte: »Er ist in die Army eingetreten. Hatte einen Hund. Irgendeine Art Retriever. Klingelt da etwas bei Ihnen?«

»Nein.«

»Okay. Entschuldigen Sie die Störung.«

Sie war nicht besonders nett zu ihm gewesen. Das ärgerte ihn. Er unternahm einen letzten Versuch, eine Reaktion aus ihr herauszukitzeln, und deutete von ihr auf sich. »Haben wir uns nicht schon mal irgendwo getroffen?« Er konnte charmant sein, vor allem über sein Lächeln und seine Gesten. Also setzte er seinen Charme ein.

»Glaub nicht.«

»Sind Sie sicher? Sie kommen mir so bekannt vor.«

Sie knallte ihm die Tür vor der Nase zu.

Das brachte die Entscheidung. Wütend stapfte er den Bürgersteig herunter, lief zurück zu seinem Wagen. Als er drin saß, schaltete er wieder die Heizung ein, trank den letzten Schluck seiner Tankstellen-Cola und wartete.

KAPITEL 35

Er dachte, er müsste vielleicht warten, bis Gail Ford schlafen ging – er hasste Einbrüche, wenn jemand zu Hause war. Aber eine Stunde später öffnete sich die Haustür, und sie kam raus, schloss ab und stiefelte direkt zu ihrem Wagen, ohne dass sie überhaupt in seine Richtung geschaut hätte. Wenige Sekunden später brauste sie in einer Abgaswolke davon.

Er wartete noch fünf Minuten, nur für den Fall, dass sie etwas vergessen haben sollte und noch einmal zurückkam. So etwas passierte ziemlich oft.

Zwei Straßenlaternen machten den Block zu hell, aber wer würde bei so einem Wetter schon nach draußen gehen, wenn es nicht unbedingt nötig war? Mit gebeugtem Kopf, Hände in den Taschen, lief er zum Haus, ging hinten herum und schlüpfte durch eine unabgeschlossene Drei-Jahreszeiten-Verandatür – eine weitere Dummheit, die Hausbesitzer oft machten. Verandatüren offen lassen, weil sie nicht zum Haupthaus gehörten. Aber Verandas, die nicht abgeschlossen waren, boten Einbrechern ein nettes Plätzchen, an dem sie sich verstecken konnten, während sie taten, was zu tun war, um reinzukommen. Zum Beispiel ein paar Mal gegen den Griff treten.

Der Holzrahmen zersplitterte genug, damit er die Tür aufschieben und die Küche betreten konnte. Es schien noch nicht mal Lampen an Timern zu geben, um Kriminelle glauben zu lassen, dass irgendjemand zu Hause war. Er sagte sich, dass dies hier eine gute Lektion für sie sein würde. Sie hatte Glück gehabt, dass er der Einbrecher war. Es hätte schließlich auch jemand Gefährliches sein können, der einbrach, während sie schlief. So würde sie nach Hause kommen und die kaputte Tür vorfinden, danach würde sie sich eine Alarmanlage zulegen. Viele Leute schafften sich erst eine an, *nachdem* bei ihnen eingebrochen worden war. Einmal war er von einem zwielichtigen Alarmanlagenhändler angeheuert worden, um in Häuser einzubrechen, nur damit die Hausbesitzer danach Geräte installierten. Es war eine gute Masche. Gestohlene Ware *plus* das Installieren und den Verkauf der Anlage.

Ein paar Nachtlichter halfen ihm, sich zurechtzufinden, eins davon befand sich im Küchenausgang. Das Nachtlicht hatte die Form eines Vogels, vielleicht ein Kardinal. Ein anderes verströmte etwas Licht aus dem Wohnzimmer. Keins davon würde einen Einbrecher abschrecken. Er griff nicht nach irgendwelchen Schaltern. Stattdessen benutzte er sein Handy, um sich durch die Räume zu bewegen.

Das Haus kam ihm immer noch nicht bekannt vor. Hatte sie hier schon während der Entführung gelebt? Er hatte gehofft, dass das Innere des Hauses irgendeine Erinnerung in ihm wecken würde, aber die Gerüche und das, was er sah, lösten rein gar nichts bei ihm aus. Nicht die beschissene Tapete und auch nicht der schmale Flur, der zu einem Schlafzimmer und einem Bad führte.

Im Schlafzimmer roch es nach Kleidung, die jemand nass geschwitzt weggelegt hatte. Dazu kam eine ekelhafte Mischung aus Seife und Raumspray. Fast musste er würgen. Seine Freundin nannte ihn einen *Geruchs-Snob*, weil er den Geruch von Weichspüler nicht ausstehen konnte, oder überhaupt die meisten Wasch-, Hand- oder Körperseifen. Er kaufte immer Bioprodukte und auch da nur bestimmte.

Hier gab es keine Fotos. Das überraschte ihn. Frauen in ihrem Alter schienen solches Zeug doch zu lieben. Er öffnete und schloss Kommodenschubladen, dann ging er weiter. Im Wohnzimmer knackte er den Jackpot. Mehrere gerahmte Fotos an einer Wand, die er vorher gar nicht gesehen hatte, als er sich an der Tür mit ihr unterhalten hatte. Ein Mann und eine Frau und vielleicht ihr Sohn. Und ihr Sohn war vielleicht er. Er hatte seine Hausaufgaben gemacht, und wusste, dass ihr Mann tot war. Aber das da musste das entführte Kind sein. Und vielleicht präsentierte sie die Bilder, weil sie die glückliche Familie zeigten und wie das Leben vor der Entführung gewesen war.

Er konnte sich nicht mal mehr daran erinnern, irgendwohin gelockt worden zu sein. Wie war es möglich, dass er sich an so etwas nicht erinnern konnte? Er erinnerte sich nicht daran, wie er von der Schule nach Hause gegangen war, er erinnerte sich nicht daran, wie ihn jemand geschnappt hatte. Aber er hatte viel darüber gehört, weil das eine Geschichte war, die alle paar Jahre wieder in den Nachrichten auftauchte. Die wenigen Dinge, an die er sich erinnern konnte, waren wahrscheinlich Erinnerungen an die Medienberichte, die er nicht mehr aus dem Kopf bekam. Ein entführter Junge …

Aber er erinnerte sich an das, was danach passierte. Ein dunkler Raum, Ketten, eine Fahrt in einem Van ohne Fenster. Und jahrelang Sex mit viel älteren Männern. Er wurde größer und stärker, und schließlich überwältigte er eines Nachts seinen Besitzer und floh. Aber er tötete ihn nicht. Er hätte es tun können, aber er tat es nicht.

Er hörte ein Knarren über seinem Kopf, erstarrte und lauschte, während er die Luft anhielt. Vielleicht war es auch nur das Haus, das arbeitete. Hohe Temperaturen konnten ein Haus knacken lassen, solche Geräusche ähnelten manchmal einem Gewehrschuss. Vielleicht passierte bei kaltem Wetter ja das Gleiche.

Aber nein. Schritte. In der Etage über ihm lief jemand über den Boden.

Er schaltete sein Telefon aus, blickte nach rechts und links. Er war noch nicht panisch, stand aber kurz davor.

Er war an Raubüberfällen beteiligt gewesen, bei denen die Hausbesitzer während des Einbruchs nach Hause gekommen waren. Es gab nur wenige Möglichkeiten. Sich über Nacht im Haus verstecken – oder das Risiko eingehen und auf die Person treffen, von Angesicht zu Angesicht. Aus Erfahrung wusste er, dass Hausbesitzer für gewöhnlich geschockt und wie erstarrt waren, wenn sie jemanden in ihrem Haus erwischten. Es dauerte dann eine Weile, bis sie wieder reagieren konnten. Das Klügste wäre, hier so schnell wie möglich zu verschwinden. Er stürzte zur Haustür, drehte am Knauf und zog daran, aber die Tür ließ sich nicht öffnen. Er versuchte es noch einmal. Es war wie in einem Cartoon: Er stemmte den Fuß gegen den Türrahmen, während er fest an dem Knauf zog.

Er hörte Fußschritte die Treppe herunterkommen. Und dann sprach eine Stimme vom anderen Ende des Wohnzimmers. »Ich wusste, dass du etwas im Schilde führst, als du an der Tür geklopft hast.« Er ließ den Griff los und drehte sich zu der Frau um, mit der er gesprochen hatte.

Den Mantel hatte sie ausgezogen, sie trug Socken, keine Schuhe. Und sie zielte mit einer Waffe direkt auf ihn. Er dachte daran, wie dunkel das Haus gewesen war, als er hier ankam. Zuvor hatte er noch über den Lichtmangel gespottet, aber jetzt fragte er sich, ob sie ihm eine Falle gestellt hatte. Hatte sie auf ihn gewartet?

»Ich hab gesehen, wie du dir hier alles ganz genau angesehen hast, und wie du an mir vorbeigeschaut hast, um ins Haus reinzusehen, einen Hund erwähnt hast, weil du herausfinden wolltest, ob ich einen habe. Und dann bist du nicht weggefahren. Also bin ich in mein Auto gestiegen. Die Tür ist ein elendes Mistding, nur so nebenbei bemerkt. Aber jetzt bin ich froh, dass ich sie nie reparieren ließ. Während du noch draußen warst, bin ich um die Ecke gefahren, hab meinen Wagen dort abgestellt und bin dann durch die Veranda wieder zurückgekommen.«

»Tut mir leid. Ich gehe.« Er machte ein paar Schritte, dann blieb er stehen.

»Bleib.« Sie machte die Waffe scharf.

Sie war tough. Dafür hatte sie jedenfalls schon mal seinen Respekt. »Ich weiß, dass das hier ziemlich schlimm aussieht«, sagte er.

»Ja, das tut es in der Tat.«

»Aber ich habe einen Grund, warum ich hier bin.«

Sie schnaubte.

»Hör mal, ich kann dir die Hintertür reparieren. Ich bin praktisch veranlagt. Ich kann auch deine Eingangstür reparieren. Und ich kann dir ein paar Tipps geben, wie du dein Haus am besten absichern kannst.«

»Ich glaube, du kannst da stehen bleiben, wo du bist.«

Es war nicht sein Plan gewesen, sich auf diese Art zu erkennen zu geben, aber ihm blieb offenbar nichts anderes übrig. Er wusste immer noch nicht, ob irgendetwas von dem, was er vermutete, der Wahrheit entsprach, aber ihr reinen Wein einzuschenken schien gerade das Beste zu sein, um seinen Arsch zu retten.

»Ich weiß, dass das jetzt seltsam klingt, aber ich glaube, dass ich dein Sohn sein könnte.«

Er wartete darauf, dass sie nach Luft schnappte, die Waffe sinken ließ und zu ihm kam, ihn vielleicht in die Arme schloss, sein Gesicht berührte und sagte, wie sehr er wie das Kind aussah, das sie einst gekannt und geliebt hatte.

Sie *schien* überrascht zu sein, sehr überrascht sogar, aber sie tat nichts von den erwarteten Dingen, nichts von dem, was eine Mutter eines lang vermissten Kindes tun würde. Sie hielt die Waffe weiter auf seinen Kopf gerichtet.

KAPITEL 36

»Du siehst aus, als ob du einen Drink vertragen könntest.« Gails Worte waren freundlich, aber die Pistole in ihrer Hand zielte weiter auf ihn. »Lass uns in die Küche gehen.« Sie ließ ihn vorgehen, signalisierte ihm, er solle zu einem Holzstuhl gehen. Die Zeit schien rückwärts zu laufen, und ihr stockte der Atem, als sie sich an die Tage zurückerinnerte, an denen er genau hier gesessen hatte. Morgens vor der Schule und abends, bevor er ins Bett ging. Sie fragte sich, ob er wohl immer noch dieselben Cerealien und immer noch dieselben Superhelden mochte. So dumm, ihre Gedanken abschweifen zu lassen und sentimental zu werden.

Sie war sich ziemlich sicher, dass er nicht versuchen würde, sie anzugreifen. Dafür war er einfach zu fassungslos, aber sie legte die Waffe trotzdem nicht beiseite. Sie schaffte es, mit einer Hand eine Flasche Wodka zu öffnen, schnappte sich zwei Schnapsgläser, füllte beide, schob ihm seins über den Tisch zu, während er sich an die Theke lehnte, und beobachtete ihn über den Rand.

Zwei Schlucke, und er hatte sein Glas leer getrunken. Sie stellte ihres beiseite und füllte seins noch mal. Nach einem weiteren Drink fragte er: »*Bist* du meine Mutter?«

Sie hatte es versucht. Das hatte sie wirklich. Sie

hatte versucht, ihn zu lieben. Aber sie hatte nie ein Kind gewollt. Ein Kind zu bekommen war Dans Idee gewesen. »Du wirst dein eigenes Kind lieben«, hatte er zu ihr gesagt.

Aber das war nie passiert.

»Ich glaube, hier habe ich gesessen.« Shaun schien darüber nachzudenken, dann nickte er. »Du hast mir die Haare blondiert.« Offensichtlich war er verwirrt, denn warum sollte jemand einem kleinen Jungen die Haare blondieren? »Ich saß hier und hab Cornflakes gegessen, mit einer Haube auf dem Kopf, während die Blondierung einwirkte. Stimmt das?«

»Ich habe viel über diesen Tag nachgedacht«, sagte sie. »Darüber, dich sehen zu wollen, und dann hatte ich aber auch Angst davor, dich zu sehen.«

Dan hatte nicht verstanden, wie sie so etwas hatte tun können. Ihr eigenes Kind aufzugeben, ihr gemeinsames Kind. Aber es war nicht schwer gewesen. Überhaupt nicht. Und es war besser, als ihn zu töten, wovon sie lange Zeit heimlich fantasiert hatte. In Wirklichkeit hatte sie ihn also gerettet. Aber das war alles zu viel für Dan gewesen, weil er kurz darauf starb und sie allein ließ.

»Genau genommen habe ich geübt, was ich tun würde, wenn ich dich wiedersehen würde«, sagte sie. »Ich schenke dir immer wieder nach, und du nimmst es immer wieder an. Aber was du wirklich wissen sollst, ist, dass ich keine andere Wahl hatte. Ja, ich bin deine Mutter. Und ich habe dich geliebt. Ich liebe dich immer noch.« Das war zwar eine Lüge, aber so viel wollte sie ihm dann doch geben, nach all dem Stress, den er auf sich genommen hatte, um sie zu finden. »Damals war ich in einer schlimmen Situation. Wir brauchten ein Kind, du warst hier, direkt vor meiner Nase, fast alt genug, fast das richtige Aussehen.«

»Ihr brauchtet ein Kind?«, fragte er verwirrt.

Es gab wirklich keine einfache Möglichkeit, um es auszudrücken. »Ich hab dich jemandem verkauft, einem Mann, der kleine Jungs mochte. Er war sehr mächtig und gefährlich. Er war keiner aus dieser Gegend und hatte kein bisschen von dieser Minnesota-Höflichkeit an sich.« Sie hatte gehört, dass er vor zehn Jahren oder so gestorben war.

»Du hast mich verkauft?« Die Frage war eigentlich eher eine Aussage, ohne jede Emotion oder Betonung. Dafür war er zu geschockt.

»Möchtest du noch einen Drink?«, fragte sie.

Er schob sein Glas über den Tisch, und sie schenkte nach, während er seine Jacke auszog und sie dann hinter sich auf den Stuhl fallen ließ. Er sah aus, als würde er sich gleich übergeben, als wäre er gerade überall lieber als hier und als würde er sich wünschen, nie an ihre Tür geklopft zu haben. Was das anging, waren sie jedenfalls schon mal zu zweit.

»Du hättest nie herkommen sollen«, sagte sie. »Das wäre für uns beide das Beste gewesen.« Zuerst hatte sie wirklich geglaubt, dass die Leiche, die man im See gefunden hatte, seine gewesen war. Dieser Glaube hatte ihr geholfen. Sie hatte nicht darüber nachdenken wollen, dass genau das hier eines Tages passieren könnte.

»Ich habe dich in den Nachrichten gesehen, und dann konnte ich nicht mehr aufhören nachzudenken. Ich wollte dich einfach sehen. Ich wollte irgendeinen Beweis haben.« Er lallte, seine Augenlider wurden ganz schwer, genau so wie in der Nacht vor zwanzig Jahren. »Ich erinnere mich nicht. Warum erinnere ich mich nicht mehr?«

Es konnte am Rohypnol liegen. Es konnte Amnesie hervorrufen. Sie sah auf sein Glas. Die Droge war geschmacklos, hatte aber einen leicht bläulichen Farbton.

Er fing ihren Blick ein, und plötzlich fügte sich alles zusammen, besonders warum der Alkohol so schnell und stark wirkte. »Du hast mich unter Drogen gesetzt!«

»Ich wollte es so einfach wie möglich machen. Damals und auch heute.«

Er drückte sich hoch und weg vom Tisch, kam ins Taumeln, setzte einen Fuß auf dem Boden ab, um einen Sturz zu verhindern, ließ sich zurück in den Stuhl fallen. Fast riss er ihn dabei um.

»Ich hoffe, der Mann war gut zu dir.« Sie hatte sich immer vorgestellt, dass er dort ein besseres Leben gehabt hatte, als er es bei ihr jemals hätte haben können. Sie war nie gut für ihn gewesen.

»*Gut*?« Seine Augen öffneten sich einen Spalt. »Du verarscht mich gerade, oder?«

»Ich hoffe, dass er freundlich war. Und dass du ein gemütliches Bett und drei Mahlzeiten am Tag hattest. Denn ist es nicht genau das, wonach wir alle suchen? Freundlichkeit, ein Bett und etwas zu essen?«

»Du bist total wahnsinnig.« Es fiel ihm immer schwerer, etwas zu verstehen.

»Schließ einfach deine Augen und ruh dich ein bisschen aus.« Vor Jahren hatte sie schon mal das Gleiche zu ihm gesagt, nachdem sie sein blondiertes Haar trockengeföhnt hatte. Damals hatte die Hitze zu seiner Schläfrigkeit beigetragen.

»Ich muss ... los«, murmelte er, als ihm das Kinn auf die Brust sank. Er sah ein bisschen aus wie ein Huhn auf der Stange. Sie lehnte sich vor und atmete seinen Geruch ein. Sein Haar roch nach einem teuren, schicken Produkt. So schlecht konnte sein Leben also nicht sein.

Während er bewusstlos war, wühlte Gail in seinen Taschen und fand einen Schlüsselbund. Dann zog sie sich dem brutalen Wetter entsprechend an und ging nach draußen. Sie blickte sich auf der Straße um, sah aber keine Menschenseele, weil es so kalt war. Dann stieg sie in sein Auto und fuhr in ihre Garage, schloss die Tür hinter sich. Als sie wieder im Haus war, gab sie ihm eine Ohrfeige. Er kam wieder etwas zu sich und konnte sich aufrichten. Ohne ihm die Chance zu geben, sich wieder fallen zu lassen – seine dünne Jacke ließ sie auf dem Stuhl zurück –, schlang sie einen Arm um seine Taille und führte ihn aus der Küche und dann zur Hintertür hinaus, einen Weg entlang durch ihren eingezäunten Garten zur Garage, wo sie ihn dazu drängte, sich auf den Rücksitz seines Wagens zu setzen. Er krabbelte hinein, rollte sich zusammen und zog die Knie an die Brust.

»K...kalt«, murmelte er mit geschlossenen Augen, aber er war immer noch fitter, als ihr lieb war. Sicherheitshalber holte sie Gewebeband aus dem Haus und band damit seine Fußknöchel und Handgelenke zusammen, klebte ihm zum Schluss noch den Mund zu. Dann zog sie die Autotür zu und schloss ab. Er könnte sie zwar von innen öffnen, aber vermutlich wäre er zu fertig dafür.

Im Haus überprüfte sie die Temperatur. Minus neunundzwanzig Grad, und es würde noch kälter werden. In der Garage wäre es ein bisschen wärmer, aber nicht viel. Nicht warm genug, um lange zu überleben.

Sie kippte den Alkohol in die Toilette, spülte die Flasche aus und warf sie in eine Wertstofftonne, dann setzte sie sich an den Tisch und wartete. Mehrere Stunden später kehrte sie in die Garage zurück. Er war tot, und es sah noch nicht mal aus, als ob er sich bewegt hätte. Das tröstete sie. Keine Quälerei. Schlief einfach ein und wachte nie wieder auf.

»Tut mir leid, dass ich so eine schlechte Mutter war.«

Sie entfernte das Gewebeband von seinen Handgelenken und Fußknöcheln. Als sie ihm das Band vom Mund zog, löste sich ein bisschen gefrorene Haut. Sie würde warten, bis es Nacht war, dann würde sie seine Leiche und seinen Wagen entsorgen – auf eine Art, die es aussehen lassen würde, als wäre er aus lauter Dummheit gestorben.

KAPITEL 37

Die Schotterstraße zu Nanette Perkins' Haus war eine Meile lang und verlief durch schneebedeckte Felder mit vereinzelten Maisstoppeln, die auf die Ernte der letzten Saison hinwiesen. Jenny Hill hatte ein paar Sommer auf der Farm ihrer Tante verbracht – lang genug, dass die Gegend ihr vertraut war. Die Weite war nach den klaustrophobischen Verhältnissen in dem von Schnee geplagten Minneapolis eine nette Abwechslung. In der Stadt war es kaum möglich, einmal tief durchzuatmen. Obwohl der Tag grau und wolkenverhangen war, fühlte sie sich hier draußen freier. Jenny holte tief Luft. Einfach nur in die Ferne blicken zu können tat ihr schon gut. Sie konnte förmlich spüren, wie die Anspannung von ihren Schultern fiel.

Mitgefühl war etwas, das ihren Arbeitskollegen beim CPS manchmal fehlte. Sie blendeten es aus, um durchzustehen, was sie durchstehen mussten, so wie die schrecklichen Dinge, die sie mit ansehen mussten. Aber das Leben auf einer Farm war schwer, selbst unter optimalen Bedingungen, und Ms. Perkins war momentan nicht in der besten Verfassung. Vielleicht hatte sie nicht genug gearbeitet, um Sozialleistungen zu bekommen, und vielleicht wusste sie auch nicht, dass ihr eine Unterstützung durch das Minnesota Family Investment Program zustand, das besonders für Leute mit Kindern konzipiert worden war. Jenny würde ihr damit behilflich sein.

Ja, Nanette Perkins hatte den Jungen draußen während eines Sturms abgesetzt, aber sie hatte ihn auch bei jemandem gelassen, bei der sie das Gefühl gehabt hatte, dass sie sich um ihn kümmern würde. Sie war nur fehlgeleitet und verzweifelt. Jennys Hoffnung war, dass Perkins' Zuhause bewilligt werden würde, sie für Ms. Perkins finanzielle Hilfe bekäme und ihr Kind wieder zurück zu ihr kam. Kinder gehörten zu ihren Eltern, solange dem CPS versichert werden konnte, dass es ihnen dort gut ging. Manche Kinder fielen durchs Raster, aber Jenny hatte eine gute Erfolgsbilanz dabei, die schlechten Eltern von denjenigen zu sortieren, die lediglich verzweifelt waren. Deshalb war sie heute zur Farm geschickt worden.

Irgendjemand, vermutlich ein Nachbar, hatte den Weg zum Haus freigeschaufelt, aber der Schnee war wieder hereingeweht worden, stellenweise war er vielleicht zwanzig Zentimeter hoch.

Das zweistöckige weiße Farmhaus mit der abblätternden Farbe sah aus, als wäre mehrfach angebaut worden, es gab Räume, die aus der Grundstruktur herausragten, vielleicht war es vor Jahren erweitert worden. Das Haus selbst wirkte abgesondert und war von Feldern umgeben. Schwer zu sagen, wie weit es bis zum nächsten Nachbarn war, vermutlich über eine Meile. Vielleicht auch noch mehr.

Dort gab es die nötigen Nebengebäude. Eine Scheune mit einem zusammenbrechenden Dach, ein paar Silos und eine Reihe von Zementbunkern, die vielleicht für Silage da waren. Ein weiteres Wort, das Jenny in den Tagen bei ihrer Tante und ihrem Onkel gelernt hatte: *Silage.*

Nichts deutete auf Nutztiere hin. Aus Aufzeichnungen wusste sie, dass der Ehemann vor fünf Jahren gestorben war. Wenn sie Viehzucht betrieben hätten, könnte es sein, dass Nan die Tiere verkauft hatte, entweder weil sie das Geld brauchte, oder weil sie sich nicht allein um die Tiere kümmern konnte. Oder beides. Aber als das Vieh erst einmal weg war, war auch ein Großteil der Einnahmen weg. Daher kam auch der Begriff *Cash Cow.*

Der Platz schien verlassen zu sein, mit Ausnahme eines schwachen Lichts, das durch den Schleier eines gerüschten Küchenvorhangs zu sehen war. Jenny checkte die Außentemperaturanzeige auf ihrem Armaturenbrett. Minus zwölf Grad. Durch den Sonnenmangel kam es ihr noch kälter vor.

Sie schaltete den Motor aus, schnappte sich ihre Laptop-Tasche und stapfte in ihren schweren Stiefeln zur Tür. Der Fußweg war nicht freigeschaufelt worden. Stattdessen gab es dort einen schmalen Trampelpfad durch sechzig Zentimeter Schnee. Sie müsste mal schauen, ob jemand verfügbar wäre, um Nanette Perkins bei der Schneeräumung zu helfen. Ans Haus gebunden mit einem gebrochenen Bein … so etwas war nicht akzeptabel. Es müsste mehr getan werden, um Leuten wie Ms. Perkins zu helfen. Wenn sie ihren Job richtig gemacht hätten, wäre der Junge vielleicht gar nicht erst an Jude Fontaines Türschwelle gelandet.

Jenny klopfte und hörte eine Frau rufen, sie solle reinkommen.

Im Haus wurde sofort Jennys Geruchssinn attackiert: Es stank nach Zigarettenrauch und einem ungewaschenen Körper. Das Haus könnte auch mal wieder einen ordentlichen Hausputz gebrauchen. Ihr Herz machte einen Sprung. *Nicht gut*.

Der Fernseher plärrte, wurde auf einen Verkaufssender umgeschaltet, auf dem man vierundzwanzig Stunden lang irgendetwas kaufen konnte. In den Jahren als Sozialarbeiterin hatte Jenny gemerkt, dass ein hoher Prozentsatz von armen, einsamen und älteren Menschen gern Shoppingsender schauten. Sie riefen sogar dort an und hofften, eines Tages mit den süßen Leuten reden zu können, die sie täglich aus ihrem Wohnzimmersessel sahen. Jenny war überrascht, als sie feststellte, dass Shoppingsender sogar *Stars* mit einer richtigen Anhängerschaft hatten.

Die Küche war zur Linken, das Wohnzimmer zur Rechten, der Flur geradeaus, man konnte ein Stück der Holztreppe sehen.

»Entschuldigung«, sagte Ms. Perkins aus der Ecke einer Couch mit Blumenmuster. Die Gehhilfe lag vor ihr, die Krücken lehnten gegen die Couchpolster, ihr Fuß steckte in einem Wanderschuh, den sie auf ein Kissen auf einem Schemel gelegt hatte. »Ich brauche immer ein bisschen, um aufzustehen.«

»Bleiben Sie, wo Sie sind.« Jenny bückte sich, um ihre isolierten Stiefel aufzuschnüren, schlüpfte heraus, fragte sich, ob das überhaupt sinnvoll war. Aber sie würde niemals in ihren eigenen vier Wänden mit Schuhen herumlaufen, also würde sie es auch nicht bei anderen tun, ganz egal, wie dreckig der Boden sein mochte.

»Kann ich Ihnen etwas bringen?«, fragte Jenny. Es wäre eine gute Entschuldigung, um einen Blick in die Küche oder ins Bad zu werfen.

»Nee. Danke, Liebchen. Ist noch nicht so lange her, da hat ein Nachbar nach mir gesehen. Wasser hab ich hier und eine elektrische Decke. Ich will einfach nur meinen Jungen wiederhaben. Hier ist es so leer ohne ihn.« Sie hob einen Arm, griff nach einem Stückchen Stoff ihres Ärmels und wischte sich damit über die Augen. »Ich weiß, dass es falsch war, ihn draußen ganz allein zurückzulassen. Ich weiß nicht, was ich mir dabei gedacht habe. Ich nehme keine Drogen. Sie können mich ruhig testen. Das Einzige, was sie finden werden, sind die Schmerzmittel, die sie mir nach meinem Unfall gegeben haben.« Sie blickte auf den überlaufenden Aschenbecher, der neben ihr stand. »Na ja, und ich rauche. Mein Mann und ich, wir rauchten beide. Aber ich habe nie im Haus geraucht, bis ich mir das Bein gebrochen hab.«

Jenny setzte sich vorsichtig auf die Couchecke, holte den Laptop aus ihrer Tasche und legte ihn auf ihre Knie. Sie öffnete den Fragebogen, mit dessen Hilfe die Lebenssituation eines Kindes beurteilt werden sollte. Sie würde alles ausfüllen und es dann auf die CPS-Website hochladen.

Ms. Perkins schnappte sich die Fernbedienung und schaltete den Fernseher aus. Die plötzliche Stille war unangenehm. »Wie alt sind Sie eigentlich?«, fragte sie die junge Frau.

»Neunundzwanzig.«

»Noch ein Kind.«

»Nicht wirklich.«

Jenny ging die Fragen durch, im Verlauf des Interviews wurde ihr Unbehagen immer größer. »Warum hat das Kind keinen Namen?«, fragte sie.

»Er sollte sich selbst einen geben. Das habe ich Detective Fontaine schon erzählt. Aber er wollte weiterhin *Junge* genannt werden. Es war eine dumme Idee. Ich hätte ihm einen Namen geben sollen, als er geboren wurde. Und haben Sie ihn sich genau angeschaut? Sieht er etwa unterernährt aus? Sah er so aus, als ob man sich nicht um ihn gekümmert hätte?«

»Er zeigt Anzeichen von Misshandlung. Und ist leicht untergewichtig.«

»Ich war das nicht. Das hätte ich niemals getan. Und der Kerl, der das getan hat, ist weg. Schon lange. Wenn ich mir einen Arzt hätte leisten können, wäre ich zu einem gegangen.«

»Oder könnte es sein, dass Sie keine Schwierigkeiten haben und nicht wegen Misshandlung angeklagt werden wollten?«

»Das auch. Das kann ich nicht leugnen.«

Jenny stellte noch mehr Fragen. Seitenweise. Es sah nicht gut aus, und Ms. Perkins war vermutlich auch klar, dass sich ihre Chancen verschlechtert hatten.

»Ich werde ihn nicht zurückbekommen, oder?«, fragte Nan, als sie fertig waren.

»Es ist noch zu früh, um das zu beantworten.« Nicht wirklich. Jenny war die nachgiebigste Sachbearbeiterin, die man sich vorstellen konnte, aber selbst sie musste einräumen, dass das hier ein schlechtes Umfeld für ein Kind war. »Ich bin nur eine Person aus einem ganzen Team, das entscheidet. Ich werde alles auf unserem

Portal hochladen. Andere werden dann meinen Bericht lesen und auswerten.« Auch nicht die ganze Wahrheit. Sie hatten den Fall bereits beim CPS besprochen, und vieles hing jetzt nur noch von Jennys Feedback und Empfehlung ab. Aber es war immer gut, die Entscheidung einer ganzen Einrichtung zuschieben zu können. Es passierte zwar nicht oft, aber manchmal verspürten die Leute das Bedürfnis sich zu rächen, ob es sich nun um aufgeschlitzte Autoreifen handelte oder um etwas Ernsteres wie Morddrohungen.

Jenny stellte den Laptop beiseite, holte ihr Telefon heraus und öffnete die Kamera-App. »Ich werde ein paar Bilder machen müssen. Ich hoffe, das ist okay für Sie.« Sie erhob sich und begann, Fotos vom Schlafzimmer zu schießen, ging danach zur Küche. Im Kühlschrank fand sie nur sehr wenig zu essen, und was dort lag, sah bereits verdorben aus. Der Kühlschrank selbst sah aus, als wäre er seit Jahren nicht mehr geputzt worden.

»Und jetzt dann noch das Zimmer des Jungen«, sagte sie, als sie mit der Küche fertig war.

»Ich weiß, dass Sie ihn mir nicht zurückgeben werden. Sie sollten jetzt gehen.«

Das Interview hatte eine unerwartete Wendung genommen, und Jenny wusste, dass das, was sie von nun an dokumentieren würde, Informationen waren, die möglicherweise vor Gericht enden könnten. Sie ignorierte Nans Protest und ging einen schmalen Flur entlang. Sie machte Fotos von zwei Schlafzimmern, beide waren vollgestopft mit Müll, Kleiderhaufen und kaputten Möbeln. In einem der Räume gab es ein Bett. In dem anderen könnte vielleicht eins sein, irgendwo unter dem ganzen Müll.

Jenny hörte, wie eine Schublade zugeknallt wurde. Nur wenige Augenblicke später stand Nanette im Flur hinter ihr. Jenny war so beschäftigt gewesen, dass sie sie gar nicht hatte kommen hören. Ms. Perkins hielt sich mit der Gehhilfe auf den Beinen, hatte ihre Hände auf beiden Seiten abgestützt, ihre Arme waren steif. Sie trug ein übergroßes, graues Sweatshirt, eine Jogginghose, ihre Haare waren schon seit geraumer Zeit nicht mehr gewaschen worden. Jenny spürte eine Welle des Mitgefühls für eine Frau, die sich nicht mal um sich selbst kümmern konnte, geschweige denn um ein Kind.

»Wo schläft der Junge?«, fragte Jenny. »Ich seh hier keinen Raum, der wie ein Kinderzimmer aussieht.«

»Manchmal schläft er bei mir. Ich weiß, er wird langsam ein bisschen zu alt dafür, aber er hat Albträume …«

»Hat er ein eigenes Bett? Das setzen wir voraus. Ist es oben?«

»Oben gibt es nichts. Oben gibt's nichts anderes als hier unten.«

»Ist sein Zimmer dann in dem Anbau, den ich vorhin gesehen habe?« Das wäre seltsam und inakzeptabel, wenn ein so junges Kind so weit weg von den Erwachsenen schlafen müsste. »Ich sehe mal nach.«

»Sie müssen jetzt gehen.« Die Beunruhigung in der Stimme der Frau war nicht zu überhören. Sie wollte nicht, dass Jenny weitermachte.

»Geht's hier lang?« Jenny erblickte eine Tür neben der Küche.

»Stopp!«, sagte Ms. Perkins. »Sie haben nicht meine Erlaubnis, dort reinzugehen!«

»Sie haben Ihre Erlaubnis bereits erteilt, als Sie

diesem Treffen zustimmten und im Krankenhaus die Papiere für eine Beurteilung unterschrieben haben. *Sie* sind hier diejenige, die ihr Kind zurückhaben will.« Hinter sich hörte sie, wie sich Nanette Perkins unbeholfen aufrichtete und die Gehhilfe zu sich heranzog. Ms. Perkins war im Begriff, ihr zu folgen.

»Stopp! Gehen Sie nicht da rein!«

Zuerst dachte Jenny, der Raum sei abgeschlossen. Aber nachdem sie am Knauf gerüttelt hatte, warf sie sich mit der Schulter gegen die Tür und fiel praktisch in den Raum.

Keine Fenster. Das einzige Licht kam aus dem düsteren Flur hinter ihr. Jenny aktivierte ihre Taschenlampen-App und erstarrte. Feldbetten ohne Matratzen, nebeneinander an einer Betonschalsteinwand aufgestellt. Auf einer Seite stand ein Hundekäfig. Der Raum war lang und schmal und ähnelte einer Zelle mit einer schweren Außentür zur Linken, auf der Einfahrtseite des Gebäudes. Auf dem Fußboden bei den Betten stand ein Propangasheizgerät – eines von denen, die benutzt wurden, um offene Ställe zu beheizen, aber keine geschlossenen Räume.

Ihre erste Vermutung war, dass das hier mal eine Unterbringung für Wanderarbeiter gewesen war. Manche Farmer heuerten im Herbst Einwanderer ohne Papiere an, die von Hand ernten mussten, zum Beispiel Tomaten oder Äpfel. Keine große Überraschung und etwas, bei dem viele ein Auge zudrückten. Aber das hier waren dennoch entsetzliche Bedingungen für solche Arbeiter.

Sie zählte die Betten, fragte sich, wem sie das hier

wohl melden sollte, als ihr etwas noch Beunruhigenderes auffiel. Über jedem Schlafplatz waren Ketten an der Wand angebracht.

Waren die Wanderarbeiter etwa hierher gelockt und dann gefangen gehalten worden? Betrachtete sie gerade etwas, das schon lange Zeit zurücklag?

»Ich habe mich um sie gekümmert«, sagte die Frau hinter ihr. »Um jeden. Ich war wie eine Mutter für sie alle. Ich habe mit ihnen geredet, habe ihnen vorgelesen. Sie haben aufgehört zu weinen, wenn ich in ihrer Nähe war. Bei mir haben sie Trost gesucht.«

»Reden Sie etwa gerade über *Kinder*?«

»Ich habe Ihnen doch gesagt, dass Sie sich von hier fernhalten sollen«, sagte Nanette Perkins. »Ich bin kein schlechter Mensch. Ich wünschte, die Leute würden das verstehen.«

Jenny war schon ein paar Mal in ihrem Leben in Situationen geraten, in denen sie fast gestorben wäre. Einmal, als die I-35-Brücke in Minneapolis einstürzte – nur wenige Minuten, nachdem sie über genau diese Brücke gefahren war. Ein anderes Mal übersah sie fast die Stadtbahn, als sie die Straße zu Fuß überquerte. Aber obwohl sie bereits seit vielen Jahren in den Twin Citys lebte und sie auch schon einige Male ausgeraubt und ihr das Geld gestohlen worden war, hatte sie nie das Gefühl gehabt, wirklich in Gefahr zu sein, oder dass sie ein anderer Mensch töten könnte.

Bis jetzt.

Ihre Welt schrumpfte, bestand plötzlich nur noch aus diesem Raum und dem spürbar Bösen, das die Wände durchdrang und von der Frau ein paar Meter weiter ausgestrahlt wurde. Und sie konnte nur noch daran denken, was für ein furchtbarer Platz zum Sterben das hier war. Und wie traurig ihre Eltern sein würden. Würde sie überhaupt jemals irgendjemand finden? Aber trotz dieser Gedanken fragte sie sich auch, ob sie wohl eine Chance hätte und Ms. Perkins überrumpeln könnte. Wenn sie an der Frau vorbeikäme, könnte sie definitiv verschwinden. Aber irgendetwas passierte gerade, eine Art von stillschweigender Hinnahme. In ihren Knien spürte sie Weichheit und Schwäche und Akzeptanz, und dennoch unternahm sie noch einen letzten Versuch.

»Was für ein süßer kleiner Raum.« Ihre Stimme war belegt und flach und total durchschaubar. »Aber irgendwelche Bilder und vielleicht eine Pflanze und ein Teppich da drüben würden ihn wirklich aufheitern.«

Sie hielt das Telefon immer noch in der Hand. Sie könnte die Notruftaste drücken. Wie machte man das? Sie starrte aufs Display, die Taschenlampe strahlte ihre Füße und die Wollsocken an, für die sie ein Vermögen ausgegeben hatte, weil sie damals gedacht hatte, sie mehrere Jahre tragen zu können.

»Legen sie das Telefon weg«, sagte Ms. Perkins.

Es war vorbei. Jenny wusste es. »Ich werde niemandem etwas sagen«, versprach sie. »Ich sehe die ganze Zeit viel seltsamere Dinge als das hier. Betten? Das sagt mir überhaupt nichts. Sie hatten hier ein Pfadfinderlager oder irgend so was. Wanderarbeiter haben hier übernachtet. So was kommt vor.«

»Tut mir leid«, sagte Ms. Perkins. »Wirklich. Eigentlich bin ich nicht so.«

Eine Handfeuerwaffe erschien aus dem Nichts. Vielleicht aus der Tasche an der Gehhilfe. Ja, das wäre die perfekte Stelle, um eine Waffe zu verstecken.

»Legen Sie das Telefon weg!«

Jenny umklammerte es fester, während sie sich auf das nächste Bett fallen ließ. Sie war nicht imstande, sich noch eine Minute länger auf den Beinen zu halten. »Nicht …«, flüsterte sie, ohne die Frau dabei anzusehen. »Bitte. Ich habe zwei Katzen.«

»Tut mir leid, Schätzchen. Wirklich.«

Jenny hörte den Schuss sogar. Das überraschte sie. Er war laut in dem begrenzten Raum. In ihren Ohren schrillte es, es klang wie *wong, wong, wong*, das als ein langer Ton begann und allmählich leiser wurde. Etwas Heißes und Nasses lief ihren Bauch hinunter, und ihr Telefon rutschte ihr aus den Händen. Sie hatte nie eine ernste Beziehung mit einem Mann geführt, hatte den Wunsch aber nie ganz aufgegeben. Jetzt dachte sie an diesen netten Typen, von dem sie gehofft hatte, ihn eines Tages kennenzulernen, und sie dachte an die Familie, von der sie gehofft hatte, sie eines Tages zu haben. Das schien jetzt unwahrscheinlich zu sein.

KAPITEL 38

Nan beobachtete, wie sich das Blut langsam über den Beton ausbreitete. Sie hob das klebrige Telefon der jungen Frau auf. Das Display war gesperrt, aber das Gerät schien nicht kaputt zu sein. Obwohl Nan einen Gehgips trug, wollte sie kein Gewicht darauf verlagern. Es tat höllisch weh. Sie humpelte zu der Leiche, griff nach einer Hand und drückte den Finger der jungen Frau auf den Bildschirm. Sie war drin.

Gott sei Dank gab es diese Fingerabdruckverifizierung.

Unter »Einstellungen« schaltete sie die Displaysperre aus, bevor sie das Telefon in ihre Sweatshirttasche steckte. Es würde sich später noch als nützlich erweisen.

Sie manövrierte die Gehhilfe herum und trampelte zurück zum Haupthaus. Im Wohnzimmer ließ sie sich auf die Couch fallen, legte ihr gebrochenes Bein auf ein Kissen und zog den Laptop der jungen Frau zu sich heran. Die Datei, an der sie gerade gearbeitet hatte, war immer noch geöffnet. Nan löschte den Großteil der Informationen und ersetzte den Text durch positive und harmlose Formulierungen, ließ ein paar Bemerkungen stehen, damit die Beurteilung glaubhafter klang, Dinge wie der Zustand des Hauses. Sie änderte Wörter wie *ver-*

dreckt (verdreckt!) in *verständlicherweise unordentlich aufgrund der Verletzungen der Hauseigentümerin.* Am Ende des Berichts gab es ein Kästchen für den Gutachter, um die eigene Meinung wiederzugeben. *Ich empfehle nicht, das Kind der Mutter zurückzugeben* wurde geändert in *Ich empfehle, der Mutter sofort ihr Kind zurückzugeben, mit einer Kontrolle alle vierzehn Tage.*

Die Sachbearbeiterin stellte sich als eine dieser Personen heraus, die ihren Laptop so eingestellt hatten, dass Passwörter automatisch eingegeben wurden. Wenn sie nicht tot gewesen wäre, hätte Nan ihr einen Kurs in Onlinesicherheit empfohlen. Bei all dem Schlechten, was es in der Welt gab, war es unglaublich, dass manche Leute immer noch solche dummen Dinge taten. Nan war kein Technikfreak, aber dieses Zeug war einfach. Sie machte einen Suchlauf, fand das richtige Portal und lud dann die Datei für Jennys Kollegen beim CPS hoch, damit auch die ihre Informationen abrufen könnten.

Als das erledigt war, wischte sie Blut vom Telefon der jungen Frau ab, bevor sie die Nachrichten-App öffnete. Die aktuellste SMS war an eine Kollegin. Sie hatte ihr geschrieben, dass sie unterwegs war zu Nans Beurteilung und wann sie ungefähr zurück im Büro wäre. Nan scrollte durch ein paar Monate Gesprächsverlauf, bekam ein Gefühl dafür, wie sich Jenny ausdrückte. Sie musste eine Zwangsneurose gehabt haben, weil ihre Nachrichten aus ganzen, mit Satzzeichen versehenen Sätzen bestanden, die mehr wie E-Mails aussahen. Nan tippte eine Nachricht.

> Ich bin jetzt mit der Perkins-Farm fertig. Ich habe meinen Bericht hochgeladen. Jetzt mal im Ernst, ich finde, wir sollten ihr noch eine Chance geben. Natürlich mit regelmäßiger Kontrolle. ☺ Nanette Perkins scheint eine fleißige Frau zu sein, die ihren Sohn liebt, aber nach dem Tod ihres Mannes depressiv wurde. Den Täter gibt es in ihrem Leben nicht mehr. Davon bin ich überzeugt. Ich schlage auch vor, dass wir einen Therapeuten hinzuziehen, der mit ihr eine Gesprächstherapie macht, und vermutlich wären auch Medikamente gegen die Depressionen angebracht.

Nan dachte einen Moment nach, dann fügte sie noch hinzu: *Ich würde auch eine Beratung für finanzielle Unterstützung empfehlen.*

Die Antwort kam prompt. Vielleicht waren die beiden mehr als nur Arbeitskolleginnen.

> Überraschendes Ergebnis! Vermutlich hattest du recht mit deiner Einschätzung, so wie fast immer! Ich lese mir den Bericht sofort durch, werde unterschreiben und die Dinge ins Rollen bringen, damit das Kind so schnell wie möglich nach Hause kommt. ☺

Nan antwortete:

> Danke! Ich glaube, ich könnte die Grippe bekommen, die ja gerade umgeht. Ich werde mich jetzt auf den Nachhauseweg machen und das Telefon für den Abend auf Flugmodus stellen. Vielleicht nehme ich mir sogar einen oder zwei Tage frei.

Antwort:

> Das hast du dir auch wirklich verdient! Ruh dich gut aus und schau – auch für mich – ein bisschen fern!

Ooh, süßes Mädchen.

Handys machten diese Art Täuschung ja so einfach.

Gespräch erledigt.

Nan scrollte durch die letzten zwei Jahre von Jennys Fotos. Total langweilig. Es gab eine Menge Katzenbilder. Keine Kinder, und es sah auch nicht danach aus, als hätte sie einen Freund oder Ehemann. Es gab ein paar Fotos aus einem Restaurant, mit Freunden oder Arbeitskollegen. Aber die Bilder waren alt, aus dem Spätsommer oder Herbst. Sie machte generell nicht viele Fotos, oder sie hatte kein Sozialleben. Nan ging von Letzterem aus.

Sie hasste es, ein gutes Telefon zu verschwenden, aber es zu behalten wäre dumm. Also holte sie die Batterie heraus, ließ das Gerät auf den Boden fallen und zertrat es mit dem Absatz ihres unverletzten Fußes. Als sie aus dem Fenster blickte, bemerkte sie, dass es wieder angefangen hatte zu schneien. Schnee war gut.

Sie stemmte sich von der Couch hoch und stapfte zurück zur Leiche, durchwühlte ihre Taschen und fand einen Schlüsselbund.

Zurück im Haupthaus, zog sich Nan einen Mantel mit Kapuze an. Sie wickelte ihren Gips in eine schwarze Mülltüte und fixierte alles mit Gewebeband. Sie schnappte sich einen einzelnen Schlüssel, der an einem Hakenset an der Tür hing, dann trat sie nach draußen. Ihre Gehhilfe ließ sie am Ende des Fußwegs liegen.

Jennys weißer Sedan war nicht abgeschlossen. Nan rutschte hinter das Lenkrad, atmete den Geruch eines neuen Wagens ein und ging dann zu der Scheune. In ein paar Stunden würde sie das Fahrzeug vermutlich nicht mehr aus dem Schnee bekommen. Sie humpelte zur Scheunenschiebetür und mühte sich ab, sie aufzuziehen, lehnte sich dagegen, damit ihr Körpergewicht den Großteil der Arbeit erledigte. Sobald erst mal die Räder der Tür auf der Metallspur in Gang kamen, erledigte der Schwung den Rest. Die Tür war nun weit geöffnet. Nan fuhr hinein, an dem Schneemobil vorbei, parkte in einer entfernten Ecke, in der Nähe des John-Deere-Traktors. Sie warf eine Abdeckplane über den Wagen und sicherte die Ecken mit Gummiseilen. Im Frühling würde sie sich überlegen, was sie damit machen sollte. Wenn sich alles erst einmal beruhigt hatte, könnte sie vielleicht noch etwas Geld dafür bekommen.

Sie griff nach den Sachen, die sie vielleicht brauchen würde, und schob Nylonbänder unter den gepolsterten Sitz des Schneemobils, bevor sie sich vorsichtig setzte, während sie den Schlüssel in die Zündung steckte. Es brauchte ein paar Versuche, aber schließlich sprang er an. Sie brachte den Motor auf Touren und fuhr aus der Scheune, hielt neben dem Anbau.

Im Haus ging sie ins Bad und riss dort den Duschvorhang herunter, knüllte ihn zusammen und stopfte ihn in die Tasche an ihrer Gehhilfe, zusammen mit dem anderen Zubehör. Dann humpelte sie zurück zu der Leiche. Währenddessen verfluchte sie die ganze Zeit die Welt und ihr Unglück.

Sie rollte die tote Frau in den Duschvorhang und

beugte sich keuchend vor, weil ihr Bein schmerzte. Mit einer Schere schnitt sie die Kleidung auf. Wie bei jemandem in der Notaufnahme war es einfacher, die Kleidung mithilfe einer Schere zu entfernen, besonders den BH und die Unterhose. Aber als sie ein schönes Paar Wollsocken runterzerrte, schmiss sie die Schere zur Seite. Die Socken wollte sie behalten.

Alles Identifizierbare wurde entfernt, selbst die winzigen Ohrstecker. Was waren das eigentlich für welche? Engel? Das war traurig. Die hatten wohl während der Arbeitszeit gepennt.

Als die Leiche erst mal nackt war, fixierte Nan den Duschvorhang mit Gewebeband. So langsam ging ihr das Gewebeband aus, sie würde bei ihrer nächsten Fahrt in die Stadt mehr davon kaufen müssen. Sie versuchte, die Hauptlast ihres Gewichts auf ihr gesundes Bein zu verlagern, stützte sich an der Wand ab und zog dann die Leiche durch die Hintertür nach draußen. Das Ganze wurde viel leichter, sobald sie Schnee betrat. Heute würde der Schnee ihr Freund sein.

Unter dem Sitz des Schneemobils zog sie den Spanngurt aus Nylon hervor und band ein Ende um die Füße der Leiche. Das andere befestigte sie an der Metallhebestange am Ende des Schneemobils, dann setzte sie sich rittlings auf die Maschine.

Da das Fahrzeug aufgewärmt war, startete es dieses Mal schnell.

Nan wäre am liebsten ordentlich aufs Gas getreten, aber sie zwang sich, langsam über ihre weiten Felder zu fahren – sie wollte ihre *Freundin* während der Fahrt nicht verlieren.

Der Schnee fiel jetzt dick und nass und schwer vom Himmel, fast wie ein Vorhang, und es wurde langsam dunkel. Die Lichter des Schneemobils prallten von einer Schneewand ab, was Nanettes Sicht behinderte. Sie lehnte sich vor und blinzelte, und endlich erblickte sie ihr Ziel – die Silage-Grube aus Beton. Sie fuhr daneben, humpelte um das Fahrzeug herum, machte das Nylon-Band ab und stieß dann die tote Frau über die Kante.

Die Leiche machte kaum ein Geräusch, als sie aufschlug, so tief war der Schnee. Nur diesen dumpfen Aufschlag. Später würde Nanette mit Streichhölzern und Benzin zurückkommen, und im Frühling würde sie alles, was noch übrig war, begraben. Es war nicht ideal, schließlich könnten Hunde oder Kojoten die Knochen wegtragen, aber so war es nun mal.

Sie hinkte zurück zu der Maschine. Ihr eingewickelter Gehgips war verdammt glitschig, und sie verlor den Halt. Ihre Füße rutschten unter ihr weg. Sie landete auf dem Rücken, ihr blieb die Luft weg, Schmerz durchbohrte ihr verletztes Bein. Sie schrie und hielt sich eine Hand auf den Mund, stoppte das Geräusch auf halbem Wege, schwächte es ab zu einem gedämpften Gewimmer, auch wenn es unwahrscheinlich war, dass sie hier irgendjemand hören würde.

Sie drehte sich um, krabbelte auf Händen und Knien zu dem Schneemobil, dann zog sie sich Zentimeter für Zentimeter hoch. Sie versuchte noch nicht einmal, sich richtig auf den breiten Sitz zu setzen. Seitlich sitzend startete sie den Motor und fuhr in die Richtung der Farm, jeder Stoß war ein Stich weiß-heißer Schmerz, der durch ihr Bein schoss. Auf halbem Wege zog sie die Waffe heraus, mit der sie Jenny Hill getötet hatte, schmiss sie weg und warf sie, so weit sie konnte, ins Feld. Dann startete sie erneut den Motor.

Schwer atmend, fast blind vor Schmerz, verließ sie die Maschine an ihrer Eingangstür.

Im Haus angekommen, schluckte sie die verschreibungspflichtigen Medikamente. Als die Wirkung der Opioide eingesetzt hatte, kehrte sie zum Anbau und zum Schauplatz des Verbrechens zurück. Sie sammelte die Klamotten zusammen, steckte den Schmuck in die Tasche an ihrer Gehhilfe, schrubbte das Blut weg. Im Haupthaus stopfte sie die Klamotten – ein Kleidungsstück nach dem anderen – in den Holzofen und genoss die Wärme des Feuers.

KAPITEL 39

Ihr Handy vibrierte. Jude schnappte es sich vom Nachttisch und warf einen Blick zur Matratze auf dem Fußboden, wo der Junge ungestört schlief. Zwei Tage waren vergangen, seit sie ihn aus der Pflegefamilie geholt hatte, aber es gab keine guten Neuigkeiten. Heute Nachmittag hatte sie erfahren, dass er zu Nanette Perkins zurückgeschickt werden sollte.

Der Anruf kam von Ingrid. Ein Anruf statt einer Textnachricht um diese Uhrzeit bedeutete, dass es um etwas Ernstes ging. Jude ging ran, während sie bereits aus dem Bett schlüpfte und schnell ins Wohnzimmer ging. Sie lehnte die Schlafzimmertür an, damit der Junge nicht geweckt wurde.

»Ich hasse es, Sie aus dem Bett zu klingeln«, sagte Ingrid. »Aber Detective Ashby meinte, dass ich mich bei Ihnen melden soll.«

Schon bald würde Uriah den Leuten erzählen müssen, was los war. Sie würden anfangen, sich zu wundern, würden Vermutungen anstellen, und vielleicht wären diese Vermutungen dann noch schlimmer als die Wahrheit, obwohl die Wahrheit schon schlimm genug und ernst war, auch wenn Uriah das herunterspielte.

»Ich habe Nachtdienst und einen Anruf bekommen«,

erzählte Ingrid. »Ein Mann, der erfroren ist. Sie haben ihn in Lyndale gefunden, zwischen der vierundzwanzigsten und sechsundzwanzigsten Straße.«

Jude warf einen Blick auf die Temperaturen-App. Minus vierundzwanzig Grad.

»Ich sitze gerade in meinem Van, versuche mich aufzuwärmen und dachte, dass sich die Mordkommission das vielleicht mal ansehen möchte. Oberflächlich betrachtet sieht es aus wie ein Tod durch Erfrieren, zumal er für diese Temperaturen deutlich zu wenig anhatte. Aber da gibt es ein paar Dinge, die mich einen Unfalltod hinterfragen ließen.«

»Bin sofort da!«

»Ich hab auch Kaffee für Sie.«

Jude rief Elliot an. »Es gibt einen möglichen Tatort, den ich mir ansehen muss«, erzählte sie ihm. »Kannst du solange bei dem Jungen bleiben?«

Er klang ziemlich angeschlagen, sagte aber: »Bin gleich oben.«

Sie war bereits angezogen und wartete auf ihn, als er zwei Minuten später bei ihrer Wohnung ankam. Er war barfuß und umklammerte ein Kissen, das er gegen seine Brust drückte. Außerdem trug er ein weißes T-Shirt und eine Flanell-Schlafanzughose. Während sie in ihren Mantel schlüpfte, flüsterte sie ihm zu: »Schlaf in meinem Bett. Das ist gemütlicher.«

Er nickte. »Draußen sind es minus vierundzwanzig Grad. Das weißt du, oder?«

Sie zog den Reißverschluss ihres Mantels bis zum Kinn hoch und setzte eine schwarze Mütze auf. »Ja.«

»Ruf dir ein Taxi.«

»Gute Idee, aber ich nehme lieber meinen Wagen.« Sie wollte die Kontrolle behalten.

Als sie die Treppe runterging, spürte sie an ihren Füßen, die in Stiefeln steckten, bereits die Kälte, die durch jede Ritze im Gebäude kroch. Die Innenseite des Foyerfensters war von einer dicken Frostschicht überzogen, das filigrane, wirbelnde Farndesign wurde sogar noch schöner durch die Beleuchtung des Straßenlichts, das von draußen hereinschien. Jude holte ihr Telefon heraus und machte ein Foto. Wenn sie Instagram gehabt hätte, hätte sie das posten können. Elliot versuchte sie immer davon zu überzeugen, in den sozialen Medien zumindest ein bisschen aktiv zu sein. Sie steckte ihr Telefon weg, eilte zur Garage und fuhr dann zu der Adresse, die Ingrid ihr gegeben hatte.

Es war immer einfach, den weißen Leichenwagen zu entdecken. Gerade jetzt waren die Wagenlichter eingeschaltet, und der Motor lief. Eine Silhouette – wahrscheinlich die von Ingrid – hockte auf dem Fahrersitz. Ein Streifenwagen war ebenfalls vor Ort. Jude sah eine wiederkehrende Szene: Alle warteten auf die Mordkommission, damit es endlich losgehen konnte.

Jude parkte ihren Wagen und stieg dann zu Ingrid in den warmen Van. Die Leiche auf dem Boden, die von den Scheinwerfern des Fahrzeugs beleuchtet wurde, war von Schnee bedeckt.

»Hier.« Ingrid reichte ihr einen Pappbecher mit dem versprochenen Kaffee. »Ich habe Zehenwärmer in meinen Stiefeln und Fingerwärmer in meinen Handschuhen, trage Thermounterwäsche, eine isolierte Schneehose und eine Daunenjacke. Und trotzdem friere ich mir gerade den Arsch ab. Und dann sehe ich Fotos von Leuten in der Antarktis, und die haben minus vierzig Grad oder irgend so was Gestörtes, und die stehen da und lächeln und tragen nicht mal eine Mütze! Und man fragt sich: *Was zum Teufel?*«

»Aber es ist eine trockene Kälte.«

Beide lachten, und Jude nippte an ihrem Kaffee. »Es lässt die Leute denken, dass es einfach ist, an einem Ort wie diesem zu leben.«

»Für diesen Typen da vorne war es jedenfalls nicht so einfach.« Ingrid zeigte auf die Leiche. »Er war für das Wetter nicht richtig angezogen. Keinen Mantel. Weder Mütze noch Handschuhe.«

In der Nähe gab es etliche Bars. Es war bekannt, dass sich die Leute betranken und beim Verlassen der Bar nicht mehr in der Lage waren, ihren Wagen zu finden, und dann erfroren. So etwas passierte. Häufig waren es College-Studenten, aber auch nicht immer.

»Bereit?«

Ingrid warf einen Blick auf ihr Telefon. »Wir haben keine minus sechsundzwanzig Grad, deshalb denke ich nicht, dass es etwas bringt, noch länger zu warten.«

Die Officer, die in den Fahrzeugen in der Nähe gesessen hatten, schlossen sich ihnen an und stiegen nun ebenfalls aus ihren Autos, einer von ihnen gab Jude eine schnelle Zusammenfassung. »Wir wurden von einer Frau angerufen, die mit ihrem Hund spazieren ging. Wir kamen her, haben das Gesicht des Mannes ein bisschen abgewischt, aber es war ziemlich offensichtlich, dass er bereits tot war. Eine Eisleiche. Sah für mich nach einem weiteren Wetteropfer aus.«

»Meine erste Reaktion war die gleiche«, erzählte Ingrid. »Alles war ganz typisch. Junger Mann, vermutlich im College-Alter. Beliebte Nachtlokale in dieser Gegend. Verlässt betrunken eine Bar, verliert die Orientierung, kann seinen Wagen nicht mehr finden, kippt dann schließlich in dieser dunklen Ecke der Gasse um. Aber dann habe ich genauer hingesehen. Schauen Sie ihn sich mal ganz genau an, und dann bin ich gespannt, ob Sie das Gleiche sehen wie ich.«

Irgendjemand reichte Jude eine Taschenlampe. Sie trat näher, hockte sich hin und richtete den Lichtstrahl auf das Gesicht des Toten.

Und erkannte ihn wieder.

KAPITEL 40

Der Mann, der Shaun Ford sein könnte.

Sein Gesicht war marmoriert, die Lippen blau. Seine Augen sahen aus wie undurchsichtiges Glas. Aber der Bereich um seinen Mund herum war verdächtig verfärbt.

»Gewebeband«, sagte Jude. Ihre Gedanken rasten, während sie zurückzuverfolgen versuchte, was wohl in der Zeit nach seinem Besuch bei ihr geschehen war. »Gut aufgepasst.« Ohne zu verraten, dass sie ihn schon mal getroffen hatte, erhob sie sich und gab dem Officer, der neben ihr stand, die Taschenlampe zurück. »Wir müssen das Gebiet absperren und ein Zelt aufstellen, mit ein paar Heizkörpern darin.« Sie wollte herausfinden, wo er hingegangen war, nachdem er vor weniger als achtundvierzig Stunden die Polizeibehörde verlassen hatte.

»Alan Reed.« Ein Officer, der in der Nähe stand, hielt einen Autoschlüsselbund und eine geöffnete Brieftasche hoch, in der ein Führerschein zu erkennen war. »Oklahoma. Kein Wunder, dass er keine Ahnung hatte, wie man sich hier anziehen sollte.«

»Wir werden die nächsten Angehörigen ausfindig machen und dann ein paar Leute auf die Sache ansetzen«, sagte Jude. Sie würde Uriah anrufen und ihm erzählen, was sich in der Zwischenzeit ereignet hatte. »Aber jetzt lassen Sie uns erst mal wieder zurück in unsere Fahrzeuge gehen, bevor wir noch so enden wie der Tote.« Sie hielt dem Officer ihre Hand hin. »Die Schlüssel des Opfers, bitte.« Und zu Ingrid Stevenson sagte sie: »Sagen Sie mir bitte Bescheid, sobald er für die Autopsie bereit ist. Ich würde gern dabei sein.« Ingrid nickte, und sie gingen auseinander.

Als Jude wieder in ihrem Auto saß, startete sie den Motor. Im Inneren des Wagens war es schon wieder kalt, und aus den Lüftungsklappen strömte kalte Luft.

Langsam fuhr sie um den Block. Und verdammte Scheiße, aber sie ließ sogar das Fenster ein paar Zentimeter herunter, während sie auf den Sperrknopf auf dem Schlüsselanhänger drückte, den der Officer aus der Tasche des Toten gefischt hatte. Als das nicht zum Erfolg führte, dehnte sie ihre Suche aus, und schließlich sah sie den Wagen, dessen rote Schlusslichter aufblinkten. Sie hielt hinter dem Fahrzeug. Dieses Mal ließ sie ihre Klapperkiste laufen, schnappte sich die Maglite und stieg aus. Während sie sich dem Auto des Opfers näherte, entsperrte sie es, der gefrorene Schnee klang unter ihren Füßen wie berstendes Glas.

Sie trug immer noch ihre Winterhandschuhe. Vorsichtig öffnete sie die Tür des Fahrzeugs mit zwei Fingern, beleuchtete mit ihrer Taschenlampe das Wageninnere. Auf dem Fußboden vor dem Beifahrersitz lag eine Schachtel für ein einzelnes Pizzastück. In dem Getränkebehälter befand sich ein leeres Getränk von der Tankstelle, und auf dem Boden in der Nähe des Bremspedals lag ein zusammengeknüllter Kassenzettel herum.

Sie hob ihn auf, hielt ihn an einer Ecke fest. Ort, Datum und Zeit waren bei dem Kauf festgehalten worden. Das war kurz nachdem sie ihm die DNA-Probe entnommen hatte.

Sie merkte sich, wo die Tankstelle war, machte die Autotür wieder zu und schloss ab. Dann kehrte sie zu ihrem Wagen zurück, um einen Beweisbehälter zu holen. Im Wagen ließ sie die Quittung in eine Tüte gleiten und versiegelte sie, dann rief sie die Spurensicherung an, um eine Abholung des Fahrzeugs für die Untersuchung in die Wege zu leiten.

KAPITEL 41

Auf ihrem Nachhauseweg hielt Jude bei der Tankstelle, in der sich Alan Reed etwas zu essen gekauft hatte. Die Tankstelle hatte vierundzwanzig Stunden geöffnet, war jetzt allerdings aufgrund der Uhrzeit und Wetterverhältnisse wie ausgestorben. Sie sagte der Frau an der Kasse, dass sie die Namen der Leute bräuchte, die Dienst gehabt hatten, als Reed dort gewesen war. Der Arbeitsplan wurde überprüft. »Das waren Michael und Jolene. Zu dem Zeitpunkt waren sie beide hier.«

»Ich hätte gern ihre Kontaktdaten.«

Die Frau schrieb beide Nummern auf einen Block, riss den Zettel ab und reichte ihn Jude über die Theke. Jude bedankte sich und warf einen Blick auf die Wanduhr. Kurz nach vier. Sie würde ihnen noch ein paar Stunden geben, bevor sie sie stören würde. Als sie zurück im Wagen war – aus dem Heizkörper strömte lauwarme Luft, die ihre Augen und ihr Gesicht austrocknete –, schickte sie Uriah eine SMS, um sich zu vergewissern, dass es ihm gut ging. Falls er schlafen sollte, würde sie ihn hoffentlich nicht stören. Aber falls nicht …

Er schrieb nicht zurück, sondern rief an. Er klang furchtbar, so furchtbar, dass sie die spontane Entscheidung traf, zu ihm zu fahren. »Ich komm bei dir vorbei!«

»Nein. Hier sieht's schrecklich aus.«

»Ich bin schon unterwegs.« Sie legte auf und fuhr los.

* * *

»Es ist offen!«, war die Antwort auf Judes leichtes Klopfen an Uriahs Wohnungstür.

Er lag unter einer Decke auf der Couch, auf dem Boden stand ein Eimer in der Nähe. Nur für den Notfall.

»Seh ich so schlimm aus?«, fragte er schwach. Sein Gesicht war weiß, und er hatte dunkle Ringe unter den Augen. Sein Haar, das normalerweise lockig war, war jetzt platt und sah leblos aus.

»Ja.«

Er versuchte zu lachen, aber es misslang, und er gab es schließlich auf.

»Was kann ich dir bringen? Etwas mit Eis? Cracker?«

»Ich hab meine Medikamente gegen die Übelkeit zuerst nicht genommen, weil ich Bereitschaftsdienst hatte und sie mich immer müde machen.« Als er ihren Gesichtsausdruck sah, fuhr er schnell fort: »Aber später hab ich sie dann genommen, und jetzt fangen sie an zu wirken.« Er warf die Decke beiseite. T-Shirt und Retropants. »Ich geh mal duschen.«

»Brauchst du Hilfe?«

»O Gott. Nein!«

»Okay.« Sie sah sich im Zimmer um. »Ruf mich, falls doch.«

»Du wärst die Letzte, die es erfahren würde.«

Zumindest war er noch in der Lage, Witze zu reißen.

Während die Dusche lief, stand sie auf, um schmutziges Geschirr einzusammeln und es in die Küche zu bringen. Im Kühlschrank fand sie eine Flasche Gingerale. Sie schüttelte die Flasche, um den Sprudel loszuwerden, dann schenkte sie ein halbes Glas ein und warf noch ein paar Eiswürfel dazu. Wenn er etwas trinken wollte, stünde schon etwas bereit.

Das Wasser in der Dusche hörte auf zu laufen.

Sie hielt das Geschirr kurz unter den Wasserstrahl und stellte es dann in die Geschirrspülmaschine. In einem Regal fand sie ziemlich langweiliges Essen. Eine Packung Cerealien, die sie ihm zeigte, als er in die Küche kam. Er trug eine graue Jogginghose und ein weißes T-Shirt. »Interesse?«

Er griff nach der Schachtel, betrachtete das Bild auf der Vorderseite und reichte sie Jude wortlos zurück. Er ließ sich auf einen Stuhl fallen. Sein feuchtes Haar durchnässte die Schulterpartie seines T-Shirts. Sie holte ein sauberes Handtuch aus dem Badezimmer, aber als sie zurückkehrte, hatte er die Augen geschlossen und atmete so flach wie jemand, der versuchte, sich nicht zu übergeben.

Sie stand hinter ihm. Vorsichtig legte sie ihm das Handtuch auf den Kopf und trocknete behutsam sein Haar. Das Shampoo, das er benutzt hatte, roch nach Minze, und ihr wurde klar, dass das ein Geruch war, den sie unbewusst mit ihm in Verbindung brachte. Die sanfte Kopfmassage schien ihn ein bisschen zu entspannen, er seufzte. »Mir fallen die Haare aus.«

»Sie werden wieder nachwachsen.«

»Ich frage mich, ob ich sie abrasieren soll. Jetzt.«

»Ich würde noch warten. Es ist nicht schlimm.«

»Hätte nie gedacht, dass ich mir mal Gedanken über meine Haare machen würde. Aber so ist es.«

»Du hast tolle Haare.«

Er schnaubte.

»Wirklich.«

Sobald das Handtuch durchfeuchtet war, legte sie es weg und setzte sich ihm gegenüber.

Vorsichtig nahm er einen Schluck von dem Gingerale. Als das gut zu gehen schien, zeigte er auf die Packung mit den Salzcrackern auf der Theke hinter ihr.

Seine Küche war klein, und sie konnte sich die Cracker schnappen, ohne aufzustehen. Sie öffnete die Verpackung und stellte sie auf den Tisch. Während er an einem Cracker knabberte, normalisierte sich seine Gesichtsfarbe ein bisschen. Er griff sich das Gingerale und die Cracker und ging langsam ins Wohnzimmer. Jude folgte ihm. Ganz vorsichtig setzte er sich auf die Couch, so als würde er sich auf ein Bett aus Glasscherben legen.

»Würde Musik dir helfen?«, fragte sie. Sie liebte es, dass seine Wohnung ein Zufluchtsort war, mit den dunklen Lampen und den Bücherregalen, die vom Fußboden bis zur Decke reichten, und den Schallplatten. Hier war es so friedlich und sicher.

»Vielleicht irgendwas Sanftes.« Er schloss die Augen. »Leise.«

Sie ging seine Platten durch, entschied sich, legte die Platte auf und stellte die Lautstärke ein. Die Musik war beruhigend und atmosphärisch. »Möchtest du versuchen zu schlafen?«

»Vielleicht ein bisschen.«

Sie schaltete die Lampe mit dem roten Schirm aus.

Jetzt war der Lichtschein aus der Küche unerträglich. Sie durchquerte den Raum und drückte auf den Wandschalter. Die Lichter der Stadt verhinderten, dass es in der Wohnung richtig dunkel wurde. Wenn sie sich noch richtig daran erinnerte, gab es in seinem Schlafzimmer schwarze Gardinen. Jetzt verstand sie, warum.

Uriah lag auf der Seite, er rutschte zurück und klopfte leicht auf den Platz auf der Couch neben sich. Sein Gesichtsausdruck war eine Herausforderung, von der er wusste, dass sie sie nicht annehmen würde. Auf der anderen Seite des Zimmers gab es einen Stuhl, auf dem allerlei Kram herumlag. Sie wollte ihm näher sein, allerdings nicht zu nah. Man musste es ja nicht gleich übertreiben. Letztendlich ließ sie sich auf den Hartholzboden sinken und lehnte sich mit dem Rücken gegen die Couch, Uriah lag hinter ihr.

»Der Fußboden?«

»Ich mag Fußböden.«

Da er sich jetzt besser zu fühlen schien, erzählte sie ihm von Alan Reed, und dass er gedacht hatte, Shaun Ford sein zu können, und dass sie ihm eine Speichelprobe entnommen hatte.

»Das ist ja äußerst interessant«, sagte Uriah.

»Ich weiß. Ein Mann kommt in die Stadt, sagt, dass er eins der vermissten Kinder sein könnte. Und kurz darauf ist er tot.«

»Sehr bedauerlich für ihn, aber er könnte tatsächlich genau derjenige sein, mit dem wir diesen Fall knacken werden.«

Sie nahm einen Cracker aus der Packung, die auf dem Wohnzimmertisch stand, und biss hinein. »Ich fühl mich schlecht deswegen«, gab sie zu. Normalerweise redete sie nicht mit anderen Menschen über ihre Gefühle, aber diese Situation, Uriahs Krankheit und seine Verletzlichkeit, die Nacht, der Raum, das alles machte es irgendwie einfacher. »Ich glaub nicht, dass ich irgendwas hätte tun können, aber … ich weiß nicht. Ich habe seine Theorie nicht besonders ernst genommen, ich dachte, sie sei weit hergeholt.« Sie aß den Cracker auf und schlang einen Arm um ihre Knie. »Er hat mir erzählt, dass seine Freundin schwanger ist. Er stand kurz davor, Vater zu werden.«

Uriah seufzte. »Wie ich es vorher schon mal gesagt habe: Ich glaube, dass deine Gefangenschaft dich manchmal ein bisschen zu empathisch für dich selbst macht.«

Vielleicht.

Sie spürte eine leichte Berührung am Kopf. Ihr Haar war nur wenige Zentimeter lang, aber er rieb eine Strähne zwischen seinen Fingern, und sie ging davon aus, dass es unbewusst passierte. »Ich weiß nicht«, sagte sie. »Meine Gefangenschaft könnte etwas verstärkt haben, das bereits da war. Ich kann mich noch daran erinnern, dass ich, als ich klein war, vielleicht sieben oder acht, mit meiner Großmutter zu einer Veranstaltung ging. Irgendwas von der Kirche, bin mir nicht sicher. Aber eine der großen Attraktionen war eine Verlosung für eine Porzellanpuppe. Es gab dort eine Menge Frauen, die sie bewunderten und darüber sprachen, wo sie die Puppe hinstellen würden, wenn sie sie gewinnen würden. Sie kamen immer wieder, manche kauften zwanzig Lose oder sogar mehr. Meine Großmutter kaufte mir eins, einfach nur so aus Spaß.«

Sie nahm einen Schluck von seinem Gingerale, reichte ihm danach das Glas. Er nahm es ihr ab.

»Ich hab gewonnen. Aber anstatt glücklich zu sein, fühlte ich mich furchtbar wegen all der Frauen, die die Puppe nicht gewonnen hatten. Jedes Mal, wenn ich sie in der Hand hatte, dachte ich an diese Frauen zurück und an das Glück, das diese Puppe jeder von ihnen beschert hätte. Immer wieder dachte ich darüber nach, wie sehr ich wollte, dass eine bestimmte Frau sie bekommen würde. Eine Frau, die ich noch nicht einmal kannte, weil ich mir sicher war, dass ich diese Fremde glücklich machen würde. Ich glaube nicht, dass so eine Reaktion für ein Kind normal ist. Durch diese Puppe fühlte ich mich dermaßen schlecht, dass ich sie schließlich im Wandschrank versteckte. Ich kann mich nicht mehr daran erinnern, was danach mit ihr geschah.«

Er stellte das Glas zurück auf den Tisch. »Und du warst ein Kind. Kinder haben Puppen. In gewisser Weise ist das lähmendes Mitgefühl.«

»Genau.«

»War das bevor oder nachdem deine Mutter ermordet wurde?«

»Danach.«

»Normalerweise passiert das Gegenteil. Wir schalten unsere Gefühle aus, aber es ist möglich, dass ihr Tod eine ungewöhnlich starke mitfühlende Reaktion in dir ausgelöst hat.«

Darüber müsste sie mal in Ruhe nachdenken, denn das hatte sie noch nie zuvor in Betracht gezogen.

»Also heißt das, dass ich dir niemals ein Lotterielos kaufen sollte?« Seine Stimme war jetzt sogar noch kräftiger. Vielleicht hatte ihm die Ablenkung ja gutgetan.

»Schwierige Frage.«

»Oh, komm schon. Wenn du gewinnen würdest, würden dich die Schuldgefühle dann zerfressen?«

»Ich glaub schon.«

»Das ist ja total albern.«

»Ich weiß.«

Beide lachten, dann verstummten sie.

»Du wirst es allen erzählen müssen«, sagte sie schließlich. »Dass du krank bist.«

»Das werde ich. Ich hab's vor.«

»Wann?«

»Morgen. Eigentlich ist das ja schon heute.«

»Persönlich?«

»Ich hab darüber nachgedacht, eine E-Mail zu schreiben.«

Sie drehte sich um, sah ihm direkt ins Gesicht. Sie ging davon aus, dass ihr Gesichtsausdruck neutral sein würde. Kein Urteilen, kein Ratschlag, keine Reaktion.

Er sah sie einen Moment lang an, dann revidierte er seine Antwort. »Persönlich.«

KAPITEL 42

Uriah berief eine Sitzung ein.

Jude war erleichtert zu sehen, dass er besser aussah als vorhin, als sie ihn zurückgelassen hatte, um noch bei Elliot und dem Jungen nach dem Rechten zu sehen. Sie hatte sie an der Küchentheke sitzend vorgefunden. Beide aßen Cerealien und redeten über irgendeine Figur aus einem Cartoon, die Jude nicht kannte. Elliot schien darauf zu stehen und war außerdem gut darin, Leute zu unterhalten, sogar einen Vierjährigen. Vielleicht ja besonders einen Vierjährigen. In der kurzen Zeit, in der sie zu Hause gewesen war, hatte sie den Hausverwalter angerufen und mit ihm vereinbart, sich ein Einzelbett aus einer freien möblierten Wohnung auszuleihen. Der Junge würde sie bald wieder verlassen, aber sie wollte, dass er einen richtigen Schlafplatz hatte, unabhängig davon, wie lange er letztendlich bei ihr bleiben würde. Während sie weg war, würde Elliot helfen, das Bett aufzubauen.

Für das Meeting versammelten sich die meisten Kollegen aus der Mordkommission um Uriahs Schreibtisch. Chief Ortega war ebenfalls da, hatte ihre Arme vor der Brust verschränkt und sah ein bisschen genervt aus, dass man sie aus ihrem Büro herbeordert hatte. Aber ihr Gesichtsausdruck änderte sich schlagartig, als Uriah ihnen seinen Gesundheitszustand erläuterte.

»Ist keine große Sache«, versicherte er allen, als besorgtes Gemurmel die Runde machte – fast so, als wäre eine stille Furcht von einem zum anderen weitergereicht worden. »Vielleicht wird es ein paar Tage geben, an denen ich von zu Hause aus arbeiten muss oder an denen ich keine hundert Prozent geben kann, aber das ist nur vorübergehend.« Er beschönigte die Operation, erzählte ihnen, dass es ein Routineeingriff sei. Danach gingen sie auseinander.

Auf der Toilette hörte Jude, wie jemand in einer Kabine weinte.

Hin- und hergerissen, ob sie die Privatsphäre bewahren oder ihre Hilfe anbieten sollte, klopfte sie schließlich doch leicht an die Kabine. »Alles okay da drin?«

Detective Caroline McIntosh stürzte mit geröteter Nase und roten Augen aus der Kabine. »Überhaupt nichts ist *okay*! Warst du etwa gerade nicht da draußen? Er hat uns mitgeteilt, dass er sterben wird!«

Judes Magen zog sich bei dem Wort *sterben* zusammen. »Er stirbt doch nicht.«

»Hast du ihm das Theater etwa abgenommen?« McIntosh drehte den Wasserhahn auf, wusch sich die Hände, schnappte sich ein Papierhandtuch. »Er lässt uns einfach im Stich. Das ist alles. Wir sollen uns schon mal an den Gedanken gewöhnen. Ich hab so was schon mal erlebt. Mein Vater ist an Krebs gestorben.« Sie wies in die Richtung der Büros. »Ich kenne dieses Spielchen.«

Jude runzelte die Stirn. War das wirklich wahr? Sie hatte seinen Beteuerungen geglaubt, aber jetzt fragte sie sich, ob McIntosh vielleicht recht hatte. Ein paar Minuten später traf sie Uriah an seinem Tisch, aber bevor sie seine Krankheit zur Sprache bringen konnte, vibrierten ihre Telefone gleichzeitig. Wie Spiegelbilder zogen die Detectives ihre Telefone aus ihren Taschen und warfen einen Blick auf die Displays. Eine SMS von Ingrid Stevenson.

Haben Sie beide einen Moment Zeit, um zu skypen?

Nebeneinander gingen sie zu dem privaten Konferenzraum, der besser für den Videochat geeignet war. Jude holte einen Stuhl und setzte sich vor den Monitor, wartete darauf, dass der Computer anging. »Caroline sagt, dass du an dem Krebs sterben wirst und es uns nur nicht erzählst.«

»Ich sterbe nicht. Na ja, wir sterben alle irgendwann, aber ich habe nicht vor, in nächster Zukunft zu sterben.«

»Bist du gerade wirklich ehrlich zu mir?«

»Es gibt zwei Risiken.« Er setzte sich neben sie. »Das erste: Wenn die Chemo nicht den Tumor verkleinert und sie nicht operieren können. Ich bezweifle, dass das passieren wird, weil der Arzt denkt, dass sich der Tumor bereits verkleinert hat. Ich hab nämlich keine Kopfschmerzen mehr, aber erst nach dem nächsten MRT wissen wir mehr. Das zweite Risiko ist, dass die Operation invasiv und gefährlich ist. Die Chancen, dass ich im OP sterbe, sind nicht besonders hoch, aber die Chancen, dass ich danach irgendeinen neurologischen Schaden habe, schon. Ich wollte darüber jetzt gar nicht mit dir reden, aber ich möchte dich darum bitten, darüber nachzudenken, ob du als Boss der Mordkommission einspringen würdest, falls etwas passiere sollte. Wenn ich mich richtig erinnere, gab's mal eine Zeit, in der du dich für die Stelle interessiert hast.«

»Sie interessiert mich nicht mehr.« Er versuchte etwas auf die leichte Schulter zu nehmen, das furchtbar ernst war, und sie weigerte sich, dabei mitzuspielen. »Dazu wird es nicht kommen. Nichts davon wird passieren.«

»Okay. Lassen wir das erst mal so stehen.«

Ingrid beantwortete den Anruf aus einem Autopsieraum, sie gab den beiden Detectives ein Update zu dem Unbekannten, der endlich aufgetaut war. Keine neuen Überraschungen seit der Kohlenmonoxidvergiftung, die ja bereits festgestellt worden war. Mit dem Handy in der Hand ging sie zu Reed herüber, der auf einem Tisch lag und an dem noch keine Autopsie durchgeführt worden war. Es gab noch keinen Y-Schnitt.

»Ich verstehe nicht, warum Sie die Autopsie bereits so früh durchführen können«, sagte Jude. »Er war doch in dem gleichen Zustand wie die anderen Leichen, und bei denen hat es Tage gedauert.«

»Er war aber nicht komplett durchgefroren.«

»Todesursache?«, fragte Jude.

»Ich würde sagen *Tod durch Erfrieren.* Wir haben Gewebebandreste um seinen Mund herum gefunden, aber ich habe auch welche an seinen Armgelenken und Socken entdeckt. Ich sehe keinerlei Anzeichen von Gewalteinwirkung.«

Jude lehnte sich näher zum Bildschirm, während Ingrid ihre Kamera auf die Leiche richtete. »Also hat ihn jemand gefesselt und draußen zum Sterben zurückgelassen.«

»Das ist meine Vermutung.«

»Dann entfernte der Täter die Fesseln und versuchte es so aussehen zu lassen, als sei Reed erfroren«, sagte Uriah.

* * *

Ein paar Stunden später entschied sich Jude, einen Überraschungsbesuch bei der Tankstelle zu machen, an der Alan Reed einen Zwischenstopp eingelegt hatte. Die junge Frau namens Jolene arbeitete gerade. Jude zeigte ihr ihren Dienstausweis und zog das einzige vernünftige Foto hervor, das sie von Reed hatte – eins, das sie sich online besorgt hatte. »Erinnern Sie sich noch an diesen Mann, der vor einigen Tagen hier war?«, fragte sie.

»Ja«, erwiderte die Frau. »Netter Kerl. Irgendwie süß. Ich neige dazu, mich an die Süßen zu erinnern.«

»Zu welcher Uhrzeit war das?« Normalerweise vermischte Jude die Fragen, bei denen sie bereits die Antwort kannte, mit den anderen, um einen besseren Überblick über die Erinnerungsfähigkeit und die Genauigkeit des Zeugen zu bekommen.

Aber die Frau wusste es noch.

»Erinnern Sie sich noch daran, was er gekauft hat?«

»Ein Stück Pizza und einen Softdrink.«

Richtig. »Haben Sie sich unterhalten?«

»Wir haben darüber gescherzt, wie verdammt kalt es ist. Er hat erzählt, dass er aus Oklahoma kommt, und ich hab ihn gefragt, warum er denn nicht da unten geblieben ist, zumindest, bis es hier wärmer ist. Er erzählte, dass er hier sei, um seine Mom zu besuchen. Und sobald er das erledigt hätte, würde er wieder zurückfahren.«

»Wollte er direkt nach seinem Tankstellenbesuch zu seiner Mutter fahren?«, fragte Jude.

»Keine Ahnung.«

»Danke.«

KAPITEL 43

In der Nacht, während der Junge in ihrem Zimmer schlief, in dem alten, aber für sie neuen Einzelbett, saß Jude auf der Couch und ging die Unterlagen für den Shaun-Ford-Fall durch. Sie öffnete eine Aktenmappe, in der sein Foto an die Papiere geheftet war.

Shaun Ford war an einem Mittwochabend um zehn Uhr als vermisst gemeldet worden, im Januar vor zwanzig Jahren. Später hatte Gail Ford der Polizei erzählt, dass er nicht mehr von der Schule nach Hause zurückgekehrt war. Es gab Widersprüche in den Berichten über die Kleidung, die er an dem Tag seines Verschwindens getragen hatte. Zuerst hatte seine Mutter gesagt, dass er eine blaue Jacke, Jeans und ein blaues T-Shirt getragen hatte, dann erzählte sie, dass das T-Shirt grün gewesen sei. Keine große Abweichung, und es war auch nicht unüblich, widersprüchliche Informationen zu so einem emotionalen Trauma zu bekommen. Das machte es so schwierig, Entführungsfälle nachzuverfolgen, denn verständlicherweise waren die Eltern durcheinander und halb verrückt vor Angst.

Jude öffnete ihren Laptop und begann mit ihrer Suche auf YouTube. Das war besser, als Stunden in Zeitungsarchiven zu verbringen. YouTube war inzwischen ihre Anlaufstelle für die Videorecherche, und dank der pensionierten *Sessel-Detektive* war es auch einfacher, Nachrichtenmaterial vor YouTube-Zeiten zu finden. Sie war überhaupt nicht überrascht, bei unterschiedlichen Nachrichtenseiten Videos über die Shaun-Ford-Entführung zu finden, die sich von lokalen bis hin zu nationalen Quellen erstreckten. Aber es bedurfte erst eines lokalen Videos, um ihre eigene Erinnerung zu aktivieren.

Sie erinnerte sich an den Vorfall und die Berichterstattung. Jude war damals ungefähr sechzehn gewesen, nur fünf Jahre älter als das Opfer. Vielleicht hatte sie die Geschichte deswegen so schwer getroffen. Sie erinnerte sich noch, dass sie empört und traurig gewesen war und sich unheimlich hilflos gefühlt hatte.

Sie hatte immer gedacht, sie hätte wegen ihrer Mutter bei der Polizei angefangen, denn sie hatte nie geglaubt, dass ihr Tod ein Unfall gewesen war. Aber vielleicht hatte die Entführung von Shaun Ford ja ebenfalls eine Rolle dabei gespielt. Ein vermisstes Kind. Noch merkwürdiger war der Gedanke, dass sie vielleicht gerade an dem Fall arbeitete, der sie unbewusst zu ihrem Beruf geführt hatte.

Sie steckte sich Ohrstöpsel in die Ohren, um den Jungen nicht zu wecken. Es gab Interviews mit Detectives, manche von ihnen waren heute tot, andere im Ruhestand. Bei denen machte sie sich eine Notiz, um später zu versuchen, sie ausfindig zu machen. Es gab Interviews mit Nachbarn, und im Besonderen gab es Interviews mit Gail Ford. Es war wie ein Zeitsprung zu den neueren Nachrichtenbeiträgen, von denen einige erst wenige Tage alt waren – erneutes Interesse, hervorgerufen durch die Leichen, die im See entdeckt worden waren, mit Updates darüber, wie alt die Opfer heute wären. Mehrere Phantombilder, wie Shaun Ford heute aussehen könnte. Keins davon wies große Ähnlichkeiten mit dem Mann auf, der jetzt im Leichenschauhaus lag.

Jude brauchte zwei Stunden, bis sie sich alle Videos angesehen hatte. Sie hockte auf der orangefarbenen Couch, nippte an ihrem Tee, hatte sich in eine Daunendecke eingemummelt, trug Wollsocken an den Füßen und hatte die Beine unter sich geschoben. Dachkater schlief auf der Rückenlehne der Couch. Er war nah, aber nicht zu nah.

Als sie alles durchgegangen war, begann sie noch einmal von vorn, aber diesmal sah sie sich nur die Interviews mit Gail Ford an. Sie hatte einen gelben Notizblock auf dem Knie und machte sich Notizen über den Standort und die möglichen Tageszeiten, über die Klamotten, die Gail Ford getragen hatte, ihren emotionalen Zustand und vor allem die Geschichte, die sie immer wieder erzählte.

Dermaßen perfekt, bis ins kleinste Detail.

Auswendig gelernt, was bei der großen Anzahl von Interviews mit verschiedenen Leuten offensichtlich wurde, als Playlist zusammengestellt, problemlos anzuschauen, eins nach dem anderen, in einer kurzen Zeitspanne.

Für gewöhnlich veränderten sich Geschichten immer in gewissem Maße, bei jedem Mal, wenn sie erzählt wurden. Man erinnerte sich an neue Dinge. Manche Details wurden weggelassen, weil der Erzähler sie bereits viele Male zuvor erzählt hatte. Spezielle Handlungspunkte gerieten in Vergessenheit, die Geschichten waren *niemals* die gleichen. Niemals Wort für Wort gleich.

Gail Ford hatte für diese Interviews vor der Kamera das Drehbuch geschrieben und auswendig gelernt.

Warum? Vielleicht, weil sie etwas zu verbergen hatte.

Jude sah sich noch einmal die Videos an, dieses Mal hatte sie die Lautstärke heruntergedreht, sodass sie sich auf Gail Fords Körpersprache konzentrieren konnte. Es war interessant, wie das Wegfallen des Tons einen Teil in Judes Gehirn ausschaltete und dafür einen anderen aktivierte. In jedem Interview brach die Mutter zusammen. Beinahe so, als wäre ein Schalter umgelegt worden. Sie redete, und dann fing sie plötzlich ohne Vorwarnung an zu weinen.

Ton wieder an.

Interessant. Der Zusammenbruch erfolgte immer an der gleichen Stelle. Wie viele Leute, die vor laufender Kamera anfingen zu weinen, entschuldigte auch sie sich und drehte sich dann weg.

Aber da war etwas in ihren Augen, das Jude schon mal gesehen hatte – in den Augen ihres Peinigers. Kurz bevor Gail Ford sich von der Kamera wegdrehte, fing Jude einen Ausdruck in ihren Augen auf – ein vertrautes Flackern vor Vergnügen.

Videos konnten Dinge auch verfälschen und verstärken. Sie konnten etwas wichtiger aussehen lassen, als es in Wirklichkeit war. Genauso konnten sie aber auch eine flüchtige Emotion hervorheben, die in dem Moment vielleicht gar nicht offensichtlich gewesen war.

Jude brach es das Herz für all die trauernden Eltern, die über das Verschwinden oder den Tod ihres Kindes erbarmungslos ausgefragt wurden, aber es musste getan werden.

Aus professioneller Höflichkeit und um ihn auf dem Laufenden zu halten, schickte sie Paul Savoy eine E-Mail, gab ihm ein Update zum Billy-Nelson-Fall und über den Unbekannten. Außerdem fragte sie ihn, ob er irgendetwas über eine Frau namens Gail Ford wüsste. Für Jude gehörte die Mutter nun in den Kreis der Verdächtigen – möglicherweise hatte sie etwas mit dem Verschwinden ihres eigenen Kindes zu tun. Und falls sich herausstellen sollte, dass die Person in der Leichenhalle wirklich Shaun Ford war, hatte sie vermutlich auch bei seinem Tod die Finger mit im Spiel gehabt.

KAPITEL 44

Zehn Uhr morgens. Minus dreiundzwanzig Grad, strahlend blauer Himmel. Jude konnte die Kälte des Lenkrads durch ihre dicken Handschuhe hindurch spüren, und als sie um die Ecke bog, ächzte das Zivilfahrzeug, und die Reifen knirschten über Schnee und Eis. Neben ihr griff Uriah nach seinem Kaffee, hielt ihn nah an seinem Körper und in beiden Händen, die in Handschuhen steckten, während er versuchte, sein Zittern zu verbergen. Sie vermutete, dass die Chemo seinen Stoffwechsel austrickste. Aber es war schon schwer genug, die Kälte zu ertragen, wenn man gesund war …

»Du solltest es mal mit den Handwärmern versuchen, die ich dir auf den Schreibtisch gelegt hab«, sagte sie. »Du tust sie einfach in deine Handschuhe. Das hilft.«

»Hab ich vergessen.« Er blinzelte in den Himmel. »Aber ich glaube, ich kann die Sonne durch die Windschutzscheibe fühlen. Seltsam, dass es so kalt ist, und trotzdem fühlt sich die Sonne warm an.«

»Ja, ist irgendwie komisch, aber ich werde mich nicht darüber beklagen.«

Sie waren auf dem Weg zu Gail Fords Haus. Es war der Morgen, nachdem sich Jude auf YouTube das Filmmaterial über das Verschwinden von Shaun Ford angesehen hatte. Sie hatte Uriah informiert und ihm von ihrem Verdacht bezüglich der Mutter erzählt. Es bedurfte keiner Überzeugungsversuche; er schien ihr jetzt mehr zu vertrauen. Das war nicht immer so gewesen.

Sie hielt vor dem Haus, in dem sie vor gar nicht allzu langer Zeit gewesen war, um Gail Ford mitzuteilen, dass es sich bei der Leiche, die im See gefunden worden war, nicht um Shaun handelte. Ein anderthalbstöckiges Häuschen, grüne Vinylaußenverkleidung mit einem Dachfenster. Der Haustürbereich hatte eine abgerundete Überdachung, was niedlich und einladend aussah. Der unangekündigte Besuch könnte zu ihren Gunsten ausfallen. Sie hoffte nur, dass die Frau auch zu Hause war.

»Was wissen wir über Gail Ford?«, fragte Uriah und öffnete seinen Sicherheitsgurt.

»Single. Sie war verheiratet, als ihr Sohn verschwand. Aber der Verlust des Kindes wurde, wie es häufig der Fall ist, zu einer Belastung für die Ehe, und es kam zur Scheidung. Kurz darauf starb ihr Ex-Mann. Sie hatte viele Jobs, war nie besonders lange in demselben: Kellnerin, Barfrau, Angestellte bei Target.«

Jude bekam eine SMS, warf einen prüfenden Blick darauf, bevor sie aus dem Wagen stieg. Es war eine Nachricht von Paul Savoy, der sich bedankte, dass sie ihn auf dem Laufenden hielt.

Interessant. Vielleicht muss ich die Twin Citys bald noch mal besuchen. Und nein, ich kenne Gail Ford nicht.

Uriah klopfte an der Haustür, und Jude machte einen Schritt zurück. Sie beobachtete, ob sich Vorhänge bewegten oder ob sie irgendwelche anderen Anzeichen von Aktivität entdecken konnte. Jemand, der da war, aber nicht an die Tür ging oder über den Hinterausgang verschwand. Aber nichts dergleichen geschah, die Tür öffnete sich. Mrs. Ford sah überrascht aus, aber nicht beunruhigt. Besorgt? Was auch nur allzu verständlich war? Ja.

Uriah blickte zu Jude. Sein kurzzeitiges Vertrauen in ihr Misstrauen schwand. Er begrüßte Mrs. Ford, und Jude erklärte, warum sie gekommen waren. »Wir sind gerade an etwas dran, das möglicherweise etwas mit der Entführung Ihres Sohns zu tun haben könnte.«

»Kommen Sie schnell rein.« Mrs. Ford machte eine Handbewegung, die ihnen zu verstehen gab, dass sie eintreten sollten.

Etwas Gutes gab es dann ja doch an diesem kalten Wetter. Man wurde ins Haus gebeten. Niemand würde in der geöffneten Tür stehen bleiben und sich mit den Leuten davor unterhalten. Drinnen zogen die Detectives ihre Stiefel aus, ließen sie auf dem Vorleger in der Nähe der Tür stehen. In dicken Socken tapsten sie durchs Wohnzimmer, warfen ihre Mützen und Handschuhe auf einen grob geschnittenen Wohnzimmertisch, der selbst gebaut aussah. Vielleicht war Mrs. Ford ja handwerklich begabt? Jude und Uriah setzten sich auf die Couch, mit dem Rücken zum großen Panoramafenster.

Das Haus war so dunkel. Die dicken Vorhänge waren zugezogen, um die Kälte draußen zu halten, aber selbst durch ihren Mantel konnte Jude spüren, wie sie durch das Glas drang und um sich griff.

»Wir versuchen, einen Zeitstrahl zu erstellen für einen

Mann, der tot in einer Gasse in Minneapolis gefunden wurde«, sagte Jude.

Mrs. Ford setzte sich auf einen Stuhl, wandte sich ihnen zu. »Oh. Ich habe davon gehört. Wie furchtbar.«

»Ist es möglich, dass er hier vorbeigekommen ist?«

Überrascht sah sie die Detectives an.

Uriah sprang ein. »Hatten Sie Besuch?«

Sie dachte nach. »Nein. Ich meine, niemanden außer diesen typischen Vertretern, die oft vorbeikommen. Diese Betrügertypen, Kabelnetzbetreiber, Leute, die ihre Hilfe fürs Schneeschippen anbieten oder was auch immer. Solche Leute eben.«

»Es könnte gut sein, dass es jemand war, der sich als Hausierer ausgegeben hat«, sagte Uriah.

Jude dachte da anders. »Ich finde das komisch, wenn Leute bei so einem Wetter von Tür zu Tür zu gehen.«

»Eigentlich nicht«, sagte Mrs. Ford. »Im Winter wird's zwar weniger, aber es hört nicht ganz auf. Das gilt besonders für die Firmen, die Eis von den Dächern entfernen.«

Dacheis. Das Verderben eines jeden Hausbesitzers in Minnesota. Wenn die Wärme des Hausinneren auf die kalte Außenluft traf, verursachte das dicke Eisschichten, die sich auf dem Dach bildeten. Zwangsläufig schmolz dieses Eis irgendwann und sickerte durch Wände und Zimmerdecken, sofern es nicht rechtzeitig entfernt wurde. Jude war froh, dass sie in einem Mietshaus lebte und sich nicht mit solchen Wartungsarbeiten herumschlagen musste.

»Hat Ihnen irgendjemand eine Mail geschrieben oder angerufen und behauptet, Ihr Sohn zu sein?«, fragte Uriah.

»Ach, darum geht's hier also?« Mrs. Ford griff nach ihrem Hals und erstarrte für einen Moment, bevor sie aufstand und in die Küche ging, ihre Hausschuhe schlurften über den Holzfußboden. Jude hörte das Klicken eines Feuerzeugs, gefolgt von Rauchgeruch. Mrs. Ford kehrte mit einem Aschenbecher in einer Hand und einer Zigarette zwischen zwei Fingern zurück. »Ich rauche sonst nie im Haus, aber …«

»Wir verstehen das«, erwiderte Jude.

Die Frau setzte sich wieder hin, zog an ihrer Zigarette, im Halbdunkeln sah man das rote Aufglimmen der Spitze. »Ich … ähm … früher ist das oft passiert. Zuerst. Meldungen aus dem ganzen Land, die sich letztendlich alle als falsch entpuppten. Also ja – es gab Leute, die mir erzählt haben, dass sie mein Kind wären. Ich weiß nicht, ob sie es tatsächlich geglaubt haben oder einfach nur ins Fernsehen wollten.«

Uriah lehnte sich zurück, einen mitfühlenden Ausdruck im Gesicht. »So etwas kommt vor.« Er schien sich endlich aufgewärmt zu haben, und jetzt sah man in seinem lockigen Haar Anzeichen von Schweiß. Sein Gesicht war dermaßen blass, dass die Narbe auf seiner Stirn rosafarben hervorstach. Sie müssten das hier endlich abschließen, damit er frische Luft schnappen konnte.

Als Jude das Foto hervorholte, das sie auch der jungen Frau in der Tankstelle gezeigt hatte, vibrierte ihr Telefon. Sie zog es aus ihrem Mantel und warf einen Blick aufs Display. Ihr Hauptkontakt aus dem DNA-Labor. »Entschuldigung, aber ich muss diesen Anruf annehmen.« Sie erhob sich und ging in Richtung Küche. In der Türöffnung hielt sie das Telefon ans Ohr, während sie sich verstohlen umsah und nach etwas Ungewöhnlichem Ausschau hielt.

»Ich weiß, dass Sie die DNA-Ergebnisse so schnell wie möglich haben wollten«, sagte die Spezialistin. »Sobald sie bearbeitet wurden, haben wir sie durch die Datenbank laufen lassen, so wie Sie angeordnet hatten. Bei Gail Ford konnten wir eine Übereinstimmung verbuchen.«

Jude drehte den anderen den Rücken zu, damit sie ihren überraschten Gesichtsausdruck nicht sehen konnten. »Beziehung?«

»Höchstwahrscheinlich ist sie die Mutter.«

Jude warf einen Blick über die Schulter zu Uriah. Er lehnte sich vor, die Ellenbogen hatte er auf den Knien abgestützt, sein Gesichtsausdruck war immer noch voller Mitgefühl, während er sich mit Mrs. Ford unterhielt.

»Vielen Dank«, sagte Jude. »Ich weiß Ihre Schnelligkeit wirklich sehr zu schätzen.«

»Kein Problem. Ich schicke Ihnen später noch eine E-Mail.«

Jude bedankte sich noch mal und legte dann auf. Sie war gut darin, ein ausdrucksloses Gesicht aufzusetzen. Während ihrer Gefangenschaft hatte sie das perfektioniert. Unleserlich. Bei so vielen Dingen war das hilfreich. Sogar in der Kassenschlange im Lebensmittelgeschäft, wenn die Person hinter dem Ladentisch persönliche Fragen stellte über die Zahnpasta und das Toilettenpapier, das sie kaufte. Aber Uriah hatte es irgendwie geschafft, diese Leere zu durchdringen. Sie sah seine Frage in einer hochgezogenen Augenbraue. Er wusste, dass irgendwas im Gange war, und gerade verstellten sie sich beide. Na ja, vielleicht sogar sie alle drei.

»Ich hab eben schlechte Neuigkeiten bekommen.« Jude setzte sich wieder hin. Normalerweise würde sie mit Uriah vorher die Herangehensweise besprechen, aber dies könnte vielleicht ihre Gelegenheit sein, Gail Ford zu überrumpeln. »Die Person, über die wir Sie befragen wollten« – sie hob das Foto vom Tisch – »dieser Mann, den wir tot in der Gasse fanden, ist vor Kurzem zu mir gekommen. Er fuhr den ganzen Weg aus Oklahoma zu unserer Polizeibehörde. Er hatte eine interessante Theorie, interessant genug, dass ich darauf reagiert habe.«

Jude schob das Foto über den Tisch in Mrs. Fords Nähe und beobachtete ihr Gesicht, besonders ihre Augen und den Mund. »Er stimmte einer DNA-Analyse zu.« Sie machte eine Pause, um ihre Worte sacken zu lassen. »Und der Telefonanruf hat mir die Ergebnisse übermittelt. Im Labor konnte eine Übereinstimmung nachgewiesen werden.«

Beunruhigung flackerte in den Augen der Frau, ihr Mund zog sich fast unmerklich zusammen. Dann ertappte sie sich allerdings selbst und lehnte sich auf ihrem Stuhl zurück, scheinbar ganz ungezwungen. Aber Jude konnte sehen, wie ihr Puls in ihrem Hals pochte.

Zwanzig Jahre lang war ihr Sohn verschwunden gewesen. Zwanzig Jahre lang war nach ihm gesucht worden. Jetzt wünschte sich Jude, dass sie damals länger mit ihm gesprochen und sich richtig auf ihn eingelassen hätte. Dass sie ihn gefragt hätte, wo er seit seiner Entführung gelebt hatte und wo er die meiste Zeit dieser Jahre verbracht hatte. Sie wünschte, dass sie Lücken ausgefüllt hätte, denn jetzt war es zu spät.

Jude warf einen Blick auf das Foto. Er *hatte* wirklich

freundliche Augen. Sie spürte, dass er tief in seinem Inneren ein guter Kerl war, und hasste die Gewissheit, dass dieser Mensch jetzt tot war. Sie sah wieder zu Mrs. Ford auf. »Es tut mir furchtbar leid, Ihnen diese Nachricht überbringen zu müssen. *Sie* waren die Übereinstimmung. Die DNA weist darauf hin, dass die Person, die in der Gasse gefunden wurde, Ihr Sohn war.«

Jude konnte spüren, dass Uriah ihre Schonungslosigkeit missfiel. Und vielleicht war er auch unzufrieden, weil sie ihn vorher nicht eingeweiht hatte und die Frau mit dieser traumatischen Information förmlich überrollte.

Mrs. Ford machte alle richtigen Gesten und Geräusche. Sie waren so gut, dass sie Uriah überzeugten, und auch Jude begann sich allmählich zu fragen, ob sie mit ihrem Misstrauen nicht vielleicht doch falsch gelegen hatte. Die Zigarette blieb im Aschenbecher auf dem Tisch liegen, Rauch stieg zur Decke hoch. Mrs. Ford schluchzte in ihre Hände, das Gesicht hatte sie verdeckt.

»Sollen wir jemanden für Sie anrufen?«, fragte Uriah. »Einen Nachbarn? Oder einen Verwandten?«

Ohne aufzusehen, schüttelte die Frau den Kopf. »Ich muss jetzt allein sein.«

Jude ließ das Foto auf dem Tisch liegen. Sie wusste nicht, warum, es geschah intuitiv. Aber Uriah nahm es mit. Die Detectives schnappten sich ihre Mützen und Handschuhe und zogen sich ihre Stiefel an. Draußen angekommen, schlossen sie die Tür hinter sich, dann gingen sie den Bürgersteig runter.

»Das war gerade ein bisschen schroff«, sagte Uriah atemlos. »Das hätte auch netter gemacht werden können, auf eine verständnisvollere Art.«

»Das ist mir bewusst, aber ich hatte das Gefühl, mich schnell entscheiden zu müssen. Ich wollte sie überrumpeln, um zu sehen, wie sie reagiert.«

»Ihre Trauer wirkte echt.«

»Könnte sein. Glaubst du ihr? Also dass ihr Sohn nicht bei ihr war?«

»Was das angeht, bin ich mir nicht sicher.«

Jemand kam ihnen entgegen, große Kapuze, Kopf geneigt. Dem Haar nach zu urteilen, handelte es sich vermutlich um eine Frau, aber zu dieser Jahreszeit war so etwas oft schwer zu erkennen. Die dick angezogene Person mit der verspiegelten Sonnenbrille trug einen isolierten Unisex-Overall und ging mit einem kleinen schwarz-weißen Hund spazieren.

Jude ergriff die Gelegenheit. »Hallo, darf ich Ihnen eine Frage stellen?«

Die Person ging weiter. Jude schnappte sich das Foto aus Uriahs Hand, lief hinter der Gassigängerin hinterher und hielt ihr das Foto unter die Nase. »Mein Name ist Detective Fontaine, und ich würde gern wissen, ob Sie zufällig diesen Mann in dieser Gegend gesehen haben.« Sie zeigte auf das Foto.

Die Person hielt an, schob ihre mit Fell umrandete Kapuze zurück (es war eine Frau) und sah auf das Bild in Judes Hand. Neben ihr wartete der Hund, der Gummistiefelchen trug. Sie sahen aus wie Luftballons ohne Luft. »Ja.«

»Vor Kurzem?«

»Gestern oder vielleicht vorgestern. Ich ging mit meinem Hund spazieren, und er sagte *Hi* und ging dann zu diesem Haus da drüben.« Sie zeigte auf Mrs. Fords

Häuschen. »Er ist mir aufgefallen, weil er freundlich war und niedlich. Und er hatte einen Südstaatenakzent.«

»Hat ihm jemand die Tür geöffnet?« Während sie sprachen, entstand eine Art Nebel zwischen ihnen, und Jude erwartete schon halb, dass die Wörter einfrieren und zu Boden fallen würden.

»Eine Frau. Ich weiß nicht genau, ob er reingegangen ist. Ich war da auch schon an dem Haus vorbei, und es ging mich ja auch gar nichts an. Meinem Hund ist kalt. Ich muss jetzt weiter.«

Jude bedankte sich bei der Passantin, und die junge Frau ging weiter.

Im Wagen drehte Jude die Heizung hoch. »Also was jetzt? Bringen wir sie zum Verhör?«

»Wir lassen sie beschatten«, erwiderte Uriah. »Und ich lasse unsere Expertin für Informationsbeschaffung alles über Gail Ford herausfinden, was es zu finden gibt.« Er zog sein Telefon aus der Tasche, rief Molly an und erteilte die Anweisung.

KAPITEL 45

In jener Nacht hielt Jude auf ihrem Nachhauseweg nach der Arbeit bei einem der teureren Lebensmittelgeschäfte, wo sie diverse gesunde Produkte im Feinkostbereich kaufte, alles Bio. Die Palette reichte von gegrillter Hähnchenbrust bis zu gefülltem Kürbis mit Reis. Die meiste Zeit über ernährte sie sich vegetarisch, aber ein Kind brauchte Proteine.

In ihrer Wohnung zog sie die Stiefel aus und legte die Einkäufe auf der Küchentheke ab, dann warf sie ihren Mantel und den Laptop aufs Bett, gefolgt von Mütze und Handschuhen. Nachdem sie in Jogginghose und Schlabberpulli geschlüpft war, schickte sie Elliot eine SMS und gab ihm Bescheid, dass sie jetzt zu Hause war und Essen eingekauft hatte. Fünf Minuten später kamen er und der Junge die Treppe hochgestampft, so als würden sie um die Wette laufen. Lachend platzten sie in die Wohnung.

»Wir hatten einen tollen Tag«, erzählte Elliot. Er holte drei Teller aus dem Regal und stellte sie auf die Küchentheke. Dann beugte er sich vor und flüsterte Jude ins Ohr: »Du weißt schon, dass das hier kein Essen ist, das Kinder besonders mögen, oder?«

Sie schenkte ein kleines Glas Milch ein. »Er mag Erdnussbutter und Cornflakes, aber er kann nicht nur davon leben.« Es gab heißen Tee für sie und Elliot.

»Tacos, Pizza«, schlug er vor.

»Das ist aber nicht gesund.«

»Du kannst es aber gesund machen. Aber hey, das hier sieht echt gut aus. Ich beschwer mich ja gar nicht.«

Letztendlich mochte der Junge den Eichelkürbis, verschmähte aber den Reis, weil Zwiebeln drin waren. Er pulte sie aus seinem Mund und schob sie an den Tellerrand. Elliot warf Jude einen *Ich hab's dir ja gesagt*-Blick zu.

Später spülten die Erwachsenen das Geschirr, während sich der Junge mit seinen Spielsachen auf dem Fußboden im Wohnzimmer beschäftigte. Er schien darauf programmiert worden zu sein, Erwachsene nicht zu stören, wenn sich diese unterhielten. *Kopf nach unten, und dir wird keiner wehtun.* Herzzerreißend, dass er so etwas schon so früh in seinem Leben gelernt hatte.

»Ich geh nach Hause.« Elliot stellte den letzten Teller ins Regal. »Danke fürs Abendessen.«

»Ich will dich dafür bezahlen, dass du auf ihn aufpasst.«

»Auf gar keinen Fall!«

»Du brauchst aber Geld. Oder zumindest gehe ich davon aus, dass du welches brauchst.«

»Ich bekomme demnächst etwas Geld.«

»Okay, aber sag Bescheid, falls sich daran was ändern sollte.« Sie hängte ein Handtuch über den Backofengriff. »Könntest du noch eine Minute bei ihm bleiben, während ich nach unten laufe, um die Post zu holen? Ich hab das vorhin vergessen.«

»Kein Problem.«

Im Foyer schloss Jude das kleine, verzierte Metalltürchen ihres Briefkastens auf und öffnete ihn. Zwei Briefumschläge. Einer war eine Rechnung, der andere kam von der Anwaltskanzlei, die sich um den Nachlass ihres Vaters kümmerte. Der Brief sah so ähnlich aus wie derjenige, der oben – immer noch ungeöffnet – in ihrer Wohnung lag. Sie mochte diese formellen Briefe nicht, sie weckten schmerzhafte Erinnerungen. Aber dieses Mal entschied sie sich, den Brief aufzureißen und es hinter sich zu bringen, so wie man ein Pflaster irgendwann abreißen musste.

Es schien ein *Tag der DNA-Ergebnisse* zu sein, denn in dem Brief ging es um die Suche nach den Erben ihres Vaters.

Wie Sie bereits aus unserem letzten Brief wissen, ergaben neue DNA-Tests eine Übereinstimmung: Der Name wurde inzwischen allen Anwälten mitgeteilt, die etwas mit dem Nachlass zu tun haben. Aus Kulanz setzen wir Sie über den Namen des Erben im Vorfeld in Kenntnis, bevor wir diese Information an die Öffentlichkeit weitergeben. Laut unserem Beschluss ist die Beziehung Vater/Sohn.

Dieser Erklärung folgte der Name von Phillip Schillings Übereinstimmung – der Name von Judes Halbbruder.

Elliot Kaplan.

Wenn ein Stuhl in der Nähe gewesen wäre, hätte sie sich darauf fallen lassen. Stattdessen sank sie jetzt auf die

Treppenstufen aus Marmor, die Ellenbogen hatte sie auf den Knien. Sie umklammerte den Brief mit beiden Händen, las ihn dann noch mal langsam, versuchte, daraus schlau zu werden.

Ich bekomme demnächst etwas Geld. Das war kein Witz.

Elliot.

Es war nicht das erste Mal, dass er etwas vor ihr verheimlicht hatte. Er war in ihr Haus gezogen, um sie auszuspionieren, um sie kennenzulernen und ein Buch über sie zu schreiben. Oder war das mit dem Buch nur ein weiterer Vorwand gewesen?

Und sie hatte ihn auf den Jungen aufpassen lassen!

Was jetzt? Nach oben gehen und ihn zur Rede stellen?

Vielleicht wäre es besser, das Ganze erst mal für sich zu behalten, um zu sehen, ob er es ihr von sich aus erzählen würde. Aber das würde die bisherige Lüge nicht ungeschehen machen; außerdem hätte er schon viele Gelegenheiten dazu gehabt.

In den meisten Situationen konnte sie ihre Gefühle verbergen – die wenigen, die sie überhaupt noch hatte –, aber als sie wieder in ihrer Wohnung war, fiel es ihr dann doch schwer, sich nichts anmerken zu lassen. Sie umklammerte den Briefumschlag noch fester, die Absenderadresse versteckte sie, und als Elliot einen Witz darüber machte, wie sehr der Junge das Kürbisessen gemocht hatte, versuchte sie zu lächeln, was aber offensichtlich misslang, weil Elliot für einen kurzen Augenblick verwirrt aussah.

Sie ließ sich eine Ausrede für ihr merkwürdiges Verhalten einfallen. »Entschuldigung.« Sie winkte ab, während sie ihn fast schon aus der Haustür schob. »Ich bin wegen diesem Fall mit meinen Gedanken ganz woanders.«

Das reichte, um ihn zu täuschen.

Als er weg war, rief sie Uriah an und erzählte ihm die verstörenden Neuigkeiten. Er war genauso sprachlos wie sie. Und wütend. Er bot ihr an vorbeizukommen. »Ich könnte ihm die Scheiße aus dem Leib prügeln!«

Das fand sie witzig. Elliot war nicht besonders muskulös oder stark, aber in Uriahs jetzigem Zustand war es schwierig vorherzusagen, wer wohl gewinnen würde. »Bleib zu Hause. Ich hab alles unter Kontrolle.«

»Was hast du vor?«

In diesem Augenblick, mit Uriah am anderen Ende der Leitung, verwarf sie die Idee, noch länger zu warten. Nicht zu wissen, was Elliot vorhatte, wäre eine zu große Ablenkung. Sie müsste es sofort klären. »Elliot und ich müssen uns mal unterhalten.«

Als das Kind gebadet war und schlief, schickte Jude Elliot eine SMS.

Gibt es vielleicht etwas, das du mir gern erzählen würdest?

Kein Zögern. Keine Zeit, um über etwas nachzudenken. Seine Antwort folgte prompt.

Bin sofort da.

KAPITEL 46

Wenn der Junge nicht wenige Meter entfernt geschlafen hätte, hätte Jude nicht gewusst, was sie mit Elliot gemacht hätte. Ihn gegen die Wand gestoßen? Eher nicht. Diese glühende Wut brannte nicht mehr in ihr und zu ihrer eigenen Verteidigung sowieso nicht. Dennoch tat der Betrug eines männlichen Verwandten, selbst von einem, von dem sie bis vor wenigen Minuten noch nicht einmal gewusst hatte, unheimlich weh.

Ohne ein Wort zu sagen, hielt sie den Brief hoch und zeigte auf seinen Namen. Offensichtlich hatte er mit so etwas schon gerechnet, aber trotzdem war sein Gesicht kreidebleich, und er zitterte sichtbar. Zögernd blieb er an der Wohnungstür stehen, die er nicht komplett geschlossen hatte, bereit, sich aus dem Staub zu machen, wenn es sein müsste. Sie zitterte ebenfalls, aber innerlich.

Sie warf den Brief nach ihm. Im Reflex griff er danach, ließ ihn dann aber zu Boden fallen, so als ob ihn der Brief gestochen hätte. »Was willst du?« Sie war fertig mit Familie und all den Lügen und der Falschheit und dem Schmerz, den sie mit sich brachte. »Warum bist du wirklich hier?«

Er bekam kaum etwas heraus, stammelte, stotterte, rieb sich nervös die Arme, und verdammt, jetzt fing er ihr sogar an, ein bisschen leidzutun.

»Zuerst war ich nur neugierig, wer du bist«, erzählte er schließlich. »Das war alles. Ich wollte dich kennenlernen, unabhängig davon, wer ich war und wer du warst und wer unser Vater war. Ich wollte, dass es *echt* ist.«

»O Gott, setz dich lieber hin, bevor du noch umkippst.«

»Ich bleib lieber hier stehen.« Er griff nach dem Türknauf, fasste daneben, verlor fast das Gleichgewicht.

»Setz dich.«

Er setzte sich. Auf die blutbefleckte Couch.

Jude blieb stehen, Arme vor der Brust verschränkt, mit dem Rücken zur Wand. »Erzähl mir alles.« Wegen des schlafenden Jungen nebenan sprach sie immer noch leise.

Sie interessierte sich nur für das, was in der jüngsten Vergangenheit passiert war, aber Elliot ging weiter zurück, weiter, als ihr lieb war, weil sein tiefes Eintauchen in die Vergangenheit sie in ihre eigene Kindheit zurückkehren ließ ... zu Dingen, die sie lieber vergessen wollte. Er erzählte ihr, wie er in Texas aufgewachsen war und dass sein Vater – *ihr gemeinsamer* Vater – für seine Ausbildung bezahlt hatte. »Meine Mutter stellte ihn immer als den tollen Typen dar. Sie hatten damals überhaupt keine Beziehung, zumindest nicht, dass ich wüsste, außer dass er sich in finanzieller Hinsicht um mich kümmerte. Und meine Mutter überzeugte mich davon, dass du schlecht wärst und alle Geschichten über unseren Vater gelogen wären.«

»Und was glaubst du jetzt?«

»Ich glaube, er war wirklich ein schlechter Mensch. Und es war ganz schön schwer für mich, damit klarzukommen. Ich weiß, dass du wohl ähnlich verwirrt sein musst. Zu wissen, dass unser Vater ein Monster war … sich zu fragen, was wir wohl für Gene haben … sich zu fragen, ob wir uns überhaupt jemals fortpflanzen sollten.« Er machte eine Pause, dachte nach. »Andererseits bist du in Ordnung.«

»Bin ich nicht.«

»Du warst es. Vorher.«

»Vielleicht.« Vielleicht auch nicht. »Hast du ihn jemals kennengelernt?«

»Nicht dass ich wüsste, aber ich habe mit ihm telefoniert. Einmal im Jahr oder so. Er fragte mich dann, wie es mir geht und wofür ich mich interessiere. Ich fühlte mich dann immer gut.«

»Wusstest du über mich Bescheid?«

»Als ich älter wurde. Und natürlich war ich neugierig. Aber ich war mit dem Wissen aufgewachsen, dass ich ein Geheimnis hatte, das ich niemals mit irgendwem teilen dürfte.«

Was es wahrscheinlich leichter für ihn gemacht hatte, es zu vertuschen.

Es stellte sich heraus, dass er ein paar Jahre jünger war als Jude. In ihrem Kopf setzte sie einen Zeitstrahl zusammen. Ihre Mutter war noch am Leben gewesen, als er geboren wurde, und ihr Vater hatte bereits junge Mädchen ermordet.

»Deine Mutter … was ist mit ihr?«, fragte sie.

Er zog sein Telefon heraus und scrollte durch die Fotos, dann drehte er Jude das Display zu. Eine dünne Frau mit hellem Haar und heller Haut. Elliot hatte einen olivfarbenen Teint und sehr dunkles Haar. Es würde Jude nicht wundern, wenn sich noch herausstellen würde, dass diese Frau auf den Bildern überhaupt nicht seine leibliche Mutter war.

Er legte sein Telefon beiseite. »Sie war eine gute Mom. Sie hat mich nie geschlagen, aber sie war streng. Mir ist irgendwann klar geworden, dass sie auch von Phillip unterstützt wurde. Ich war also praktisch ihr Goldesel.«

»Und diese Geldquelle versiegte, als er starb.«

»Ich habe versucht, ihr auszuhelfen, und sie hatte auch noch etwas gespart. Aber natürlich bekommt sie keine Sozialhilfe, weil sie nie Steuern bezahlt hat.«

»Bald wirst du Millionär sein.«

Er zuckte zusammen. »Das Geld ist mir egal, aber es eröffnet mir die Möglichkeit, mich um sie zu kümmern. Und dafür gibt es mehr Geld als genug. Es gibt eine Menge bedürftige Menschen, und ich habe vor, mein Geld zu verteilen. Du solltest deinen Anteil auch nehmen.«

»Ich brauche nichts.«

»Du brauchst ein Auto.«

»Ich hab keine Ahnung, wo sein ganzer Reichtum herkam. Einiges davon ist mit Sicherheit Blutgeld.« Aber ihr gefiel Elliots Vorstellung von Menschlichkeit. Sie würde darüber nachdenken. »Fühlst du dich als Opfer?«

»Ich hatte ein gutes Leben. Ich war verwöhnt, wirklich.«

Was wäre, wenn die Frau, die er als seine Mutter kannte, überhaupt nicht seine richtige Mutter war? Was wäre, wenn Elliot das Produkt einer früheren Entführung ihres gemeinsamen Vaters war? Was wäre, wenn Elliot in Wirklichkeit der Sohn eines der Mädchen war, die ihr Vater in seiner Hütte in Nord-Minnesota als Geisel gehalten hatte? Das würde auch das viele Geld erklären. Ausgezahlt an eine Frau, damit sie sich um Schillings Sohn kümmerte. Hatte Elliot jemals über diese Möglichkeit nachgedacht?

Sie wusste, dass Octavia während ihrer Gefangenschaft schwanger geworden war. Sie hatte eine Fehlgeburt erlitten, aber vielleicht hatte irgendeine der anderen Gefangenen auch ein Kind bekommen? Falls das so war, was war danach mit diesen Babys passiert? Phillip Schilling war nicht dafür bekannt, Freundinnen oder Beziehungen zu haben. Seine »Freundinnen« waren seine Gefangenen. Deshalb passte Elliots Geschichte nicht wirklich zu dem, was sie über ihren Vater wusste.

Er fing an zu weinen. Leises Schluchzen, das seine Schultern erzittern ließ, während er das Gesicht in den Händen vergrub. Sie setzte sich neben ihn und tätschelte leicht und unbeholfen seine Schulter, weil sie nicht wusste, ob es ihn überhaupt tröstete.

Vor einigen Stunden hatte sie noch keine nahen Verwandten gehabt. Jetzt hatte sie einen Bruder und war sich nicht mal sicher, ob sie das überhaupt wollte.

KAPITEL 47

Der CPS kam, um den Jungen abzuholen, und es gab nichts, was Jude dagegen hätte unternehmen können. Ein weiterer Sturm rückte an, und sie wollten ihn abholen, bevor es losging.

»Es ist das Beste für das Kind«, sagte Kim Tharp. Wenigstens war die Sozialarbeiterin zuvor schon mal in Judes Wohnung gewesen, sodass der Junge zumindest nicht wieder mit einer völlig fremden Person konfrontiert wurde.

Jude kniete sich vor ihm hin und zog den Reißverschluss seines Mantels hoch. Dann reichte sie ihm seine rote Strickmütze, die er sich selbst aufsetzte. Rote Fäustlinge mit orangenen Katzen drauf waren als Nächstes dran. »Dachkater.« Erfreut zeigte er darauf. Das war ziemlich süß.

Ihr Telefon vibrierte, und sie holte es aus ihrer Jeanstasche. Eine SMS von Elliot.

> Bin bald zurück. Ich will mich noch von ihm verabschieden.

Seltsam, jetzt eine Mitteilung von ihm zu bekommen, nach dem, was sie gerade erst erfahren hatte. Sie war immer noch dabei, das Ganze überhaupt zu verarbeiten. Sie steckte ihr Telefon weg und reichte dem Jungen seinen Rucksack. Drin steckten seine Kuscheltiere und Flanellpyjamas mit Bildern von *Thomas, der kleinen Lokomotive* drauf, ein Paar Socken und Unterwäsche, eine Bürste, Zahnpasta und eine Zahnbürste.

»Wo ist eigentlich Jenny Hill?«, fragte Jude und erhob sich. Beim letzten Mal waren sie zusammen gekommen.

»Unpässlich.«

»Ich dachte, sie würde auch hier sein. Hat sie denn nicht den ersten Bericht eingereicht?«

»Ja, aber wir haben ihn alle unterschrieben.«

»Ich denke, dass zu schnell entschieden wurde«, sagte Jude.

»Wir sind die Spezialisten.« Kim Tharps Miene wurde weicher. »Ich weiß, dass es schwer sein kann, diese Kinder gehen zu lassen. Wir fangen an, sie gernzuhaben. Aber ich bin mir sicher, Sie verstehen, dass ein Kind bei einem Verwandten besser aufgehoben ist. Am besten bei seiner Mutter oder Vater, wenn das möglich ist. Und dieses Mal werden wir da sein, um Ms. Perkins die Unterstützung zu geben, die sie braucht.«

»Ich würde das gern weiterverfolgen. Ms. Perkins vielleicht in ein paar Tagen einen Besuch abstatten.« Die Sozialarbeiterin sah aus, als sei ihr nicht ganz wohl bei dem Gedanken, und Jude fuhr fort. »Inoffiziell natürlich.«

»Von so etwas raten wir ab.« Sie sah zu dem Jungen, senkte ihre Stimme, beugte sich näher zu Jude. »Ein sauberer Schnitt ist das Beste. Dass sich eine Bindung aufbaut, passiert manchmal zwischen Kind und Pflegefamilie, aber wir möchten ja, dass sich die Beziehung zwischen Mutter und Kind verbessert.«

»Wann machen Sie die nächste Kontrolle?«

»Wir rufen gleich morgen früh an.«

»Nur ein Anruf?«

»Ja.«

»Und am darauffolgenden Tag?«

»Wir warten ein paar Tage ab, und dann rufen wir noch mal an.«

»Wann fahren Sie denn mal vorbei? Also bei ihnen zu Hause?«

»Ms. Hill wird das Ganze überwachen. Normalerweise planen wir diese Besuche zwei Wochen im Voraus. Das gibt ihnen genug Zeit, um in eine gewisse Routine zu kommen. Auf diese Weise sind sie unvorsichtiger, und das, was wir vorfinden, vermittelt uns ein unverfälschteres Bild der Situation.«

Jude gefiel das nicht. Sie würde Jenny Hill anrufen und sie ermutigen, Nan Perkins schon bald einen Besuch abzustatten. Sie wollte sich vergewissern, warum die junge Frau glaubte, dass der Junge bei Perkins ein sicheres Zuhause hätte, obwohl er dort misshandelt worden war. Sozialdienste hatten häufig einen schlechten Ruf. Manchmal verdient, manchmal nicht. Jude wollte auf Nummer sicher gehen, dass dieser Fall nicht zu einem *verdienten* wurde.

»Sie wissen doch, was mit seiner Pflegefamilie passiert ist«, sagte Kim Tharp. »Bevor wir ihn seiner Mutter zurückgeben wollten, haben wir versucht, einen anderen Platz für ihn zu finden. Aber alle zögerten. Unsere Pflegefamilien kennen sich alle und reden miteinander.«

Sie blickte wieder über ihre Schulter. »Die Leute hatten Angst vor ihm. Wir haben nicht gerade viele Möglichkeiten.«

»*Ich* bin eine Möglichkeit. Ich finde, dass Sie Ihre Entscheidung überstürzen. Ich weiß, dass er nur einer von Hunderten Fällen ist, aber ...«

»Sie arbeiten Vollzeit und auch noch zu seltsamen Uhrzeiten.«

»Es gibt jemanden bei mir im Haus, der sich um ihn kümmert, wenn ich das nicht kann.«

»Jemanden, den wir noch nicht abgesegnet haben.«

Jude dachte daran, dass Elliot sie getäuscht hatte, und konnte nicht wirklich etwas gegen das Argument der Sachbearbeiterin sagen. Sie hätte nie zulassen sollen, dass er auf den Jungen aufpasste.

»Und obwohl Sie ein Detective sind, wurden auch Sie nie von uns überprüft. Wir haben bei Ihnen eine Ausnahme gemacht, weil Sie ein Officer sind, aber das könnte letztendlich zu unserem Problem werden, falls Ms. Perkins Beschwerde einreichen sollte.«

War das einer der Gründe, die tatsächlich zu der Entscheidung geführt hatten? Sie hoffte nicht.

»Wir sollten jetzt gehen.«

Elliot war noch nicht aufgetaucht. Jude wollte den Jungen zum Abschied umarmen, aber dann unterdrückte sie den Impuls. Die Frau hatte ja recht. Es war das Beste, Bindungen, die sowieso zu nichts führen würden und keine Bedeutung für ihn hätten, nicht noch zu vertiefen.

Die Sachbearbeiterin und der Junge gingen.

Jude brachte sie nicht mehr nach unten, allerdings

sah sie aus ihrem Schlafzimmerfenster. Sie sah, wie Elliot angerannt kam, dann hockte er sich vor den Jungen und zog ihn in seine Arme. Nur wenige Augenblicke später hörte Jude, wie die Tür im Foyer zuknallte. Sie war froh, dass er es noch rechtzeitig geschafft hatte. Trotz seiner Täuschungsmanöver konnte man Elliots gute Eigenschaften nicht leugnen.

Kim half dem Jungen ins Auto. Sie lächelte und legte ihm den Sicherheitsgurt an. Weinte er? Jude hoffte es nicht.

Die Autotür wurde geschlossen. Als die Sachbearbeiterin um den Wagen herumging, um auf dem Fahrersitz Platz zu nehmen, schaute das Kind auf. Jude war sich nicht sicher, ob er sie überhaupt sehen konnte, aber trotzdem hob sie die Hand zum Abschied.

KAPITEL 48

Als Jude aus Minneapolis nach Süden fuhr, wünschte sie sich zum zweiten oder dritten oder sogar vierten Mal, dass sie einen Kredit aufgenommen und sich einen besseren Wagen gekauft hätte. Mit einer besseren Heizung. Weil sie bereits ein Motorrad besaß, mit dem sie viel lieber fuhr, hatte sie nicht viel Geld für ein Auto ausgeben wollen. Dreitausend Dollar – alles, was noch aus dem Rentenfonds übrig war, den sie vor Kurzem eingelöst hatte.

Aus den Lüftungsklappen blies kalte Luft, und ihre Füße spürte Jude schon längst nicht mehr. Obwohl die Heizung versagte, schien die Außentemperaturanzeige noch zu funktionieren. Es war wieder nahe der minus zwanzig Grad, um halb vier am Nachmittag. In ungefähr einer Stunde würde es dunkel werden, und die Temperaturen würden weiter sinken.

Jude hatte erfolglos versucht, Jenny Hill zu erreichen, dann hatte sie sechs Stunden gewartet, denn sie ging davon aus, dass das reichen müsste, damit sich der Junge wieder eingewöhnte. Sie hatte Uriah nicht erzählt, wo sie hingehen würde, weil sie nicht wollte, dass er in die Sache mit reingezogen wurde. Und sie hatte auch nicht gewollt, dass er versuchen würde, es ihr auszureden.

Mithilfe des GPS ihres Telefons fand sie das Farmhaus ganz leicht.

Die Landschaft und die Abgeschiedenheit überraschten sie nicht. Bevor sie das Büro verlassen hatte, hatte sie sich ihr Ziel auf Google Maps angeschaut und war belohnt worden mit einer Satellitenansicht eines zweistöckigen weißen Hauses mit einer großen roten Scheune und diversen Nebengebäuden. Das Foto war alt, vermutlich zu einer Zeit gemacht, als das Leben für Nanette Perkins noch besser gelaufen war. Zumindest war es hier zu dem Zeitpunkt viel grüner gewesen. An den Bäumen waren Blätter, der Mais auf den Feldern hatte Quasten. Vor dem Haus stand ein Van, der nicht das neueste Modell war.

Die lange ungepflasterte Straße erstreckte sich zu einem Haus mit einer ländlichen Notnummer – sie bestand aus einer Serie von Ziffern, die von Feuerwehr und Polizei benutzt wurden, um Häuser zu lokalisieren, die sonst schwer zu finden gewesen wären. Der Weg war erst kürzlich vom Schnee befreit worden. Aber die Nummer und das Wegschippen des Schnees waren gute Zeichen – für den Fall, dass einer der Bewohner Hilfe brauchen sollte. Jude war sich nicht sicher, ob Ms. Perkins noch einen Wagen besaß oder überhaupt noch in der Lage wäre zu fahren.

Älterer Schnee war zu beiden Seiten des Wegs aufgetürmt, stellenweise war er über einen Meter achtzig hoch. Der Platz erinnerte Jude an ein altes Schwarz-Weiß-Foto, das sie mal als Kind gesehen hatte und an das sie sich jetzt wieder erinnerte – bei einem Schneesturm in Minnesota war der Schnee so weit aufgeschnitten worden, sodass die Straße aussah wie eine tiefe

Schlucht, durch die sich eine Reihe Autos quetschen konnte. Wenn die Temperaturen niedrig blieben, konnte selbst die Wärme der Sonne nichts ausrichten.

Beim Haus gab es einen Lattenzaun, der bereits fast zusammenfiel und eher grau als weiß war. Und es gab heruntergekommenes Hofdekor, das keinem Zweck diente. Es schien das Ende der Straße und den Anfang des Hofs zu markieren. Der Hof war nicht eingezäunt und zu beiden Seiten offen. Es gab einen runtergetrampelten Schneeweg, der an einer Seite des Zauns entlangführte. An einem Ende des Weges stand ein Schneemobil. Vielleicht fuhr Perkins damit herum.

An einer Seite, die aussah wie die Küche, gab es einen seltsamen Anbau, einen Raum mit niedrigem Dach und ohne Fenster. Er wirkte eher wie ein Stall für die Viehzucht als wie ein Haus, und vermutlich war er das irgendwann auch mal gewesen.

Jude schaltete die Zündung aus und blieb dann noch einen Moment im Wagen sitzen, beobachtete das Haus, nahm alles bis ins kleinste Detail auf. Die Vorhänge waren zugezogen, die Jalousien geschlossen. Nicht ungewöhnlich für diese Jahreszeit. Man machte alles Mögliche, um die Kälte draußen zu lassen. Licht strahlte an den Vorhängen vorbei, was darauf hinwies, dass das Haus bewohnt war.

Jude stieg aus dem Wagen und ging zum Haus. Sie klopfte, und Perkins öffnete die Tür. Sie versuchte noch nicht einmal, ihre Überraschung über den unerwarteten Besuch zu verbergen, war aber auch nicht wirklich abweisend. Jude hatte sie seit dem Krankenhaus nicht mehr gesehen, und da hatte sie noch Schmerzmittel eingenommen. Sie sah jetzt besser aus, jünger. Auf ihrem Gesicht war sogar ein Schimmer zu sehen, diese Art von Schimmer, die der Winter auf die Gesichter der Menschen zauberte. Rosige Wangen von der Kälte und Hitze. Aber ihr verletztes Bein befand sich in einem schwarzen Kunststoffverband, schwer lehnte sie sich auf eine Gehhilfe aus Metall.

Die Küche hinter ihr sah aufgeräumt aus, kein Geschirr in der Spüle, kein Essen auf den laminierten Arbeitsflächen, und eine Tischdecke, die so neu war, dass die Falten noch zu sehen waren. Offensichtlich für die Sozialarbeiterin inszeniert. Jetzt konnte Jude den Vorteil des Wartens besser verstehen. Das hier spiegelte nicht die Realität wider. Jude gefiel es überhaupt nicht, dass der Junge wieder bei Perkins war, ganz egal, wie gemütlich es hier gerade aussehen mochte.

»Sie sehen aus, als ob Ihnen kalt wäre.«

»Meine Heizung im Wagen funktioniert nicht richtig.«

»Kommen Sie doch rein und setzen Sie sich an den Holzofen.«

Jude trat ein und zog die Tür hinter sich zu. »Ich habe nicht vor, lange zu bleiben.« Sie hasste es zu lügen, sie war keine Lügnerin, aber dennoch tat sie es jetzt. »Ich war gerade in der Gegend und dachte mir, ich bringe dem Jungen noch das hier vorbei.« Sie hielt ein Buzz-Lightyear-Spielzeug hoch. »Heute Morgen habe ich vergessen, es in seinen Rucksack zu stecken.«

Perkins setzte sich auf einen überfüllten Stuhl, ließ sich eher darauf fallen, ihren Fuß hatte sie vor sich abgestützt. Der weiße Verband um ihre Zehen hatte sich bereits schwarz verfärbt.

Der Fernsehbildschirm schimmerte noch ein wenig, und Jude konnte ein schwaches Knacken hören. Das Gerät war gerade erst ausgeschaltet worden, vielleicht hatte Perkins sie gehört, als sie mit ihrem Wagen vor dem Haus hielt.

»Setzen Sie sich doch.«

Jude wollte sich ein besseres Bild von der Lage verschaffen. Sie begann, die Stiefel auszuziehen.

»Machen Sie sich keine Gedanken deswegen.«

Also ließ Jude sie an und ging über den Linoleumfußboden der Küche, um sich zu der Frau ins Wohnzimmer zu gesellen. Zwei Wände waren holzvertäfelt, zwei waren weiß. Diese glänzende Farbe fand Jude unangenehm, weil sie jeden Makel zum Vorschein brachte. Zwei dunkle Flure: einer führte vermutlich zu den Schlafzimmern und dem Bad, der andere vielleicht zu dem Anbau. Eine Treppe führte ins Obergeschoss. Die große Frage war: Wo steckte der Junge?

Jude lockerte ihren Schal. Die Temperatur im Wohnzimmer musste fast siebenundzwanzig Grad betragen. Zu heiß, aber im Moment fühlte sich das schön an. Das Einzige, was auf den Jungen verwies, war sein Rucksack, der mitten auf der Couch lag. Der Form nach zu urteilen, war erst sehr wenig herausgenommen worden.

Perkins bemerkte, worauf Judes Aufmerksamkeit gerichtet war, und erklärte: »Er war so müde, als er herkam. Er macht gerade ein Nickerchen.«

Das tat er gern, aber *mit* seinen Kuscheltieren.

Ohne vorher zu fragen, ob es in Ordnung sei, setzte sich Jude auf die Couch und öffnete den Reißverschluss des Rucksacks. Er war noch gar nicht geöffnet worden.

Alles war noch genauso, wie sie es bei sich zu Hause eingepackt hatte. »Könnte sein, dass er die hier will.« Sie holte die Katze und den Panda heraus.

Perkins lehnte das Kinn gegen ihre Hand, sah amüsiert aus. »Sie wollen ihn wirklich gern sehen, oder?«

Jude zuckte mit den Schultern, so als wäre es nicht wichtig. »Ich hätte nichts dagegen. Ich werde ihn nicht wecken. Die beiden hier lege ich ihm ins Bett, aber ich werde ganz leise sein.«

»Nur zu. Werfen Sie ruhig einen Blick auf ihn.« Perkins zeigte auf einen kurzen Flur, der von der Küche abging. »Er ist im Anbau.«

Jude ließ sich nichts anmerken, auch wenn die Situation immer seltsamer wurde.

»Das wird Sie beruhigen.« Mit beiden Händen schnappte sich Perkins ihre Gehhilfe und stemmte sich hoch, fast kippte sie dabei um, aber sie konnte sich noch rechtzeitig fangen. »Dummes Ding«, murmelte sie. »Ich konnte mir keinen von diesen Knie-Scootern leisten. Sie gehen vor, ich komm nach.«

Jude griff nach dem Holster an ihrer Taille. Sie tat, als würde sie husten, und übertönte damit das Geräusch, wie sie das Holster aufschnappen ließ. Sie mochte keine Gebäude mit Geheimnissen, enge Flure oder fensterlose Räume. Sie spürte den Zementboden unter ihren Füßen, hörte das Trampeln der Gehhilfe hinter sich. Aber unter dem Lärm vernahm Jude ein schwaches Geräusch. Das Weinen eines Kindes.

Der Junge war stoisch. Das passierte oft bei misshandelten Kindern. Und bei misshandelten Erwachsenen auch, aber dass er weinte … Sie blieb stehen und drehte sich um. »Sie müssen nicht mitkommen. Ich hol ihn und bring ihn ins Wohnzimmer.«

Schwer lehnte sich Perkins auf ihre Gehhilfe.

Das Weinen hörte nicht auf.

Am Ende des Flurs drehte Jude den Knauf und öffnete die Tür.

Zu diesem Zeitpunkt war ihr bereits klar, dass sie hier kein Kind in einem süßen kleinen Bettchen vorfinden würde. Aber auf das, was sie dann sah, war sie nicht vorbereitet: ein enger Raum, der aussah wie eine Baracke, mit Feldbetten, die an einer Wand standen. Zwei Elektroheizgeräte waren eingeschaltet, ein Propangasheizgerät stand ausgeschaltet daneben. Der Raum war so kalt, dass sie ihren eigenen Atem sehen konnte.

Und dann gab es einen Hundekäfig, und in dem Hundekäfig hockte der Junge. Er klammerte sich an die Gitterstäbe, sein Mund war weit aufgerissen, Tränen liefen ihm über die Wangen. Jude rannte zu ihm, fiel vor dem Käfig auf die Knie. Sie empfand vieles gleichzeitig: Wut, Schmerz, Ekel. Aber das vorherrschende Gefühl war Erleichterung darüber, dass sie ihn gefunden hatte, und hoffentlich war er unverletzt. Bei ihrem Anblick streckte er beide Hände aus, flehte sie förmlich an, sie hochzuheben.

Oder zumindest dachte sie das, bis er plötzlich sagte: »Nana.«

Jude duckte sich, zog gleichzeitig ihre Schusswaffe aus dem Holster. Zu spät. Sie hatte sich erlaubt, unaufmerksam zu sein, weil sie sich um den Jungen gesorgt hatte. Ein Schlag auf eine Kopfseite ließ sie auf den Boden fallen. Die Waffe flog ihr aus der Hand, wurde über den Betonboden geschleudert.

»Er war total verwöhnt nach der kurzen Zeit, in der er bei Ihnen war«, kicherte Perkins. »Man darf Kinder doch nicht verwöhnen. Man muss hart sein, muss ihnen beibringen, hart zu sein. Es ist schwer, aber sie müssen das lernen, es ist zu ihrem eigenen Besten. Das Leben ist nicht einfach. Ich liebe ihn. Alles, was ich getan habe, habe ich aus Liebe getan. Er ist so ein süßes Kerlchen, viel zu süß für diese Welt. Und es ist auch nicht so schlimm, wie es vielleicht aussieht. Ihm gefällt's da drin.«

Jude rollte über den Boden, wollte der Frau gegen das Bein treten. Aber Nan kam ihr zuvor, und ein scharfer, atemraubender Schmerz schoss durch Judes Schulter. Mit einem Messer in der Hand beugte sich Perkins über sie. Es folgten noch mehr Stiche. Ein paar Meter weiter schrie der Junge. Hände griffen nach der Vorderseite ihres Mantels, hoben Judes Kopf hoch und knallten ihn auf den Boden. Jude stieß ein würgendes Gurgeln aus, dann verlor sie das Bewusstsein.

KAPITEL 49

Nan beobachtete Jude und wartete darauf, dass sie endlich starb. Sie überlegte, noch einmal zuzustechen, um das erledigt zu haben, aber das wäre mühsam, und Nan fühlte sich gerade auch nicht besonders gut. Die Anstrengung hatte ihr ganz schön zugesetzt und dazu geführt, dass ihr Bein pochte. Sie atmete schwer, und ihr Herz hämmerte wie eine Basstrommel. Keine Brust- oder Armschmerzen, also war mit ihr vermutlich alles in Ordnung.

Endlich hörte Fontaine auf, Geräusche von sich zu geben.

Nan schlurfte zu den Kuscheltieren, die während des Handgemenges runtergefallen waren, hob sie auf und wischte sie an ihrer Jogginghose ab. Sie schob das Spielzeug, das vom Blut noch ganz klebrig war, durch die Gitterstäbe des Käfigs dem Jungen zu. Er schnappte sie sich und drückte sie fest an sich. Da bemerkte sie die Blutspritzer des Detectives auf seinem Gesicht. Sie dachte darüber nach, durch das Gitter zu greifen und ihm die Spritzer abzuwischen, aber das wäre ihr jetzt dann doch zu viel Arbeit.

Einen Detective getötet. So dumm, aber sie hatte keine andere Wahl gehabt. Nan überprüfte ihre Hand, Finger gespreizt, Handfläche nach unten. Blutig, aber ruhig. Das überraschte sie, da sie innerlich zitterte. Warum durfte sie denn nicht einfach mal eine verdammte Pause haben? Was für eine Pechsträhne, von den Leichen über das Kind bis hin zu der Sozialarbeiterin, und jetzt auch noch das hier!

Sie durchwühlte die Manteltaschen des Detectives, bis sie ein Handy fand. Sie atmete schwer, ihr Kopf dröhnte, sie hatte schwarze Flecken vor den Augen, während sie Übelkeit überfiel und ihr der kalte Schweiß ausbrach. Sie streckte ihren Rücken durch und versuchte, die Flecken wegzublinzeln. Sie war in ihrem Leben schon ein paar Mal umgekippt und wusste, wie sich das ankündigte. Weil sie nicht auf dem blutigen Betonboden umkippen wollte, ließ sie sich auf eines der Feldbetten fallen, beugte sich vor und wartete darauf, dass das Schwächegefühl vorüberging.

Wie viel Zeit bliebe ihr wohl noch, bis sich jemand auf die Suche nach Fontaine machen würde? Hatte sie irgendwem davon erzählt, dass sie herkommen würde? Und was war jetzt mit dem Jungen? Das war alles nur seine Schuld!

Als sie sich ein bisschen besser fühlte, machte sie sich an die Arbeit. Sie zerschmetterte Jude Fontaines Telefon und steckte ihre Autoschlüssel ein.

Nachdem sie zum Haupthaus zurückgestapft war, zog sie sich für draußen um – Winterstiefel, Strickmütze, dicke Handschuhe. Im Badezimmer riss sie den neuen Duschvorhang herunter. Er war weiß mit gelben Schmetterlingen, gerade erst gekauft, um den letzten zu ersetzen. Als sie zurück in den Raum kam, schlief der

Junge im Käfig neben seinen Kuscheltieren. Dieses Mal machte sie sich nicht die Mühe, die Leiche auszuziehen, weil sie sich beeilen musste und jetzt wirklich abhauen würde. Also machte sie sich an die Arbeit. Keuchend schaffte sie es, den Körper des Detectives grob einzuwickeln. Sie fixierte alles mit Gewebeband, das ihr jedoch ausging, bevor sie alles vernünftig zusammenbinden konnte. Dann ging sie rückwärts, belastete so weit es ging ihr gesundes Bein, zog die Leiche über den Boden und war zufrieden, als sie sah, dass sie nur sehr wenig Blut zurückließ. Wie schon beim letzten Mal ging es leichter, sobald sie nach draußen auf den Schnee trat.

Es war dunkel, aber es fühlte sich gar nicht so kalt an wie noch vor einigen Stunden. Als sie zu dem Licht in der Nähe der Scheune aufsah, erblickte sie ein paar Schneeflocken. Sie machte sich wieder an die Arbeit, wickelte Spanngurte um Fontaines Knöchel und schnürte ein Ende an das Schneemobil. Glücklicherweise sprang die Maschine sofort an. Wie schon beim letzten Mal fuhr Nan langsam um den Rand des Maisfelds, unterdrückte das Verlangen, aufs Gaspedal zu treten. Die Doppelscheinwerfer waren so nah beieinander, dass sie wie ein einziger Lichtstrahl aussahen, der die Dunkelheit durchschnitt.

An der Abladestelle lockerte Nan die Gurte, zog den Körper zur Silage-Grube und rollte ihn über die Seite. Einfach. Er schlug am Boden auf mit einem weichen, aber zufriedenstellend dumpfen Aufschlag. Nan humpelte zum Schneemobil, nahm auf dem breiten Sitz Platz und fuhr über das Feld zurück. Inzwischen schneite es stark, und wie so oft war die Temperatur gestiegen, wenn

Schnee fiel. Es fühlte sich fast schon mild an, nachdem es zuvor so bitterkalt gewesen war.

Schnee war gut. Schnee würde viel verstecken. Als sie wieder zu Hause war, begann sie Klamotten in einen Koffer zu stopfen, und wartete lange genug, um Gail Ford anzurufen.

Nicht mal ein *Hallo*. »Du sollst mich doch nicht anrufen!«, sagte Gail.

»Ich freu mich auch, dich zu hören.« Nan erzählte ihr von ihrer Pechsträhne. »Wollte dir nur erzählen, dass ich mich aus dem Staub machen werde, sobald der Schnee zurückgeht.« Nan schloss den Reißverschluss ihres Koffers und zog ihn dann vom Bett. »Ich würde dir raten, dasselbe zu tun.«

»Ich hab keine Angst vor den Cops.«

»Ich auch nicht. Aber ich hab Angst vor jemand anderem.« Was zum Teufel sollte sie bloß mit dem Jungen machen?

Lass ihn zurück. Lass ihn einfach zurück.

»Du reagierst über«, sagte Gail. »Außerdem ist er doch noch nicht mal in der Gegend.«

»Bist du dir da sicher? Er war letzte Woche nämlich in meinem Krankenzimmer. Hat mich fast umgebracht. Er wird hinter uns beiden her sein. Wenn du nicht vorhast zu verschwinden, solltest du dir lieber wünschen, dass dich die Bullen zuerst schnappen.«

»Er hat angerufen, hat Fragen über die Leichen im See gestellt. Und auch über dich«, gab Gail zu, ihre Stimme bebte. »Er hat gesagt, dass er in Kalifornien war.«

Gut möglich, dass er gelogen hatte.

In der Küche drehte Nan alle vier Kochfelder an, dann

blies sie die Flammen aus. Das Gas machte ein zischendes Geräusch. »Du solltest dich lieber auch aus dem Staub machen.«

Fünf Minuten später, als der Schnee so dick fiel wie ein Vorhang, warf Nan ihren Koffer in den Wagen des Detectives und rutschte auf den Fahrersitz. Einer Drehung des Schlüssels folgte nur das Stottern des Motors. Eine weitere Drehung, und der Motor hustete, dann erstarb er. *O Gott. Nicht schon wieder!*

Warum zur Hölle besaß ein Cop eigentlich kein vernünftiges Fahrzeug? Und eins, das nicht nach Mottenkugeln stank? Ein weiterer Versuch, und der Motor rumpelte, erwachte endlich zum Leben. Aber sie wollte lieber kein Risiko eingehen und ganz bestimmt nicht in einer Schrottkarre losfahren. Bevor ihr der Motor wieder absoff, fuhr sie in die Scheune. Sie würde besser den Wagen der Sozialarbeiterin nehmen. Der war immerhin fast neu.

Dann fiel ihr ein, dass die Schlüssel noch im Haus lagen.

KAPITEL 50

Das MRT-Gerät verstummte, und eine körperlose Stimme teilte Uriah mit, dass sie nun fertig wären. Ein Surren, gefolgt von einer Serie von Rucken, und er starrte an die Zimmerdecke und nahm die Ohrstöpsel aus Schaumgummi aus den Ohren.

»Trinken Sie genug, um den toxischen Farbstoff aus Ihrem Körper zu spülen«, sagte die medizinisch-technische Assistentin, während sie die Nadel aus seinem Handrücken zog. Dann wurde ihm noch gesagt, er solle nach Hause gehen und sich schonen.

Nachdem er sich angezogen hatte, versuchte er Jude zu erreichen, um ihr zu erzählen, wie es gelaufen war. Aber sein Anruf wurde direkt an die Mailbox weitergeleitet. Er steckte das Telefon ein und verließ die Klinik, drückte auf den Sperrknopf an seinem Schlüsselanhänger und entriegelte die Tür. Die Übelkeit war immer noch ein Problem, und das MRT-Gerät und das Kontrastmittel schienen es noch zu verschlimmern. Aber er hatte die Medikamente gegen die Übelkeit genommen, also könnte er hoffentlich mit den schweren Nebenwirkungen umgehen. Er hatte zwar gerade Kopfschmerzen, aber die waren anders als die, die durch den Tumor hervorgerufen wurden.

Er hatte den Nachmittag damit verbracht, sich durch seine E-Mails zu wühlen, dann hatte er sich in ihr privates Netzwerk eingeloggt. Er hatte eine Menge Hintergrundrecherche betrieben – über jeden, der irgendwie etwas mit den jüngsten Ereignissen zu tun hatte. In den letzten paar Stunden hatte er sich besonders auf Gail Ford konzentriert. Genau in diesem Augenblick führte Molly, ihre Expertin für Informationsbeschaffung, beim Kommissariat genaue Untersuchungen für ihn durch. Er wollte nach Hause gehen und schlafen und hoffte, dass er sich am nächsten Morgen gut genug fühlen würde, doch noch ein bisschen was zu machen, auch wenn er nicht voll einsatzfähig war. Als er zu seiner Wohnung zurückkehrte, versuchte er es noch mal bei Jude. Dasselbe Ergebnis. Deshalb rief er Elliot an, der bereits nach dem zweiten Klingeln abnahm. Uriah hatte seit der schockierenden Enthüllung über seine Identität nicht mehr mit ihm gesprochen. Aber das war nicht der richtige Zeitpunkt, um dieses Thema anzusprechen. »Hast du Jude gesehen? Ich kann sie telefonisch nicht erreichen.«

»Sie meinte, sie will zur Perkins-Farm, um nach dem Kleinen zu schauen. Ich hab ihr angeboten mitzukommen, aber sie wollte allein gehen. Das ist schon ein paar Stunden her. Sie sollte mittlerweile wieder zu Hause sein. Ich renn mal schnell nach oben und sehe, ob ich sie wecken kann.« Uriah hörte Schritte auf der Treppe und lautes Klopfen, dem folgte Elliots Bericht, dass niemand antwortete.

Uriah fragte auch bei ein paar Kollegen nach, aber in den letzten Stunden hatte niemand etwas von Jude gesehen oder gehört, und sie hatte sich in letzter Zeit auch nicht im VPN eingeloggt. Er erhielt eine SMS von Molly.

Checken Sie mal Ihre E-Mails.

Er rief E-Mails ab. Es war eine JPEG-Datei. Er öffnete sie. Ein unscharfes Foto von zwei Frauen, die an einer Straßenecke neben einem Telefonmast standen, eine hatte helles Haar, die andere dunkles. Ihrer Kleidung und den Autos, die in der Nähe standen, nach zu urteilen, vermutete er, dass das Foto um die zwanzig Jahre alt sein musste. Er checkte die E-Mail noch mal. Keine Erklärung, aber Molly gab ihren Entdeckungen gern eine persönliche Note. Er rief sie an.

»Ich geb's auf. Wer sind die Frauen?«

»Sie wissen es wirklich nicht?«

Er warf noch einmal einen Blick auf das Bild. »Nein.«

»Das wird Sie umhauen.«

»Ich setze mich lieber.«

»Gail Ford und Nanette Perkins.«

Das musste er erst mal sacken lassen. »Die beiden kennen sich?«

»Ja. Perkins hat Ford damals dabei geholfen, Flugblätter aufzuhängen, nachdem ihr Sohn verschwand.«

»Sie sind unbezahlbar, Molly!«

»Ich bin nur ein Computerfreak, der es irgendwie geschafft hat, einen Job zu finden, den ich liebe. Oh, und Detective? Das mit Ihrer Krankheit tut mir leid.«

»Ich bin noch nicht tot.« Er legte auf und wählte Nanette Perkins' Nummer. Keine Antwort.

Dann rief er den Detective an, den er darauf angesetzt hatte, Ford zu beschatten. »Wie läuft's?«

»Sie war im Haus und draußen unterwegs. Fahrt zum Lebensmittelladen und wieder zurück nach Hause. Todlangweilig.«

»Sind Sie sicher, dass sie das war? Also die Person, die zurückgekehrt ist?«

»Nun, ja.«

»Haben Sie sie jemals aus den Augen verloren?«

»Eine gewisse Zeit im Lebensmittelladen.«

»Gehen Sie und klopfen Sie an ihre Tür.«

»Aber ich soll doch undercover bleiben.«

»Tun Sie es einfach. Und legen Sie nicht auf. Tun Sie Ihr Telefon in Ihre Tasche.«

Uriah hörte eine Autotür zuknallen, dann das Knirschen, während der andere Detective über das zugefrorene Eis lief, bevor er den Bürgersteig erreichte. Dann das Klopfen an einer Tür. Ein paar Sekunden verstrichen, dann hörte er das Geräusch einer sich öffnenden Tür.

»Ist Gail Ford hier?«

Eine Frau antwortete. Sie klang ziemlich jung, süße Stimme. »Nein, ich passe für sie auf ihr Haus auf.«

»Wissen Sie, wo sie hingegangen ist?«

Lange war es still. »Hoffentlich irgendwohin, wo ihr sie nicht findet! Ihr Reporter seid echt das Letzte. Könnt ihr eine trauernde Mutter nicht einfach in Ruhe lassen?«

»Ich bin kein Re…«

Die Tür wurde zugeknallt.

Ford hatte eine verständnisvolle Person gefunden, mit der sie im Supermarkt die Rollen getauscht hatte. Uriah rief bei der Zentrale an und ließ eine Fahndung ausrufen. Dann legte er auf, holte sich ein Koffeingetränk aus dem Kühlschrank, ging zum Fahrstuhl und danach zum Parkhaus. Er musste Jude finden.

KAPITEL 51

Jude träumte, dass ihr kalt war. Sie sollte wirklich mal ihre Wagenheizung von einem Mechaniker anschauen lassen. Dieser Gedanke verwandelte sich in etwas anderes, und plötzlich saß sie im Warteraum einer Autowerkstatt. Aber ihr war immer noch kalt. Und noch seltsamer war die Dunkelheit.

Vielleicht könnte sie einfach aus der Werkstatt fliegen, wegschweben und einen warmen Raum finden, durchs Dach in den Himmel treiben und an der Straßenlaterne und den Elektroleitungen vorbeifliegen bis hin zu den Sternen. Aber irgendetwas stimmte nicht. Ganz in der Nähe hörte sie ein Atmen und fühlte etwas Feuchtes an ihrer Nase und ihrem Mund. Sie schnappte nach Luft und wachte auf. Das Atmen war ihr eigenes gewesen.

Zwischen Kälte und Taubheit und einem Körper, dessen Haut sich gleichzeitig aufgescheuert anfühlte und in Flammen zu stehen schien, war es schwer, die Quelle eines weiteren Schmerzes auszumachen, der über das Physische hinausging. Und dann fiel es ihr wieder ein.

Das Haus. Der Junge. Nanette Perkins.

Judes Augen waren geöffnet, aber sie konnte trotzdem nichts sehen. Sie versuchte, eine Hand zu heben, um ihr Gesicht zu befühlen, und begriff, dass ihre Arme an ihre

Seiten gedrückt waren, so fest, dass sie sie nicht bewegen konnte. Sie geriet in Panik und begann herumzuzappeln, atmete schneller, die feuchte Wärme, die sie im Halbschlaf gespürt hatte, war nun deutlicher. Es dauerte einen Moment, bis sie verstand, dass sie gefesselt und in Plastik eingewickelt war. Sie konnte es knistern hören.

Und sie befand sich draußen.

Sie wurde panisch, konnte es nicht kontrollieren. Bei jedem Atemzug klatschte das Plastik gegen ihre Nase und ihren Mund, schnitt ihr das bisschen Luft ab, das ihr noch geblieben war. *Sie* war ein Tatort. *Sie* war hier die Leiche, die in Plastik eingewickelt war. Und *sie* war der Schmerz.

Ihr Herz klopfte wie verrückt, sie kämpfte, um ihre körperlichen Reaktionen unter Kontrolle zu bekommen. Sie könnte es schaffen. Sie wusste, wie sie es schaffen würde. Wie sie sich entspannen, ihren Puls verlangsamen und den Schrecken aus ihrem Kopf bekommen könnte.

Sie lag auf dem Rücken, beruhigte sich, entspannte jeden Muskel, ganz langsam, einen nach dem anderen, von Kopf bis Fuß. Sie bekam Luft, also saßen die Fesseln nicht allzu fest. Perkins, die dachte, sie sei tot – oder vielleicht dachte sie ja auch, dass sie noch nicht tot war, aber bald an Unterkühlung sterben würde –, hatte sich offenbar beeilt, um sie schnell loszuwerden. So oder so ging sie davon aus, dass Jude weg war.

Wenn du etwas nicht richtig machen kannst, dann lass es lieber gleich bleiben.

Jude hatte sich etwas beruhigt und ihre Panik vorerst fast unter Kontrolle, sie bewegte ihre Arme, versuchte die Fesseln zu lockern. Es dauerte nicht lange, eine Lücke zu machen, die groß genug war, um eine Hand an ihrem Körper entlang hochzuschieben. Sie versuchte, nach ihrem Gesicht zu fassen, aber die Straffheit der Fessel um ihren Ellenbogen verhinderte es. Sie zog den Kopf ein und bewegte ihre Finger genug, um nach dem Plastik greifen und es herunterziehen zu können, weg von Nase und Mund. Sie spürte einen kühlen Luftzug.

Sie schluckte und blinzelte, während der Schnee auf ihr Gesicht fiel. Sie bestaunte die magische Schönheit der Nacht, und vielleicht schluchzte sie sogar ein bisschen vor lauter Rührung. Wenn sie hier und jetzt so sterben würde, dann wäre das in Ordnung. Draußen liegen. Es schneite. Das prasselnde Geräusch der Schneeflocken gegen das Plastik, das sie immer noch umhüllte. Sie seufzte, verloren im Wunder des Ganzen, und schloss die Augen.

Wie schön es doch war loszulassen. Sich selbst zu erlauben, sich zu verabschieden. Von dem Schmerz. Nicht dem körperlichen, der immer weniger wurde, sondern dem Schmerz des Lebens.

Das Leben schmerzte. Zu leben schmerzte. Erinnerungen schmerzten.

Sie hatte es versucht. Sie hatte es wirklich versucht. Sie hatte versucht, in die Welt zurückzukehren, aber es funktionierte nicht. Nicht, wenn ihre Entscheidungen entweder Schmerz oder nichts waren. Sie hatte sich für das Nichts entschieden. Aber während sie jetzt ganz allein hier lag, mitten im Nirgendwo, spürte sie, was sie schon die ganze Zeit gewusst hatte. Das *Nichts* schmerzte ebenfalls.

KAPITEL 52

Als Uriah die Stadt verließ, um auf der I-35 nach Süden zu fahren, schneite es stark. Es gab kaum Verkehr, und die wenigen Fahrzeuge auf der Straße bewegten sich nur langsam. Gelegentlich fuhr ein Schwerlaster an ihm vorbei, wirbelte dabei einen weißen Tornado auf, sprengte für einen Moment hinter sich die Straße frei, bevor er jenseits von Uriahs Scheinwerfern in der Dunkelheit verschwand.

Nach vierzig Minuten Fahrtzeit wies ihn das GPS seines Telefons an, links abzubiegen. Da er keine Straße erkennen konnte, fuhr er langsam und spähte durch die Windschutzscheibe, während seine Scheibenwischerblätter bei jeder Abwärtsbewegung ein klatschendes Geräusch von sich gaben. Eine Meile später wurde er noch langsamer, sein Tempo glich mittlerweile einem Kriechen. Da erblickte er einen schiefen, rostigen Briefkasten und einen Holzzaun, der auch schon mal bessere Tage gesehen hatte.

Das zweistöckige Farmhaus war dunkel, das einzige Licht kam von einer einzelnen Glühbirne, die in einer nahen Scheune hing. Von Judes Wagen war weit und breit nichts zu sehen. Es gab keine Spuren, denn der Schnee wurde immer tiefer.

Uriah zog Handschuhe an, setzte sich eine Strickmütze auf und stieg aus dem Wagen. Der Wind biss in seine Haut, und der Schnee klammerte sich an seine Stiefel und seine Jeans. Er klopfte an der Tür, war nicht überrascht, als niemand erschien. Kurz dachte er darüber nach, trotz seiner Bedenken einfach reinzugehen, auch wenn er es eigentlich besser wusste, aber er testete trotzdem den Griff. Die Tür war abgeschlossen. Er umrundete das Haus, aber sah keinerlei Lebenszeichen. Zurück im Wagen versuchte er noch einmal bei Jude anzurufen. Erreichte wieder nur die Mailbox. Dann rief er Elliot an.

»Ist immer noch nicht zu Hause«, sagte Elliot.

Uriah erzählte ihm, wo er gerade war.

»Fahr besser zurück. Ich hab gerade gehört, dass sie wegen Schneeverwehungen die I-35 sperren wollen.«

Uriah startete seinen Wagen. »Ich mach mich auf den Weg.«

KAPITEL 53

Jude hörte Kojoten heulen, konnte aber beim besten Willen nicht sagen, ob sie nah oder fern waren. Das Geräusch hallte wider, es schien nicht von dieser Welt zu sein. Es war unmöglich zu sagen, wo das Geräusch genau herkam. Die Schreie schienen von überall her zu kommen. Und da war noch etwas anderes. Irgendetwas, das ganz in der Nähe war, ein ständiges Geraschel. Dieses Geräusch reichte aus, um sie aufzurütteln.

Mit steifen Fingern wischte sie sich den Schnee von Gesicht und Augen und dachte über den Jungen in dem Käfig nach. In diesem Szenario war er der Einzige, den sie bedauerte. Ja, es gab noch Octavia und Uriah, vielleicht sogar Elliot. Aber die kämen auch ohne sie zurecht. Sie würden sie bald vergessen; Elliot würde Dachkater bei sich aufnehmen. Aber der Junge brauchte jemanden, der ihn aus seinem Gefängnis befreite und ihn vor Perkins und seinem jetzigen Leben rettete. Sie hoffte, dass es für ihn noch nicht zu spät war. Mit der richtigen Führung würde er vielleicht nur einen leichten Knacks davontragen. Vielleicht würde er sich auch nie mehr erholen. Aber sie hatte eine Freundlichkeit bei ihm gespürt. So lange er die in sich hatte … und genau jetzt und hier, in dieser Eiseskälte auf dem Boden liegend, könnte es sein, dass sie die einzige Person war, die ihm helfen konnte.

Ihr Körper war wie betäubt, sie war nicht mehr in der Lage, viel zu fühlen, aber dennoch zwang sie sich dazu, sich in der Plastikhülle zu winden. Sie zerrte an dem schweren Überzug, und schließlich gelang es ihr, ihn über eine ihrer Schultern zu ziehen und einen Arm zu befreien.

Die gefrorene Oberfläche unter ihr war schräg, und die Bewegung ließ sie kopfüber fallen, bis sie mit dem Gesicht nach unten lag. Sie legte eine Hand auf den Boden, in den tiefen Schnee. Und fühlte etwas, mit dem sie nicht gerechnet hätte.

Blind betastete sie die Gestalt neben sich. Ein Mensch. Ein Schenkel. Ein Unterarm. Ein Gesicht, das zur Hälfte weg war, vermutlich von den Kojoten gefressen. Sie zuckte zurück und rollte sich auf den Rücken.

Mit klappernden Zähnen versuchte sie die Leiche zu vergessen, versuchte sich auf eine Aufgabe zu konzentrieren, also versuchte sie weiter, sich aus dem Plastik herauszuwinden, als wäre sie eine Kreatur, die aus einem Kokon schlüpfte. Nicht wie ein Schmetterling, sondern eher wie eine Aliengeburt – seltsam und blutig.

Sie hörte etwas reißen. Die Enge löste sich, und sie konnte sich aufsetzen, tastete durch die Dunkelheit. Wie vermutet hatte sie Gewebeband benutzt, um sie zu fesseln. Sie riss es von ihren Fußknöcheln, befreite ihre Beine. Ihr fiel ihr Telefon ein, und sie durchwühlte ihre Manteltaschen. Leer.

Sie rollte sich auf die Knie und drückte sich hoch genug, um mit ausgestreckten Händen vorwärts zu taumeln, bis sie eine Betonmauer berührte. Sie folgte ihr, der Boden stieg bei jedem Schritt an, bis sie schließlich aus der Grube heraustrat.

Das Geraschel war jetzt lauter, und sie stellte fest, dass sie inmitten eines Maisfelds stand, das nicht abgeerntet worden war. Sie fühlte den Wind und sah jenseits des Schneetreibens ein schwaches Licht in der Ferne. Sie wusste nichts über Landwirtschaft, vermutete aber, dass sie gerade etwas entkommen war, das einen landwirtschaftlichen Zweck erfüllte. Sie fragte sich, wie kalt es wohl war, dachte über Erfrierungen nach. Aber ihr war jetzt wärmer – vermutlich ein *schlechtes* Zeichen –, und ihre Zähne klapperten nicht mehr.

Sie lief auf das Licht zu, obwohl sie wusste, dass es auch das Licht des Feinds sein könnte. Aber es könnte auch das Licht sein, das sie zu dem Jungen führte.

Sie fand eine Mulde zwischen den Maisreihen und folgte ihr, kam aber nicht schnell genug voran – der fallende Schnee behinderte ihre Sicht und die Maishalme ihre Bewegungen, weil sie sich an dem Plastik verfingen, das immer noch an ihrer Haut klebte. Ihr Körper fühlte sich bleischwer an, und mit jedem Schritt wurden ihre Bewegungen unbeholfener. Das Licht schien überhaupt nicht näher zu kommen.

Der Wind heulte, und der Schneefall veränderte sich. Er prasselte auf ihren sonderbaren »Umhang«, und die Flocken, die ihr Gesicht trafen, fühlten sich an wie Glasscherben. Sie vergaß, was sie tat, wohin sie ging, warum sie ging, und fiel auf die Knie. Eis fiel vom Himmel, aber trotzdem war der Schnee unter ihren Füßen tief und weich. Wie ein Bett.

KAPITEL 54

Uriah hatte Elliot zwar gesagt, dass er losfahren würde, aber dann war ihm schlecht geworden, und er hatte sich entschieden, noch einen Schluck Wasser zu trinken und für ein Weilchen die Augen zu schließen. Während der kurzen Zeit, seit er hier gestanden hatte, war der Schnee noch höher geworden. Jetzt wurde er gerade zu Eisregen, Uriah hörte ihn laut gegen den Wagen prasseln, obwohl die Scheibenwischer mit Höchstgeschwindigkeit liefen.

Er blinzelte durch die Windschutzscheibe und fuhr in Richtung Scheune, zu einer offenen Fläche, um den Wagen zu wenden. Frontantrieb, fast neue Reifen, aber eigentlich hätte man bei diesem Wetter Schneeketten gebraucht. Immerhin war die Sicht jetzt ein klein wenig besser, weil sich der dichte Schnee in Eisregen verwandelt hatte. Das Scheinwerferlicht wurde nicht mehr zurückgeworfen.

Als er in drei Zügen wendete, bewegte sich etwas über seinen Scheinwerfern – oder vielmehr bewegten sich seine Scheinwerfer über irgendetwas mitten im Feld, jenseits des Farmhauses. Er hielt inne, konnte aber keine Bewegung mehr erkennen. Er knipste das Fernlicht an, dann wieder aus und noch mal an, um irgendwas erkennen zu können.

Nichts. Vermutlich eine visuelle Täuschung, entstanden durch die Scheinwerfer und den Eisregen auf der Windschutzscheibe. Er wollte losfahren, als er im Augenwinkel wieder etwas sah. Ein weißer Blitz.

Er konzentrierte sich auf die Landschaft. Ein ungeerntetes Maisfeld, vom Wind und Schnee waren die gelben Halme umgeknickt und abgebrochen, manche bis zum Boden. Die Kolben waren nicht mehr sichtbar. Oft war ein unabgeerntetes Feld ein Zeichen dafür, dass der Eigentümer krank oder tot war. Es bedeutete auch einen Einkommensverlust und konnte zum echten Ernteausfall werden. Das sollte man nicht auf die leichte Schulter nehmen. Schon ein Jahr konnte einen unabhängigen Landwirt in den Ruin treiben. Man konnte es zwar auch im Frühjahr abernten, aber dann war der Ertrag und somit der Gewinn so niedrig, dass es oft besser war, die Ernte unterzupflügen und von vorn zu beginnen. Falls noch genug Geld übrig war für Saatgut und Benzin.

Da!

Eine unscharfe Bewegung.

Uriah ließ den Motor laufen und die Scheinwerfer an, schnappte sich eine Taschenlampe aus dem Handschuhfach und steckte sie in die Manteltasche. Als er aus dem Wagen stieg, ließ er die Erscheinung nicht aus den Augen und schlich in Richtung Haus. Das brachte ihn näher ran und verdeckte ihn gleichzeitig. Vielleicht war es nur ein herumwehendes Stück Plastik, das man benutzte, um Heuballen einzuwickeln. Aber je länger er hinsah, desto sicherer wurde er, dass es sich um ein Tier oder einen Menschen handeln musste. Was tat es? Er wusste es nicht.

Und dann verschwand es.

Sekunden später erhob es sich vom Boden. Es war nicht groß, kein aufrecht gehender Mensch.

Kroch da jemand?

Er kümmerte sich nicht mehr um seine eigene Sicherheit, zog die Taschenlampe hervor und schaltete sie an, hielt sie auf das Ding im Feld. Mitten durch die Schneeverwehungen, die ihm bis zu den Knien reichten, stapfte er schnell auf sein Ziel zu. Der Eisregen hatte aufgehört, jetzt schneite es wieder. Große feuchte Flocken blieben in seinen Wimpern hängen und behinderten seine Sicht. Mit dem Ärmel wischte er sich über das Gesicht und ging weiter.

Ein Mensch.

Lag im Schnee, halb in Plastik eingewickelt, Gesicht nach unten. Das weiße Haar … nicht viele Leute hatten diese Haarfarbe.

Er sank auf die Knie und rollte Jude auf den Rücken, presste zwei Finger an ihren Hals, um ihren Puls zu fühlen.

Sie lebte.

Blut klebte auf ihrem aschfarbenen Gesicht, ihre Lippen waren blau. Sie trug ihre schwarze Daunenjacke, verirrte Federn waren an dem Blut kleben geblieben. Er hatte keine Ahnung, wo ihre Verletzung saß.

Er schwenkte den Lichtstrahl über ihren Körper. Das Plastik, das seine Aufmerksamkeit erweckt hatte, stellte sich als Duschvorhang heraus, auf dem Schmetterlinge abgebildet waren. Irgendwer hatte ihn mit silberfarbenem Gewebeband an ihrer Taille fixiert.

Sie stöhnte und sagte: »Der Schnee ist warm.«

Leute, die kurz vor dem Erfrieren standen, erzählten oft, dass ihnen warm war. »Ist er nicht, das kannst du mir glauben.« Er konnte sich jetzt keine Gedanken über ihre Verletzungen machen. Er griff nach ihren Händen, zog sie hoch. »Komm schon. Wir holen dich hier jetzt raus.« Als er sich ihren Arm um den Hals legte, entfuhr ihr ein scharfer Schmerzensschrei.

Adrenalin und Dehydration trieben konzentrierte Gifte durch seine Adern, ihn überkam Schwäche, ihm wurde übel. So nah an seinen Ohren war das Geräusch des Plastiks laut und verwirrend. Aber immerhin war sie wieder auf den Beinen, lehnte sich schwer an ihn. Er riss den Vorhang von ihr ab. Seite an Seite taumelten sie unbeholfen in den Lichtstrahl der Wagenbeleuchtung. Wie ein Alienpärchen. Hinter ihnen wehte der freigelassene Duschvorhang weg, dann verfing er sich im Mais. Er war zwar ein Beweismittel, aber im Moment kümmerte Uriah nur, Jude so schnell wie möglich aus der Kälte und in ein Krankenhaus zu bekommen. Aber es ging ihr erstaunlich gut, und sie bewegte sich vorwärts. Unbeholfen zwar, aber immerhin stetig, was ihn hoffen ließ, dass ihre Wunden oberflächlich waren.

»Wer hat dir das angetan?«

»Nanette Perkins«, sagte sie schwach. »Bin nicht sicher, warum.«

Er hatte seine Vermutung, aber die würde er ihr später sagen. »Riechst du auch gerade Rauch?«

Sie blickten zum Haus und zuckten zusammen – ein Fenster zersprang, Flammen schossen in den Himmel. Er hatte keine Ahnung, wie Jude das schaffte, vermutlich war es das Adrenalin, aber sie riss sich los und rannte zum Haus. Uriah folgte ihr. An der Küchentür drehte sie den Knauf und warf sich mit der Schulter gegen die Tür. »Der Junge ist noch da drin!«

Mit dem Taschenlampengriff zerschmetterte Uriah eine kleine Glasscheibe, griff hinein und entriegelte das Schloss, während Jude die Tür aufriss und in die Küche stolperte. Flammen tanzten und krochen über die Zimmerdecke, die Hitze allein war tödlich. Gerade als Uriah klar wurde, dass sie jetzt schleunigst weglaufen müssten, stürzte auch schon die Decke ein, und eine Wand aus Feuer brüllte sie an, als wäre sie lebendig. Das Geräusch war ohrenbetäubend.

Aber anstatt kehrtzumachen, lief Jude tiefer ins Haus hinein.

Uriah stürzte hinter ihr her, griff nach ihrem Arm.

Vielleicht schrie sie Nein, als sie sich losriss. Er ließ die Taschenlampe fallen, schlang einen Arm um ihre Taille und hob sie hoch. Sie schlug wild um sich, versuchte sich zu befreien. Unter normalen Umständen hätte sie es vielleicht sogar geschafft, ihm in den Arsch zu treten, aber er hatte sie überrascht, und sie war auch noch verletzt.

Beide standen kurz davor, von den Flammen überwältigt zu werden und nicht mehr genug Luft zum Atmen zu haben, da drehte er sich hustend um und rannte mit ihr im Arm los. Sie war groß, aber ziemlich leicht. Er rannte durch die Türöffnung, bis er ein paar Meter vom Gebäude entfernt war. Dann konnte er sie nicht mehr tragen. Er ließ ihre Füße über den Boden schleifen, sammelte all seine Kräfte für die Sekunde, in der sie sich umdrehen würde – genau das tat sie. Sie war fest entschlossen, wieder zurück ins Haus zu laufen.

Er stellte ihr ein Bein.

Sie trat nach ihm.

Er schnappte sich ihren Fuß und zog sie vom Haus weg, an dem verfallenen Zaun vorbei und in die Einfahrt, in der man tiefe Reifenspuren im Schnee erkennen konnte. Die Hitze, die vom Haus kam, war unwirklich, so als würde man in einem Hochofen stehen. Die Farbe am Zaun warf Blasen. Er half ihr wieder auf, während er ihr am Gesicht ablesen konnte, dass sie die Situation hinnahm, andererseits aber verabscheute. Aber er würde sie nicht gehen lassen. Mit einem festen Griff um ihren Arm rannten sie los. Wegen Judes Verletzungen lief er nicht ganz so schnell, wie er gewollt hätte. Hinter ihnen explodierte irgendwas; die Erschütterung warf sie zu Boden, raubte ihm den Atem.

Weitere kleinere Explosionen folgten, Flammen schossen hoch in die Luft, erhellten die Umgebung. Glühend heiße Mauerstücke prasselten vom Himmel nieder. Die kleinen Stückchen zischten, als sie auf den nassen Boden trafen. Um sie herum schmolz der Schnee so schnell, was aussah wie ein Zeitraffervideo, und dann waren sie auch schon von Wasser umgeben. Schwarzer Rauch grollte und wogte, erfüllte die Luft mit einem Gestank nach giftigen Dämpfen. Das Haus brach ein und explodierte, Wände stürzten ein und fielen krachend zu Boden.

KAPITEL 55

Sie hatten ihn im Stich gelassen.

Es wäre zu einfach, dem CPS die alleinige Schuld in die Schuhe zu schieben, denn Jude hatte sich nicht zur Wehr gesetzt. Sie hatte den Jungen aus ihrer Wohnungstür gehen lassen, obwohl sie gewusst hatte, dass es falsch war. Warum hatte sie ihn nicht geschnappt und sich geweigert, ihn gehen zu lassen? *Das* hätte sie tun sollen. Sie hätte mehr kämpfen müssen.

Neben ihr lag Uriah auf dem Bauch, er zog sein Telefon aus der Tasche, wählte die 911 und meldete die Explosion. Er erzählte, wer er war. »Ich brauche sofort einen Krankenwagen!«

Das schien nicht allzu gut zu laufen, weil er als Nächstes schnauzte: »Ich weiß, dass die Straße gesperrt ist. Benutzen Sie gefälligst Schneepflüge und holen Sie uns hier jetzt raus!«

Sie merkte gar nicht, wie er sich bewegte, aber plötzlich stand er über ihr, hatte eine Hand ausgestreckt. Sie griff danach, und er half ihr aufzustehen. Im Moment spürte sie keinen Schmerz von den Stichwunden. Alles kam ihr vor wie im Traum. Sie drehte sich um und sah auf den Anbau, in dem der Käfig gewesen war. Ein tobendes Inferno.

Nein, der Schmerz, den sie spürte, war eine andere

Art Schmerz, er ging tief. Er begann in ihrer Brust und wanderte hinauf bis in ihre Kehle – diese Umgebung und diesen Moment würde sie nie wieder aus dem Kopf bekommen. Die Hitze, der Geruch, die Funken vom Haus, die im dunklen Himmel herumwirbelten und sich mit dem fallenden Schnee vermischten. Selbst unter dem Ächzen und dem Knacken der Holzbalken hörte sie ihr eigenes Schluchzen und wunderte sich, dass sie überhaupt zu solchem Kummer in der Lage war. Unerwartete Worte folgten. Worte, hinter denen kein bewusster Gedanke steckte, aber die es dennoch schafften, dass in ihnen die unbestreitbare Wahrheit steckte. »Die Welt … diese schreckliche Welt.« Es war ein Gefühl, als würde man einen Finger in ein kleines Loch im Damm stecken. Vielleicht wäre es jetzt an der Zeit, einfach loszulaufen und den Damm brechen zu lassen.

Ein Schluchzer folgte dem nächsten, alle Selbstkontrolle war dahin. Sie spürte Uriahs Hände an ihren Schultern, fühlte, wie er seine Arme um sie schlang und sie an sich zog. Seine Berührung war sanft, vorsichtig, vielleicht wegen ihrer Wunden, oder weil er wusste, dass sie gar keinen so innigen menschlichen Kontakt wollte. Aber sie lehnte sich an ihn und weinte auf eine Art, wie sie nicht mehr geweint hatte, seit sie ein Kind gewesen und ihre Mutter gestorben war. Diese Tränen kamen aus einer verborgenen Quelle, die niemand besuchen sollte und an der kein Mensch verharren sollte.

Es war unmöglich zu wissen, wie lange sie dort standen, weil Trauer keine Rücksicht auf die Zeit nahm. Die Uhr in ihrem Kopf und in ihrem Herzen hatte aufgehört zu schlagen, seit sie wusste, dass der Junge tot war, obwohl ihre starke Reaktion sie verwirrte. Irgendwann zog sie sich von Uriah zurück, konnte wieder ohne fremde Hilfe aufrecht stehen. Und dann setzte die schwache Akzeptanz ein, dass der Junge tot war, und der Schleier der Taubheit, die sein Tod mit sich brachte, senkte sich über sie. Es gab Dinge, die getan werden mussten. Und sie musste sich jetzt überlegen, was als Nächstes zu tun wäre.

Wo war eigentlich Perkins?

Hatte sie das Feuer gelegt? Mit Sicherheit war sie es gewesen. Höchstwahrscheinlich hatte sie es getan, um ihre Spuren zu verwischen. Sie bemerkte, dass Uriahs Wagen immer noch in der Nähe der Scheune stand. Die Scheinwerfer waren an, der Schnee drum herum war geschmolzen.

»Dein Wagen …« Ihre Stimme klang seltsam, und sie begriff, dass es wegen der Explosion in ihren Ohren schrillte. Und wo war eigentlich ihre Klapperkiste? Hatte sie die nicht vor dem Haus geparkt? Perkins musste ihren Wagen genommen haben.

»Ich hab die Scheinwerfer angelassen, als ich dich im Feld entdeckt habe.«

Sie machte ein paar Schritte auf seinen Wagen zu, beobachtete dabei, wie Trümmer vom Haus aus dem Himmel fielen; Stücke, die von der Hitze emporgetragen und dann wieder freigelassen wurden, um verträumt zu Boden zu schweben. Sie fragte sich, wie viel Schaden diese Nacht wohl für ihre Lungen bedeuten würde, sorgte sich aber nicht um sich selbst, sondern um Uriah und sein angeschlagenes Immunsystem.

Sie erblickte etwas zwischen dem Haus und dem Fahrzeug.

Während Uriah wieder telefonierte, mit einschüchternder Stimme Forderungen stellte, eine Fahndung nach Nanette Perkins in Auftrag gab und die Polizei in Minnesota und außerhalb alarmierte, zwang sich Jude, auf einen Gegenstand zuzugehen, auch wenn sich ihre Füße wie Blei anfühlten. Schließlich blieb sie vor dem Ding stehen.

Der Kuscheltier-Panda, den sie in den Anbau gebracht hatte, um ihn dem Jungen zu geben.

Ohne den Bären aus den Augen zu lassen, sagte sie: »Uriah.« Er antwortete nicht. Blindlings griff sie hinter sich, so als ob sie sich Unterstützung durch ihn erhoffte, obwohl er weit weg war und immer noch telefonierte.

Benommen beugte sie sich vor, kippte dabei fast vornüber, aber sie schaffte es gerade noch rechtzeitig, einen Fuß auf den Boden zu setzen und sich zu fangen. Wie eine Betrunkene schnappte sie sich das Kuscheltier. Vom schmelzenden Schnee war der Panda ganz nass und schlammig. Aufrecht zu stehen half nicht gegen ihre Benommenheit.

Torkelnd ging sie am Wegesrand entlang auf Uriahs Auto zu.

Und dann geschah etwas Seltsames.

Wie in einem Horrorschocker drehte sich plötzlich der Motor des Wagens, und er schoss nach vorn. Jude schwankte zurück, Eis und Schnee trafen ihren Mantel und ihr Gesicht. Sie schrie Uriahs Namen. Sein Rücken war ihr immer noch zugewandt, er hatte sein Telefon am Ohr, das Geräusch des brennenden Gebäudes übertönte alles andere, Judes Warnruf inbegriffen, während das Fahrzeug direkt auf ihn zuraste.

KAPITEL 56

Im letzten Moment sprang Uriah aus dem Weg, dann rannte er dem Wagen hinterher, während Jude das Ganze Revue passieren ließ. Ja, Nanette Perkins hatte hinter dem Steuer gesessen. Da war sie ganz sicher. Keine Spur von dem Jungen, aber das Kuscheltier ließ sie hoffen, dass er ebenfalls im Wagen war. Immerhin hatte Perkins behauptet, ihn zu lieben.

Das Auto brauste in Richtung Hauptstraße, weg von den Detectives und dem brennenden Haus. Als es bereits so aussah, als würde die Frau ihnen entkommen, erschienen plötzlich Scheinwerfer. Ein Wagen brauste aus der anderen Richtung die Straße entlang. Es waren nicht die Einsatzfahrzeuge, die sie erwarteten, sondern ein weißer SUV. Polizei, hoffte Jude, die jetzt so schnell lief, wie es ihre Verletzungen zuließen.

Der Wagen bremste, schlitterte seitwärts, blockierte die Flucht des anderen Fahrzeugs. Mit gezogener Waffe näherte sich Uriah dem Auto, einen Arm hatte er ausgestreckt, den anderen gebeugt. Zwischen den zusammenlaufenden Scheinwerferlichtern und dem brennenden Haus war die Szene beleuchtet wie eine Bühne. Gerade als es aussah, als könnte das Ganze gar nicht noch verwirrender oder merkwürdiger werden, stieg Paul Savoy aus dem SUV. Diesmal war er dem Wetter entsprechend gekleidet, trug einen schweren Mantel, hatte die Waffe gezogen und verwendete seine geöffnete Tür als Schutzschild.

Definitiv kein Golfen in Kalifornien.

Es könnte sein, dass ich die Twin Citys bald wieder besuchen muss.

Vielleicht war sie von ihren Verletzungen und der Kälte so benommen, aber seine Anwesenheit ergab keinen Sinn. Was hatte sie verpasst? Wie konnte er etwas über Nan und diesen Ort wissen? War er mit Uriah oder jemand anderem aus der Mordkommission in Kontakt gewesen? So musste es gewesen sein. Er war in die Stadt gekommen, und jetzt war er hier und lieferte die nötige Unterstützung. Ein unkonventionelles Verhalten, aber in dieser Situation durchaus erwünscht. Schließlich hatte er den Wagen angehalten, in dem der Junge sein könnte.

»Steigen Sie aus! Jetzt!«

Als aus dem Fluchtfahrzeug keine Antwort kam, schrie Savoy seinen Befehl noch einmal. Daraufhin schwang die Fahrertür weit auf, und Perkins trat heraus, ihr Rücken war Jude und Uriah zugewandt, ihr Körper wurde von den Scheinwerferlichtern umrissen. Bevor sich einer der Detectives überhaupt noch rühren konnte, wurde Savoy unerwartet aktiv und feuerte drei Schüsse ab. Perkins sackte zu Boden.

Hatte sie etwa auf Savoy gezielt?

Verwirrt humpelte Jude zur Vorderseite des Autos und sah, wie Uriah die Frau auf den Rücken rollte. Dabei fiel eine Waffe in den Schnee. Judes Waffe. Perkins war drei

Mal in den Kopf geschossen worden. Ohne Zweifel war sie tot, aber Uriah überprüfte dennoch den Puls.

»Sie haben es gesehen! Sie hat auf mich gezielt.« Savoy steckte seine Waffe in den Mantel, stützte die Hände in die Hüften und atmete schwer, sein Gesicht war rot angelaufen, das Adrenalin rauschte durch seinen Körper.

Jude wartete nicht auf seine Erklärung, warum er überhaupt hier war. Sie drehte sich um und öffnete die Beifahrertür von Uriahs Wagen. Sofort erblickte sie den Jungen, der sich auf dem Boden zusammengerollt hatte.

Ihr Herz hörte für einen Moment auf zu schlagen, setzte dann aber sofort wieder ein, als sie sah, dass er atmete. Glücklicherweise lag Perkins so nah am Fahrzeug, dass der Junge sie nicht sehen konnte. Jude hoffte, dass er die ganze Zeit über dort gewesen war.

»Hallo.« Sie rutschte auf den Beifahrersitz, berührte seine Schulter. Er schaute auf, dann krabbelte er aus seinem Versteck. Sie ignorierte den Schmerz, zog ihn in ihre Arme und hielt ihn fest. »Du bist so ein mutiger kleiner Kerl.«

»Ich bin ein *Junge*.«

»Ja, der bist du.« Sie reichte ihm das feuchte Kuscheltier. Mit beiden Händen griff er danach, während Uriah und Savoy im Scheinwerferlicht standen und über die Leiche sprachen. Savoy sah auf, war geblendet, als er ins Auto sah, sein Gesicht wurde angeleuchtet.

Der Junge verkrampfte sich. »Böser Mann«, sagte er emotionslos.

Judes Herz rutschte ihr in die Hose. Er war also doch Zeuge der Schießerei geworden.

»Ich mag das nicht, wenn der böse Mann zu uns kommt.«

Ihre Gedanken gerieten ins Stolpern. »Zu *eurem* Haus?«

»Er tut Nana weh. Er ist ein böser Mann.«

»Du hast ihn vor heute Abend schon mal gesehen?«

Er nickte.

»Wie oft?«

»Weiß nicht.«

»Häufiger als ein Mal?«

Er nickte erneut und drückte das Kuscheltier an sich. »Er tut Nana weh, und sie weint.«

Und da war es.

Jude wusste nicht, inwiefern Savoy und Perkins etwas miteinander zu tun hatten, aber jetzt verstand sie, warum er den Flug nach Minnesota auf sich genommen hatte. Nicht, um mit einem Fall abzuschließen, sondern um sich unauffällig bei ihnen einzuschleichen und herauszufinden, ob ihre Untersuchungen ihn entlarven könnten. Die Akten, die er ihnen persönlich ausgehändigt hatte, sollten ihnen gar keine relevanten Informationen geben, sondern sie auf eine falsche Fährte locken, damit sie sich nicht mehr darauf konzentrierten, ob es zwischen den beiden toten Jungen wohl irgendeine Verbindung gab.

»Ich will, dass du dich wieder zurück auf den Boden legst, genauso wie vorhin«, sagte Jude zu dem Jungen. »Ganz genau so. Roll dich einfach mit deinem Panda zusammen und warte. Bleib unten, bis ich wieder zurückkomme.«

Er war erschöpft und kaum imstande, wach zu bleiben, deshalb stellte er keine Fragen, sondern tat, was sie ihm gesagt hatte. Aber letztendlich tat er das ja immer.

Sie stieg aus dem Wagen und schloss die Tür. Uriah blickte auf, wahrscheinlich um vorzuschlagen, sie solle wieder zurück ins Auto gehen und auf den Krankenwagen warten. Aber diese Worte verließen nie seine Lippen, denn er sah ihr Gesicht und wusste sofort, dass etwas nicht in Ordnung war. Sie blickte zu Savoy, dann wieder zurück zu Uriah und nickte ihm fast unmerklich zu. Ihr Partner zog die Augenbrauen hoch, aber nur ganz leicht, um Savoy nicht zu alarmieren, aber es reichte, um ihr zu signalisieren, dass er – obwohl er nicht wirklich wusste, worum es hier ging – verstanden hatte.

Savoy war der neue Feind.

Jude kam näher, bis sie alle drei über der Leiche standen. Schwäche erfasste sie, und sie musste sich an den Kotflügel lehnen. »Es gab keinen Grund, sie zu töten.«

»Sie hatte eine Waffe.«

»Meine Waffe, und ich vermute, dass sie sie noch nicht mal gezogen hatte.« Vielleicht war die Waffe aus Perkins' Manteltasche gefallen. »Ich vermute, dass sie Sie kontaktiert hat, damit Sie ihr helfen. Ich vermute, dass Sie sie umgebracht haben, um sie zum Schweigen zu bringen. Was ist hier los, Savoy?«

»Das ist doch lächerlich. Sie haben den Verstand verloren.« Und zu Uriah sagte er: »Sie hat den Verstand verloren.«

»Wahrscheinlich hat sie ihren Verstand mehr beisammen als wir beide zusammen.«

Jude wusste Uriahs Unterstützung durchaus zu schätzen, zweifelte aber stark an der Richtigkeit seiner Worte.

Ihr wurde wieder schwindelig, sie drückte den Rücken durch und schnappte schmerzhaft nach Luft. Das Haus hinter ihnen brannte hörbar, wieder explodierte etwas, wodurch der Wagen erschüttert wurde.

Der Junge schrie, und die Druckwelle ließ Jude vornüberkippen. Eine Sekunde später riss jemand an ihren Haaren, Savoy zog sie mit einem Ruck gegen seinen Oberkörper, der Lauf seiner Waffe bohrte sich in ihre Schläfe.

»Halten Sie Abstand!«, schrie Savoy Uriah zu. Während sie rückwärts gingen, drückte er Jude ganz nah an sich. »Außerdem ist das schon seit Langem vorbei. Das müssen Sie mir glauben.«

»Was ist vorbei?«, fragte Jude. Die Feldbetten, die Jungen, die einander so ähnlich sahen … das sah alles nach Menschenhandel aus, aber sie wollte es aus seinem Mund hören.

»Seitdem habe ich viel Gutes getan. Das wissen Sie auch. Sie haben sich doch über mich schlaugemacht. Ich habe eine Frau und Kinder. Enkelkinder.«

»Nehmen Sie die Waffe runter«, sagte Uriah. »Wir werden Ihnen zuhören. Und die Leute werden mit berücksichtigen, dass Sie heute ein anderer Mensch sind.«

Jude spürte, wie Savoy sich anspannte, sie wusste, dass er gerade eine Entscheidung getroffen hatte. »Uriah!« Sie schrie die Warnung, während Savoy seine Waffe drehte und begann draufloszuschießen. Ihr Partner sank zu Boden. Heiße Patronenhülsen hüpften – eine nach der anderen – und trafen Judes Gesicht. Die Luft füllte sich mit dem Geruch nach Schießpulver. Ihre Knie knickten ein, aber Savoy zog sie wieder hoch, benutzte ihren Körper als Schutzschild.

Sie blinzelte, konnte Uriah aber nicht sehen. Ihr wurde allmählich schwarz vor Augen, wodurch das brennende Haus ausgeblendet wurde. Sie war sich nicht sicher, ob der Lärm aus ihrem Umfeld kam oder in ihrem Inneren tobte. Jetzt drückte Savoy den Pistolenlauf gegen ihren Hinterkopf, das Metall war warm von den ausgespuckten Kugeln. Vielleicht war Uriah tot, und Savoy würde sie als Nächstes umbringen. Was würde dann mit dem Jungen passieren? Savoy würde ihn ebenfalls umbringen und sich dann aus dem Staub machen. Niemand würde je erfahren, dass er heute Abend hier gewesen war und seine Finger im Spiel gehabt hatte.

Und sie war der einzige Mensch, der jetzt noch zwischen ihm und dem Jungen stand.

Knarrend öffnete sich plötzlich die Beifahrertür von Uriahs Wagen, und der Junge trat heraus. »Jude?«

Der Arm um ihren Hals lockerte sich ein bisschen, nur eine ganz leichte Verlagerung eines Bizepsmuskels. Ein Überraschungsmanöver war das Einzige, was ihr jetzt noch blieb. Sie ließ sich in die Hocke fallen, schoss wieder hoch, knallte dabei mit der Kraft eines Rammbocks ihren Kopf gegen Savoys Kinn, stieß ihn nach hinten. Der nächste Schuss aus seiner Waffe explodierte etwa dreißig Zentimeter von ihrem Ohr entfernt. Sie holte kaum Luft, wirbelte herum, griff nach seinem Arm und schlug ihn gegen die geöffnete Tür des SUVs. Sie fühlte ein Knacken und hörte seinen Schmerzensschrei, als ihm die Waffe aus der Hand fiel.

Und dann war Uriah plötzlich da, schien unverletzt zu sein, sein Wollmantel war von Schnee bedeckt. Sie schlug Savoy mit dem Gesicht nach unten auf den Boden und drückte einen Fuß auf seine Wirbelsäule. Aus der Ferne ertönte das schwache Geräusch von Sirenen.

»Das wurde aber auch Zeit«, murmelte Uriah.

Jude trat Savoys Waffe weg und aus seiner Reichweite. Das Innenlicht in dem SUV war angeschaltet, erhellte das Wageninnere. Vor allem eine Gestalt ganz hinten. Jude ging um den Wagen herum, öffnete den Kofferraum und zog eine Decke weg. Zum Vorschein kam Gail Ford, die drei Einschusslöcher in der Stirn hatte, genau wie Nan. Sein Plan war es gewesen, sie alle zum Schweigen zu bringen. Fast wäre es ihm gelungen.

Sie kehrte zu dem Jungen zurück, der sich nicht vom Fleck gerührt hatte. Sie führte ihn vom Tatort weg. »Na komm. Lass uns wieder ins Auto gehen.«

Sie setzten sich rein, und der Junge rollte sich auf ihrem Schoß zusammen. Sie legte einen Arm um ihn, lehnte ihren pochenden Schädel gegen den Sitz und schloss die Augen.

KAPITEL 57

»Gehirnerschütterung, Unterkühlung, vier Stichwunden, drei davon waren ziemlich oberflächlich. Die andere war tief, aber nicht lebensbedrohlich. Vierzig Stiche, bei denen du, soweit ich weiß, geschlafen hast. Erstaunlicherweise gab es sehr wenige Anzeichen von Frostbrand, vermutlich weil wir nur um die null Grad hatten.«

Viele Worte, die man begreifen musste, alle davon kamen von Uriah, der neben Judes Krankenbett stand. Es war nicht das erste Mal, dass sie in einem Krankenhausbett aufgewacht war und Uriah neben ihr stand.

Im Raum war es dämmrig und im Gebäude ruhig, was bereits auf die Nacht hindeutete, aber die einzelnen Lichter blendeten sie aufgrund ihrer Gehirnerschütterung. Der Junge war bei Elliot, den sie angewiesen hatte, ihn nicht gehen zu lassen und niemandem vom CPS zu erlauben, ihn mitzunehmen, bis sie wieder zurück zu Hause war und alles geregelt hatte.

Judes Blick überflog den Raum und fiel auf eine Uhr: 03:21. Neben dem Bett stand ein Infusionsständer mit Schläuchen, die zu einer Nadel in ihrem Handrücken führten. Sie war leicht auf die Seite gedreht, und man hatte ihr ein Kissen in den Rücken geschoben. Ihr Körper war in Wärme gehüllt, und sie begriff, das sie mit etwas bedeckt war, das Wärme erzeugte. Diverse Kabel gingen davon ab, und mit einer Wählscheibe konnte man die Temperatur erhöhen. Im Gegensatz dazu war ihr Kopf ganz kalt. Sie griff nach oben, ihre Finger fanden einen Eisbeutel, der von einem elastischen Verband festgehalten wurde.

Uriah zog sich einen Stuhl an ihr Bett und setzte sich. Sie erzählte ihm, wie sie zur Farm gefahren war und was dort passiert war. Währenddessen nickte sie ein paarmal ein. »Die Gehirnerschütterung hat dir wahrscheinlich das Leben gerettet«, sagte er. »In Perkins' Panik, dich loszuwerden, dachte sie, dass du bereits tot bist.«

Vage konnte sie sich daran erinnern, wie sie den Tod umarmt hatte. Sie erinnerte sich auch wieder an die Geborgenheit des Augenblicks. Vielleicht war das Ende so für viele Leute, die wussten, dass es ihnen bevorstand. Keine Angst. Akzeptanz und sogar ein Willkommen.

»Ich war in Plastik eingewickelt und wurde durch ein Feld geschleift. Daran erinnere ich mich noch. Ich dachte immer wieder, ich wäre tot, als sie mich hinter dem Schneemobil zog. So fühlt es sich also an, wenn man stirbt.« Sie runzelte die Stirn, vergaß, worüber sie gerade redeten.

Er stupste sie an, und sie fuhr fort. »Ich hab versucht, bei Bewusstsein zu bleiben, wurde aber immer wieder ohnmächtig. Später habe ich mich totgestellt, als sie mich umdrehte und ich in die Grube fiel. Ziemlich weit. Ich weiß nicht, wie viel später ich dann wieder zu mir gekommen bin. Der auf den Duschvorhang prasselnde Schneeregen weckte mich irgendwann, und ich konnte mich teilweise aus dem Plastik befreien und aus der

Grube herauskrabbeln. Und Uriah, ich glaube, dass neben mir in der Grube eine Leiche lag. Du musst noch mal zurück und das überprüfen.«

»Ich habe mit dem County Sheriff gesprochen, aber ich möchte lieber selbst hinfahren, sobald die Straßen wieder befahrbar sind. Ich will sichergehen, dass keine Beweise übersehen werden. Nanette Perkins' Leiche ist in der Leichenhalle. Savoy haben wir einsperren lassen, aber wir haben immer noch keine Aussage von ihm. Wir haben sein Handy mit dem Nachweis, dass er Perkins zuvor angerufen hat, sowie Anrufe an als auch von Gail Ford. Wir werden mehr wissen, wenn wir erst einmal die Genehmigung dafür bekommen, seine Handyaufzeichnungen zu überprüfen, und einen Durchsuchungsbefehl für Fords Haus bekommen.«

Sie verstummten beide. Im Raum war es zu hell. Sie legte eine Hand an ihren Kopf, fühlte die Stichwunden. »Ich kann nicht wach bleiben. Sollte ich nicht lieber wach bleiben?«

»Der Arzt hat gesagt, dass das ein Mythos ist. Und dass Schlaf dir helfen wird, schneller gesund zu werden.« Uriah war blass, hatte Ringe unter den Augen.

»Du siehst nicht gut aus.«

»Als mir gesagt wurde, dass ich nach dem MRT direkt nach Hause gehen und mich ausruhen soll, war diese Nacht wohl nicht das, was man dabei im Sinn hatte.«

Sie rutschte zurück, zuckte vor Schmerz zusammen, während sie auf den freien Platz neben sich im Krankenbett klopfte. »Schalt das Licht aus. Leg dich ein bisschen hin. Schließ die Augen.« Sie schloss ihre.

Sie hörte den Stuhl knarren und spürte, wie sich die

Matratze absenkte. Sein Haar streifte ihre Wange, und sie legte einen Arm um seine Taille. Einen Moment später ergriff er ihre Hand.

»Was wirst du mit dem Jungen machen?«, flüsterte er.

»Ich weiß es nicht.«

»Du könntest ihn adoptieren.«

»Er ist doch keine Katze.«

»Du bist aber gut zu ihm.«

»Ich bin nie zu Hause.«

»Elliot könnte sich um ihn kümmern, wenn du keine Zeit hast.«

Ein Kind … es war erst wenige Monate her, als sie darüber nachgedacht hatte, Dachkater zu behalten und ihr das damals bereits wie etwas schier Unmögliches vorgekommen war, und jetzt ertappte sie sich dabei, wie sie darüber nachdachte, einen kleinen Menschen zu adoptieren.

KAPITEL 58

Während Jude sich am nächsten Tag darauf vorbereitete, nach Hause zurückzukehren, um sich von ihren Verletzungen zu erholen, fuhr Uriah in einem Zivilfahrzeug zu der Perkins-Farm. Da sein eigenes Fahrzeug ein Beweisstück war, würde er es für ein paar weitere Tage nicht zurückbekommen. Der Dakota County Sheriff und die Officer aus dem benachbarten Hennepin County Sheriff's Office waren vor Ort, zusammen mit dem BCA und dem Brandschutzbeauftragten.

Es war später Morgen, es war der Tag nach dem Vorfall. Die Straßen waren immer noch schlecht, aber besser als am Tag zuvor. Zwei Feuerwehrautos waren vor Ort, aber der Brand von letzter Nacht war nur noch ein schwelender Haufen, ein Ziegelschornstein war der einzige wesentliche Bestandteil, der von dem Gebäude noch übrig geblieben war. Dort, wo einst das Haus gestanden hatte, gab es jetzt ein offenes schwarzes Loch, das bis zum Keller klaffte.

Nachdem er aus dem Wagen gestiegen war, stapfte Uriah durch den Schnee in die Richtung von dem wenigen, das von dem verkohlten Gebäude noch übrig geblieben war, sein Mantel schlug gegen seine Knie. Als er sich plötzlich seines zotteligen Erscheinungsbilds bewusst wurde, fuhr er sich mit den Fingern durch die Haare, riss sich dabei versehentlich ein paar Strähnen aus, schüttelte sie ab, während er weiterging.

Der Sheriff erblickte ihn.

»Drinnen wurden noch keine Leichen entdeckt«, sagte der Officer. Er trug einen braunen, dicken Mantel mit einer Kapuze, die mit Fell umrandet war. »Aber es gibt eine Menge Trümmer, die untersucht werden müssen. Die Gasleitung und die Elektrizität sind ausgeschaltet, aber wir müssen uns trotzdem vorsichtig bewegen. Sie haben gesagt, dass Ihre Partnerin in einem Feld hinter dem Haus zurückgelassen wurde. Wir haben die Gegend untersucht, und ich glaube, wir haben die Stelle gefunden. Eine Silage-Grube, die Sie vielleicht sehen möchten.« Er zeigte in die Richtung, und dann machten sie sich auf den Weg.

Draußen wehte der Wind mit einer Geschwindigkeit um die zwanzig Meilen pro Stunde, und nun, da es aufgehört hatte zu schneien, sanken die Temperaturen. Das schienen ganz gewöhnliche Wetterverhältnisse zu sein. Uriah wühlte in seinen Manteltaschen, war froh, seine Mütze zu finden, und holte sie heraus. Mit gegen den Wind gebeugten Köpfen stapften die beiden Männer durch das Feld.

Der Schnee war durch den Fußverkehr und die Fahrzeuge komprimiert. In der Ferne erblickte Uriah die Betonränder der Silage-Grube. Es war eine alte Methode, um zerkleinerte Maisstängel zu lagern. Wenn ein Feld einmal abgeerntet war, wurden die Halme gedroschen, um Futter für die Nutztiere zu machen. Manchmal wurden die Halme noch mit anderen Sachen vermischt, zum

Beispiel mit abgelaufenem Maissirup und Schokoriegeln, die noch in der Verpackung waren. Das Ergebnis wurde gelagert und in dreiseitigen, rechteckigen Gruben gegoren, die über viereinhalb Meter tief waren, mit einer Öffnung an einem Ende für einen Traktor, um rein- und rauszufahren. Das hier musste die Stelle gewesen sein, in die Jude hineingeworfen worden war, ihr Sturz war dabei vom Schnee abgefangen worden.

Der Sheriff führte Uriah an einem Rand der Silage entlang, bis sie direkt nach unten in die Grube blickten. Unten lag der böse zugerichtete Leichnam einer Frau. Tiere hatten sie gefunden. Bauch, Augen und die Hälfte des Gesichts waren weggefressen worden, die Knochen lagen verstreut herum, der Schnee bei der Leiche war rosa und braun und komprimiert, überall waren Spuren zu sehen. »Kojoten.« Der Sheriff klang überzeugt.

»Könnten auch Hunde gewesen sein«, sagte Uriah – einfach nur, um etwas Gegenteiliges zu sagen. Wahrscheinlich hatte er recht, und es waren wirklich Kojoten gewesen.

»Ich werde zahnärztliche Unterlagen brauchen, um die Leiche identifizieren zu können. Wenn genug Zähne zurückgeblieben sind.« Der Sheriff schüttelte den Kopf.

Vermutlich gab es in dieser Gegend nicht besonders oft einen Mord.

»Könnte auch schwierig sein, die Todesursache festzustellen.« Er sah auf. »Da kommen sie.«

Das BCA. Mit ihren schweren Koffern schritten sie über das Feld, eine Gruppe von Männern und Frauen, die marineblaue Mäntel trugen. Das hier war nicht Uriahs Tatort. Er hätte einen Großteil des Felds absperren lassen, verstand aber auch, wie schwierig es war, die Grenze des Tatorts zu bestimmen und ihn abzusichern.

Vielleicht war es die beste Idee, von einem kleinen Gebiet aus zu arbeiten und nur mit einer begrenzten Anzahl Mitarbeiter.

»Ich würde es mir gern mal genauer ansehen.«

»Nur zu.«

Uriah umrundete die Silage bis zum offenen Ende. Er achtete darauf, wo er hintrat, näherte sich dem Opfer und hockte sich dann hin, berührte die Tote aber nicht.

Eine weitere gefrorene Leiche. Zumindest war es dieses Mal kein Kind. Ihr Alter würde er auf irgendwo zwischen zwanzig und fünfunddreißig Jahren schätzen. Hellbraunes Haar, eine Weiße. Das verbliebene Gewebe, Knochen und Haut zeigten keinerlei Anzeichen von Verwesung. Wie lange hatte sie wohl schon hier gelegen? War sie in die Grube geworfen worden, so wie die Leichen im See? Er dachte darüber nach, wie lange es kalt genug gewesen war, damit eine Leiche gefror und dann auch eingefroren blieb. Vielleicht einen Monat.

Er sprach kurz mit dem Sheriff und der Spurensicherung. »Geben Sie mir Bescheid, sobald Sie etwas herausfinden.« Sie waren nicht dazu verpflichtet, aber ihn auf dem Laufenden zu halten könnte für sie alle hilfreich sein.

Als er über das verschneite Feld zurückging, bekam er eine Textnachricht. Da er mit etwas zum Fall rechnete, war er überrascht, dass es eine Nachricht seines Arztes war. *Das Zusammenstoßen zweier Welten.*

Das MRT sieht gut aus. Rufen Sie mich im Büro an, damit wir einen Operationstermin vereinbaren können. Je schneller, desto besser.

Er würde später antworten.

Beim Farmhaus waren Brandstiftungsexperten am Tatort, die die Trümmer inspizierten. Uriah fand die zuständige Frau und gab ihr seine Karte, bat sie, ihn zu kontaktieren, falls sie etwas fanden, das etwas mit den Entführungsfällen zu tun haben könnte. Er wollte sich schon auf den Nachhauseweg machen, duschen und etwas essen, als er sich spontan entschied, noch einen Blick in die Scheune zu werfen.

Es war zwar nicht sein Zuständigkeitsbereich, aber er hatte nun mal ein persönliches Interesse an dem Fall.

Die riesige Schiebetür der Scheune war halb geöffnet, Uriah sah Fußspuren, die hinein- und wieder hinausführten, Beweise einer Suche. Drinnen war der Strom ausgeschaltet. Uriah schaltete die Taschenlampe seines Handys an und leuchtete in den Raum hinein. Eine Scheune konnte eine Menge Dinge verbergen mit ihren Heuböden und den Wandleitern aus Holz, die in Gewölbe führten.

Er wischte Schnee von einem Fahrzeug, das in der Nähe der Tür stand, und erkannte es als Judes Wagen. Als er weiter in die Scheune hineinging, überprüfte er die Führerhäuser des Traktors und des Mähdreschers, dann erblickte er ein Fahrzeug auf der anderen Seite, das in einer Ecke mit einer Plane abgedeckt worden war. Nachdem er seitlich um die Ausrüstung herumgelaufen war, löste er die Spanngurte und zog die Plane weg. Dieses war ein ziemlich neues Modell. Minnesota-Nummernschilder. Hennepin County. Perkins lebte aber nicht in Hennepin County.

Er zog an den Türen. Abgeschlossen. Er ließ den Blick durch den Raum schweifen und entdeckte mehrere Schaufeln, die an Nägeln hingen. Er schnappte sich eine, hielt sie mit beiden Händen fest, drehte das Gesicht weg und zerschmetterte die Scheibe auf der Fahrerseite. Er warf die Schaufel beiseite, schloss die Tür auf, griff über das zerbrochene Hartglas zu dem Fach zwischen den Sitzen und dann weiter zum Handschuhfach, in dem er schließlich den Fahrzeugschein fand.

Jenny Hill. Die Sozialarbeiterin, die für den Fall des Jungen zuständig gewesen war. Jetzt konnte er sich denken, wessen Leiche das im Feld war.

Er rief Jude an, um sie auf den neuesten Stand zu bringen.

»Das könnte die Erklärung dafür sein, warum der Junge wieder bei Perkins gelandet ist«, sagte Jude.

»Ein erfundenes Gutachten?«

»Das wäre meine Vermutung. Könnte sein, dass Perkins Jenny Hill dazu gezwungen hat, ein Gutachten einzureichen, mit einer Empfehlung, ihr das Kind wieder zurückzugeben.«

Eine weitere SMS, sie stammte von Detective Valentine.

Savoy sagt, dass er bereit ist zu reden. Er will, dass Sie seine Aussage aufnehmen.

KAPITEL 59

»Sie haben Kinder verkauft.«

Sie saßen in einem Vernehmungsraum der Polizei, hoch oben an der Wand befand sich eine Videokamera, an der ein grünes Licht aufleuchtete. Es wurde aufgezeichnet. Da Savoy bereits versucht hatte, ihn zu töten, ging Uriah kein Risiko mehr ein. Der pensionierte Detective saß ihm an einem Tisch gegenüber, hatte einen Lederriemen um die Taille, trug Handschellen, und seine Fußknöchel waren am Boden angekettet. Savoy erzählte Uriah von einer Serie von Verbrechen, bei denen es um Menschenhandel ging, die bereits vierzig Jahre zurücklagen, lange bevor er selbst etwas davon erfahren hatte.

Aber manche Leute logen und gaben sogar Verbrechen zu, die sie nie begangen hatten, andere wollten mit ihrer Bösartigkeit angeben, und wieder andere wollten die Last ihrer Sünden loswerden, auf eine Art, die fast einem Sündenbekenntnis glich. Uriah war sich nicht sicher, wo Savoy auf dieser Skala anzusiedeln war.

»Ich hatte nicht täglich etwas damit zu tun, falls Sie darauf hinauswollen. Es war ein großes Unternehmen, über ganz Amerika verteilt. Käufer verlangten nach einer bestimmten Art von Kind, und die Firma würde es liefern. Minneapolis war der Knotenpunkt, und Nan und ihr Ehemann waren so eine Art Clearinghaus. Alle Kinder landeten dort. Sie kümmerten sich um sie und schickten sie dann weiter.«

»An Männer, die Sex mit Kindern haben wollten.«

»Nicht nur Männer, aber ja, die meisten waren reiche, weiße Kerle.« Er redete darüber, als würde er Uriah gerade von einem seiner Urlaube erzählen, oder von einem langweiligen Tag in seinem Leben. Ein Soziopath, der mit menschlichen Wesen handelte. Es war nicht Uriahs Job, ihn zu fragen, ob er denn kein schlechtes Gewissen gehabt habe, und es war im Moment auch nicht sein Job zu urteilen. Er war hier, um so viel Informationen wie möglich zu bekommen, und er wollte nichts sagen, was diese Unterhaltung unterbrechen könnte.

»Wer waren die Käufer?«

»Die meisten von ihnen sind heute tot.« Savoy lehnte sich vor. »Ich will, dass Sie und alle anderen wissen, dass das hier *nur* ein Geschäft war. Wir waren keine kranken Scheißkerle, die Kinder entführt und vergewaltigt haben. Wir waren keine Serienkiller. Wir waren überhaupt keine Mörder.«

Ah, deshalb wollte er also seine Geschichte erzählen. Für ihn fühlte es sich besser an, es nur ein *Geschäft* zu nennen, ein florierendes Unternehmen. Das war für ihn besser als Menschenhandel, weil es sein Tun rechtfertigte – zumindest in seinen Augen.

»Aber dann haben es Nan und ihr Mann Lyle total versaut.« Jetzt sah er verärgert aus. Vielleicht war das eine Grenze, die er nie hatte übertreten wollen. Aber als er fortfuhr, merkte Uriah, dass das nicht der wirkliche Grund war. »Sie haben eine gesamte Lieferung Kinder getötet. Einen Monat Arbeit, gelieferte Produkte aus allen Teilen des Landes, die an die Käufer verteilt werden mussten.«

Produkt. Uriah musste sich zurückhalten, um nicht über den Tisch zu springen und dem Kerl an die Gurgel zu gehen. Er bemühte sich, gleichmäßig zu atmen und sein Gesicht teilnahmslos aussehen zu lassen. Nur zwei Typen, die sich unterhielten. »Kohlenmonoxidvergiftung«, sagte Uriah.

»Danach haben wir das Geschäft an den Nagel gehängt, aber wir sind in Kontakt geblieben, und manchmal haben wir darüber geredet, das Geschäft wieder aufzunehmen. Aber das war dann eher so was, worüber man bei ein paar Bierchen quatscht. Und das können Sie mir ruhig glauben – Nan war mal richtig heiß. Und sie und ich … na ja …« Er lächelte.

»Was ist mit Gail Ford?«

»Sie gehörte zur Crew. Die Kinder mochten Frauen, weil sie Mutterfiguren waren. Frauen haben sie beruhigt. Bevor das alles wegen der Kohlenstoffmonoxid-Sache in die Hose ging, hatten wir einen Käufer, der bereits im Vorfeld bezahlt hatte. Eine ungeheuer hohe Summe, so was wie zwanzig Riesen oder so, glaube ich.«

Nicht sehr viel für ein menschliches Wesen.

»Jedenfalls brauchten wir ein Kind, um eines der toten zu ersetzen. Und ob Sie es glauben oder nicht, aber Ford hatte ein Kind, das fast auf die Beschreibung passte. Und sie hat es einfach abgegeben. Ihr eigenes Kind.« Er lehnte sich gegen seine Stuhlrückenlehne, Erstaunen oder vielleicht auch Bewunderung war auf seinem Gesicht abzulesen. »Ein bisschen jung, Haare zu dunkel, deshalb hat sie es blondiert, und das war's dann. Er wurde, glaub ich, einem Kunden in Oklahoma verkauft.«

»Sie erinnern sich nicht mehr?«

»Es waren so viele. Wir reden hier schließlich über ein großes Geschäft.« Er prahlte schon wieder.

»Wie viele Kinder starben bei dem Kohlenmonoxidvorfall? Erinnern Sie sich noch?«

»Zehn.«

Uriah schob seine Hände unter den Tisch, um sie zu verbergen. Sie zitterten. »Wir haben nur zwei gefunden. Sind die restlichen auf der Farm?«

Daraufhin erzählte ihm Savoy, dass es in einem Winter passiert war, als der Boden gefroren war, und wie Nan und Lyle die Leichen in einem Fleischkühlraum versteckt hatten, der seinem Bruder gehörte. Er gab eine Beschreibung der ungefähren Gegend. »Wie ich schon sagte – es war nicht meine Schuld. Ich weiß noch nicht mal, wo es genau ist.«

»Was hat der Junge, der bei Nan lebte, mit dem Ganzen zu tun? Der Vierjährige? Er ist körperlich misshandelt worden. Haben Sie etwas damit zu tun?«

Mit gefesselten Händen drückte Savoy einen Finger gegen die Tischplatte, um seinen Standpunkt zu verdeutlichen. »Ich bin hier der Held. Ich will, dass Sie das wissen. Ich will, dass jeder das weiß.« Er sah zur Kamera auf. »Ich habe diesen Jungen gerettet. Sie wollte mit ihm abhauen, vermutlich hätte sie ihn getötet, wenn ich sie nicht aufgehalten hätte.« Den nächsten Satz betonte er ganz besonders. »Dank mir lebt dieses Kind heute noch.« Er beugte sich vor und senkte die Stimme. »Ich könnte Ihnen helfen. Ich kenne mich bestens aus. Ich könnte

Ihnen von Nutzen sein. Denken Sie doch nur mal an die ganze Arbeit, die ich mir gemacht habe, um eine neue DNA-Gesetzgebung durchzuboxen. Ich bin mir ziemlich sicher, dass das auch zählt.«

Uriah war angewidert. Wenn Savoy sonst schon nicht aus dieser Sache herauskäme, so würde er zumindest versuchen, sich einen Vorteil zu verschaffen. »Warum würde sie ihr eigenes Kind töten wollen?«

Er schnaubte. »Der Junge ist nicht ihr Kind.«

Das überraschte Uriah nicht mal. »Auch entführt? Ich dachte, damit wär's schon längst vorbei.«

»Nicht wirklich entführt. Man könnte ihn vielleicht als *Secondhand* bezeichnen.«

»Was soll das heißen?«

»Er ist Phillip Schillings Sohn.«

O Gott. Judes Vater.

KAPITEL 60

Sie lag bei sich zu Hause im Bett, Dachkater lag zusammengerollt neben ihr, und Jude bekam die Unterhaltung, die aus dem Wohnzimmer zu ihr herüberwehte, nur halb mit. Es klopfte an der Wohnungstür, Elliot öffnete, und kurz darauf hörte sie Uriahs Stimme. Und dann war ihr Partner im Schlafzimmer, zog die Tür schnell hinter sich zu. Sein Gesicht hatte den seltsamsten Ausdruck überhaupt.

»Was ist los?«, fragte sie.

Er schnappte sich ihren Laptop von der Kommode und stellte ihn aufs Bett. »Log dich in unser VPN ein und geh zum aktuellsten Interview.«

»Savoy?«

»Ja.«

»Wirst du mich zuerst aufklären?«

»Ich will, dass du es dir anschaust, ohne dass du dabei von mir beeinflusst wirst.«

Sie sah sich das Video an, während sich Uriah neben sie aufs Bett setzte, mit dem Rücken lehnte er am Kopfende, nah genug, um den Bildschirm sehen zu können. Sie ließ Savoys Enthüllungen darüber, in welchem Ausmaß er an dem Geschäft beteiligt gewesen war, auf sich wirken. Und ja, Menschenhandel. Was das betraf, hatten sie recht gehabt. Sie staunte über die Wahnvorstellungen dieses Mannes, wie er sich selbst keine Schuld gab und überzeugt war, nichts falsch gemacht zu haben. Er war nur ein Opportunist, der sich keine Gelegenheit, Geld zu verdienen, entgehen ließ. Während sie zusah, gab ihr Uriahs Miene von vorhin weiterhin zu denken.

Und dann sagte Savoy den Namen ihres Vaters.

Uriah schwieg. Sie spürte, wie er die Luft anhielt. Sie reagierte nicht. Die Wahrheit war, dass sie nichts mehr, was ihren Vater betraf, überraschen konnte.

Das Geständnis nahm kein Ende, Savoy schien gar nicht mehr aufhören zu können. »Ich frage mich, wie viele Kinder dieses Mannes wohl im ganzen Land verstreut leben«, sagte Savoy. »Ich kenn nicht die ganze Geschichte, aber eines der Mädchen, die er entführt hatte, wurde schwanger und bekam das Kind, während sie in Gefangenschaft lebte. Schilling hat Nan dafür bezahlt, den Jungen aufzuziehen. Ich glaube, er sollte nur für eine begrenzte Zeit bei ihr bleiben, aber er hat ihn nie abgeholt. Schickte nur immer weiter Geld. Eine gute Arbeit. Sie hat es gern gemacht. Das kann ich auch verstehen. Sie mochte das Kind. Und ab dem Zeitpunkt hat sie es dann versaut. Sie hätte ihn an jeder Türschwelle absetzen können, aber sie kam auf die Idee, ihn ausgerechnet an Detective Fontaines Tür zurückzulassen, weil sie verwandt waren.«

Als das Interview vorbei war, klappte Jude den Laptop zu. »Er sollte wegen Selbstmordgefährdung unter Beobachtung gestellt werden.«

»Schon erledigt. Wollte nicht mitkriegen müssen, dass er sich in seiner Zelle erhängt hat. Die beste Strafe für

Savoy wird sein, dass er mit einem Sturm der Entrüstung aus der Öffentlichkeit rechnen und mit der anschließenden Ablehnung seiner Familie leben muss. Was denkst du?«, fragte Uriah. »Lügt er? Er lügt, oder?«

Ein leichtes Klopfen an der Tür ertönte, und der Junge kam ins Zimmer, hielt eine Schüssel in seinen kleinen Händen, bewegte sich vorsichtig vorwärts, Elliot war hinter ihm.

»Es ist Eis«, sagte das Kind. Himbeerschokolade – ihre Lieblingssorte.

»Danke.« Sie nahm ihm die Leckerei ab, beobachtete das Kind, und ihr fielen seine Augen auf, die eine intensive blaue Farbe hatten. Wie ihre. Wie die ihres Vaters.

Sie sah Uriah an, der immer noch auf ihr Urteil wartete. »Ich glaube, es stimmt.«

Es war so seltsam, dass die Dinge auf die unerwartetste Weise etwas miteinander zu tun hatten, und dennoch hätte es gar nicht eine so große Überraschung sein sollen. Letzte Nacht hatte sie im Krankenhaus die Entscheidung getroffen, es zu versuchen und den Jungen zu adoptieren. Diese neue Information über seine mögliche Identität änderte rein gar nichts daran. Er war heute derselbe Mensch wie gestern. Er war das gleiche misshandelte und verstörte und charmante Kind, das vielleicht dunkle Neigungen haben mochte oder auch nicht, das vielleicht das Verlangen, Schlimmes zu tun, geerbt hatte oder auch nicht. Aber sie hatte keine Angst.

Sie aß ein bisschen von dem Eis, dann stellte sie das Schälchen beiseite, lehnte sich zurück ins Kissen und schloss die Augen. Sie hörte, wie Elliot den Jungen aus dem Raum brachte. »Lass uns runtergehen und Blackie füttern.« Die beiden verließen den Raum, aber Uriah blieb. Sie fühlte, wie sich die Matratze senkte, und als sie die Augen wieder öffnete, lag er neben ihr, Ellenbogen auf der Matratze, den Kopf in die Hand gestützt.

»Was noch?«, fragte sie. Sie konnte ihm vom Gesicht ablesen, dass er noch etwas zu erzählen hatte.

»Ich habe meine MRT-Ergebnisse bekommen und einen Termin für die OP vereinbart.«

Jetzt hatte sie Angst. »Wann?«

»Übermorgen.«

Ihre Kehle schnürte sich zusammen. »Das ist ja schon bald.« Sie brauchte mehr Zeit.

»Der Arzt hat gesagt, dass wir uns beeilen sollten. Und dieser Fall ist gelöst. Noch nicht komplett abgeschlossen, aber so gut wie. Ihr schafft das auch ohne mich.«

Stimmte nicht. Und es war so einfach zu sterben. Zu einfach. »Du kommst wieder zurück, oder?«

Er dachte über ihre Frage nach. Dass er überhaupt darüber nachdenken musste, erschreckte sie noch mehr.

»Du musst wieder zurückkommen«, sagte sie. »Für mich.«

Er lächelte sie an, als ob beide Reisen – leben oder sterben – überhaupt kein Problem wären.

KAPITEL 61

Zwei Wochen später, Loring Park, Minneapolis

Jude saß allein auf einer Parkbank, sah auf den zugefrorenen See, faltete das Exemplar der *New York Times* zusammen und wünschte sich, dass Uriah neben ihr gesessen hätte, sodass er die Zeitung auch hätte lesen können. Der Tag war wie ein Rückblick auf einen echten Minnesota-Winter: Temperaturen minus sieben Grad, blauer wolkenloser Himmel, die Sonne schien, und wie es stets passierte, wenn man sich an die Kälte gewöhnte, fühlte es sich warm an, fast schon wie T-Shirt-Wetter.

Sie ließ den Blick über die Gruppe Schlittschuhläufer wandern, suchte nach dem Jungen und erblickte seine rote Strickmütze. Elliot hielt seine Hand, Ava Germaine die andere. Hin und wieder fuhr Octavia an Judes Bank vorbei, ihr lilafarbener Schal flog hinter ihr her, und sie winkte ihr jedes Mal mit herzzerreißender Unschuld zu. Jude wusste nicht, wie ihr Vater wohl Nan kennengelernt hatte. Es würde sie nicht wundern, wenn er auch ein Kunde der Händler gewesen war.

Noch vor Uriahs furchtbarer OP hatten sie den Fleischkühlraum mit den Leichen gefunden, insgesamt waren es sechs. Deshalb gingen sie davon aus, dass zwei der Leichen immer noch im See waren. Es würde noch bis zum Frühling dauern, bevor sie nach ihnen suchen könnten. Aber das hielt nicht die Neugierigen und Krankhaften zurück, die hofften, ein weiteres Kind im See zu finden.

Es könnte sein, dass sie niemals alles über den Jungen erfahren würden, und es könnte auch sein, dass er niemals völlig sozialisiert wäre. Aber sie würde damit klarkommen. DNA-Ergebnisse bestätigten Savoys Geschichte. Der Junge war nicht mit Nanette Perkins verwandt, und er war tatsächlich Judes Halbbruder. Sie hatten seine DNA ebenfalls durch ihre Datenbank laufen lassen. Keine Übereinstimmung mit einer der Leichen, die sie auf dem Anwesen von Judes Vater gefunden hatten. Dort könnte es allerdings immer noch begrabene Mädchen geben, die von ihrem Vater ermordet, aber noch nicht gefunden worden waren. Das war zumindest Judes Vermutung. Sie würde weiter nach den Verwandten des Jungen suchen, während sie gleichzeitig versuchte, ihm das Leben zu geben, das er verdient hatte. Und einen Namen.

Im Hintergrund hörte man Lachen und das Geräusch von Schlittschuhen auf dem Eis. Alle vier Schlittschuhläufer versammelten sich nun bei der Bank, mit roten Wangen, lächelnd und mit glänzenden Augen. Und plötzlich traf Jude die Erkenntnis, dass sie alle – sie mit eingeschlossen – unter demselben bösartigen Mann hatten leiden müssen. Aber keiner, der sie heute gesehen hätte, hätte jemals gedacht, dass sie so eine dunkle Vergangenheit hatten.

Sie hob die gefaltete Zeitung. »Das hier ist fantastischer Journalismus«, sagte sie zu Elliot. »Herzlichen Glückwunsch.« Er hatte sie fast schon davon überzeugt, ihren Teil der Erbschaft anzunehmen – das Erbe, das jetzt, da der Junge dazugekommen war, durch drei geteilt werden würde. Der Anteil des Kindes würde für seine Ausbildung verwendet werden, aber sie könnte eine Menge mit ihrem Geld machen. Es gab da draußen so viele würdige gemeinnützige Organisationen.

»Danke«, sagte Elliot.

Sein Werk *Der Leichenwärter* über Perkins und Ford und Savoy war zu einem Zeitpunkt veröffentlicht worden, als keiner mehr gedacht hätte, dass zu diesem Fall noch etwas Neues dazukommen könnte. Aber die Geschichte über die Leichen hatte die Empörung wieder erwachen lassen und die Nation in ihrem Engagement bestärkt, sich mehr für die Sicherheit der Kinder einzusetzen. Der Präsident hatte Jude sogar ins Weiße Haus eingeladen, um über eine Sondereinheit zu sprechen, die bereits existierende Einheiten unterstützen könnte.

Es fiel ihr schwer, sich vorzustellen, dass sich Vorfälle wie diejenigen vor zwanzig Jahren heute in diesem Ausmaß wiederholen könnten. Mit den Maßnahmen, die man in den letzten zehn Jahren entwickelt hatte, sollte so etwas eigentlich nicht mehr passieren – aber man konnte leider nie wissen. Das Böse würde immer einen Weg finden, um die Unschuldigen auszubeuten. Ihr Vater war der beste Beweis dafür. Keine Maßnahmen würden jemals ausreichen, aber sie musste einfach daran glauben, dass diese etwas bringen würden.

Sie war nicht wirklich überrascht, dass Savoy sie getäuscht hatte. Als sie ihn vom Flughafen abgeholt hatte, hatte sie alles Seltsame an ihm als posttraumatische Belastungsstörung verbucht. Detectives, die an Fällen arbeiteten, in denen es um ermordete Kinder ging, konnten daran zerbrechen, erst recht, wenn sie sie nie lösten. Und es war nicht ungewöhnlich, dass man jemandem, der keinerlei Schuldgefühle hatte, nichts anmerkte. Viele konnten deshalb sogar mühelos Lügendetektoren überlisten.

Sie tranken heißen Kakao und unterhielten sich leise miteinander. Dann fuhren die vier Schlittschuhläufer wieder weiter, fuhren in einer Reihe über den See. Alle vier hielten sich nun an den Händen, ließen Jude allein auf der Bank zurück. Ihre Narben heilten, aber ihr ging es noch nicht gut genug, um einen Sturz und eine weitere Gehirnerschütterung zu riskieren.

»Leroy?«, fragte plötzlich eine Stimme hinter ihr.

Als sie sich umdrehte, sah sie Uriah mit einem Kaffee in der Hand, eine Strickmütze bedeckte seinen postoperativen Kopf. Die meisten Haare waren ihm ausgefallen, aber sie würden wieder nachwachsen.

»Nein.«

Er setzte sich neben sie. »Jed.«

»Nein.«

»Wollte nur wissen, ob du aufgepasst hast.« Bisher hatte er fünfzig Namen für den Jungen vorgeschlagen. »Wie wär's mit Ira?«

»Hmm. Vielleicht. Aber er muss den Namen auch mögen.«

»Ich möchte dich daran erinnern, dass die Namen, die er bislang vorgeschlagen hat, *Kitty* und *Panda* waren. Panda ist ja irgendwie ganz cool, aber ja auch kein richtiger Name. Hoffentlich findest du etwas, mit dem ihr beide einverstanden seid.«

»Du warst lange weg.«

»Die hatten keinen Kaffee mehr und mussten erst neuen aufsetzen.«

»Ich hätte dir auch welchen bringen können.«

»Ich muss Dinge selbst machen.«

Den Jungen fast zu verlieren, gefolgt von dem Gedanken, dass sie Uriah verlieren könnte, hatte sie verändert. Es hatte ihre Gefühllosigkeit aufgehoben und ihre Schutzmauern eingerissen, die sie während ihrer Gefangenschaft um sich errichtet hatte. Kleine Schritte. Und mit seiner Familie im Warteraum zu sitzen, während sein Gehirn aufgeschnitten wurde, Angst davor zu haben, aber dann wiederum auch unbedingt hören zu wollen, wie die Operation gelaufen war – all das hatte zu den schlimmsten Stunden ihres Lebens gehört. Aber ihm ging es gut, ihr ging es gut, und ihnen allen ging es gut.

Auch wenn die bösen Ereignisse viel Kummer und Schmerz mit sich gebracht hatten, so waren sie auch in gewissem Sinne bittersüß und schön. Genau das hatte sie in dem vergangenen Jahr gelernt, in den vergangenen Monaten. Und viel von dieser Erkenntnis hatte sie Uriah zu verdanken und seinem stabilen und gelassenen Wesen.

Sie legte ihre Hand auf seine und fühlte, wie er leicht zusammenzuckte, wahrscheinlich, weil er überrascht war. Dann umfasste er ihre, ohne ein Wort zu sagen, und drückte sie. Still machte er deutlich, wie viel sie ihm bedeutete. Als er ihre Hand hielt, schien er sich voll und ganz auf die Schlittschuhläufer zu konzentrieren, aber sie bemerkte ein verdächtiges Funkeln in seinen Augen.

Seine Operation hatte ihn emotionaler gemacht, vermutlich aufgrund der Anästhetika, die im Körper einer Person verbleiben konnten. Er konnte noch keine hundert Prozent geben. Er ermüdete schnell, aber das ginge wieder vorbei. Und sie war nicht die Einzige, die mit diesem neuen Leben klarkommen musste. Seine Frau war vor weniger als zwei Jahren gestorben.

»Ira ist ein schöner Name«, sagte sie.

Er nickte. »Es bedeutet *wachsam*. Es ist gut, wachsam und aufmerksam zu sein. Oh, ich hab etwas für dich.« Er griff in seinen Mantel, zog ein Stück Papier heraus und reichte es ihr.

Ein Lottoschein.

»Wenn du gewinnst, wirst du das Geld dann behalten?«, fragte er.

»Vielleicht.« Sie dachte darüber nach. »Ja.«

Die Sonne sank hinter die Skyline der Stadt, beleuchtete den Umriss des IDS Centers und den schattigen Foshay Tower, ließ den Himmel rosa erscheinen – eine pastellfarbene Röte, die mitten im Minnesota-Winter möglich war.

Jude atmete ein, inhalierte frische Luft, ihre Nasenspitze war jetzt ganz kalt, der Abend würde bald anbrechen. Und zum ersten Mal seit Jahren erwischte sie sich dabei, dass sie sich auf den morgigen Tag freute, selbst wenn es bedeuten sollte, dass sie einen weiteren Mordfall zu klären hätten.